Joseph Conrad
Der Geheimagent

Joseph Conrad

Der Geheimagent

Eine einfache Geschichte

Aus dem Englischen von
Eike Schönfeld

Mehr über unsere Autoren und Bücher:
www.piper.de

Neuauflage einer früheren Ausgabe
ISBN 978-3-492-55010-9
November 2017
© Piper Verlag GmbH, München 2017
Die englische Originalausgabe erschien unter dem Titel »The Secret Agent«,
London/New York 1907
© der deutschsprachigen Ausgabe: Haffmans Verlag AG, Zürich 1993
Covergestaltung: zero-media.net, München
Covermotiv: FinePic®
Printed in Germany

Inhalt

Vorbemerkung des Autors 9

DER GEHEIMAGENT
Eine einfache Geschichte 19

Nachbemerkung des
Übersetzers 389

FÜR H. G. WELLS

*Dem Chronisten von Mr. Lewishams Liebe
dem Biographen von Kipps und dem
Historiker der künftigen Zeitalter
ist diese einfache Geschichte aus dem neunzehnten Jahrhundert
sehr herzlich angetragen*

Vorbemerkung des Autors

Der Ursprung von *Der Geheimagent:* sein Stoff, seine Behandlung, künstlerische Absicht und jeder andere Beweggrund, der einen Autor dazu veranlassen mag, zur Feder zu greifen, kann, so meine ich, auf eine Periode geistiger und emotionaler Rückwirkungen zurückverfolgt werden.

Im Grunde begann ich dieses Buch aus einem Impuls heraus und schrieb kontinuierlich daran. Als es dann schließlich gebunden und den Augen der Öffentlichkeit vorgelegt war, fand ich mich getadelt, es überhaupt verfaßt zu haben. Manche der Ermahnungen waren streng, andere hatten einen bedauernden Unterton. Ich habe sie nicht als Texte vor mir, doch des allgemeinen Tenors, welcher sehr einfach war, erinnere ich mich wohl; ebenso meiner Überraschung über ihre Art. All dies klingt nun wie eine sehr alte Geschichte! Und dennoch ist es noch nicht allzu lange her. Ich muß daraus schließen, daß ich mir im Jahre 1907 noch immer viel von meiner ursprünglichen Unschuld bewahrt hatte. Heute scheint mir, daß selbst ein kunstfremder Mensch hätte voraussehen können, daß manche Kritik sich auf die elende Szenerie und die moralische Verkommenheit der Geschichte gründen würde.

Das ist natürlich ein ernster Einwand. Er war nicht allgemein. Es mag sogar undankbar erscheinen, sich unter so viel intelligenter und wohlwollender Würdigung eines solch kleinen Tadels zu erinnern; und ich vertraue darauf, daß die Leser dieses Vorwortes es nicht gleich als verletzte Eitelkeit oder eine natürliche Veranlagung zur Undankbarkeit abtun. Ich möchte unterstellen, daß ein großzügiges Herz meine Wahl sehr gut einer natürlichen Bescheidenheit zuschreiben könnte. Und dennoch ist es nicht eigentlich Bescheidenheit, die mich veranlaßt, zur

Illustration meines Falles Tadel auszuwählen. Nein, es ist nicht eigentlich Bescheidenheit. Ich bin mir gar nicht so sicher, daß ich bescheiden bin; doch diejenigen, welche sich so weit durch mein Werk hindurchgelesen haben, werden mir genügend Anstand, Takt, *savoir-faire*, was auch immer, zubilligen, um nicht aus den Worten anderer ein Lied zum eigenen Ruhme zu machen. Nein! Das wahre Motiv für meine Wahl liegt in einer gänzlich anderen Richtung. Ich hatte schon immer die Neigung, meine Handlungen zu rechtfertigen. Nicht zu verteidigen. Zu rechtfertigen. Nicht darauf zu bestehen, daß ich im Recht sei, sondern einfach zu erklären, daß am Grunde meines Antriebes keine böse Absicht, keine heimliche Verachtung des natürlichen Feingefühls des Menschen lag.

Jene Art der Schwäche ist gefährlich nur insoweit, als sie einen dem Risiko aussetzt, langweilig zu werden; denn im allgemeinen interessieren die Welt nicht die Motive einer offensichtlichen Tat, sondern deren Konsequenzen. Der Mensch mag immer nur lächeln, doch er ist kein forschendes Wesen. Er liebt das Offensichtliche. Vor Erklärungen schreckt er zurück. Dennoch will ich mit den meinen fortfahren. Offensichtlich ist, daß ich das Buch nicht hätte schreiben müssen. Ich stand unter keinerlei Notwendigkeit, mich mit dem Stoff zu befassen; wobei ich das Wort Stoff sowohl im Sinne der Geschichte selbst als auch im weiteren einer besonderen Manifestation im Leben der Menschheit verwende. Dieses räume ich vollkommen ein. Doch der Gedanke, bloße Häßlichkeit lediglich um des Schokkierens willen auszuführen oder gar einfach, um meine Leser mittels eines Frontwechsels zu verblüffen, ist mir niemals in den Sinn gekommen. Indem ich diese Erklärung abgebe, erwarte ich, daß man mir glaubt, nicht nur aufgrund der Augenscheinlichkeit meines allgemeinen Charakters, sondern auch aus dem Grund, welchen jedermann sehen kann, daß nämlich die gesamte Behandlung der Geschichte, ihre inspirierende Empörung und die ihr zugrundeliegende Anteilnahme und Verachtung, meine Distanz zu dem Elend und der Verkommenheit beweisen, welche lediglich in den äußerlichen Umständen des Schauplatzes liegen.

Der Beginn von *Der Geheimagent* folgte unmittelbar auf eine zwei Jahre währende Periode intensiver Vertiefung in die Aufgabe, jenen entlegenen Roman *Nostromo* mit seiner weit entfernten lateinamerikanischen Atmosphäre zu schreiben, dazu auch das zutiefst persönliche *Spiegel der See*. Ersteres ein intensives kreatives Bemühen um das, was meiner Ansicht nach stets meine größte Leinwand bleiben wird, zweiteres ein freimütiger Versuch, für einen Moment die tieferen Vertrautheiten der See und die prägenden Einflüsse fast der Hälfte meines Lebens zu enthüllen. Es war auch eine Periode, in welcher mein Gefühl für die Wahrheit der Dinge von einer sehr intensiven imaginativen und emotionalen Bereitschaft begleitet war, welche, durchaus ganz echt und den Tatsachen getreu, mir doch das Gefühl gab (als die Aufgabe denn bewältigt war), als sei ich dabei zurückgeblieben, ziellos zwischen bloßen Empfindungshülsen und verloren in einer Welt anderer, minderer Werte.

Ich weiß nicht, ob ich tatsächlich das Gefühl hatte, daß ich eine Veränderung brauchte, eine Veränderung in meiner Einbildungskraft, in meiner Vision und in meiner Geisteshaltung. Ich glaube eher, daß eine Veränderung in der Grundstimmung sich schon unbewußt über mich gesenkt hatte. Ich erinnere mich nicht, daß sich etwas Bestimmtes ereignet hätte. Nachdem ich *Spiegel der See* in dem vollen Bewußtsein abgeschlossen hatte, daß ich in jeder Zeile jenes Buches ehrlich mit mir selbst und mit dem Leser umgegangen war, gab ich mich einer nicht unzufriedenen Pause hin. Dann, als ich mich sozusagen noch im Stillstand befand und gewiß nicht daran dachte, mich größerer Mühen zu unterziehen, um nach etwas Häßlichem zu suchen, kam mir der Stoff von *Der Geheimagent* in Gestalt einiger weniger Worte, die von einem Freund im zwanglosen Gespräch über Anarchisten oder besser, anarchistische Aktivitäten geäußert wurden; wie zur Sprache gekommen, daran kann ich mich nicht mehr erinnern.

Allerdings erinnere ich mich, Bemerkungen über die kriminelle Vergeblichkeit der ganzen Sache, Doktrin, Aktion, Mentalität gemacht zu haben; ebenso über den verachtungswürdigen Aspekt der halbirren Pose gleich der eines schamlosen Schwindlers, welcher das brennende Elend und die leidenschaftliche Leichtgläubigkeit einer Menschheit ausbeutet, die stets auf so tragische Weise der Selbstzerstörung entgegenstrebt. Das war es, was seine philosophischen Scheingründe so unverzeihlich machte. Dann kamen wir auf besondere Vorfälle zu sprechen und erinnerten uns an die schon alte Geschichte des Versuches, das Observatorium in Greenwich in die Luft zu jagen; eine blutige Hirnverbranntheit von solcher Dummheit, daß es unmöglich war, ihren Ursprung durch jedweden vernünftigen oder unvernünftigen Gedankengang zu ergründen. Denn bösartige Unvernunft hat ihre eigenen logischen Gänge. Doch jene Gewalttat konnte geistig auf keinerlei Weise erfaßt werden, so daß man letztlich der Tatsache ins Auge schauen mußte, daß ein Mann für nichts, was auch nur im entferntesten einer Idee glich, sei sie eine anarchistische oder etwas anderes, in Stücke gerissen wurde. Was die Außenwand des Observatoriums betraf, so zeigte sie auch nicht den feinsten Riß.

Ich wies meinen Freund, welcher eine Weile stumm verharrte, auf das alles hin, worauf er dann in seiner für ihn typischen beiläufigen und allwissenden Art bemerkte: »Ach, der Bursche war ein halber Idiot. Seine Schwester beging anschließend Selbstmord.« Das waren die absolut einzigen Worte, die zwischen uns fielen; denn äußerste Überraschung über diese unerwartete Information ließ mich einen Augenblick verstummen, und dann begann er sogleich, von etwas anderem zu reden. Später kam es mir nie in den Sinn zu fragen, wie er zu diesem Wissen gelangt war. Ich bin mir sicher, wenn er nur einmal in seinem Leben einen Anarchisten von hinten gesehen hat, so muß dies das gesamte Ausmaß seiner Verbindungen zur Unterwelt gewesen sein. Gleichwohl war er ein Mann, der gern mit allen möglichen Menschen redete, und vielleicht hatte er jene erhellenden Tatsachen aus zweiter oder dritter Hand, von einem Straßenfeger, einem pensionierten Polizeibeamten, von irgendeinem unbestimmten Mann in seinem Club oder vielleicht gar von einem Staatsminister, den er auf einem öffentlichen oder privaten Empfang kennengelernt hatte.

Über ihre erhellende Qualität konnte kein Zweifel bestehen. Man kam sich vor, als träte man aus einem Wald auf eine Ebene – es war nicht viel zu sehen, doch hatte man viel Licht. Nein, es war nicht viel zu sehen, und offen gestanden versuchte ich eine beträchtliche Zeitlang nicht einmal, etwas zu erkennen. Nur jener erhellende Eindruck blieb. Er blieb nur auf passive Weise befriedigend. Dann, ungefähr eine Woche später, stieß ich auf ein Buch, welches meines Wissens nie größere Bekanntheit erlangt hatte, nämlich die recht knappen Erinnerungen eines Ministerialrates der Polizei, eines offenkundig fähigen Mannes mit einem stark religiösen Charakterzug, welcher seine Stellung zur Zeit der Dynamitanschläge in London, damals in den achtziger Jahren, angetreten hatte. Das Buch war recht interessant, natürlich sehr diskret; den Großteil seines Inhalts habe ich inzwischen vergessen. Es enthielt keine Enthüllungen, es hielt sich nett an der Oberfläche, weiter nichts. Ich werde nicht einmal versuchen zu erklären, warum mich eine kurze Passage von ungefähr sieben Zeilen gefesselt hatte, in welcher der Autor (ich glaube, sein Name war Anderson) einen kurzen Dialog wiedergab, der nach einem unerwarteten Anarchistenanschlag mit dem Innenminister in der Lobby des Unterhauses stattgefunden hatte. Ich glaube, das war damals Sir William Harcourt. Er war äußerst ungehalten, und der Beamte war bemüht, sich zu rechtfertigen. Unter den drei Sätzen, welche zwischen ihnen gewechselt wurden, war derjenige, welcher den größten Eindruck auf mich machte, Sir W. Harcourts Zornesausbruch: »Das ist ja alles gut und schön. Aber Ihre Vorstellung von Geheimhaltung da drüben scheint mir darin zu bestehen, daß Sie den Innenminister im dunkeln lassen.« Recht charakteristisch für Sir W. Harcourts Temperament, doch für sich betrachtet nichts Besonderes. Allerdings muß in dem ganzen Vorfall irgendeine Atmosphäre gelegen haben, denn mit einemmal fühlte ich mich angeregt. Und daraus erfolgte in meinem Kopf etwas, was ein Student der Chemie am besten durch eine Analogie mit der Hinzugabe des winzigsten Tröpfchens der richtigen Substanz, welche den Prozeß der Kristallisierung in einem Teströhrchen mit einer farblosen Lösung darin jäh herbeiführt, verstehen würde.

Zunächst war es für mich eine geistige Veränderung. Sie störte eine beruhigte Phantasie auf, in welcher seltsame Formen, scharf konturiert, jedoch unvollkommen erfaßt, erschienen und Aufmerksamkeit forderten, gleich Kristallen mit ihrer bizarren und unerwarteten Gestalt. Angesichts dieses Phänomens verfiel man ins Nachdenken – sogar über die Vergangenheit: über Südamerika, ein Kontinent der grellen Sonne und der brutalen Revolutionen, der See, der großen Weite des Salzwassers, des Spiegels des umwölkten und des lächelnden Himmels, des Reflektors des Lichtes der Welt. Dann bot sich die Vision einer riesigen Stadt, einer monströsen Stadt, volkreicher denn mancher Kontinent und in seiner von Menschenhand gerichteten Macht wie gleichgültig gegenüber dem umwölkten und dem lächelnden Himmel; eine grausame Verschlingerin des Lichtes der Welt. Darin war Platz genug, um jede Geschichte einzubetten, Tiefe genug für jede Leidenschaft, Vielfalt genug für jeden Schauplatz, Dunkel genug, um fünf Millionen Seelen darin zu begraben.

Auf unwiderstehliche Weise wurde die Stadt zum Hintergrund für die nachfolgende Periode tiefer und tastender Betrachtungen. Endlose Blicke öffneten sich vor mir in unterschiedliche Richtungen. Es würde Jahre brauchen, um den richtigen Weg zu finden! Es schien Jahre zu brauchen! ... Langsam wuchs sich die keimende Überzeugung von Mrs. Verlocs mütterlicher Leidenschaft zwischen mir und jenem Hintergrund zu einer Flamme aus, welche ihn mit ihrer geheimen Inbrunst tönte und dafür etwas von ihrer eigenen düsteren

Färbung erhielt. Endlich stand die Geschichte Winnie Verlocs von den Tagen ihrer Kindheit bis zum Ende vollständig vor mir, noch unproportioniert, alles war sozusagen noch im Rohentwurf; doch so weit, daß nun damit gearbeitet werden konnte. Es war eine Sache von ungefähr drei Tagen.

Dieses Buch ist *jene* Geschichte, auf überschaubare Proportionen reduziert, im ganzen Verlauf um die absurde Grausamkeit der Explosion vom Greenwich Park angelegt und kreisend. Damit hatte ich eine Aufgabe, die ich nicht mühselig nennen möchte, die jedoch von absorbierendster Schwierigkeit war. Doch es mußte getan werden. Es war eine Notwendigkeit. Die Figuren, die um Mrs. Verloc gruppiert sind und direkt oder indirekt mit ihrem tragischen Verdacht in Verbindung stehen, daß »das Leben einem genaueren Hinschauen nicht standhält«, sind das Ergebnis eben jener Notwendigkeit. Ich persönlich hatte nie Zweifel an der Wirklichkeit von Mrs. Verlocs Geschichte, doch mußte sie aus ihrem Dunkel in jener gewaltigen Stadt herausgelöst, mußte glaubhaft gemacht werden, weniger bezüglich ihrer Psychologie, als vielmehr bezüglich ihrer Menschlichkeit. Was die Umgebung betraf, so mangelte es nicht an Hinweisen. Ich mußte hart kämpfen, um die Erinnerungen an meine einsamen und nächtlichen Gänge durch ganz London in jüngeren Tagen auf Distanz zu halten, damit sie nicht herbeistürmten und jede Seite der Geschichte überfluteten, während diese eine nach der anderen aus einer Stimmung entstanden, welche im Fühlen und Denken so ernst war wie nur eine, in der ich je eine Zeile schrieb. Insofern finde ich allerdings, daß *Der Geheimagent* eine absolut ernsthafte Arbeit ist. Selbst der rein künstlerische Zweck, auf einen Gegenstand dieser Art ein ironisches Verfahren anzuwenden, wurde mit Überlegung und in dem ernsten Glauben formuliert, daß allein die ironische Behandlung mich in die Lage versetzen würde, alles, was ich aus Verachtung wie auch aus Anteilnahme zu sagen hätte, auch sagen könnte. Es ist eine der kleineren Befriedigungen meines schriftstellerischen Lebens, daß ich, nachdem ich diesen Entschluß gefaßt hatte, diesen auch, wie mir scheint, bis zum Schluß durchhalten konnte. Hinsichtlich der Charaktere, welche die absolute Notwendigkeit des Falles – Mrs. Verlocs Fall – vor dem Londoner Hintergrund herausbringt, habe ich auch von diesen jene kleinen Befriedigungen erhalten, welche gegenüber der Masse bedrückender Zweifel, welche jeglichen Versuch kreativer Arbeit hartnäckig bedrängen, wirklich viel zählen. Beispielsweise habe ich über Mr. Vladimir (der sich für eine karikaturistische Darstellung geradezu aufdrängte) mit Freude vernommen, ein erfahrener Mann von Welt habe gesagt, daß »Conrad mit jener Sphäre in Kontakt gekomen sein oder ansonsten eine hervorragende Intuition der Dinge haben muß«, weil Mr. Vladimir »nicht nur im Detail möglich, sondern in wesentlichen Zügen vollkommen richtig« sei. Dann berichtete mir ein Besucher aus Amerika, daß alle möglichen revolutionären Flüchtlinge in New York befänden, das Buch sei von einem geschrieben worden, der eine Menge über sie wisse. Dies nahm ich in Anbetracht dessen, daß ich von ihresgleichen noch weniger als der allwissende Freund, der mir die erste Anregung zu diesem Roman gab, zu Gesicht bekommen hatte, als ein sehr großes Kompliment. Gleichwohl besteht kein Zweifel, daß es während der Abfassung des Romans Augenblicke gab, da ich ein extremer Revolutionär war, ich will nicht sagen, überzeugter als sie, aber einer, der ein konzentrierteres Ziel vor Augen hatte als jeder einzelne von ihnen im gesamten Verlauf seines Lebens. Ich sage das nicht, um mich zu brüsten. Ich widmete mich lediglich meiner Sache. Bei allen meinen Büchern habe ich mich stets meiner Sache gewidmet. Ich habe mich ihr bis zur völligen Selbstaufgabe gewidmet. Und auch mit dieser Feststellung will ich mich nicht brüsten. Anders hätte ich es nicht gekonnt. Es hätte mich zu sehr gelangweilt, eine Scheinwelt aufzubauen.

Die Anregungen für gewisse Charaktere in der Geschichte, gesetzestreue wie gesetzlose, kamen von verschiedenen Quellen, welche vielleicht hier und da ein Leser erkannt haben mag.

Sie sind nicht sehr im Geheimen. Doch geht es mir hier nicht darum, irgend eine dieser Figuren zu legitimieren, und selbst bezüglich meiner allgemeinen Ansicht über das moralische Verhalten zwischen Verbrecher und Polizei will ich nur sagen, daß sie mir wenigstens vertretbar erscheint.

Die zwölf Jahre, die seit der Veröffentlichung des Buches vergangen sind, haben meine Haltung nicht geändert. Ich bedaure nicht, es geschrieben zu haben. Unlängst haben mich Umstände, welche nichts mit dem allgemeinen Tenor dieses Vorwortes zu tun haben, bewogen, diese Geschichte der literarischen Robe indignierter Verachtung zu entkleiden, welche ihr ordentlich zuzuschneiden mich so viel gekostet hat. Ich wurde sozusagen gezwungen, sie mir nackt und bloß anzusehen. Ich gestehe, sie gibt ein grausliches Skelett ab. Doch nach wie vor stelle ich anheim, daß ich, indem ich Winnie Verlocs Geschichte bis zu ihrem anarchistischen Ende der äußersten Trostlosigkeit, des Wahnsinns und der Verzweiflung erzähle und sie erzähle, wie ich sie hier erzählt habe, nicht die Absicht hatte, einen sinnlosen Anschlag auf die Gefühle der Menschheit zu verüben.

1920 J. C.

Erstes Kapitel

Als Mr. Verloc am Morgen ausging, überließ er seinen Laden formell der Obhut seines Schwagers. Das konnte er tun, weil das Geschäft zu jeder Zeit sehr schlecht lief und vor dem Abend praktisch überhaupt nicht. Mr. Verloc kümmerte sich nur wenig um sein vorgebliches Geschäft. Und überdies war der Schwager in der Obhut seiner Frau.

Der Laden war klein, ebenso auch das Haus. Es war eines jener verrußten Backsteinhäuser, welche es in großer Zahl gab, bevor das Zeitalter des Neuaufbaus über London heraufzog. Der Laden glich einer quadratischen Schachtel, deren Straßenseite mit kleinen Scheiben verglast war. Untertags blieb die Tür verschlossen; am Abend stand sie diskret, aber verdächtig angelehnt.

Das Schaufenster enthielt Photographien mehr oder minder bekleideter Tänzerinnen; unbestimmbare, wie Arzneimittelchen eingeschlagene Päckchen; verschlossene gelbe Papierumschläge, sehr dünn und in schweren schwarzen Ziffern mit 2/6 ausgezeichnet; ein paar Nummern alter französischer humoristischer Zeitschriften, die wie zum Trocknen an einer Leine aufgehängt waren; eine trüb-blaue Porzellanschale; ein schwarzes Holzkästchen, Flaschen mit Zeichentinte und Gummistempel; ein paar Bücher mit Titeln, die auf Unziemliches hindeuteten; ein paar anscheinend alte Ausgaben obskurer Zeitungen, schlecht gedruckt, mit Titeln wie die *Fackel*, der *Gong* – aufrüttelnde Titel. Und die beiden Gasbrenner hinter den

Scheiben waren stets niedrig gestellt, sei es um der Sparsamkeit oder um der Kunden willen.

Diese Kunden waren entweder sehr junge Männer, die sich eine Weile vor dem Fenster herumdrückten, bevor sie plötzlich hineinhuschten, oder Männer reiferen Alters, die jedoch im allgemeinen aussahen, als seien sie nicht bei Kasse. Einige der letzteren hatten den Kragen des Überrockes bis zum Schnurrbart hochgeschlagen und Schmutzspuren unten an den Beinkleidern, die dem Aussehen nach viel getragen und nicht sehr wertvoll waren. Und auch die Beine, die darin steckten, wirkten in der Regel nicht weiter von Belang. Die Hände tief in die Seitentaschen des Überrockes gestoßen, stahlen sie sich seitwärts hinein, eine Schulter voraus, als fürchteten sie, die Glocke auszulösen.

Die Glocke, welche mittels eines geschwungenen Stahlbandes an der Tür hing, war schwierig zu umgehen. Sie war rettungslos gesprungen; abends jedoch rasselte sie bei der geringsten Provokation mit ungehöriger Heftigkeit hinter dem Kunden her.

Sie rasselte; und auf dieses Signal hin pflegte Mr. Verloc durch die staubige Glastür hinter dem Ladentisch aus gestrichenen Kieferndielen aus der Stube dahinter eilig hindurchzustürzen. Seine Augen waren von Natur schwer; er wirkte, als hätte er sich, voll bekleidet, den ganzen Tag auf einem ungemachten Bett herumgewälzt. Ein anderer hätte eine solche Erscheinung entschieden als Nachteil gewertet. In einem Geschäftsunternehmen des Einzelhandels hängt viel vom einnehmenden und liebenswürdigen Äußeren des Verkäufers ab. Doch Mr. Verloc kannte sein Geschäft und blieb von jeglichem ästhetischen Zweifel hinsichtlich seines Erscheinungsbildes unberührt. Mit fester, starräugiger Dreistigkeit, welche die Nötigung mit einer schrecklichen Bedrohung zurückzuhalten schien, machte er sich daran, irgend einen Gegenstand über den Ladentisch zu verkaufen, welcher in schändlicher Offenkundigkeit das Geld, das bei dem Handel den Besitzer wechselte, nicht wert war: beispielsweise eine kleine Pappschachtel, welche offenbar nichts enthielt, oder einen jener sorgsam verschlossenen gelben dünnen Umschläge oder ein fleckiges, in Papier geschlagenes Buch mit einem verheißungsvollen Titel. Hin und wieder geschah es, daß eine der verblichenen, gelben Tänzerinnen an einen Amateur verkauft wurde, als wäre sie lebendig und jung gewesen.

Zuweilen erschien auf den Ruf der gesprungenen Glocke hin auch Mrs. Verloc. Winnie Verloc war eine junge Frau mit voller Büste in einem engen Mieder und mit breiten Hüften. Ihr Haar war sehr ordentlich. Starräugig wie ihr Mann, bewahrte sie hinter der Schutzwehr des Ladentisches eine Miene unergründlicher Gleichgültigkeit. Dann geriet der Kunde von vergleichsweise zarten Jahren plötzlich aus der Fassung, weil er es mit einer Frau zu tun hatte, und äußerte, einen Sturm im Herzen, die Bitte um eine Flasche Zeichentinte, Einzelhandelspreis Sixpence (Preis in Verlocs Laden ein Shilling Sixpence), welche er dann, wieder draußen, verstohlen in die Gosse fallen ließ.

Die Abendbesucher – die Männer mit den hochgeschlagenen Krägen und den herabgedrückten Hüten – nickten Mrs. Verloc vertraut zu und hoben unter gemurmeltem Gruß die Klappe am Ende des Ladentisches, um in die hintere Stube zu gelangen, welche wiederum Zugang zu einem Flur und einer steilen Treppe gewährte.

Die Ladentür war die einzige Möglichkeit des Zutritts zu dem Haus, in welchem Mr. Verloc seinem Geschäft als Verkäufer dubioser Waren nachging, seine Berufung als Beschützer der Gesellschaft ausübte und seine häuslichen Tugenden pflegte. Diese letzteren waren ausgeprägt. Er war ein durch und durch häuslicher Mensch. Weder seine geistlichen noch seine geistigen noch seine körperlichen Bedürfnisse waren derart, daß sie ihn weiters aus dem Hause führten. Zu Hause fand er das Behagen des Körpers und den Frieden des Gewissens, dazu noch die ehelichen Zuwendungen Mrs. Verlocs sowie die ehrerbietige Achtung von Mrs. Verlocs Mutter.

Winnies Mutter war eine kräftige Frau mit großem braunem Gesicht und pfeifendem Atem. Unter einer weißen Haube trug sie eine schwarze Perücke. Ihre geschwollenen Beine verurteilten sie zur Untätigkeit. Sie betrachtete sich als französischen Ursprungs, was wahr sein mochte; und nach etlichen Jahren des Ehelebens mit einem Schankwirt von der gewöhnlicheren Sorte versorgte sie sich in ihrer Witwenschaft, indem sie Herren möblierte Zimmer in der Nähe der Vauxhall Bridge Road an einem Platz vermietete, welchem einstmals ein gewisser Glanz geeignet hatte und der noch immer zum Bezirk Belgravia gehörte. Dieser topographische Umstand gereichte den Inseraten ihrer Zimmer zu einigem Vorteil, doch die Gäste der würdigen Witwe waren nicht gerade von der vornehmen Art. Wie sie auch waren, ihre Tochter Winnie half ihr dabei, sich um sie zu kümmern. Spuren französischer Abstammung, derer sich die Witwe rühmte, zeigten sich auch bei Winnie. Sie zeigten sich in dem äußerst sauberen und kunstvollen Arrangement ihres glänzenden Haares. Winnie hatte auch andere Reize:

ihre Jugend, ihre volle, runde Gestalt, ihr klarer Teint, die Provokation ihrer unergründlichen Zurückhaltung, die nie so weit ging, eine Unterhaltung zu verhindern, welche von seiten des Pensionsgastes mit Lebhaftigkeit, von der ihren mit gleichförmiger Liebenswürdigkeit geführt wurde. Nun muß Mr. Verloc für diesen Zauber empfänglich gewesen sein. Mr. Verloc war ein unregelmäßiger Gast. Er kam und ging ohne jeden weiteren ersichtlichen Grund. Für gewöhnlich traf er in London (wie die Grippe) vom Kontinent ein, nur daß er von der Presse unangekündigt eintraf, und seine Heimsuchungen setzten mit großer Heftigkeit ein. Er frühstückte im Bett und wälzte sich Tag für Tag mit einer Miene stillen Genusses bis zur Mittagszeit darin – und manchmal gar bis zu noch späterer Stunde. Doch wenn er ausging, schien es ihm große Schwierigkeiten zu bereiten, den Weg zu seinem vorübergehenden Zuhause an dem Platz in Belgravia zurückzufinden. Er verließ es spät und kehrte früh zurück – früh erst um drei oder vier morgens, und wandte sich, nachdem er um zehn erwacht war, in den heiseren, versagenden Tönen eines Mannes, der viele Stunden lang ununterbrochen heftig geredet hatte, mit scherzender, erschöpfter Umgänglichkeit an Winnie, sie möge ihm das Frühstückstablett bringen. Seine hervorstehenden, unter schweren Lidern sitzenden Augen rollten liebessinnig und wohlig hin und her, das Bettleinen war bis zum Kinn emporgezogen, und sein dunkler weicher Schnauzbart bedeckte seine dicken Lippen, die manch honigsüßer Neckereien fähig waren.

Nach Meinung von Winnies Mutter war Mr. Verloc ein sehr netter Herr. Von ihrer Lebenserfahrung, die sie in unterschiedlichen »Geschäftshäusern« gesammelt hatte, hatte die gute Frau in ihren Ruhestand ein Ideal des feinen Herrn mitgebracht, wie es von den Gästen der besseren Schankhäuser verkörpert wurde. Mr. Verloc näherte sich diesem Ideal, ja, er erreichte es sogar.

»Natürlich übernehmen wir dein Mobiliar, Mutter«, hatte Winnie bemerkt.

Die Pension sollte aufgegeben werden. Anscheinend war es nicht ratsam, sie weiterzuführen. Es hätte Mr. Verloc zu viel Umstände bereitet. Es wäre für sein anderes Geschäft nicht günstig gewesen. Was dieses Geschäft war, sagte er nicht, doch nach seiner Verlobung mit Winnie unterzog er sich der Mühe, vor Mittag aufzustehen, die Souterraintreppe herabzusteigen und sich mit Winnies Mutter im Frühstücksraum, wo sie ihr bewegungsloses Dasein führte, ein wenig zu unterhalten. Er streichelte die Katze, schürte das Feuer, nahm sein Mittagsmahl ein, das ihm dort serviert wurde. Mit offenkundigem Widerstreben verließ er die dortige leicht muffige Behaglichkeit, blieb jedoch gleichwohl bis zu weit vorgerückter Stunde aus. Niemals erbot er sich, Winnie ins Theater auszuführen, wie ein so netter Herr es eigentlich hätte tun sollen. Seine Abende waren ausgefüllt. Seine Arbeit sei gewissermaßen politisch, sagte er Winnie einmal. Sie müsse, mahnte er sie, zu seinen politischen Freunden sehr nett sein. Und mit ihrem geraden, unergründlichen Blick antwortete sie, daß sie dies natürlich sein werde.

Wieviel mehr er ihr bezüglich seiner Beschäftigung erzählte, war für Winnies Mutter unmöglich zu ermitteln. Das Ehepaar übernahm sie zusammen mit dem Mobiliar. Die armselige Erscheinung des Ladens überraschte sie. Der Wechsel von dem Platz in Belgravia in die schmale

Gasse in Soho wirkte sich nachteilig auf ihre Beine aus. Sie schwollen zu enormer Größe an. Andererseits erfuhr sie eine vollkommene Befreiung von materiellen Sorgen. Das schwerfällige, gutmütige Wesen ihres Schwiegersohnes erfüllte sie mit dem Gefühl absoluter Sicherheit. Für die Zukunft ihrer Tochter war offensichtlich gesorgt, und selbst bezüglich ihres Sohnes Stevie brauchte sie sich nicht zu ängstigen. Sie hatte es nicht vor ihr zu verbergen vermocht, daß er eine schreckliche Last war, der arme Stevie. Doch im Hinblick auf Winnies Zuneigung zu ihrem empfindlichen Bruder und auf Mr. Verlocs freundliche und großzügige Veranlagung meinte sie, daß der arme Junge in dieser rauhen Welt recht sicher war. Und im Innersten ihres Herzens mißfiel es ihr vielleicht doch nicht, daß die Verlocs keine Kinder hatten. Da dieser Umstand Mr. Verloc vollkommen gleichgültig zu sein schien und Winnie in ihrem Bruder ein Objekt quasi-mütterlicher Liebe fand, war dies für den armen Stevie vielleicht ganz gut so.

Denn mit dem Jungen war schwer etwas anzufangen. Er war empfindlich und, mit Ausnahme der leer herabhängenden Unterlippe, auf eine zerbrechliche Weise gut aussehend. Unter unserem hervorragenden System der allgemeinen Schulpflicht hatte er, ungeachtet der unvorteilhaften Erscheinung seiner Unterlippe, Lesen und Schreiben gelernt. Doch als Botenjunge war ihm kein besonderer Erfolg beschieden. Er vergaß seine Aufträge; vom geraden Pfad der Pflicht ließ er sich leicht von den Attraktionen streunender Katzen und Hunde abbringen, denen er durch enge Gassen auf anrüchige Plätze folgte; von der Komödie der Straßen, welche er, zum Schaden der Interessen seines Auftraggebers, offenen Mundes betrachtete; oder von dem Drama gefallener Pferde, dessen Pathos und Gewalt ihn zuweilen veranlaßte, in der Menge, welche sich in ihrer stillen Freude an dem Volksspektakel nicht gern durch Verzweiflungslaute stören ließ, durchdringend aufzuschreien. Wenn er dann von einem ernsten und schützenden Polizisten weggeführt wurde, dann stellte sich häufig heraus, daß der arme Stevie seine Adresse vergessen hatte – wenigstens im Augenblick. Eine brüske Frage löste bei ihm ein Stottern bis hin zum Ersticken aus. Wurde er von etwas Verwirrendem aufgeschreckt, pflegte er furchtbar zu schielen. Allerdings hatte er nie Anfälle (was ermutigend war), und in den Tagen seiner Kindheit konnte er vor den natürlichen Ausbrüchen der Ungeduld seitens seines Vaters stets hinter die kurzen Röcke seiner Schwester Winnie laufen, um dort Schutz zu suchen. Andererseits hätte man argwöhnen können, er verberge einen Vorrat an dreister Ungezogenheit. Als er vierzehn Jahre alt war, entdeckte ihn ein Freund seines verstorbenen Vaters, ein Vertreter einer ausländischen Milchkonservenfirma, welcher ihm eine Gelegenheit als Bürojunge gegeben hatte, an einem nebligen Nachmittag, wie er in Abwesenheit seines Chefs im Treppenhaus damit beschäftigt war, Feuerwerkskörper abzubrennen. In schneller Folge feuerte er eine Reihe wilder Raketen, wütender Feuerräder, laut explodierender Schwärmer ab – und die Angelegenheit hätte sich als sehr ernst erweisen können. Im ganzen Gebäude breitete sich eine schreckliche Panik aus. Würgende Buchhalter, Entsetzen im Blick, hetzten durch die raucherfüllten Gänge; Seidenhüte und ältere Geschäftsmänner sah man getrennt voneinander die Treppen hinabrollen. Stevie schien aus dem, was er getan hatte, keinerlei persönliche

Befriedigung abzuleiten. Seine Gründe für diesen originellen Einfall waren schwierig auszumachen. Erst später erhielt Winnie von ihm ein verschwommenes und wirres Geständnis. Anscheinend hatten zwei andere Bürojungen im Gebäude mit Geschichten von Ungerechtigkeiten und Unterdrückung auf seine Gefühle eingewirkt, bis sie sein Mitgefühl bis zu jener äußersten Raserei aufgestachelt hatten. Doch der Freund seines Vaters entließ ihn natürlich ohne viel Federlesens, weil er wohl noch sein Geschäft ruinieren werde. Nach dieser altruistischen Heldentat wurde Stevie in die Küche im Souterrain gesteckt, wo er beim Spülen helfen und die Stiefel der Herren, welche in der Villa in Belgravia abstiegen, putzen sollte. Es war klar, daß eine solche Arbeit keine Zukunft barg. Die Herren gaben ihm hin und wieder einen Shilling Trinkgeld. Mr. Verloc erwies sich als der großzügigste der Gäste. Doch im ganzen belief sich all das auf nicht sehr viel, weder hinsichtlich seiner Einkünfte noch seiner Aussichten; und als denn Winnie ihre Verlobung mit Mr. Verloc bekanntgab, konnte ihre Mutter nicht umhin, sich mit einem Seufzer und einem Blick auf die Spülküche zu fragen, was wohl nun aus dem armen Stevie werden sollte.

Es erwies sich, daß Mr. Verloc bereit war, ihn zusammen mit der Mutter seiner Frau und dem Mobiliar, welches das gesamte sichtbare Vermögen der Familie darstellte, zu übernehmen. Mr. Verloc nahm alles, wie es kam, an seine breite, gutmütige Brust. Das Mobiliar wurde zum besten aller über das ganze Haus verteilt, Mrs. Verlocs Mutter jedoch wurde in zwei Hinterzimmer im ersten Stock verbannt. Der glücklose Stevie schlief in einem davon. Mittlerweile hatte ein dünner flaumiger

Haarwuchs gleich einem goldenen Schleier die scharfe Kurve seines kleinen Unterkiefers verwischt. Er half seiner Schwester mit blinder Liebe und Fügsamkeit bei ihren Haushaltspflichten. Mr. Verloc fand, daß eine Beschäftigung gut für ihn sei. In seiner freien Zeit beschäftigte er sich damit, mit Zirkel und Stift Kreise auf ein Blatt Papier zu zeichnen. Dieser Kurzweil gab er sich, die Ellbogen gespreizt, tief über den Küchentisch gebeugt, mit großem Fleiß hin. Durch die offene Tür der Wohnstube hinter dem Laden warf Winnie, seine Schwester, hin und wieder Blicke mütterlicher Wachsamkeit auf ihn.

Zweites Kapitel

SOLCHERMASSEN waren das Haus, der Haushalt und das Geschäft, welches Mr. Verloc auf seinem Weg gen Westen um halb elf Uhr vormittags zurückließ. Es war ungewöhnlich früh für ihn; seine ganze Person verströmte den Charme fast tauiger Frische; er trug seinen blauen Überrock offen, seine Stiefel glänzten, seine Wangen, frisch rasiert, leuchteten gewissermaßen, und selbst die Augen unter den schweren Lidern, von einer Nacht friedlichen Schlummers erfrischt, sandten Blicke von relativer Wachheit aus. Durch das Parkgitter hindurch erfaßten diese Blicke Männer und Frauen, die auf der Row ritten, Paare, die einträchtig vorüberkanterten, andere, die in gesetztem Gang voranschritten, schlendernde Gruppen zu dreien oder vieren, einzelne Reiter, die ungesellig wirkten, und einzelne Frauen, denen in weitem Abstand ein Groom mit einer Kokarde am Hut und einem Ledergurt über dem eng sitzenden Rock hinterherritt. Kutschen rollten vorbei, zumeist zweispännige Broughams, dazwischen hier und da eine Viktoriachaise mit dem Fell eines wilden Tieres im Innern und dem Gesicht und Hut einer Frau, der sich über das eingefaltete Dach erhob. Und eine eigentümliche Londoner Sonne – gegen welche nichts zu sagen war, außer daß sie blutunterlaufen war – verklärte all das mit ihrem starren Blick. Mit einer Miene pünktlicher und milder Wachsamkeit hing sie in mäßiger Höhe über Hyde Park Corner. Selbst das Pflaster unter Mr. Verlocs Füßen hatte in dem diffusen Licht einen altgoldnen Anstrich, in welchem weder Mauer noch Baum noch Tier noch Mensch einen Schatten warfen. Mr. Verloc ging in einer Atmosphäre alten Goldstaubes durch eine schattenlose Stadt gen Westen. Kupferrot schimmerte es auf Hausdächern, an Mauerecken, auf Kutschenscheiben, selbst auf dem Fell der Pferde und auf dem breiten Rücken von Mr. Verlocs Überrock, was einen Effekt stumpfer Rostigkeit bewirkte. Doch Mr. Verloc war sich nicht im mindesten bewußt, eingerostet zu sein. Durch das Parkgitter hindurch betrachtete er die Zeugnisse des Überflusses und des Luxus der Stadt mit wohlgefälligem Blick. All diese Menschen mußten beschützt werden. Schutz ist das oberste Gebot von Überfluß und Luxus. Sie mußten beschützt werden; und ihre Pferde, Kutschen, Häuser, Diener mußten beschützt werden; und der Quell ihres Reichtums mußte im Herzen der Stadt und im Herzen des Landes beschützt werden; die gesamte gesellschaftliche Ordnung, welche ihrer hygienischen Trägheit dienlich war, mußte vor dem seichten Neid unhygienischer Arbeit geschützt werden. Mußte – und Mr. Verloc hätte sich die Hände vor Befriedigung gerieben, wäre er nicht von Natur aus jeglicher überflüssiger Anstrengung abhold gewesen. Seine Trägheit war nicht hygienisch, doch stand sie ihm sehr gut. Er gab sich ihr gewissermaßen mit einer Art schwerfälligem Fanatismus hin, oder vielleicht eher mit einer fanatischen Schwerfälligkeit. Von fleißigen Eltern in ein Leben harter Arbeit geboren, hatte er die Indolenz aus einem Impuls heraus ergriffen, welcher so tief, so unerklärlich und so gebieterisch war wie jener, der die Vorliebe eines Mannes für eine bestimmte Frau unter tausend leitet. Selbst für einen Demagogen, für einen Arbeiterredner, für einen

Arbeiterführer war er zu faul. Das machte zu viel Mühe. Er benötigte eine vollkommenere Form der Muße; es hätte aber auch sein können, daß er das Opfer eines philosophischen Zweifels an der Effektivität jeder menschlichen Anstrengung war. Eine solche Form der Indolenz erfordert, impliziert ein gewisses Maß an Intelligenz. Mr. Verloc mangelte es nicht an Intelligenz – und bei der Vorstellung einer bedrohten gesellschaftlichen Ordnung hätte er sich vielleicht zugezwinkert, wäre jenes Zeichen des Skeptizismus nicht mit einer Anstrengung verbunden gewesen. Seine großen, hervorstehenden Augen eigneten sich nicht gut zum Zwinkern. Sie waren eher von der Art, welche sich mit majestätischem Effekt feierlich zum Schlummer schließt.

Unauffällig und stramm im Stile eines fetten Schweins setzte Mr. Verloc, ohne sich vor Befriedigung die Hände zu reiben oder auch skeptisch ob seiner Gedanken zu zwinkern, seinen Weg fort. Schwer stapfte er mit seinen glänzenden Stiefeln übers Pflaster, und sein allgemeiner Aufzug war der eines wohlhabenden Mechanikers in eigenen Geschäften. Vom Bilderrahmenmacher bis zum Schmied hätte er alles sein können; ein Dienstherr im kleinen. Doch hatte er auch etwas Unbeschreibbares an sich, welches kein Handwerker sich in der Praxis seines Gewerbes hätte aneignen können, wie unehrlich er es auch ausgeübt hätte: Etwas, das Männern gemein ist, welche von den Lastern, den Torheiten oder den gemeineren Ängsten der Menschheit leben; einen moralischen Nihilismus, welcher Inhabern von Spielhöllen und Freudenhäusern gemein ist, Privatdetektiven und Auskunfteiagenten, Getränkeverkäufern und, wie ich meine, den Verkäufern kräftigender elektrischer Gürtel und den Erfindern von Arzneimittelchen. Im Falle der letzteren bin ich mir nicht ganz sicher, da ich meine Untersuchungen nicht in solche Tiefen ausgedehnt habe. Soweit ich weiß, kann der Ausdruck dieser letzteren ausgesprochen diabolisch sein. Es sollte mich nicht wundern. Bekräftigen möchte ich, daß Mr. Verlocs Ausdruck keinesfalls diabolisch war.

Bevor er Knightsbridge erreichte, bog Mr. Verloc aus der belebten Verkehrsader mit ihrem tosenden Lärm der schwankenden Omnibusse und dahintrottenden Packwagen nach links in den nahezu lautlosen, raschen Strom der Hansoms ab. Die Haare unter seinem Hut, welchen er leicht nach hinten gekippt trug, waren sorgfältig zu respektheischender Glätte gebürstet; denn sein Geschäft trieb er mit einer Botschaft. Und Mr. Verloc marschierte nun, fest wie ein Fels – eine weiche Art Fels –, eine Straße entlang, welche mit aller Angemessenheit privat genannt werden konnte. Mit ihrer Breite, Leere und Ausdehnung eignete ihr die Würde anorganischer Natur, eines Stoffes, welcher niemals stirbt. Die einzige Mahnung an die Sterblichkeit war der Brougham eines Arztes, welcher in erhabener Einsamkeit nahe am Bordstein verharrte. Die polierten Klopfer an den Türen leuchteten, soweit das Auge reichte, die sauberen Fenster schimmerten in einem dunklen, opaken Glanz. Und alles war still. Doch ein Milchkarren klapperte geräuschvoll quer über die ferne Perspektive; ein Fleischerjunge, der mit der edlen Rücksichtslosigkeit eines Wagenlenkers bei den Olympischen Spielen fuhr, sauste um die Ecke, hoch über einem Paar roter Räder sitzend. Eine schuldig wirkende Katze kam unter den Steinen hervor und rannte eine Weile vor Mr. Verloc her, um dann in einen anderen Souterrain zu tauchen; und ein dicker Konstabler, welchem, wie er scheinbar aus einem Laternenpfahl heraustrat, jegliche Gefühlsregung fremd zu sein schien, als wäre auch er Teil der anorganischen Natur, nahm nicht die leiseste Notiz von Mr. Verloc. Indem Mr. Verloc nach links abbog, verfolgte er seinen Weg durch eine schmale Straße an einer gelben Mauer entlang, auf welcher aus unersichtlichem Grund in schwarzen Buchstaben Chesham Square Nr. 1 geschrieben stand. Der Chesham Square war wenigstens sechzig Yards entfernt, und Mr. Verloc, welcher Kosmopolit genug war, um sich nicht von den geographischen Mysterien Londons täuschen zu lassen, schritt ohne ein Zeichen der Verblüffung oder Empörung weiter. Schließlich erreichte er mit geschäftsmäßiger Beharrlichkeit den Platz und überquerte ihn diagonal zur Nummer 10. Diese gehörte zu einem eindrucksvollen Kutschentor in einer hohen, sauberen Wand zwischen zwei Häusern, deren eines vernünftigerweise die Nummer 9 trug, während das andere mit 37 numeriert war; der Umstand jedoch, daß letzteres zur Porthill Street gehörte, einer in dem Viertel wohlbekannten Straße, wurde von einer Inschrift verkündet, die oberhalb der Erdgeschoßfenster von der überaus tüchtigen Behörde angebracht war, welche auch immer mit der Pflicht betraut ist, Londons streunende Häuser im Auge zu behalten. Warum die Gewalten nicht vom Parlament (ein kurzes Gesetz würde genügen) aufgefordert werden, jene Gebäude zu nötigen, dorthin zurückzukehren, wo sie hingehören, ist eines der Mysterien der Stadtverwaltung. Mr. Verloc belastete seinen Kopf nicht damit, da seine Lebensbestimmung der Schutz der gesellschaftlichen Mechanismen war, nicht jedoch ihre Vervollkommnung oder gar ihre Kritik.

Es war so früh, daß der Torwächter der Botschaft, als er hastig aus seinem Häuschen hervortrat, noch immer mit dem linken Ärmel seiner Uniformjacke rang. Seine Weste war rot, und er trug Kniebundhosen, doch seine Erscheinung war erhitzt. Mr. Verloc, sich des Sturms auf seine Flanke bewußt, wehrte diesen ab, indem er einfach einen mit dem Wappen der Botschaft bedruckten Umschlag von sich hielt, und schritt weiter. Denselben Talisman zeigte er auch dem Diener vor, der die Tür öffnete, und trat zurück, damit dieser ihn in die Eingangshalle einlassen konnte.

In einem hohen Kamin brannte ein reines Feuer, und ein älterer Mann, welcher, angetan mit Abendanzug und einer Kette um den Hals, mit dem Rücken dazu stand, schaute von der Zeitung auf, die er vor seinem ruhigen und strengen Gesicht mit beiden Händen ausgebreitet hielt. Er bewegte sich nicht; doch ein weiterer Lakai in braunen Hosen und mit dünnem gelbem Kord gesäumtem Frack näherte sich ihm, lauschte dem Gemurmel seines Namens und machte sich, nachdem er sich geräuschlos auf dem Absatz umgedreht hatte, davon, ohne sich noch einmal umzublicken. Mr. Verloc, derart in einen Gang im Erdgeschoß links von der großen, mit Teppich ausgelegten Treppe geleitet, wurde unvermittelt durch eine Handbewegung aufgefordert, einen kleinen Raum zu betreten, welcher mit einem schweren Schreibtisch und einigen Stühlen möbliert war. Der Diener schloß die Tür, und Mr. Verloc blieb allein zurück. Er nahm nicht Platz. Hut und Stock in einer Hand haltend, blickte er um sich, wobei er sich mit der anderen schwammigen Hand über den unbedeckten glatten Kopf strich.

Eine weitere Tür öffnete sich geräuschlos, und

Mr. Verloc sah, als er den Blick in jene Richtung festigte, zunächst nur schwarze Kleidung. Das kahle Ende eines Kopfes und ein kraftloser dunkelgrauer Backenbart zu beiden Seiten eines Paars runzliger Hände. Der Mensch, der eingetreten war, hielt einen Stoß Papiere vor den Augen und trat mit recht geziertem Schritt an den Tisch, derweil er die Papiere umdrehte. Der Geheime Botschaftsrat Wurmt, Chancelier d'Ambassade, war ziemlich kurzsichtig. Der verdienstliche Beamte entblößte, als er die Papiere auf den Tisch legte, ein Gesicht von teigiger Farbe und melancholischer Häßlichkeit, welches von einer Vielzahl feiner, langer, dünner grauer Haare umringt, von dicken, buschigen Augenbrauen fest abgegrenzt war. Er setzte einen schwarzgerahmten Kneifer auf eine stumpfe und formlose Nase und schien von Mr. Verlocs Erscheinen betroffen. Unter den gewaltigen Augenbrauen blinzelten seine schwachen Augen erbarmungswürdig durch die Gläser.

Er machte kein Zeichen eines Grußes; ebensowenig Mr. Verloc, welcher gewiß wußte, was sich gehört; doch eine leise Veränderung der Umrisse seiner Schultern und seines Rückens deutete ein leichtes Beugen von Mr. Verlocs Rückgrat unter der Fläche seines Überrockes an. Die Wirkung war die unaufdringlicher Ehrerbietung.

»Ich habe hier einige Ihrer Berichte«, sagte der Bürokrat mit unerwartet sanfter und matter Stimme, wobei er die Spitze des Zeigefingers mit Nachdruck auf die Papiere setzte. Er machte eine Pause; und Mr. Verloc, welcher seine eigene Handschrift sehr wohl erkannt hatte, wartete in nahezu atemloser Stille ab. »Wir sind mit der Haltung der Polizei hier nicht zufrieden«, fuhr der andere mit allen Anzeichen geistiger Ermüdung fort.

Die Schultern Mr. Verlocs deuteten, ohne sich eigentlich zu bewegen, ein Zucken an. Und zum ersten Mal, seit er an jenem Morgen sein Haus verlassen hatte, öffnete er die Lippen.

»Jedes Land hat seine Polizei«, sagte er philosophisch. Doch als der Botschaftsbeamte ihn weiterhin stetig anblinzelte, fühlte er sich bemüßigt anzufügen: »Gestatten Sie mir die Beobachtung, daß mir keinerlei Einflußnahme auf die Polizei hier gegeben ist.«

»Was erwünscht ist«, sagte der Mann der Papiere, »ist das Eintreten von etwas Definitivem, was ihre Wachsamkeit anregen müßte. Das schlägt doch in Ihr Fach – habe ich nicht recht?«

Mr. Verloc gab als Antwort nur einen Seufzer von sich, welcher ihm unfreiwillig entwischte, denn sogleich versuchte er, seinem Gesicht einen heiteren Ausdruck zu geben. Der Beamte blinzelte zweifelnd, als beeinträchtigte ihn das trübe Licht im Raum. Undeutlich wiederholte er:

»Die Wachsamkeit der Polizei – und die Strenge der Polizeirichter. Die allgemeine Milde der Gerichtsverfahren hierzulande, dazu das vollkommene Fehlen jeglicher repressiver Maßnahmen sind für Europa ein Skandal. Was im Augenblick erstrebt wird, ist die Akzentuierung der Unruhe – der Gärung, welche unzweifelhaft besteht –«

»Unzweifelhaft, unzweifelhaft«, fiel Mr. Verloc in einem tiefen, ehrerbietigen Baß von einer oratorischen Qualität ein, welche so vollkommen anders als der Ton war, in dem er zuvor gesprochen hatte, daß sein Gesprächspartner zutiefst verblüfft war. »Sie besteht in einem gefährlichen Ausmaße. Meine Berichte über die letzten zwölf Monate machen das genügend deutlich.«

»Ihre Berichte über die letzten zwölf Monate«, hob der

Geheime Botschaftsrat Wurmt in seinem sanften und leidenschaftslosen Ton an, »sind von mir gelesen worden. Ich vermag nicht zu erkennen, warum Sie sie überhaupt geschrieben haben.«

Eine Weile herrschte eine traurige Stille. Mr. Verloc schien es die Sprache verschlagen zu haben, und der andere starrte unverwandt auf die Papiere auf dem Tisch. Endlich versetzte er ihnen einen leichten Stoß.

»Die Sachlage, die Sie da enthüllen, soll eigentlich die Grundvoraussetzung Ihrer Verwendung sein. Was in der gegenwärtigen Lage gefordert ist, ist nichts Schriftliches, sondern daß ein klares Faktum zutage gefördert wird – ich würde fast sagen, ein alarmierendes Faktum.«

»Ich muß nicht betonen, daß alle meine Bemühungen auf dieses Ziel hin ausgerichtet sein werden«, sagte Mr. Verloc mit überzeugten Modulationen in seinem heiseren Plauderton. Doch das Gefühl, hinter dem blinden Gleißen jener Augengläser auf der anderen Seite des Tisches wachsam angeblinzelt zu werden, brachte ihn aus der Fassung. Mit einer Geste völliger Ergebenheit unterbrach er sich abrupt. Der nützliche, hart arbeitende, wenngleich obskure Botschaftsangehörige machte eine Miene, als wäre er von einem neu gefaßten Gedanken beeindruckt.

»Sie sind sehr korpulent«, sagte er.

Diese Beobachtung, die eigentlich psychologischer Natur und mit dem maßvollen Zögern eines Büromenschen vorgebracht war, welchem Tinte und Papier vertrauter waren als die Anforderungen des tätigen Lebens, versetzte Mr. Verloc in der Art einer groben persönlichen Bemerkung einen Stich. Er trat einen Schritt zurück.

»Wie? Was beliebten Sie zu sagen?« rief er mit heiserem Unwillen aus.

Der Chancelier d'Ambassade, dem die Durchführung dieser Unterredung anvertraut war, fand das offenbar zu viel.

»Ich finde«, sagte er, »Sie sollten lieber mit Mr. Vladimir sprechen. Ja, ich finde unbedingt, Sie sollten mit Mr. Vladimir sprechen. Seien Sie doch so gut und warten Sie hier«, setzte er hinzu und ging mit gezierten Schritten hinaus.

Sogleich strich sich Mr. Verloc mit der Hand über die Haare. Dünner Schweiß war auf seiner Stirn ausgebrochen. Er ließ aus gespitzten Lippen Luft entweichen wie einer, der auf einen Löffel heißer Suppe bläst. Doch als der Diener in Braun lautlos an der Tür erschien, hatte sich Mr. Verloc keinen Zoll von der Stelle bewegt, die er während der Unterredung inne hatte. Er war reglos verharrt, als fühlte er sich von Fallgruben umgeben.

Er ging einen Gang entlang, der von einer einsamen Gasflamme beleuchtet war, sodann eine gewundene Treppe hinauf und durch einen verglasten und heiteren Korridor im ersten Stock. Der Diener warf eine Tür auf und trat zur Seite. Die Füße Mr. Verlocs fühlten einen dicken Teppich. Der Raum war groß, er hatte drei Fenster; und ein junger Mann mit einem rasierten, großen Gesicht, er saß in einem geräumigen Sessel vor einem mächtigen Mahagoni-Schreibtisch, sagte auf Französisch zu dem Chancelier d'Ambassade, der gerade, die Papiere in der Hand, hinausging:

»Sie haben völlig recht, *mon cher*. Er ist dick – das Tier.«

Mr. Vladimir, Erster Sekretär, hatte einen Salonruf als angenehmer und unterhaltsamer Mann. In der Gesellschaft war er so etwas wie ein Liebling. Sein Witz bestand darin, possierliche Verbindungen zwischen inkongruenten Vorstellungen zu entdecken; und wenn er in dieser Weise redete, saß er ganz vorn auf seinem Sitz, die linke Hand erhoben, als führte er seine lustigen Demonstrationen zwischen Daumen und Zeigefinger vor, wobei sein rundes und glattrasiertes Gesicht einen Ausdruck fröhlicher Verwirrtheit trug.

Doch in der Art, wie er Mr. Verloc anschaute, lag keine Spur von Fröhlichkeit oder Verwirrtheit. Weit in den tiefen Sessel zurückgelehnt, die Ellbogen rechteckig ausgebreitet, ein Bein über ein dickes Knie werfend, hatte er mit seinem weichen und rosigen Antlitz das Aussehen eines übernatürlich gedeihenden Säuglings, der von niemandem Unsinn duldet.

»Vermutlich verstehen Sie Französisch?« sagte er.

Mr. Verloc erklärte heiser, daß dem so sei. Seine gesamte massige Gestalt war nach vorn geneigt. Er stand mitten im Raum auf dem Teppich, Hut und Stock fest in einer Hand haltend; die andere hing leblos an der Seite herab. Irgendwo tief in seiner Kehle murmelte er unaufdringlich etwas des Inhalts, daß er seinen Militärdienst bei der französischen Artillerie abgeleistet habe. Sogleich wechselte Mr. Vladimir mit verächtlicher Bosheit die Sprache und hob an, idiomatisches Englisch ohne die leiseste Spur eines ausländischen Akzents zu reden.

»Ah! Ja. Natürlich. Wollen mal sehen. Wieviel haben Sie dafür bekommen, daß Sie sich die Pläne des Verschlußkopfes ihres neuen Sturmgewehrs verschafften?«

»Fünf Jahre strenge Festungshaft«, antwortete Mr. Verloc unerwartet, jedoch ohne jede Gefühlsregung.

»Damit sind Sie gut davongekommen«, war Mr. Vladimirs Kommentar. »Na, jedenfalls ist es Ihnen recht geschehen, daß Sie sich haben erwischen lassen. Was hat Sie denn zu so etwas veranlaßt – na?«

Man hörte Mr. Verlocs heisere Plauderstimme über die Jugend reden, eine fatale Vernarrtheit in eine unwürdige –

»Aha! *Cherchez la femme*«, gestattete sich Mr. Vladimir zu unterbrechen, unnachgiebig, doch ohne Umgänglichkeit; im Gegenteil, in seiner Herablassung lag eine Spur Erbarmungslosigkeit. »Seit wann sind Sie hier bei der Botschaft beschäftigt?« fragte er.

»Seit der Zeit des Barons Stott-Wartenheim«, antwortete Mr. Verloc in gedämpftem Ton, wobei er zum Zeichen des Kummers über den verstorbenen Diplomaten die Lippen traurig ausstülpte. Der Erste Sekretär beobachtete unverwandt dieses Spiel der Physiognomie.

»Ah! Seit der Zeit ... Soso! Was haben Sie zu Ihren Gunsten zu sagen?« fragte er scharf.

Mr. Verloc antwortete etwas überrascht, er wüßte nicht, daß er etwas Besonderes zu sagen hätte. Er sei durch einen Brief hergerufen worden – und geschäftig versenkte er die Hand in der Seitentasche seines Überrokkes, beschloß jedoch angesichts der höhnischen, zynischen Aufmerksamkeit Mr. Vladimirs, ihn dort zu belassen.

»Pah!« sagte letzterer. »Was hat das zu bedeuten, daß Sie sich so hängen lassen? Sie haben nicht einmal die Figur Ihres Berufes. Sie – ein Angehöriger eines hungernden Proletariats – niemals! Sie – verzweifelter Sozialist oder Anarchist – was denn nun?«

»Anarchist«, erklärte Mr. Verloc in gedämpftem Ton.

»Unsinn!« fuhr Mr. Vladimir fort, ohne die Stimme zu erheben. »Sogar den alten Wurmt haben Sie aufgeschreckt. Sie würden keinen Idioten täuschen. Das sind sie nebenbei gesagt alle, Sie jedoch erscheinen mir schlicht unmöglich. Dann haben Sie also Ihre Verbindung mit uns aufgebaut, indem Sie die französischen Gewehrpläne stahlen. Und Sie haben sich erwischen lassen. Das muß für unsere Regierung sehr unangenehm gewesen sein. Sie scheinen nicht besonders pfiffig zu sein.«

Mr. Verloc versuchte, sich heiser zu rechtfertigen.

»Wie ich schon zuvor Gelegenheit hatte zu bemerken, eine fatale Vernarrtheit in eine unwürdige –«

Mr. Vladimir hob eine große, weiße, plumpe Hand.

»Ah, ja. Die unglückselige Zuneigung – Ihrer Jugend. Sie bemächtigte sich des Geldes und verkaufte Sie dann an die Polizei – na?«

Der trauervolle Wechsel in Mr. Verlocs Physiognomie, das augenblickliche Herabsinken seiner gesamten Person gestanden ein, daß dies der bedauerliche Fall sei. Mr. Vladimirs Hand ergriff den Knöchel, der auf seinem Knie ruhte. Die Socke war aus dunkelblauer Seide.

»Sehen Sie, das war nicht sehr klug von Ihnen. Vielleicht sind Sie zu empfänglich.«

Mr. Verloc gab mit einem kehligen, belegten Murmeln zu verstehen, daß er nicht mehr jung sei.

»Oh! Das ist ein Mangel, den das Alter nicht behebt«, bemerkte Mr. Vladimir mit unheilvoller Vertraulichkeit. »Aber nein! Dafür sind Sie ja zu dick. Sie hätten sich nicht so entwickeln können, wenn Sie überhaupt empfänglich gewesen wären. Ich will Ihnen sagen, was meiner Ansicht nach mit Ihnen ist: Sie sind ein fauler Kerl. Wie lange beziehen Sie schon ein Einkommen von der Botschaft?«

»Elf Jahre«, kam nach einem Augenblick trotzigen Zögerns als Antwort. »Ich bin mit verschiedenen Missionen betraut worden, solange Seine Exzellenz Baron Stott-Wartenheim noch Botschafter in Paris war. Danach ließ ich mich auf Anweisung Seiner Exzellenz in London nieder. Ich bin Engländer.«

»Ach was! Wirklich? Na!«

»Gebürtiger Brite«, sagte Mr. Verloc dumpf. »Aber mein Vater war Franzose, und daher –«

»Das brauchen Sie mir nicht zu erklären«, unterbrach ihn der andere. »Sie hätten wohl ganz legal Marschall von Frankreich und Mitglied des Englischen Parlaments sein können – und dann wären Sie unserer Botschaft wahrhaft von Nutzen gewesen.«

Diese Gedankenspielerei rief etwas wie ein schwaches Lächeln auf Mr. Verlocs Gesicht hervor. Mr. Vladimir bewahrte sich eine unerschütterliche Ernsthaftigkeit.

»Aber wie ich schon sagte, Sie sind ein fauler Kerl; Sie lassen Ihre Gelegenheiten ungenutzt. Zu Zeiten des Barons Stott-Wartenheim hatten wir eine Menge Schwachköpfe, die diese Botschaft führten. Sie waren die Ursache, daß Kerle wie Sie sich ein falsches Bild vom Wesen eines Geheimdienstfonds machten. Meine Aufgabe ist es, dieses Mißverständnis zu korrigieren, indem ich Ihnen sage, was der Geheimdienst nicht ist. Er ist keine philanthropische Einrichtung. Ich habe Sie zu dem Zweck kommen lassen, um Ihnen das mitzuteilen.«

Mr. Vladimir bemerkte den Ausdruck der Verwirrung auf Mr. Verlocs Gesicht und lächelte sarkastisch.

»Ich sehe, Sie verstehen mich vollkommen. Ich denke, Sie sind intelligent genug für Ihre Arbeit. Was wir nun wollen, sind Taten – Taten.«

Als Mr. Vladimir dies letzte Wort wiederholte, legte er einen langen weißen Zeigefinger auf die Kante des Schreibtisches. Jede Spur von Heiserkeit verschwand aus Mr. Verlocs Stimme. Sein fetter Nacken wurde über dem Samtkragen seines Überrocks krebsrot. Seine Lippen bebten, bevor sie sich weit öffneten.

»Wenn Sie doch so gut sein wollten, in meiner Akte nachzuschauen«, dröhnte er in seinem großartigen, klaren, oratorischen Baß, »dann werden Sie sehen, daß ich erst vor drei Monaten anläßlich des Besuches des Großherzogs Romuald in Paris eine Warnung ausgegeben habe, welche der französischen Polizei von hier aus telegraphiert wurde, und –«

»Ts, ts, ts!« fuhr Mr. Vladimir mit stirnrunzelnder Grimasse dazwischen. »Die französische Polizei konnte mit Ihrer Warnung nichts anfangen. Tönen Sie nur nicht so groß. Was zum Teufel wollen Sie damit sagen?«

Im Ton stolzer Bescheidenheit entschuldigte sich Mr. Verloc dafür, sich vergessen zu haben. Seine Stimme, jahrelang berühmt bei Treffen unter freiem Himmel und Arbeiterversammlungen in großen Hallen, habe, so sagte er, zu seinem Ruf als guter und vertrauenswürdiger Genosse beigetragen. Sie sei daher Teil seiner Nützlichkeit. Sie habe Vertrauen in seine Prinzipien begründet. »In kritischen Momenten haben die Führer stets mich zum Reden geschickt«, verkündete Mr. Verloc mit offenkundiger Befriedigung. Es habe keinen Tumult gegeben, über den er sich nicht habe Gehör verschaffen können, fügte er hinzu; und plötzlich machte er eine Vorführung.

»Sie gestatten«, sagte er. Mit gesenkter Stirn und ohne aufzuschauen, rasch und gewichtig, durchquerte er den Raum zu einem der Flügelfenster hin. Als gäbe er einem unbeherrschbaren Impuls nach, öffnete er es einen Spalt. Mr. Vladimir sprang verblüfft aus den Tiefen des Sessels und blickte ihm über die Schulter; und unten, auf der anderen Seite des Hofes der Botschaft, ein gutes Stück hinter dem offenen Tor, sah man den breiten Rücken eines Polizisten, welcher müßig den prächtigen Kinderwagen eines wohlhabenden Säuglings beobachtete, wie er mit großem Staat über den Platz geschoben wurde.

»Konstabler!« sagte Mr. Verloc mit nicht mehr Anstrengung, als flüsterte er; und Mr. Vladimir brach in Gelächter aus, als er sah, wie der Polizist herumwirbelte, als sei er von einem scharfen Gegenstand gestochen worden. Mr. Verloc schloß still das Fenster und kehrte in die Mitte des Raumes zurück.

»Mit einer solchen Stimme«, sagte er und zog wieder das heisere Plauderregister, »vertraute man mir natürlich. Und ich wußte auch, was ich zu sagen hatte.«

Mr. Vladimir beobachtete ihn, die Krawatte richtend, in dem Spiegel über dem Kamin.

»Ich muß schon sagen, den sozialrevolutionären Jargon kennen Sie ja in- und auswendig«, sagte er verächtlich. »*Vox et* . . . Latein haben Sie wohl nicht studiert – wie?«

»Nein«, knurrte Mr. Verloc. »Das haben Sie wohl auch nicht von mir erwartet. Ich gehöre zur breiten Masse. Wer kann schon Latein? Nur ein paar hundert Dummköpfe, die sich nicht selbst zu helfen wissen.«

Mr. Vladimir studierte im Spiegel noch ungefähr eine weitere halbe Minute das fleischige Profil, den fetten Rumpf des Mannes hinter ihm. Und gleichzeitig hatte er den Vorzug, sein eigenes Gesicht zu sehen, das glattrasiert und rund war, rosig um die Nase, und mit den dünnen, sinnlichen Lippen, welche genau passend für die Äußerungen jener delikaten Witzeleien geformt waren, welche ihn zu solch einem Liebling der allerhöchsten Gesellschaft gemacht hatten. Dann drehte er sich um und schritt mit solcher Entschlossenheit in den Raum, daß sich selbst die Enden seiner seltsam altmodischen Halsbinde mit scheußlichen Drohungen zu sträuben schienen. Die Bewegung war so rasch und heftig, daß Mr. Verloc, einen schrägen Blick werfend, innerlich erzitterte. »Aha! Sie wagen es, unverschämt zu sein«, hob Mr. Vladimir mit einer verblüffend gutturalen Intonation an, welche nicht nur vollkommen unenglisch war, sondern auch absolut uneuropäisch, und selbst Mr. Verloc mit seiner Erfahrung in kosmopolitischen Elendsvierteln aufschreckte. »Sie wagen es! Nun gut, ich werde klare Worte mit Ihnen reden. Stimme allein genügt nicht. Wir können Ihre Stimme nicht gebrauchen. Wir wollen keine Stimme. Wir wollen Tatsachen – aufwühlende Tatsachen – verdammt«, schleuderte er Mr. Verloc in einer Art wilder Besonnenheit ins Gesicht.

»Kommen Sie mir ja nicht mit Ihren hyperboreischen Manieren«, verteidigte sich Mr. Verloc heiser, wobei er auf den Teppich schaute. Woraufhin sein Gegenüber mit einem spöttischen Lächeln über der gesträubten Schleife seiner Halsbinde das Gespräch auf Französisch umschaltete.

»Sie geben sich als *agent provocateur*. Das angemessene Geschäft eines *agent provocateur* ist die Provokation. Soweit ich das anhand Ihrer Akte, die hier geführt wird, beurteilen kann, haben Sie während der letzten drei Jahre nichts getan, um Ihr Geld zu verdienen.«

»Nichts!« rief Verloc aus, ohne ein Glied zu rühren

oder auch nur die Augen zu heben, dafür mit dem Ton echten Gefühls in der Stimme. »Ich habe mehrmals Dingen vorgebeugt, die möglicherweise –«

»Es gibt in diesem Lande ein Sprichwort, das besagt, Vorbeugen ist besser als Heilen«, unterbrach ihn Mr. Vladimir, wobei er sich in den Sessel warf. »Das ist grundsätzlich dumm. Vorbeugen kann man ohne Ende. Aber das ist typisch. In diesem Lande mögen sie keine Endgültigkeit. Seien Sie nur nicht zu englisch. Und in diesem speziellen Falle, seien Sie nicht absurd. Das Böse ist schon da. Wir brauchen keine Vorbeugung – wir brauchen Heilung.«

Er machte eine Pause, wandte sich zum Schreibtisch und redete, während er einige Papiere, die dort lagen, umblätterte, in einem veränderten, geschäftsmäßigen Ton, ohne Mr. Verloc anzuschauen.

»Sie wissen selbstverständlich, daß die Internationale Konferenz in Mailand zusammengetreten ist?«

Mr. Verloc gab heiser zu verstehen, daß er die Tageszeitungen zu lesen pflege. Auf eine weitere Frage war seine Antwort, daß er verstehe, was er lese. Daraufhin murmelte Mr. Vladimir, während er leise auf die Dokumente herablächelte, welche er noch immer eines nach dem andern prüfte: »Solange es nicht auf Latein geschrieben ist, vermutlich.«

»Oder Chinesisch«, setzte Mr. Verloc dumpf hinzu.

»Hm. Einige Ergüsse Ihrer revolutionären Freunde sind in einem *charabia* verfaßt, das in jeder Hinsicht so unverständlich wie Chinesisch ist –« Mr. Vladimir ließ verachtungsvoll eine Drucksache aus grauem Papier fallen. »Was sind das alles für Blättchen mit Z.P. im Kopf, dazu noch Hammer, Feder und Fackel gekreuzt? Was bedeutet das, dieses Z.P.?« Mr. Verloc näherte sich dem imposanten Schreibtisch.

»Die Zukunft des Proletariats. Das ist eine Gesellschaft«, erklärte er, wobei er massig neben dem Sessel stand, »nicht prinzipiell anarchistisch, aber offen für alle Schattierungen revolutionärer Meinung.«

»Sind Sie da Mitglied?«

»Einer der Vizepräsidenten«, keuchte Mr. Verloc schwer; und der Erste Sekretär hob den Kopf, um ihn anzuschauen.

»Dann sollten Sie sich schämen«, sagte er schneidend. »Ist Ihre Gesellschaft denn zu nichts anderem fähig, als diesen prophetischen Unsinn in plumper Type auf dieses schmutzige Papier zu drucken – wie? Warum tun Sie nichts? Schauen Sie. Ich habe diese Angelegenheit nun in Händen, und ich sage Ihnen offen, daß Sie Ihr Geld werden verdienen müssen. Die guten alten Zeiten Stott-Wartenheims sind vorüber. Keine Arbeit, keine Bezahlung.«

Mr. Verloc verspürte ein seltsames Schwächegefühl in den stämmigen Beinen. Er trat einen Schritt zurück und schneuzte sich lautstark die Nase.

In Wahrheit war er erschreckt und beunruhigt. Die rostige Londoner Sonne, die sich gerade aus dem Londoner Nebel kämpfte, warf eine laue Helle in das Privatzimmer des Ersten Sekretärs: Und in der Stille hörte Mr. Verloc an einer Fensterscheibe das schwache Brummen einer Fliege – seine erste Fliege in dem Jahr –, welche besser als jede Anzahl Schwalben vom Nahen des Frühlings kündete. Das nutzlose Theater jenes winzigen, energischen Organismus berührte diesen großen Mann, welcher in seiner Trägheit bedroht war, auf unangenehme Weise.

In der Pause formulierte Mr. Vladimir im Geiste eine Reihe abschätziger Bemerkungen, Mr. Verlocs Gesicht und Gestalt betreffend. Der Kerl war unerwartet vulgär, schwerfällig und auf unverschämte Weise unintelligent. Er sah ganz wie ein Klempnermeister aus, der gekommen war, um seine Rechnung zu präsentieren. Der Erste Sekretär der Botschaft hatte sich bei seinen gelegentlichen Ausflügen auf das Gebiet des amerikanischen Humors eine besondere Meinung von jener Klasse von Handarbeitern als die Verkörperung betrügerischer Faulheit und Unfähigkeit gebildet.

Das also war der berühmte und getreue Geheimagent, der so geheim war, daß er in der offiziellen, halboffiziellen und vertraulichen Korrespondenz des seligen Barons Stott-Wartenheim niemals anders denn durch das Symbol △ bezeichnet war; der gepriesene Agent △, dessen Warnungen die Macht hatten, die Pläne und Termine königlicher, kaiserlicher und großfürstlicher Reisen zu ändern und zuweilen der Grund für ihre gänzliche Aussetzung zu sein! Dieser Kerl! Und Mr. Vladimir schwelgte geistig in einem ungeheuren und spöttischen Heiterkeitsanfall, teils über seine eigene Verblüffung, welche er für naiv erachtete, größtenteils jedoch auf Kosten des allgemein bedauerten Barons Stott-Wartenheim. Seine selige Exzellenz, welche die erlauchte Gunst seines kaiserlichen Herrn etlichen widerstrebenden Ministern des Auswärtigen als Botschafter auferlegt hatte, hatte sich zu Lebzeiten des Rufes einer eulenhaften, pessimistischen Leichtgläubigkeit erfreut. Seine Exzellenz hatte nur die soziale Revolution im Kopf. Er bildete sich ein, ein Diplomat zu sein, der vermittels einer besonderen Vorsehung dazu ausersehen war, das Ende der Diplomatie und, in einer gräßlichen demokratischen Erhebung, gut und gern das Ende der Welt mitanzusehen. Seine prophetischen und kummervollen Depeschen waren jahrelang der Witz von Außenministerien gewesen. Auf dem Totenbett (wo ihn sein kaiserlicher Freund und Herr besuchte) soll er ausgerufen haben: »Unglückliches Europa! Du wirst durch die moralische Tollheit deiner Kinder untergehn!« Es war sein Schicksal, das Opfer des ersten faselnden Schurken zu werden, der des Weges kam, dachte Mr. Vladimir und lächelte Mr. Verloc vage zu.

»Sie sollten das Andenken des Barons Stott-Wartenheim ehren«, rief er unvermittelt aus.

Die eingesunkene Physiognomie Mr. Verlocs drückte eine düstere und matte Verärgerung aus.

»Gestatten Sie mir die Bemerkung«, sagte er, »daß ich hierher kam, weil ich von einem zwingenden Brief herzitiert wurde. Während der letzten elf Jahre bin ich nur zweimal hiergewesen, und schon gar nicht um elf Uhr morgens. Es ist nicht sehr klug, mich derart einzubestellen. Es besteht durchaus die Möglichkeit, daß ich gesehen werde. Und das wäre für mich nicht witzig.«

Mr. Vladimir zuckte die Schultern.

»Das würde meine Nützlichkeit zerstören«, fuhr der andere hitzig fort.

»Das ist Ihre Angelegenheit«, murmelte Mr. Vladimir mit sanfter Brutalität. »Wenn Sie nicht mehr nützlich sind, dann werden Sie auch nicht mehr beschäftigt. Jawohl. Auf der Stelle. Schluß. Sie werden –« Mr. Vladimir unterbrach sich stirnrunzelnd, suchte nach einer genügend idiomatischen Wendung, und seine Miene hellte sich augenblicklich und mit grinsenden weißen Zähnen auf. »Sie werden abgelegt«, stieß er grimmig hervor.

Erneut mußte Mr. Verloc mit seiner gesamten Willenskraft dem Gefühl der Schwäche entgegenwirken, die einem die Beine hinabläuft und welche einem armen Teufel einst die glückliche Wendung eingegeben hatte: »Das Herz sank mir in die Hose«. Mr. Verloc, um dieses Gefühl wissend, hob tapfer den Kopf.

Mr. Vladimir hielt den ernst fragenden Blick mit vollendeter Heiterkeit aus.

»Was wir wollen, ist, der Konferenz in Mailand ein Tonikum verabreichen«, sagte er leichthin. »Ihre Überlegungen zu internationalen Maßnahmen zur Unterdrückung des politischen Verbrechens scheinen mir auf der Stelle zu treten. England zaudert. Dieses Land mit seiner sentimentalen Achtung individueller Freiheit ist absurd. Der Gedanke ist unerträglich, daß alle Ihre Freunde nur herüberkommen müssen, um –«

»In der Hinsicht habe ich sie alle im Auge«, unterbrach ihn Mr. Verloc heiser.

»Es wäre viel angebrachter, sie alle hinter Schloß und Riegel zu haben. England muß auf Vordermann gebracht werden. Die blödsinnige Bourgeoisie in diesem Land macht sich zum Komplizen eben jener Leute, deren Ziel es ist, sie aus ihren Häusern zu vertreiben und im Straßengraben verhungern zu lassen. Und sie haben noch immer die politische Macht; hätten sie nur genügend Verstand, sie für ihre Erhaltung zu nutzen. Ich denke doch, Sie stimmen mir zu, daß die Mittelklasse dumm ist?«

Mr. Verloc stimmte heiser zu.

»Das ist sie.«

»Sie hat keine Phantasie. Sie ist von einer idiotischen Eitelkeit geblendet. Gerade jetzt muß man ihr einen hübschen Schrecken einjagen. Der psychologische Moment ist da, um Ihren Freunden etwas zu tun zu geben. Ich habe Sie herrufen lassen, um Ihnen meine Vorstellungen zu entwickeln.«

Und Mr. Vladimir entwickelte seine Vorstellungen von oben herab, mit Geringschätzung und Herablassung, wobei er gleichzeitig eine solche Ignoranz bezüglich der wahren Ziele, Gedanken und Methoden der revolutionären Welt offenbarte, daß sie den stummen Mr. Verloc innerlich mit Bestürzung erfüllte. Er verwechselte Ursachen mit Wirkungen, mehr als entschuldbar war, die vorzüglichsten Propagandisten mit leidenschaftlichen Bombenwerfern, setzte Organisation voraus, wo es sie der Natur der Sache nach nicht geben konnte, sprach von der sozialrevolutionären Partei im einen Augenblick als von einer vollkommen disziplinierten Armee und im nächsten, als wäre es die lockerste Verbindung verzweifelter Briganten, welche jemals in einer Gebirgsschlucht kampierten. Einmal hatte Mr. Verloc den Mund zum Protest geöffnet, doch eine sich erhebende wohlgeformte Hand ließ ihn innehalten. Sehr bald wurde er zu entsetzt, um selbst den Versuch eines Protestes zu unternehmen. Er hörte in einem Schweigen des Grauens zu, welches der Reglosigkeit tiefer Aufmerksamkeit ähnelte.

»Eine Serie von Gewalttätigkeiten«, fuhr Mr. Vladimir ruhig fort, »hier in diesem Lande durchgeführt; nicht nur hier *geplant* – das würde nicht genügen – das würde sie nicht kümmern. Ihre Freunde könnten den halben Kontinent in Flammen setzen, ohne die öffentliche Meinung hier zugunsten einer allgemeinen repressiven Gesetzgebung zu beeinflussen. Hier schauen sie nicht über ihren eigenen Hinterhof hinaus.«

Mr. Verloc räusperte sich, doch sein Herz ließ ihn im Stich, und er sagte nichts.

»Diese Gewalttätigkeiten müssen nicht besonders blutig sein«, fuhr Mr. Vladimir fort, als hielte er einen wissenschaftlichen Vortrag, »doch sie müssen genügend aufrüttelnd sein – wirkungsvoll. Sollen sie beispielsweise gegen Gebäude gerichtet sein. Was ist der Fetisch der Stunde, den die ganze Bourgeoisie anerkennt – na, Mr. Verloc?«

Mr. Verloc öffnete die Hände und zuckte leicht die Schultern.

»Sie sind zu faul zum Denken«, war Mr. Vladimirs Kommentar zu dieser Geste. »Achten Sie darauf, was ich sage. Der Fetisch von heute ist weder das Königshaus noch die Religion. Daher sollte man den Palast und die Kirche in Ruhe lassen. Verstehen Sie, was ich meine, Mr. Verloc?«

Der Schrecken und die Verachtung Mr. Verlocs machten sich in einem Versuch der Leichtfertigkeit Luft.

»Vollkommen. Doch was ist mit den Botschaften? Eine Serie von Anschlägen auf die verschiedenen Botschaften«, fing er an; aber dem kalten, wachen Blick des Ersten Sekretärs hatte er nichts entgegenzusetzen.

»Wie ich sehe, können Sie Scherze machen«, bemerkte letzterer gleichgültig. »Das ist in Ordnung. Das kann Ihre Redekunst auf sozialistischen Kongressen nur beleben. Doch dieser Raum hier ist nicht der Ort dafür. Es wäre unendlich sicherer für Sie, wenn Sie dem, was ich sage, sorgsam folgen würden. Da Sie nun aufgefordert sind, Tatsachen und keine Ammenmärchen beizubringen, sollten Sie lieber versuchen, aus dem, was ich Ihnen zu erklären mir die Mühe mache, Nutzen zu ziehen. Der sakrosankte Fetisch von heute ist die Wissenschaft. Warum setzen Sie nicht einige Ihrer Freunde auf diesen holzgesichtigen Großmogul an – na? Ist das nicht Teil dieser Institutionen, die hinweggefegt werden müssen, bevor die Z.P. endlich kommt?«

Mr. Verloc sagte nichts. Er wagte nicht, den Mund zu öffnen, aus Angst, ein Stöhnen könnte ihm entweichen.

»Folgendes sollten Sie versuchen. Ein Anschlag auf ein gekröntes Haupt oder einen Präsidenten ist für sich genommen recht aufsehenerregend, aber nicht so sehr, wie es einmal war. Das ist schon in das allgemeine Verständnis von der Existenz aller Staatschefs eingegangen. Es ist fast schon eine Konvention – zumal auf so viele Präsidenten Attentate verübt worden sind. Nehmen wir nun dagegen eine Gewalttat gegen – sagen wir, eine Kirche. Auf den ersten Blick zweifellos schrecklich, und dennoch nicht so wirkungsvoll, wie ein Mensch von gewöhnlichem Verstand meinen könnte. Gleich, wie revolutionär und anarchistisch im Vorsatz, gäbe es doch genügend Dummköpfe, die einer solchen Gewalttat den Charakter einer religiösen Manifestation verleihen würden. Und das würde von der besonderen aufrüttelnden Bedeutung ablenken, die wir der Tat zukommen lassen wollen. Ein Mordanschlag auf ein Restaurant oder ein Theater würde auf gleiche Weise an der Unterstellung einer unpolitischen Erregung leiden; die Erbitterung eines Hungernden, ein gesellschaftlicher Racheakt. All das ist verbraucht; es ist als Musterbeispiel für revolutionären Anarchismus nicht mehr lehrreich. Jede Zeitung hat sich schon Phrasen zurechtgelegt, um derartige Manifestationen hinwegzuerklären. Ich werde Ihnen nun die Philosophie des Bombenwerfens aus meiner Sicht darlegen; aus jener Sicht, der seit elf Jahren zu dienen Sie vorgeben. Ich will versuchen, nicht über Ihren Kopf hinwegzureden. Die Aufnahmefähigkeit jener Klasse, die Sie angreifen, ist schnell erschöpft. Besitz erscheint ihnen als etwas Unzerstörbares. Auf deren Mitleids- wie auch Angstgefühle können Sie nicht sehr lange rechnen. Heutzutage muß ein Bombenanschlag, der die öffentliche Meinung überhaupt beeinflussen soll, über das Ziel der Rache oder des Terrorismus hinausgehen. Er muß rein destruktiv sein. Das, und nur das, muß er sein, ohne die leiseste Andeutung einer anderen Absicht. Ihr Anarchisten müßt deutlich machen, daß ihr absolut entschlossen seid, mit der gesamten sozialen Schöpfung reinen Tisch zu machen. Doch wie bekommt man diese erschreckend absurde Vorstellung in die Köpfe der Mittelklasse, so daß Mißverständnisse ausgeschlossen sind? Das ist die Frage. Die Antwort ist, indem ihr eure Schläge gegen etwas richtet, das außerhalb der gewöhnlichen Leidenschaften der Menschheit liegt. Natürlich gibt es da die Kunst. Eine Bombe in der Nationalgalerie würde einigen Lärm verursachen. Doch sie wäre nicht ernst genug. Die Kunst war nie ihr Fetisch. Das ist, als würde man bei jemandem ein paar Fenster im Hinterhaus einwerfen; wollt ihr hingegen, daß sie tatsächlich die Ohren spitzen, dann müßt ihr wenigstens versuchen, das Haus zum Beben zu bringen. Natürlich gäbe es ein Geschrei, doch von wem? Künstler – Kunstkritiker und so weiter – Leute, die nicht zählen. Keinen interessiert, was sie sagen. Doch da ist noch die Gelehrsamkeit – die Wissenschaft. Jeder Schwachkopf, der ein Einkommen hat, glaubt daran. Er weiß nicht, warum, doch er glaubt, sie sei irgendwie wichtig. Das ist der sakrosankte Fetisch. All die verdammten Professoren sind im Herzen Radikale. Sie sollen erfahren, daß auch ihr hoher Großmogul weg muß, der Zukunft des Proletariats weichen muß. Ein Geheul von diesen ganzen intellektuellen Idioten muß die Bemühungen der Mailänder Konferenz doch einen Schritt weiterbringen. Sie werden Leserbriefe schreiben. Ihre Entrüstung wäre über jeden Zweifel erhaben, keine materiellen Interessen stünden offen auf dem Spiel, und es wird jegliche Selbstsüchtigkeit der Klasse in Aufregung versetzen, die beeindruckt werden soll. Sie glauben, die Wissenschaft sei auf rätselhafte Weise der Ursprung ihres materiellen Wohlstands. Wirklich. Und die absurde Wildheit einer solchen Demonstration wird sie tiefer bewegen, als wenn eine ganze Straße – oder ein Theater – voll mit ihresgleichen zerfetzt würde. Zu letzterem könnten sie immer sagen: ›Oh! das ist nur der Klassenhaß.‹ Doch was soll man zu einem Akt von einer zerstörerischen Wildheit sagen, die so absurd unbegreiflich, unerklärlich, fast undenkbar, ja: wahnsinnig ist? Der Wahnsinn allein ist schon wahrhaft beängstigend, insofern, als man ihn nicht durch Drohungen, Überredung oder Bestechung besänftigen kann. Überdies bin ich ein zivilisierter Mensch. Ich würde Sie nicht im Traum beauftragen, eine bloße Metzelei zu organisieren, selbst wenn ich mir die besten Ergebnisse davon versprechen würde. Doch von einer Metzelei würde ich mir nicht das Ergebnis versprechen, das ich will. Der Mord ist stets unter uns. Er ist fast eine Institution. Die Demonstration muß sich gegen die Gelehrsamkeit – gegen die Wissenschaft richten. Doch nicht jede Wissenschaft ist dafür geeignet. Der Angriff muß die ganze schockierende Sinnlosigkeit grundloser Blasphemie haben. Da die Bombe Ihr Ausdrucksmittel ist, wäre es sehr wirkungsvoll, wenn man eine Bombe in die reine Mathematik werfen könnte. Doch das ist unmöglich. Ich habe nun versucht, Sie zu erziehen; ich habe Ihnen die höhere Philosophie Ihrer Nützlichkeit erklärt und Ihnen einige dienliche Argumente vorgelegt. Die praktische Anwendung meines Unterrichts interessiert am meisten *Sie*. Doch von dem Augenblick an, da ich es übernommen habe, Sie zu befragen, habe ich auch dem praktischen Aspekt der Frage einige Aufmerksamkeit gewidmet. Was halten Sie davon, es einmal mit der Astronomie zu versuchen?«

Seit einiger Zeit schon hatte Mr. Verlocs Reglosigkeit neben dem Sessel dem Zustand kollabierten Komas geähnelt – einer Art passiver Aufnahmeunfähigkeit, die von leichten konvulsivischen Zuckungen unterbrochen wurde, wie man sie beim Haushund beobachten kann, der auf dem Kaminvorleger einen Albtraum hat. Und in einem beklommenen, hundeartigen Knurren wiederholte er auch das Wort:

»Astronomie.«

Noch hatte er sich von dem Zustand der Verwirrung, welcher von der Anstrengung herrührte, Mr. Vladimirs schneller, schneidender Äußerung zu folgen, nicht völlig erholt. Sie hatte seine Aufnahmefähigkeit überfordert. Sie hatte ihn wütend gemacht. Diese Wut war noch durch Ungläubigkeit kompliziert geworden. Und plötzlich dämmerte es ihm, daß es alles ein ausgeklügelter Scherz war. Mr. Vladimir entblößte seine weißen Zähne zu einem Lächeln, wobei sich auf seinem runden, vollen, selbstgefällig über der gesträubten Schleife seiner Halsbinde sich neigendem Gesicht Grübchen zeigten. Der Liebling intelligenter Damen der Gesellschaft nahm seine

Salonhaltung ein, welche den Vortrag feinsinniger Geistreicheleien begleitete. Weit vorgebeugt saß er da, die weiße Hand erhoben, und es war, als hielte er zart zwischen Daumen und Zeigefinger die Feinheit seines Vorschlags.

»Es gibt nichts Besseres. Ein solcher Anschlag vereint die größtmögliche Achtung vor der Menschheit mit der beunruhigendsten Entfaltung wilder Schwachköpfigkeit. Ich fordere den Scharfsinn der Journalisten heraus, ihre Leserschaft davon zu überzeugen, daß jeder beliebige Angehörige des Proletariats einen persönlichen Groll gegen die Astronomie hegen kann. Das Hungern selbst kann wohl nicht dazu herangezogen werden – wie? Und er hat noch weitere Vorteile. Die gesamte zivilisierte Welt hat schon von Greenwich gehört. Selbst die Stiefelputzer im Untergeschoß der Charing Cross Station wissen etwas davon. Verstehn Sie?«

Die Züge Mr. Vladimirs, in der besten Gesellschaft so bekannt für ihre humorige Urbanität, erstrahlten in zynischer Befriedigung, was die intelligenten Frauen, welche sein Geist so köstlich unterhielt, in Erstaunen versetzt hätte. »Ja«, fuhr er mit verächtlichem Lächeln fort, »die Sprengung des ersten Meridians muß einfach ein Geheul der Abscheu auslösen.«

»Ein schwieriges Unterfangen«, brummelte Mr. Verloc in dem Gefühl, dies sei das einzig Sichere, was er sagen konnte.

»Was ist los? Haben Sie denn nicht die ganze Bande an der Leine? Die erste Auslese? Dieser alte Terrorist Yundt ist hier. Fast täglich sehe ich ihn in seinem grünen Havelock den Piccadilly entlanggehen. Und Michaelis, der Bewährungs-Apostel – Sie wollen mir doch nicht sagen,

Sie wissen nicht, wo er ist? Denn wenn Sie es nicht wissen, kann ich es Ihnen sagen«, fuhr Mr. Vladimir drohend fort. »Wenn Sie sich einbilden, Sie seien der einzige auf der Geheimfondsliste, dann irren Sie sich.«

Diese vollkommen überflüssige Andeutung veranlaßte Mr. Verloc, leicht mit den Füßen zu scharren.

»Und die ganze Lausanne-Sippe – na? Sind die nicht auf das erste Anzeichen der Mailänder Konferenz hin hierhergeströmt? Ein absurdes Land ist das.«

»Das wird Sie Geld kosten«, sagte Mr. Verloc aus einer Art Instinkt heraus.

»Die Karte sticht nicht«, entgegnete Mr. Vladimir mit einem verblüffend echten englischen Akzent. »Sie bekommen jeden Monat Ihre Piepen, und sonst nichts, bis etwas geschieht. Und wenn nicht bald etwas geschieht, dann bekommen Sie nicht einmal das. Was ist Ihr vorgeblicher Beruf? Was glauben die Leute, wovon Sie leben?«

»Ich habe einen Laden«, antwortete Mr. Verloc.

»Einen Laden! Was für einen Laden?«

»Papierwaren, Zeitungen. Meine Frau –«

»Ihre was?« unterbrach Mr. Vladimir ihn mit seinen gutturalen zentralasiatischen Lauten.

»Meine Frau.« Mr. Verloc erhob die heisere Stimme etwas. »Ich bin verheiratet.«

»Da soll doch der Teufel dreinschlagen«, rief der andere in unverstelltem Erstaunen aus. »Verheiratet! Und Sie wollen ein professioneller Anarchist sein! Was soll dieser verdammte Unsinn? Aber wahrscheinlich ist das nur so eine Redensart. Ein Anarchist heiratet nicht. Das weiß jeder. Es geht nicht. Das wäre Apostasie.«

»Meine Frau ist keine«, murmelte Mr. Verloc beleidigt. »Und überhaupt geht Sie das gar nichts an.«

»O doch, o doch«, schnauzte Mr. Vladimir. »Allmählich gelange ich zu der Überzeugung, daß Sie keineswegs der Mann für die Arbeit sind, für die Sie angestellt sind. Nun, Sie müssen sich ja durch Ihre Heirat in Ihrer eigenen Welt völlig diskreditiert haben. Wäre es denn nicht auch ohne das gegangen? Das ist wohl Ihr tugendhaftes Anhängsel – was? Und wie das dann so geht, bringen Sie sich mit Ihrem Anhängsel um Ihre Nützlichkeit.«

Mr. Verloc blähte die Wangen auf und ließ die Luft gewaltsam entweichen, das war alles. Er hatte sich mit Geduld bewaffnet. Sie sollte nicht länger auf die Probe gestellt werden. Der Erste Sekretär wurde plötzlich sehr knapp, distanziert, endgültig.

»Sie können jetzt gehen«, sagte er. »Es muß ein Dynamitanschlag provoziert werden. Ich gebe Ihnen einen Monat. Die Sitzungen der Konferenz sind einstweilen ausgesetzt. Bevor sie wieder zusammentritt, muß etwas geschehen sein, oder unsere Verbindung ist beendet.«

Erneut wechselte er mit prinzipienloser Flexibilität den Ton.

»Denken Sie über meine Philosophie nach, Mr. – Mr. – Mr. Verloc«, sagte er mit einer gewissen neckenden Herablassung und winkte mit der Hand zur Tür. »Versuchen Sie's mit dem ersten Meridian. Sie kennen die Mittelklasse nicht wie ich. Ihre Empfindlichkeiten sind erschöpft. Der erste Meridian. Nichts wäre besser, nichts einfacher, würde ich meinen.«

Er war aufgestanden, und während seine schmalen, sensiblen Lippen launig zuckten, beobachtete er im Spiegel über dem Kamin, wie Mr. Verloc sich schwerfällig aus dem Raum zurückzog, Hut und Stock in der Hand. Die Tür schloß sich.

Der Diener in Hosen erschien plötzlich auf dem Gang und führte Mr. Verloc auf einem anderen Weg hinaus und durch eine kleine Tür in der Ecke des Innenhofes. Der Pförtner, der am Tor stand, ignorierte seinen Weggang völlig; und Mr. Verloc verfolgte den Pfad seiner morgendlichen Pilgerfahrt zurück wie in einem Traum – einem wütenden Traum. Dieses Abgetrenntsein von der dinglichen Welt war so vollkommen, daß, wenngleich die sterbliche Hülle Mr. Verlocs die Straßen nicht in ungebührlicher Eile entlanggeschritten war, jener Teil von ihm, welchem die Unsterblichkeit zu verweigern unverantwortlich grob gewesen wäre, sich im Nu vor der Ladentür wiederfand, als sei er auf den Schwingen eines großen Windes von West nach Ost getragen worden. Er ging stracks hinter den Ladentisch und setzte sich auf einen Holzstuhl, welcher dort stand. Niemand schien seine Einsamkeit zu stören. Stevie, welchen man in eine grüne Friesschürze gesteckt hatte, fegte und wischte oben, beflissen und gewissenhaft, wie im Spiel, und Mrs. Verloc, in der Küche vom Rasseln der gesprungenen Glocke gewarnt, war lediglich zur Glastür der Stube gekommen und hatte, den Vorhang ein wenig beiseiteziehend, in den dunklen Laden gespäht. Als sie ihren Gatten schattenhaft und massig dort hatte sitzen sehen, war sie sogleich wieder an ihren Herd zurückgekehrt. Eine gute Stunde später nahm sie ihrem Bruder Stevie die grüne Friesschürze ab und wies ihn an, sich Hände und Gesicht zu waschen. Dies geschah in dem entschiedenen Ton, welchen sie in dem Zusammenhang seit ungefähr fünfzehn Jahren benutzte – seit sie nämlich aufgehört hatte, sich den Händen und dem Gesicht des Jungen selbst zuzuwenden. Sodann schaute sie von ihrem Auftischen flüchtig auf, um Gesicht und Hände zu überprüfen, welche Stevie ihr beim Herannahen an den Küchentisch mit einer Miene der Selbstsicherheit, in welcher sich noch ein Rest an Besorgnis verbarg, zur Billigung darbot. Damals war der Zorn des Vaters die äußerst wirkungsvolle Weihe dieser Riten gewesen, doch Mr. Verlocs Sanftmut im Familienleben hätte jegliche Zornesanwandlung unglaubwürdig gemacht – selbst für die Nervosität des armen Stevie. In der Theorie wäre Mr. Verloc zu Essenszeiten über jeglichen Mangel an Reinlichkeit geschmerzt und schockiert gewesen. Winnie fand nach dem Tode ihres Vaters beträchtlichen Trost in dem Gefühl, daß sie nun nicht länger um den armen Stevie zittern mußte. Es war ihr unerträglich mitanzusehen, wie der Junge verletzt wurde. Es machte sie rasend. Als kleines Mädchen war sie dem jähzornigen Schankwirt oft zur Verteidigung ihres Bruders mit flammenden Augen entgegengetreten. Nun jedoch konnte einen nichts an Mrs. Verlocs Erscheinung zu der Annahme verleiten, sie sei einer leidenschaftlichen Regung fähig.

Sie beendete ihr Auftischen. Der Tisch in der Stube war gedeckt. Sie ging zum Fuß der Treppe und schrie »Mutter!« Dann öffnete sie die Glastür, welche zum Laden führte, und rief: »Adolf!« Mr. Verloc hatte seine Stellung nicht verändert; augenscheinlich hatte er anderthalb Stunden lang kein Glied gerührt. Schwerfällig stand er auf und kam, ohne ein Wort zu sagen, in Überrock und Hut zum Essen. Sein Schweigen als solches hatte nichts erschreckend Ungewöhnliches in diesem Haushalt, welcher im Schatten der verkommenen, von der Sonne kaum je berührten Straße hinter dem trüben Laden mit seinen Waren aus unansehnlichem Schund lag. Nur war

Mr. Verlocs Wortkargheit an jenem Tag so offenkundig gedankenverloren, daß die beiden Frauen davon beeindruckt waren. Auch sie saßen schweigsam da, ein wachsames Auge auf den armen Stevie haltend, damit dieser nicht in einen seiner Anfälle von Geschwätzigkeit ausbrach. Er fixierte Mr. Verloc über den Tisch hinweg und verharrte sehr brav und ruhig in einem leeren Starren. Das Bestreben, ihn davor zu bewahren, dem Herrn des Hauses in irgendeiner Form unangenehm aufzufallen, versah das Leben der beiden Frauen mit nicht unbeträchtlicher Besorgnis. »Der Junge da«, wie sie unter sich leise auf ihn anspielten, war fast vom Tage seiner Geburt an ein Quell jener besonderen Besorgnis gewesen. Die Demütigung des verblichenen Schankwirts, einen solchen sehr eigenartigen Jungen als Sohn zu haben, manifestierte sich in einer Neigung zu brutaler Behandlung; denn er war ein Mensch von feiner Empfindsamkeit, und sein Leiden als Mann und Vater war vollkommen echt. Später mußte man Stevie daran hindern, den alleinreisenden Pensionsgästen zur Last zu fallen, welche selbst eine wunderliche Gesellschaft und leicht gekränkt sind. Und dann sah man sich immerzu der Besorgnis seiner bloßen Existenz gegenüber. Visionen eines Armenspitals für ihr Kind hatten die alte Frau im Frühstücksraum im Souterrain des verwahrlosten Hauses in Belgravia heimgesucht. »Wenn du nicht so einen guten Mann gefunden hättest, meine Liebe«, pflegte sie immer zu ihrer Tochter zu sagen, »dann weiß ich nicht, was aus dem armen Jungen da geworden wäre.«

Mr. Verloc erwies Stevie ebensoviel Anerkennung wie einer, welcher Tiere nicht besonders mag, der geliebten Katze seiner Frau; und diese Anerkennung, wohlwollend und formell, war im wesentlichen von derselben Eigenart. Beide Frauen gestanden sich ein, daß billigerweise viel mehr nicht zu erwarten war. Es genügte, um Mr. Verloc die ehrerbietige Dankbarkeit der alten Frau einzutragen. In früheren Tagen, skeptisch geworden durch die Prüfungen eines Lebens ohne Freundinnen, pflegte sie zuweilen besorgt zu fragen: »Du denkst wohl nicht, mein Kind, daß Mr. Verloc es leid wird, Stevie um sich zu haben?« Worauf Winnie gewohnheitsmäßig mit einem leichten Kopfrucken antwortete. Einmal jedoch hatte sie mit recht grimmiger Keckheit entgegnet: »Da muß er erst meiner leid werden.« Ein langes Schweigen folgte. Die Mutter, die Füße auf einen Schemel gestützt, wollte dieser Antwort offenbar auf den Grund kommen, deren weibliche Tiefsinnigkeit ihr unter die Haut gefahren war. Sie hatte nie so recht verstanden, warum Winnie Mr. Verloc geheiratet hatte. Es war sehr vernünftig von ihr gewesen, und es war offenbar, daß es sich als das Beste erwiesen hatte, doch natürlich hätte sich das Mädchen Hoffnungen auf einen Mann mit passenderem Alter machen können. Es hatte da einen soliden jungen Burschen gegeben, der einzige Sohn eines Metzgers eine Straße weiter, welcher seinem Vater im Geschäft aushalf, mit dem Winnie mit unverhohlenem Gusto ausgegangen war. Zwar war er von seinem Vater abhängig, doch das Geschäft lief gut, und seine Aussichten waren hervorragend. An mehreren Abenden führte er das Mädchen ins Theater aus. Doch dann, gerade als sie sich fürchtete, von ihrer Verlobung zu hören (denn was hätte sie allein mit diesem großen Haus anfangen sollen, und dazu Stevie noch am Hals), kam die Romanze zu einem abrupten Ende, und Winnie lief mit sehr trüber Miene herum.

Doch als Mr. Verloc dann wie durch göttliche Fügung auftauchte und das Vorderzimmer im ersten Stock nahm, ward nach dem jungen Metzger nicht mehr gefragt. Es war eindeutig göttliche Fügung.

Drittes Kapitel

»... Jegliche Idealisierung macht das Leben ärmer. Es verschönern heißt, ihm den Charakter der Komplexität zu nehmen – man zerstört es damit. Überlassen wir das den Moralisten, mein Junge. Die Geschichte wird von Männern gemacht, aber sie machen sie nicht im Kopf. Die Ideen, die in ihrem Bewußtsein geboren werden, spielen im Gang der Ereignisse eine unwesentliche Rolle. Die Geschichte wird vom Werkzeug und von der Produktion beherrscht und bestimmt – durch die Macht der ökonomischen Bedingungen. Der Kapitalismus hat den Sozialismus hervorgebracht, und die Gesetze, die sich der Kapitalist zum Schutze des Eigentums gemacht hat, sind für den Anarchismus verantwortlich. Niemand kann sagen, welche gesellschaftliche Organisationsform die Zukunft erobert. Warum sich also prophetischen Phantasien hingeben? Im besten Falle können sie nur den Geist des Propheten interpretieren, sie können keinen objektiven Wert haben. Überlassen wir diesen Zeitvertreib den Moralisten, mein Junge.«

Michaelis, der Bewährungs-Apostel, sprach mit ruhiger Stimme, einer Stimme, welche keuchte, als würde sie von der Fettschicht auf seiner Brust gedämpft und erdrückt. Er war aus einem höchst hygienischen Gefängnis gekomen, rund wie eine Tonne, mit einem gewaltigen Bauch und aufgeblähten Wangen von blasser, halbtransparenter Farbe, als hätten die Diener einer empörten Gesellschaft über fünfzehn Jahre hin besonderen Wert darauf gelegt, ihn in einem feuchten und lichtlosen Keller mit Mastnahrung vollzustopfen. Und seitdem hatte er es nicht vermocht, sein Gewicht auch nur um eine Unze zu verringern.

Es hieß, eine sehr reiche alte Dame habe ihn drei Saisons hintereinander zur Kur nach Marienbad geschickt – wo er einmal kurz davor stand, die öffentliche Neugier mit einem gekrönten Haupt zu teilen –, doch die Polizei habe ihm bei jener Gelegenheit befohlen, binnen zwölf Stunden abzureisen. Sein Märtyrertum habe sich fortgesetzt, indem ihm jeglicher Zugang zu den Heilwassern untersagt worden sei. Doch nun habe er resigniert.

Den Ellbogen, welcher keinerlei Anzeichen eines Gelenks aufwies, sondern eher wie eine Krümmung im Glied einer Puppe wirkte, über die Stuhllehne geworfen, beugte er sich etwas über seine kurzen und gewaltigen Schenkel vor, um in den Rost zu spucken.

»Ja! Ich hatte die Zeit, ein wenig über alles nachzudenken«, setzte er ohne Betonung hinzu. »Die Gesellschaft hat mir viel Zeit zum Nachsinnen gegeben.«

Auf der anderen Seite des Kamins, in dem Roßhaarsessel, in welchem zu sitzen gemeinhin Mrs. Verlocs Vorrecht war, kicherte Karl Yundt grimmig, den zahnlosen Mund schwach zu einer finsteren Grimasse verzerrt. Der Terrorist, wie er sich selbst nannte, war alt und glatzköpfig, und von seinem Kinn hing schlaff die schmale, schneeweiße Fahne eines Ziegenbartes herab. Ein außergewöhnlicher Ausdruck hinterhältiger Bosheit lebte noch in seinen erloschenen Augen. Als er sich mühsam erhob, gemahnte das Vorwärtsschnellen einer dürren, tastenden Hand, welche von gichtigen Schwellungen verformt war, an die Anstrengung eines moribunden Mörders, welcher seine gesamten noch verbliebenen

Kräfte zu einem letzten Stoß sammelte. Er stützte sich auf einen dicken Stock, welcher unter seiner Hand zitterte. »Ich habe immer«, verkündete er, »von einer Schar Männer geträumt, die absolut in ihrem Vorsatz ist, alle Skrupel in der Wahl der Mittel abzuwerfen, die stark genug ist, sich freimütig den Namen Zerstörer zu geben, und frei ist vom Geruch jenes resignierten Pessimismus, der die Welt verkommen läßt. Kein Mitleid für nichts auf der Welt, sie selbst eingeschlossen, und den Tod auf immer an ihrer Seite, und alles im Dienste der Menschheit – das hätte ich gern einmal erlebt.«

Sein kleiner Kahlkopf bebte und gab an die weiße Ziegenbartfahne ein komisches Vibrieren weiter. Seine Erklärung wäre einem Fremden nahezu völlig unverständlich gewesen. Seiner verbrauchten Leidenschaft, welche in ihrem impotenten Ungestüm der Erregung eines senilen Sensualisten glich, leisteten eine trockene Kehle und zahnlose Kiefer, welche nach der Zungenspitze zu schnappen schienen, einen schlechten Dienst. Mr. Verloc, welcher sich in der Ecke des Sofas am anderen Ende des Raumes eingerichtet hatte, gab zwei herzhafte Grunzer der Zustimmung von sich.

Der alte Terrorist wandte den Kopf auf dem dürren Hals langsam hin und her.

»Und nie habe ich mehr als drei solcher Männer zusammenbekommen. So viel zu deinem verkommenen Pessimismus«, knurrte er Michaelis an, welcher seine dicken Beine, Polstern ähnlich, voneinander löste und die Füße als Zeichen der Verzweiflung abrupt unter den Stuhl schob.

Er ein Pessimist! Grotesk! Die Anschuldigung sei empörend, rief er aus. Er sei so weit vom Pessimismus entfernt, daß er sogar schon das Ende des Privateigentums logisch, unausweichlich, durch die bloße Entwicklung seiner inhärenten Bösartigkeit kommen sehe. Die Besitzer des Eigentums müßten sich nicht nur auf das erwachte Proletariat gefaßt machen, sondern auch noch untereinander kämpfen. Jawohl. Kampf, Krieg, das sei die Lage des Privateigentums. Das sei tödlich. Ach! Er hänge nicht von emotionaler Erregung ab, um seinen Glauben aufrecht zu erhalten, nicht von Deklamierungen, von Wut, von Visionen blutrot flatternder Fahnen oder metaphorischen grellen Sonnen der Rache, welche über dem Horizont einer todgeweihten Gesellschaft aufgingen. Er nicht! Kalte Vernunft, brüstete er sich, sei die Basis seines Optimismus. Ja, Optimismus –

Sein mühsames Röcheln hielt inne, dann fügte er nach ein, zwei Schnaufern hinzu:

»Glauben Sie nicht, daß ich, wäre ich nicht der Optimist, der ich bin, in fünfzehn Jahren keine Gelegenheit gefunden hätte, mir die Kehle durchzuschneiden? Und als letztmögliche Lösung waren da immer noch die Wände meiner Zelle, an denen ich mir den Kopf einrennen konnte.«

Seine Kurzatmigkeit nahm seiner Stimme jedes Feuer, jede Lebendigkeit; seine grauen, bleichen Wangen, reglos, ohne ein Zittern, hingen wie gefüllte Backentaschen herab; doch in seinen blauen Augen, zusammengekniffen, als spähten sie, war der gleiche Blick zuversichtlicher Schläue, ein wenig wahnhaft in seiner Starrheit, den sie gehabt haben mußten, als der standhafte Optimist nachts in seiner Zelle saß und nachdachte. Karl Yundt blieb vor ihm stehen, eine Schwinge seines ausgeblichenen grünen Havelocks keck über die Schulter geworfen. Vor dem Kamin sitzend, streckte Genosse Ossipon, vormals Medizinstudent, Hauptautor der Z.P.-Blätter, die robusten Beine aus, wobei er die Sohlen seiner Stiefel der Glut auf dem Rost entgegenhielt. Ein krauses Büschel gelber Haare krönte sein rotes, sommersprossiges Gesicht, dessen abgeflachte Nase und hervorstehender Mund in die rohe Form des Negertypus' gegossen war. Seine mandelförmigen Augen schielten gelangweilt über die hohen Wangenknochen hinweg. Er trug ein graues Flanellhemd, und die losen Enden einer schwarzen Seidenkrawatte hingen über die geknöpfte Brust seines Sergerocks hinab; den Kopf auf die Rückenlehne seines Sessels gebettet, die Kehle zum größten Teil entblößt, führte er eine Zigarette in einer langen Holzspitze an die Lippen und paffte Rauchstrahlen zur Decke hoch.

Michaelis verfolgte seine Idee – *die* Idee seiner einsamen Abgeschiedenheit – den Gedanken, der seiner Gefangenschaft gewährt war und gleich einem Glauben wuchs, welcher sich in Visionen offenbarte. Er sprach zu sich selbst, der Gewogenheit oder Feindseligkeit seiner Zuhörer gegenüber gleichgültig, ja, gleichgültig sogar gegenüber ihrer Anwesenheit, entsprechend seiner Gewohnheit, in der Einsamkeit der vier weißgekalkten Wände seiner Zelle, in der Grabesstille des großen blinden Backsteinhaufens an einem Fluß, düster und häßlich gleich einem kolossalen Totenhaus für die Versunkenen der Gesellschaft, hoffnungsfroh laut zu denken.

Für Diskussionen war er ungeeignet, nicht weil schon das kleinste Argument seinen Glauben hätte erschüttern können, sondern weil allein der Umstand, daß es ihn peinlich aus der Fassung brachte, auf der Stelle seine Gedanken verwirrte, wenn er eine andere Stimme hörte – jene Gedanken, welche über so viele Jahre hin in seiner geistigen Einsamkeit, unfruchtbarer als eine wasserlose Wüste, keine lebende Stimme je bekämpft, kommentiert oder ihnen beigepflichtet hatte.

Keiner unterbrach ihn jetzt, und wieder legte er das Bekenntnis seines Glaubens ab, welcher ihn unwiderstehlich und vollkommen wie ein Geschenk Gottes beherrschte: das Geheimnis des Schicksals, welches er in der materiellen Seite des Lebens entdeckt hatte; die ökonomische Lage der Welt, welche für die Vergangenheit verantwortlich war und die Zukunft formte; der Quell aller Ideen, welche die geistige Entwicklung der Menschheit und noch die Impulse ihrer Leidenschaft lenkten –

Ein rauhes Lachen vom Genossen Ossipon schnitt die Tirade in einem plötzlichen Straucheln der Zunge und einem verwirrten Flackern der sanft schwärmerischen Augen des Apostels abrupt ab. Er schloß sie einen Moment langsam, als wollte er seine aufgewühlten Gedanken sammeln. Eine Stille trat ein; doch dank der beiden Gasflammen unmittelbar über dem Tisch und dem glühenden Kaminrost war die kleine Stube hinter Mr. Verlocs Laden schrecklich heiß geworden. Mr. Verloc erhob sich mit schwerfälligem Widerwillen vom Sofa und öffnete die Tür zur Küche, um mehr Luft hereinzulassen, wodurch er den unschuldigen Stevie offenbarte, welcher ganz brav und still an einem Kieferntisch saß und Kreise, Kreise zeichnete; unzählige Kreise, konzentrische, exzentrische; einen sprühenden Wirbel von Kreisen, welche vermittels ihrer verschlungenen Vielheit wiederholter Kurven, der Eintönigkeit der Form und des Durcheinanders sich schneidender Linien an eine Wiedergabe des kosmischen Chaos gemahnte, an den Symbolismus einer wahnwitzigen Kunst, welche das Unbegreifliche versuchte. Der Künstler wandte nicht den Kopf; und in der ganzen Hingabe seiner Seele an die Arbeit bebte sein Rücken, schien sein dünner Hals, welcher am Schädelansatz in eine tiefe Höhlung gesunken war, gleich zu brechen.

Mr. Verloc kehrte nach einem Grunzen mißbilligender Überraschung zum Sofa zurück. Alexander Ossipon stand auf, groß in seinem zerschlissenen blauen Sergerock unter der niedrigen Decke, schüttelte die Steifheit langer Bewegungslosigkeit ab und schlenderte in die Küche (zwei Stufen hinab), um Stevie über die Schulter zu blicken. Er kam wieder und verkündete orakelhaft: »Sehr gut. Sehr charakteristisch, absolut typisch.«

»Was ist sehr gut?« grunzte Mr. Verloc, der sich wieder in der Sofaecke eingerichtet hatte, fragend. Der andere erklärte sich geringschätzig, mit einer Spur Herablassung und in Richtung Küche nickend:

»Typisch für diese Form der Entartung – diese Zeichnungen, meine ich.«

»Ach, Sie würden den Jungen entartet nennen?« brummelte Mr. Verloc.

Genosse Alexander Ossipon – Spitzname ›der Doktor‹, vormals Medizinstudent ohne Abschluß; hernach wandernder Dozent vor Arbeitervereinen über die sozialistischen Aspekte der Hygiene; Autor einer populären quasi-medizinischen Studie (in der Form eines billigen Pamphlets, welches prompt von der Polizei beschlagnahmt wurde) mit dem Titel *Die zerstörerischen Laster des Bürgertums*; zusammen mit Karl Yundt und Michaelis Sonderdelegierter des mehr oder weniger mysteriösen Roten Komitees für die Arbeit der literarischen Propaganda – warf dem obskuren Intimus wenigstens zweier

Botschaften jenen Blick unleidlicher, hoffnungslos beschränkter Genügsamkeit zu, welchen nur der häufige Besuch der Wissenschaft der Trübnis gewöhnlicher Sterblicher schenken kann.

»So könnte er wissenschaftlich genannt werden. Im ganzen ein sehr guter Typus jener Form des Entarteten. Ein Blick auf seine Ohrläppchen genügt schon. Wenn Sie Lombroso lesen –«

Mr. Verloc, verdrießlich und breit auf dem Sofa hingestreckt, blickte weiterhin auf seine Westenknöpfe hinab; doch seine Wangen wurden von einer schwachen Röte überzogen. Neuerdings hatte schon das kleinste Derivat des Wortes Wissenschaft (ein als solcher unanstößiger Begriff von unbestimmter Bedeutung) die merkwürdige Macht, eine entschieden anstößige geistige Vision von Mr. Vladimir, wie er leibte und lebte, mit geradezu übernatürlicher Klarheit heraufzubeschwören. Und dieses Phänomen, welches zu Recht verdiente, den Wundern der Wissenschaft zugeordnet zu werden, führte in Mr. Verloc zu einem emotionalen Zustand der Angst und Verzweiflung, welcher dazu neigte, sich in gewaltigen Flüchen auszudrücken. Doch er sagte nichts. Dagegen hörte man Karl Yundt, unversöhnlich bis zum letzten Atemzug.

»Lombroso ist ein Esel.«

Genosse Ossipon begegnete dem Schock dieser Blasphemie mit einem schrecklichen, leeren Starren. Und der andere, dessen erloschene Augen ohne Glanz die tiefen Schatten unter der breiten, knochigen Stirn schwärzten, murmelte, wobei die Zungenspitze bei jedem zweiten Wort zwischen die Lippen geriet, als kaute er es ärgerlich darauf:

»Hat man schon einmal so einen Idioten gesehen? Für ihn ist der Häftling der Verbrecher. Einfach, nicht? Was ist mit denen, die ihn dort eingesperrt haben – ihn dorthin getrieben haben? Genau. Ihn dorthin gezwungen haben. Und was ist das Verbrechen? Weiß er das, dieser Dummkopf, der seinen Weg in dieser Welt der vollgefressenen Narren gemacht hat, indem er sich die Ohren und Zähne etlicher armer, glückloser Teufel angesehen hat? Zähne und Ohren kennzeichnen den Verbrecher? Wirklich? Und was ist mit dem Gesetz, das ihn noch besser kennzeichnet – das hübsche Brandeisen, das die Übersättigten erfunden haben, um sich gegen die Hungrigen zu schützen? Glühend heiß auf ihre gemeine Haut – wie? Riecht und hört ihr nicht bis hier das dicke Fell der Leute brennen und zischen? So werden Verbrecher für eure Lombrosos gemacht, damit sie ihr dummes Zeug darüber schreiben können.«

Der Knauf seines Stockes und seine Beine schlenkerten leidenschaftlich zusammen, während der Rumpf, in den Schwingen des Havelocks drapiert, in seiner historischen Trotzhaltung verharrte. Er schien die verdorbene Luft sozialer Grausamkeit zu schnüffeln, angestrengt nach ihren gräßlichen Geräuschen zu lauschen. In dieser Pose lag eine außerordentliche Suggestionskraft. Dieser nahezu moribunde Veteran der Dynamitkriege war zu seiner Zeit ein großartiger Schauspieler gewesen – Schauspieler auf Tribünen, in Geheimversammlungen, in Privatgesprächen. Der berühmte Terrorist hatte nie im Leben persönlich auch nur den kleinen Finger gegen das Gesellschaftsgefüge erhoben. Er war kein Mann der Tat; er war nicht einmal ein Redner von unwiderstehlicher Eloquenz, der die Massen in dem tosenden Lärm und

Schaum einer großen Begeisterung mitriß. Mit subtilerer Absicht nahm er die Rolle des unverschämten und boshaften Beschwörers jener finsteren Impulse an, welche in dem blinden Neid und der verzweifelten Eitelkeit der Ignoranz lauern, in dem Leiden und dem Elend der Armut, in all den hoffnungsfrohen und edlen Illusionen rechtschaffener Wut, Anteilnahme und Revolte. Der Schatten seiner bösen Gabe hing an ihm wie der Geruch einer tödlichen Droge in einer alten Giftphiole, welche nun leer, nutzlos war, bereit, auf den Müllhaufen der Dinge geworfen zu werden, welche ausgedient hatten.

Michaelis, der Bewährungs-Apostel, lächelte vag mit zugekniffenen Lippen; sein teigiges Mondgesicht neigte sich unter dem Gewicht melancholischer Zustimmung. Er sei selbst Häftling gewesen. Seine eigene Haut habe unter dem rotglühenden Brandeisen gezischt, murmelte er. Doch Genosse Ossipon, Spitzname ›der Doktor‹, hatte seinen Schock mittlerweile überwunden.

»Das verstehen Sie nicht«, begann er verächtlich, unterbrach sich jedoch, eingeschüchtert von der tödlichen Schwärze der höhlenartigen Augen in dem Gesicht, das sich ihm langsam mit einem blinden Starren zudrehte, als sei es lediglich vom Ton geleitet. Mit einem leichten Achselzucken gab er die Diskussion auf.

Stevie, gewohnt, sich unbeachtet zu bewegen, war vom Küchentisch aufgestanden und hatte seine Zeichnungen mit ins Bett genommen. Er hatte die Stubentür rechtzeitig erreicht, um von der vollen Wucht von Karl Yundts bildhafter Eloquenz getroffen zu werden. Das mit Kreisen angefüllte Blatt Papier entglitt seinen Fingern, er blieb stehen und starrte auf den alten Terroristen wie angewurzelt durch sein krankhaftes Entsetzen und die Furcht vor körperlichen Schmerzen. Stevie wußte sehr wohl, daß heißes Eisen, auf die Haut appliziert, sehr weh tat. Seine angsterfüllten Augen flackerten vor Entrüstung: es würde schrecklich weh tun. Sein Mund stand offen.

Michaelis hatte, indem er ohne zu zwinkern in das Feuer starrte, jene Empfindung der Isolation wiedergewonnen, welche für die Fortführung seines Gedankens nötig war. Sein Optimismus floß ihm wieder von den Lippen. Er sah den Kapitalismus in der Wiege todgeweiht, geboren mit dem Gift des Wettbewerbsprinzips im Organismus. Die großen Kapitalisten fressen die kleinen Kapitalisten, konzentrieren die Macht und die Produktionsmittel in großen Massen, vervollkommnen industrielle Abläufe, rüsten, organisieren, bereichern in ihrem Wahn der Selbstvergrößerung das rechtmäßige Erbe des leidenden Proletariats und machen sich daran, es zu übernehmen. Michaelis sprach das große Wort »Geduld« aus – und sein klarer blauer Blick, zu der niederen Decke von Mr. Verlocs Wohnraum emporgehoben, hatte den Charakter seraphischer Vertrauenswürdigkeit. Stevie stand ruhig an der Tür und schien im Stumpfsinn versunken.

Das Gesicht des Genossen Ossipon zuckte vor Verzweiflung.

»Dann ist es sinnlos, überhaupt etwas zu tun – vollkommen sinnlos.«

»Das sage ich nicht«, protestierte Michaelis sanft. Seine Vision der Wahrheit war so intensiv geworden, daß der Klang einer fremden Stimme es nun nicht mehr vermochte, sie aus der Fassung zu bringen. Er schaute weiterhin auf die roten Kohlen. Vorbereitung auf die Zukunft tat not, und er war bereit zuzugeben, daß die große Veränderung vielleicht in den Umwälzungen einer Revolution kommen würde. Doch er argumentierte, daß revolutionäre Propaganda ein feines Werk von hohem Gewissen sei. Sie sei die Erziehung der Herren der Welt. Sie solle so sorgsam sein wie die Erziehung, die man Königen angedeihen läßt. Er würde ihre Lehrsätze vorsichtig, ja, zaghaft voranschreiten lassen, angesichts unserer Unkenntnis der Auswirkungen, welche sich durch irgendeine ökonomische Veränderung auf die Glückseligkeit, die Moral, den Geist, die Geschichte der Menschheit ergeben könnten. Denn die Geschichte werde mit Werkzeugen, nicht mit Ideen gemacht, und alles werde durch die ökonomischen Bedingungen verändert – Kunst, Philosophie, Liebe, Tugend – selbst die Wahrheit!

Die Kohlen auf dem Rost setzten sich mit einem leisen Krachen; und Michaelis, der Einsiedler der Visionen in der Wüste eines Zuchthauses, erhob sich ungestüm. Rund wie ein geblähter Ballon, öffnete er die kurzen, dicken Arme wie in dem lächerlich verzweifelten Versuch, ein von selbst erneuertes Universum zu umfassen und an die Brust zu ziehen. Er ächzte vor Inbrunst.

»Die Zukunft ist ebenso gewiß wie die Vergangenheit – Sklaverei, Feudalismus, Individualismus, Kollektivismus. Dies ist Aussage eines Gesetzes, keine leere Prophetie.«

Die verächtliche Schnute der dicken Lippen des Genossen Ossipon betonten den Negertypus seines Gesichtes.

»Unsinn«, sagte er recht ruhig. »Es gibt kein Gesetz und keine Gewißheit. Zum Henker mit der Propagandalehre. Was das Volk weiß, darauf kommt es nicht an, und wäre sein Wissen noch so präzise. Das einzige, worauf es uns ankommt, ist der emotionale Zustand der Massen. Ohne Emotion keine Aktion.«

Er machte eine Pause und fügte mit bescheidener Entschlossenheit hinzu:

»Ich spreche nun als Wissenschaftler zu Ihnen – als Wissenschaftler – Wie? Was haben Sie gesagt, Verloc?«

»Nichts«, grummelte vom Sofa Mr. Verloc, welcher, provoziert von dem abscheulichen Geräusch, lediglich »verdammt« gemurmelt hatte.

Man vernahm das boshafte Prusten des alten zahnlosen Terroristen.

»Wissen Sie, wie ich das Wesen des gegenwärtigen ökonomischen Zustandes nennen würde? Ich würde ihn kannibalistisch nennen. Das ist er nämlich! Sie nähren ihre Gier mit dem bebenden Fleisch und dem warmen Blut des Volkes – nichts anderes.«

Stevie schluckte die schreckliche Aussage mit einem hörbaren Würgen und sank sogleich, als wäre es ein schnell wirkendes Gift gewesen, auf den Stufen der Küchentür schlaff in eine hockende Stellung.

Michaelis verriet keine Anzeichen, überhaupt etwas gehört zu haben. Seine Lippen schienen auf immer verschlossen; kein Zucken lief über seine schweren Wangen. Mit beunruhigtem Blick suchte er nach seinem runden, harten Hut und setzte ihn sich auf den runden Kopf. Sein runder und feister Körper schien tief unter Karl Yundts spitzen Ellbogen zwischen den Stühlen zu schweben. Der alte Terrorist hob eine unsichere und klauenartige Hand und versetzte dem schwarzen Filzsombrero, welcher die Höhlungen und Kämme seines verbrauchten Gesichts beschattete, einen großspurigen Stups. Langsam setzte er sich in Bewegung, stieß bei jedem Schritt mit seinem

Stock auf den Boden. Es war eine recht aufwendige Angelegenheit, ihn aus dem Haus zu bekommen, weil er immer wieder, wie um nachzudenken, stehenblieb, und sich erst wieder vorwärtsbewegte, wenn Michaelis ihn weiterdrängte. Der sanfte Apostel faßte ihn mit brüderlicher Fürsorge am Arm; und hinter ihnen, die Hände in den Taschen, gähnte vage der robuste Ossipon. Eine blaue Kappe mit glanzledernem Schirm, welche recht weit hinten auf seinem gelben Haarbusch saß, verlieh ihm das Aussehen eines norwegischen Seemannes, welcher nach einer ausgiebigen Zechtour der Welt überdrüssig war. Mr. Verloc geleitete seine Gäste aus dem Haus; barhäuptig tat er dies, der schwere Überrock hing offen herab, die Augen waren auf den Fußboden geheftet.

Mit verhaltener Heftigkeit schloß er die Tür hinter ihnen, drehte den Schlüssel um und legte den Riegel vor. Er war mit seinen Freunden nicht zufrieden. Im Lichte von Mr. Vladimirs Philosophie des Bombenwerfens erschienen sie hoffnungslos unnütz. Nachdem die Rolle Mr. Verlocs in der revolutionären Politik die des Beobachters war, konnte er nicht auf einmal, weder in seinem Haus noch auf größeren Versammlungen, die Initiative der Tat ergreifen. Er mußte vorsichtig sein. Getrieben von der gerechten Empörung eines Mannes über vierzig, in dem bedroht, was ihm das Liebste war – seine Ruhe und Sicherheit –, fragte er sich verachtungsvoll, was man denn sonst von so einem Haufen erwarten konnte, von diesem Karl Yundt, diesem Michaelis – diesem Ossipon.

In dem Vorsatz innehaltend, das Gas abzudrehen, welches mitten im Laden brannte, stieg Mr. Verloc in den Abgrund moralischer Betrachtungen hinab. Mit der Erkenntnis eines verwandten Temperaments fällte er sein

Urteil. Ein fauler Haufen – dieser Karl Yundt, von einer schwachsichtigen alten Frau umhegt, einer Frau, welche er vor Jahren einmal einem Freund abspenstig gemacht und hernach mehr als einmal in die Gosse abzuschütteln versucht hatte. Ein feines Glück für Yundt, daß sie hartnäckig immer wieder hochkam, sonst hätte er jetzt niemand mehr, der ihm am Zaun des Green Park, wo das Gespenst an jedem schönen Morgen auf seinen Verdauungsspaziergang kroch, aus dem Bus helfen konnte. Wenn diese unbeugsame knurrende alte Hexe starb, dann mußte auch dieses großspurige Gespenst verschwinden – das wäre dann das Ende des hitzigen Karl Yundt. Und Mr. Verlocs Moral war auch von dem Optimismus Michaelis' beleidigt, welcher von seiner reichen alten Dame in Beschlag genommen war; sie hatte es sich unlängst zur Gewohnheit gemacht, ihn in ein Haus zu schicken, das sie auf dem Lande hatte. Der ehemalige Häftling konnte über Tage hin in herrlicher und humanitärer Trägheit über die schattigen Wege wandeln. Was Ossipon anging, so würde es diesem Bettler wohl nie an etwas fehlen, solange es noch törichte Mädchen mit Sparbüchern auf der Welt gab. Und Mr. Verloc, vom Temperament her mit seinen Gefährten identisch, zog im Geiste feine Unterscheidungen vermöge unbedeutender Unterschiede. Er zog sie mit einer gewissen Selbstgefälligkeit, denn der Instinkt konventioneller Ehrbarkeit in ihm war stark, und er wurde nur von seiner Abneigung gegen jede Form anerkannter Arbeit übertroffen – ein Mangel des Temperaments, welchen er mit einem Großteil der revolutionären Reformer eines bestimmten Gesellschaftszustandes teilte. Denn offensichtlich revoltiert man nicht gegen die Vorteile und Möglichkeiten jenes Zustandes, sondern gegen den Preis, welcher für dieselben in der Münze akzeptierter Moral gezahlt werden muß, nämlich Mäßigung und Mühsal. Die Revolutionäre sind in ihrer Mehrzahl Feinde von Disziplin und harter Arbeit. Auch gibt es Naturen, für deren Gerechtigkeitssinn der abverlangte Preis sich ungeheuer abscheulich, bedrückend, besorgniserregend, erniedrigend, übermäßig, unerträglich auftürmt. Das sind die Fanatiker. Der verbleibende Anteil sozialer Rebellen ist gekennzeichnet durch die Eitelkeit, die Mutter aller edlen und schlimmen Illusionen, die Gefährtin der Dichter, Reformer, Scharlatane, Propheten und Brandstifter.

Eine ganze Minute in dem Abgrund der Betrachtung verloren, erreichte Mr. Verloc nicht die Tiefen dieser abstrakten Erwägungen. Vielleicht war er dazu nicht in der Lage. Jedenfalls hatte er nicht die Zeit dazu. Er wurde durch die Erinnerung an Mr. Vladimir, einen weiteren seiner Kollegen, welchen korrekt zu beurteilen er infolge subtiler moralischer Affinitäten in der Lage war, schmerzlich herausgerissen. Er betrachtete ihn als gefährlich. Eine Spur von Neid kroch in seine Gedanken. Müßiggang war für diese Gesellen, die Mr. Vladimir nicht kannten und Frauen hatten, auf die sie zurückgreifen konnten, schön und gut; während er eine Frau hatte, für die er sorgen mußte –

An dieser Stelle sah sich Mr. Verloc vermittels einer simplen Gedankenassoziation der Notwendigkeit gegenüber, irgendwann am Abend noch zu Bett zu gehen. Warum also nicht gleich zu Bett – sofort? Er seufzte. Die Notwendigkeit war nicht so normal angenehm, wie sie für einen Mann seines Alters und Temperaments hätte sein sollen. Er fürchtete den Dämon der Schlaflosigkeit, welcher es, so meinte er, besonders auf ihn abgesehen hatte. Er hob den Arm und drehte den flackernden Gasbrenner über seinem Kopf aus.

Ein breites Lichtband fiel durch die Stubentür in den Teil des Ladens hinter dem Tresen. Es befähigte Mr. Verloc, mit einem Blick die Anzahl der Silbermünzen in der Kasse festzustellen. Es waren nur wenige; und zum ersten Mal, seit er seinen Laden eröffnet hatte, unterzog er ihren Wert einer kommerziellen Prüfung. Diese Prüfung fiel ungünstig aus. Er war aus keinerlei kommerziellen Gründen ins Geschäft gegangen. In der Auswahl dieses besonderen Geschäftszweiges war er von einer instinktiven Neigung zu dunklen Transaktionen geleitet worden, bei denen das schnelle Geld gemacht wird. Überdies nahm ihn das auch nicht aus seiner Sphäre – der Sphäre, welche von der Polizei beobachtet wird. Im Gegenteil, es gab ihm einen öffentlich eingestandenen Platz in dieser Sphäre, und da Mr. Verloc uneingestandene Verbindungen in jener Sphäre hatte, welche ihn vertraut mit der Polizei, jedoch gleichgültig ihr gegenüber machte, lag in einer solchen Situation ein entschiedener Vorteil. Doch als Mittel zum Lebensunterhalt war sie für sich genommen ungenügend.

Er nahm den Geldkasten aus der Lade und wandte sich gerade um, um das Geschäft zu verlassen, als er sah, daß Stevie noch immer unten war.

Was in aller Welt macht er noch da? fragte sich Mr. Verloc. Was sind das für Eskapaden? Unschlüssig schaute er seinen Schwager an, bat ihn jedoch nicht um Auskunft. Mr. Verlocs Umgang mit Stevie beschränkte sich auf ein beiläufiges Gebrummel morgens nach dem Frühstück: »Meine Stiefel«, und selbst dieses war mehr die allgemeine Äußerung eines Bedürfnisses denn eine direkte Anweisung oder Bitte. Mr. Verloc merkte mit einiger Überraschung, daß er nicht so recht wußte, was er zu Stevie sagen sollte. Reglos stand er mitten in der Stube und blickte schweigend in die Küche. Auch wußte er nicht, was geschehen würde, wenn er etwas sagte. Und dies erschien Mr. Verloc angesichts des Umstandes, der unvermittelt auf ihn einwirkte, daß er auch für diesen Burschen sorgen mußte, sehr seltsam. Bis dahin war ihm nie auch nur der Gedanke an jenen Aspekt von Stevies Dasein gekommen.

Er wußte einfach nicht, wie er mit dem Jungen reden sollte. Er sah ihm zu, wie er in der Küche gestikulierte und murmelte. Stevie strich um den Tisch herum wie ein erregtes Tier im Käfig. Ein zögerndes »Wäre es nicht besser, du gingst zu Bett?« zeigte keinerlei Wirkung; und Mr. Verloc gab die starre Betrachtung des Verhaltens seines Schwagers auf und durchquerte, den Geldkasten in Händen, müde die Stube. Da die Ursache der allgemeinen Abspannung, welche er verspürte, als er die Treppe emporstieg, rein geistiger Natur war, bestürzte ihn ihr unerklärlicher Charakter. Er hoffte, nicht krank zu werden. Auf dem dunklen Treppenabsatz blieb er stehen, um seine Empfindungen zu überprüfen. Doch ein leises und anhaltendes Schnarchgeräusch, welches die Düsternis durchdrang, störte ihre Klarheit. Das Geräusch kam aus dem Zimmer seiner Schwiegermutter. Auch eine, für die ich sorgen muß, dachte er – und mit diesem Gedanken ging er ins Schlafzimmer.

Mrs. Verloc war eingeschlafen, die Lampe (oben war kein Gas verlegt) auf dem Tischchen neben dem Bett voll aufgedreht. Das Licht, welches vom Schirm herabgeworfen wurde, fiel blendend auf das weiße Kissen, das vom Gewicht ihres Kopfes, welcher mit geschlossenen Augen und dem dunklen, für die Nacht mehrfach aufgeflochtenen Haar darauf ruhte, niedergedrückt war. Sie erwachte, den Klang ihres Namens in den Ohren, und sah ihren Mann über ihr stehen.

»Winnie! Winnie!«

Zunächst regte sie sich nicht, sondern lag ganz still da und schaute auf den Geldkasten in Mr. Verlocs Hand. Doch als sie verstand, daß ihr Bruder »unten in der ganzen Küche herumspringt«, schwang sie sich in einer abrupten Bewegung auf die Bettkante. Ihre bloßen Füße, wie durch das untere Ende eines schmucklosen Kalikosacks mit Ärmeln gesteckt, welcher an Hals und Handgelenken fest zugeknöpft war, tasteten über den Läufer nach den Pantoffeln, während sie nach oben ihrem Mann ins Gesicht sah.

»Ich weiß nicht, wie ich mit ihm zurechtkommen soll«, erklärte Mr. Verloc grämlich. »Ist nicht gut, ihn mit den Lichtern unten allein zu lassen.«

Sie sagte nichts, huschte rasch durchs Zimmer, und die Tür schloß sich hinter ihrer weißen Gestalt.

Mr. Verloc deponierte den Geldkasten auf dem Nachttisch und machte sich an die Verrichtung des Entkleidens, indem er den Überrock auf einen entfernten Stuhl schleuderte. Rock und Weste folgten. Auf bestrumpften Füßen schritt er im Zimmer umher, und seine füllige Erscheinung, mit Händen, die nervös am Hals würgten, kam immer wieder an dem langen Streifen des Spiegels in der Tür des Kleiderschrankes seiner Frau vorbei. Nachdem er dann die Hosenträger von den Schultern gestreift hatte, zog er heftig die Jalousie hoch und lehnte mit der

Stirn gegen die kalte Fensterscheibe – ein zerbrechlicher Glasfilm, welcher sich zwischen ihm und der ungeheuerlichen Weite einer kalten, schwarzen, nassen, schmutzigen, ungastlichen Ansammlung von Ziegeln, Schindeln und Steinen erstreckte, Dinge, welche dem Menschen schon als solche abstoßend und feindselig waren.

Mr. Verloc empfand die latente Unfreundlichkeit all dessen im Freien mit einer Macht, welche sich einem wahrhaft körperlichen Schmerz näherte. Es gibt keine Tätigkeit, welche einen Menschen vollkommener im Stich läßt als die eines Geheimagenten der Polizei. Es ist, als würde das Pferd mitten auf einer unbewohnten und dürren Ebene unter einem tot umfallen. Der Vergleich fiel Mr. Verloc ein, weil er seinerzeit auf diversen Armeepferden gesessen hatte und nun das Gefühl hatte, er stürze allmählich. Die Aussicht war so schwarz wie die Fensterscheibe, gegen die er die Stirn drückte. Und plötzlich erschien das Gesicht Mr. Vladimirs, glattrasiert und geistreich, umglänzt vom Schimmer seiner rosigen Gesichtsfarbe wie eine Art rosa Siegel, welches sich dem unheilvollen Dunkel aufgeprägt hatte.

Diese leuchtende und verstümmelte Vision war so gräßlich real, daß Mr. Verloc vom Fenster zurückprallte und die Jalousie unter großem Gerassel herabließ. Außer Fassung und sprachlos aus Furcht vor weiteren solchen Visionen gewahrte er, wie seine Frau wieder ins Zimmer trat und auf eine ruhige, nüchterne Weise, welche ihm das Gefühl gab, hoffnungslos einsam auf der Welt zu sein, ins Bett ging. Mrs. Verloc gab ihrer Überraschung Ausdruck, daß er noch auf war.

»Mir geht's nicht sehr gut«, murmelte er und strich sich mit der Hand über die feuchte Stirn.

»Schwindel?«

»Ja. Gar nicht gut.«

Mrs. Verloc gab mit all der Gelassenheit der erfahrenen Ehefrau einer zuversichtlichen Meinung bezüglich der Ursache Ausdruck und schlug die üblichen Remeduren vor; doch ihr Mann, wie angewurzelt mitten im Zimmer stehend, schüttelte traurig den gesenkten Kopf.

»Du erkältest dich noch, wenn du da stehenbleibst«, bemerkte sie.

Mr. Verloc gab sich einen Ruck, entkleidete sich zu Ende und stieg ins Bett. Unten auf der stillen, schmalen Straße näherten sich gemessene Schritte dem Haus, um dann wieder zu verklingen; sie waren fest und ohne Eile, als habe der Passant begonnen, die gesamte Ewigkeit abzuschreiten, von Gaslampe zu Gaslampe in einer Nacht ohne Ende; und das schläfrige Ticken der alten Uhr auf dem Treppenabsatz wurde im Schlafzimmer deutlich hörbar.

Mrs. Verloc machte, auf dem Rücken liegend und an die Decke starrend, eine Bemerkung.

»Heute sehr wenig eingenommen.«

Mr. Verloc, in derselben Lage, räusperte sich wie für eine wichtige Erklärung, erkundigte sich jedoch lediglich:

»Hast du das Gas unten abgestellt?«

»Ja«, antwortete Mrs. Verloc gewissenhaft. »Der arme Junge ist heute abend in einem sehr erregten Zustand«, murmelte sie nach einer Pause, in welcher die Uhr dreimal tickte.

Mr. Verloc kümmerte Stevies Erregung nicht, doch er fühlte sich schrecklich wach und fürchtete sich vor dem Dunkel und der Stille, welche dem Löschen der Lampe folgen würden. Diese Furcht veranlaßte ihn, die Bemerkung zu machen, daß Stevie seinen Rat, zu Bett zu gehen, mißachtet habe. Mrs. Verloc ging in die Falle und begann, ihrem Mann des langen und breiten zu erläutern, daß dies keine »Frechheit« jedweder Art sei, sondern lediglich »Erregung«. In London gebe es keinen jungen Mann seines Alters, der williger und fügsamer sei als Stephen, bekräftigte sie; keinen, der liebevoller sei und bereitwilliger Freude bereiten wolle, der sogar nützlich sei, solange man ihm nicht den armen Kopf verwirre. Mrs. Verloc wandte sich ihrem ruhenden Gatten zu und stützte sich auf den Ellbogen, über ihn gebeugt in dem ängstlichen Bestreben, er solle glauben, daß Stevie ein nützliches Mitglied der Familie sei. Jener Eifer schützenden Mitleids, in ihrer Kindheit durch das Elend eines anderen Kindes krankhaft gesteigert, tönte ihre fahlen Wangen mit einer schwachen düsteren Röte, brachte ihre großen Augen unter den dunklen Lidern zum Glühen. Dann sah Mrs. Verloc jünger aus; sie sah so jung aus wie damals Winnie und viel lebensvoller, als die Winnie aus den Tagen der Villa in Belgravia sich jemals vor den Logiergästen zu erscheinen gestattet hätte. Mr. Verlocs Befürchtungen hatten ihn daran gehindert, in dem, was seine Frau da sagte, irgendeinen Sinn zu sehen. Es war, als redete ihre Stimme auf der anderen Seite einer sehr dikken Mauer. Es war ihre Miene, die ihn zu sich selbst zurückrief.

Er schätzte diese Frau, und die Empfindung dieser Wertschätzung, von etwas geweckt, das einer Emotion ähnelte, fügte seiner geistigen Qual nur noch einen weiteren Stich hinzu. Als ihre Stimme verstummte, regte er sich unbehaglich und sagte:

»Mir geht's schon seit ein paar Tagen nicht gut.«

Für ihn hätte dies die Eröffnung sein mögen, sie vollständig ins Vertrauen zu ziehen, doch Mrs. Verloc legte den Kopf wieder auf das Kissen, starrte nach oben und fuhr fort:

»Dieser Junge hört zu viel, worüber hier geredet wird. Wenn ich gewußt hätte, daß die heute abend kommen, dann hätte ich dafür gesorgt, daß er gleichzeitig mit mir zu Bett geht. Er war völlig außer sich über etwas, das er mitgehört hatte, über das Fleisch von Leuten essen und ihr Blut trinken. Wozu redet man denn über so etwas?«

In ihrer Stimme lag ein Ton unwilliger Verachtung. Darauf reagierte Mr. Verloc prompt.

»Frag doch Karl Yundt«, grollte er wild.

Mrs. Verloc bezeichnete Karl Yundt mit großer Entschiedenheit als einen »abstoßenden alten Mann«. Sie bekundete offen ihre Sympathie für Michaelis. Über den robusten Ossipon, in dessen Gegenwart sie sich hinter einer Haltung steinerner Zurückhaltung stets beklommen fühlte, sagte sie gar nichts. Und fuhr fort, über ihren Bruder zu reden, welcher so viele Jahre lang ein Gegenstand der Sorge und Befürchtungen war:

»Er darf nicht hören, was da gesagt wird. Er hält alles für wahr. Er weiß es nicht besser. Er regt sich nur wieder auf.«

Mr. Verloc äußerte sich nicht dazu.

»Er starrte mich an, als wüßte er nicht, wer ich bin, als ich nach unten kam. Sein Herz raste wie ein Hammer. Er kann nichts dafür, daß er erregbar ist. Ich habe Mutter geweckt und sie gebeten, sich zu ihm zu setzen, bis er eingeschlafen ist. Es ist nicht seine Schuld. Wenn man ihn in Ruhe läßt, ist er keine Last.«

Mr. Verloc äußerte sich nicht dazu.

»Ich wünschte, er wäre nie zur Schule gegangen«, fuhr Mrs. Verloc schroff fort. »Immer nimmt er die Zeitungen aus dem Fenster, um sie zu lesen. Er wird ganz rot im Gesicht, wenn er sie studiert. Wir werden kein Dutzend im Monat davon los. Sie nehmen im Schaufenster bloß Platz weg. Und Mr. Ossipon bringt jede Woche einen Stapel von diesen Z.P.-Traktaten, die einen Halfpenny das Stück kosten sollen. Keinen Halfpenny würde ich für den ganzen Haufen geben. Eine dumme Lektüre – das ist es doch. Und es verkauft sich nicht. Neulich bekam Stevie eines in die Finger, und darin war die Geschichte von einem deutschen Soldatenoffizier, der einem Rekruten ein Ohr halb abgerissen hatte, und nichts ist ihm deswegen geschehen. Dieses Scheusal! An dem Nachmittag war mit Stevie nichts anzufangen. Die Geschichte genügte aber auch, um einem das Blut in Wallung zu bringen. Aber wozu ist das nütze, solche Sachen zu drucken? Wir sind hier Gott sei Dank keine deutschen Sklaven. Das ist doch nicht unsere Sache – oder?«

Mr. Verloc gab keine Antwort.

»Ich mußte dem Jungen das Tranchiermesser wegnehmen«, fuhr Mrs. Verloc fort, nunmehr ein wenig schläfrig. »Er schrie und stampfte auf und schluchzte. Die Vorstellung jeglicher Grausamkeit ist ihm unerträglich. Er hätte den Offizier wie ein Schwein abgestochen, wenn er ihn da gesehen hätte. Und es ist doch auch wahr! Manche Leute verdienen nicht viel Gnade.«

Mrs. Verlocs Stimme wurde schwächer, und der Ausdruck in ihren reglosen Augen wurde in der langen Pause immer kontemplativer und verschleierter. »Liegst du bequem, Schatz?« fragte sie mit schwacher, ferner Stimme. »Soll ich jetzt das Licht ausmachen?«

In der trostlosen Überzeugung, daß es für ihn keinen Schlaf gebe, blieb Mr. Verloc in seiner Furcht vor der Dunkelheit stumm und hoffnungslos träge. Er bot alle Kräfte auf.

»Ja. Mach es aus«, sagte er endlich mit hohler Stimme.

Viertes Kapitel

DIE meisten der ungefähr dreißig kleinen, mit rotem Tuch mit weißem Muster bedeckten Tische standen in einer Linie rechtwinklig zum tiefbraunen Wandpaneel des unterirdischen Saales. Bronzene Kronleuchter mit vielen Glaskugeln hingen von der tiefen, leicht gewölbten Decke herab, und die Freskengemälde mit ihren Jagdszenen und Lustbarkeiten in der freien Natur in mittelalterlichen Kostümen liefen schal und stumpf die fensterlosen Wände entlang. Knappen in grünem Wams schwangen Jagdmesser und hoben hohe Krüge mit schäumendem Bier.

»Wenn ich mich nicht sehr irre, dann sind Sie der Mann, der diese vermaledeite Geschichte bis ins Innerste kennen dürfte«, sagte der robuste Ossipon, wobei er sich vorbeugte, die Ellbogen weit auf dem Tisch und die Füße vollständig unter den Stuhl geschoben. Seine Augen starrten vor unbändiger Begier.

Ein Pianoforte neben der Tür, von zwei Palmen in Trögen flankiert, spielte plötzlich von ganz allein mit aggressiver Virtuosität eine Walzermelodie. Der Lärm, den es erzeugte, war ohrenbetäubend. Als es ebenso abrupt, wie es begonnen hatte, endete, gab der bebrillte, schmuddelige kleine Mann, welcher Ossipon hinter einem schweren Glashumpen voll Bier gegenübersaß, gelassen etwas von sich, was wie ein allgemeiner Lehrsatz klang.

»Prinzipiell kann das, was einer von uns bezüglich

eines bestimmten Umstands wissen mag oder auch nicht, für die anderen kein Gegenstand der Nachfrage sein.«

»Gewiß nicht«, pflichtete Genosse Ossipon mit ruhiger Stimme bei. »Prinzipiell.«

Das große, frische Gesicht zwischen den Händen haltend, starrte er weiter angestrengt auf den schmuddeligen kleinen Mann mit Brille, während dieser kühl einen Schluck Bier trank und den Glashumpen wieder auf den Tisch stellte. Seine flachen, großen Ohren standen weit von den Seiten seines Schädels ab, welcher auf Ossipon schwächlich genug wirkte, um ihn zwischen Daumen und Zeigefinger zerquetschen zu können; die Stirnkuppel schien auf dem Brillenrand zu ruhen; die flachen Wangen von schmieriger, ungesunder Farbe waren von der elenden Ärmlichkeit eines dünnen dunklen Backenbartes lediglich befleckt. Die beklagenswerte Minderwertigkeit der gesamten Statur wurde durch die äußerst selbstsichere Haltung der Person lächerlich gemacht. Seine Sprache war knapp, und er hatte eine besonders beeindruckende Art, stumm zu sein.

Ossipon redete wieder murmelnd zwischen den Händen.

»Sind Sie heute schon viel ausgewesen?«

»Nein. Ich war den ganzen Vormittag im Bett«, antwortete der andere. »Warum?«

»Ach! Nichts«, sagte Ossipon und blickte ernst und innerlich bebend vor Verlangen, etwas herauszufinden, jedoch augenscheinlich von der überwältigenden Miene der Gleichgültigkeit des kleinen Mannes eingeschüchtert. Wenn er mit diesem Genossen redete – was nur selten geschah –, litt der große Ossipon an einem Gefühl moralischer und sogar körperlicher Bedeutungslosigkeit.

Gleichwohl wagte er eine weitere Frage: »Sind Sie zu Fuß hergekommen?«

»Nein; Omnibus«, antwortete der kleine Mann recht prompt. Er wohnte weit weg in Islington in einem kleinen Haus in einer schäbigen mit Stroh und schmutzigem Papier übersäten Straße, wo außerhalb der Schulzeiten eine Horde buntgemischter Kinder mit schrillem, freudlosem, rohem Getöse umherrannte und raufte. Sein Zimmer nach hinten, welches sich durch einen extrem großen Schrank auszeichnete, mietete er möbliert von zwei älteren Jungfern, Damenschneiderinnen in bescheidenem Rahmen mit einer Klientel vornehmlich aus Hausmädchen. An dem Schrank hatte er sich ein schweres Vorhängeschloß anbringen lassen, doch ansonsten war er ein vorbildlicher Mieter, verursachte keinen Ärger und verlangte praktisch keinerlei Zuwendung. Seine Wunderlichkeiten bestanden darin, daß er darauf bestand, anwesend zu sein, wenn sein Zimmer gefegt wurde, und daß er, wenn er ausging, stets den Schlüssel mitnahm.

Ossipon hatte eine Vision, wie diese runde, schwarzgeränderte Brille im Oberdeck eines Omnibusses die Straßen entlang dahinfuhr, wie ihr selbstsicheres Funkeln hier und da auf die Hauswände fiel oder sich auf die Köpfe des sich dessen nicht bewußten Menschenstromes auf dem Trottoir senkte. Der Anflug eines blassen Lächelns veränderte die Stellung von Ossipons dicken Lippen bei dem Gedanken daran, wie beim Anblick jener Brille die Wände nickten, die Leute um ihr Leben rannten. Hätten sie nur gewußt! Welche Panik! Fragend murmelte er: »Schon lange hier gesessen?«

»Eine Stunde, vielleicht länger«, antwortete der andere nachlässig und nahm einen Schluck dunkles Bier. Alle seine Bewegungen – die Art, wie er den Krug packte, der Akt des Trinkens, die Art, wie er das schwere Glas absetzte und die Arme verschränkte – hatten eine Festigkeit, eine sichere Präzision, neben welcher der große und muskulöse Ossipon, wie er so mit starrendem Blick und vorgewölbten Lippen dasaß, zum Abbild begieriger Unentschlossenheit geriet.

»Eine Stunde«, sagte er. »Dann haben Sie wohl noch nicht das Neueste gehört, das ich soeben gehört habe – auf der Straße. Oder?«

Der kleine Mann schüttelte geringstmöglich verneinend den Kopf. Doch da er keinerlei Anzeichen von Neugier offenbarte, wagte Ossipon den Zusatz, er habe es gerade erst vor dem Lokal gehört. Ein Zeitungsjunge habe die Sache direkt vor seiner Nase gebrüllt, und da er auf etwas derartiges nicht gefaßt gewesen sei, sei er äußerst verblüfft und erregt gewesen. Mit trockenem Mund sei er hereingekommen. »Ich hätte nie gedacht, Sie hier anzutreffen«, setzte er in einem unablässigen Gemurmel, die Ellbogen auf den Tisch gepflanzt, hinzu.

»Ich komme gelegentlich hierher«, sagte der andere, wobei er die provozierende Kühle seines Betragens beibehielt.

»Es ist verwunderlich, daß ausgerechnet Sie nichts davon gehört haben«, fuhr der massige Ossipon fort. Seine Lider schlugen nervös über die leuchtenden Augen. »Ausgerechnet Sie«, wiederholte er zögernd. Diese offensichtliche Zurückhaltung bekundete eine unglaubliche und unerklärliche Furchtsamkeit des massigen Kerls vor dem ruhigen kleinen Mann, welcher erneut mit brüsken und sicheren Bewegungen den Glashumpen hob, daraus trank und wieder absetzte. Und das war alles. Nachdem

Ossipon auf etwas, Wort oder Zeichen, gewartet hatte, was nicht kam, bemühte er sich, so etwas wie Gleichgültigkeit aufzusetzen.

»Geben Sie«, sagte er, wobei er seine Stimme noch mehr dämpfte, »Ihr Zeug jedem, der Sie darum bittet?«

»Meine absolute Regel ist, es nie jemandem abzuschlagen – solange ich noch einen Krümel bei mir habe«, antwortete der kleine Mann mit Entschiedenheit.

»Ist das ein Prinzip?« bemerkte Ossipon.

»Das ist ein Prinzip.«

»Und finden Sie das vernünftig?«

Die große runde Brille, welche dem blassen Gesicht ein Aussehen starrender Selbstsicherheit verlieh, schwebten Ossipon gegenüber wie zwei schlaflose, reglose Gestirne, welche kaltes Feuer versprühten.

»Vollkommen. Immer. Unter allen Umständen. Was sollte mich davon abhalten? Warum nicht? Warum sollte ich mir darüber noch Gedanken machen?«

Ossipon keuchte sozusagen diskret.

»Wollen Sie damit sagen, Sie würden es einem Kriminaler geben, wenn einer daherkommen und Sie um Ihre Ware bitten würde?«

Der andere lächelte schwach.

»Sollen sie es doch versuchen, dann werden Sie's schon sehen«, sagte er. »Sie kennen mich, aber ich kenne auch jeden einzelnen von ihnen. Die kommen mir nicht zu nahe – die nicht.«

Seine dünnen, fahlen Lippen schnappten fest zusammen. Ossipon erhob Einwände.

»Aber sie könnten einen schicken – Sie in eine Falle locken. Begreifen Sie nicht? Ihnen das Zeug so abluchsen und Sie dann mit dem Beweis in der Hand verhaften.«

»Beweis wovon? Unerlaubter Handel mit Sprengstoffen vielleicht.« Das sollte wie verächtlicher Hohn klingen, wenngleich der Ausdruck des schmalen, kränklichen Gesichtes unverändert blieb und die Äußerung nachlässig war. »Ich glaube nicht, daß auch nur einer von denen erpicht darauf ist, mich zu verhaften. Ich glaube nicht, daß sie einen von denen dazu bringen könnten, einen Haftbefehl zu erwirken. Ich meine, einen der besten. Keinen einzigen.«

»Warum?« fragte Ossipon.

»Weil sie ganz genau wissen, daß ich Sorge trage, mich niemals von der letzten Handvoll meiner Ware zu trennen. Ich habe sie stets bei mir.« Er faßte sich leicht an die Brust seines Rockes. »In einer dicken Glasflasche«, fügte er hinzu.

»Das habe ich gehört«, sagte Ossipon mit einer Spur Verwunderung in der Stimme. »Aber ich wußte nicht, ob – «

»Die schon«, unterbrach ihn der kleine Mann knapp und ließ sich an die Stuhllehne zurücksinken, welche sich über seinen zerbrechlichen Kopf erhob. »Mich wird man nie verhaften. Das Spiel ist für alle diese Polizisten zu heiß. Um mit einem wie mir fertigzuwerden, bedarf es des reinen, nackten unrühmlichen Heldentums.«

Wieder schlossen sich seine Lippen mit einem selbstbewußten Schnappen. Ossipon unterdrückte eine Bewegung der Ungeduld.

»Oder Leichtsinn – oder einfach Unwissenheit«, entgegnete er. »Sie müssen nur einen dafür kriegen, der nicht weiß, daß Sie genügend Zeug in der Tasche haben, um sich selbst und alles im Umkreis von 60 Yard in Stücke zu reißen.«

»Ich habe nie behauptet, ich könne nicht eliminiert

werden«, versetzte der andere. »Doch das wäre keine Verhaftung. Zudem ist das nicht so einfach, wie es aussieht.«

»Pah!« widersprach Ossipon. »Seien Sie sich dessen nicht so sicher. Was sollte ein halbes Dutzend von denen daran hindern, sich auf der Straße hinterrücks auf Sie zu werfen? Wenn man Ihnen die Arme an die Seiten preßt, könnten Sie nichts tun – oder?«

»O doch. Ich gehe selten nach Einbruch der Dunkelheit auf die Straße«, sagte der kleine Mann ungerührt, »und niemals sehr spät. Beim Gehen halte ich stets die rechte Hand um den Gummiball geschlossen, den ich in der Hosentasche habe. Drücke ich diesen Ball, so wird ein Zünder in der Flasche, die ich in der Tasche trage, ausgelöst. Es ist das Prinzip des pneumatischen Sofortverschlusses bei einer Kameralinse. Der Schlauch führt zu – «

Mit einer flinken, enthüllenden Bewegung gewährte er Ossipon einen Blick auf einen Gummischlauch ähnlich einem schmalen braunen Wurm, welcher aus dem Armloch seiner Weste kam und in die innere Brusttasche seines Jacketts tauchte. Seine Kleidung, eine unbestimmbare braune Mixtur, war fadenscheinig und fleckig, in den Falten staubig und mit ausgefransten Knopflöchern. »Der Zünder wirkt teils mechanisch, teils chemisch«, erklärte er mit beiläufiger Herablassung.

»Und er wirkt natürlich sofort?« murmelte Ossipon mit einem leisen Schauder.

»Ganz und gar nicht«, gestand der andere widerstrebend, wobei sein Mund sich leidvoll verzerrte. »Volle zwanzig Sekunden müssen vergehen von dem Augenblick an, da ich den Ball drücke, bis zum Eintreten der Explosion.«

»Puh!« pfiff Ossipon, völlig entsetzt. »Zwanzig Sekunden! Grauenvoll! Wollen Sie damit sagen, daß Sie sich dem aussetzen könnten? Ich würde verrückt werden – «

»Das bliebe sich gleich. Natürlich ist das der Schwachpunkt dieses Spezialsystems, das nur zu meinem eigenen Gebrauch ist. Das Schlimmste daran ist, daß die Art der Explosion bei uns immer der Schwachpunkt ist. Ich bin dabei, einen Zünder zu erfinden, der sich auf alle Operationsumstände einstellen würde, selbst auf unerwartete Veränderungen der Umstände. Einen variablen und dennoch absolut präzisen Mechanismus. Einen wirklich intelligenten Zünder.«

»Zwanzig Sekunden«, murmelte Ossipon wieder. »Uff! Und dann – «

Durch eine leichte Kopfbewegung schien der Schimmer der Brille die Größe der Bierwirtschaft im Untergeschoß des bekannten Restaurants Silenus abzuschätzen.

»Niemand in diesem Raum könnte hoffen, davonzukommen«, war das Urteil der Abschätzung. »Nicht einmal das Paar da, das gerade die Treppe hinaufgeht.«

Das Pianoforte am Fuß der Treppe schepperte mit frechem Ungestüm eine Masurka hindurch, als prahlte damit ein vulgärer und unverschämter Geist. Die Tasten sanken und hoben sich wie durch Zauberhand. Dann wurde alles still. Einen Augenblick lang stellte Ossipon sich vor, der überhelle Raum verwandele sich in ein schreckliches schwarzes Loch, das gräßliche Rauchschwaden ausspie und an einem grausigen Kehricht aus zerschlagenem Ziegelwerk und verstümmelten Leibern erstickte. Er hatte eine so klare Wahrnehmung von Tod und Zerstörung, daß ihn wieder schauderte. Der andere bemerkte mit einer Miene ruhigen Hochmutes:

»Letztendlich ist es allein der Charakter, der einem Sicherheit gewährt. Es gibt wenige Menschen auf der Welt, deren Charakter so gefestigt ist wie der meine.«

»Wie Sie das wohl geschafft haben«, knurrte Ossipon.

»Persönlichkeitsstärke«, sagte der andere, ohne die Stimme zu erheben; und da diese Behauptung aus dem Munde dieses offenkundig elenden Organismus kam, veranlaßte sie den robusten Ossipon, sich auf die Unterlippe zu beißen. »Persönlichkeitsstärke«, wiederholte er mit aufdringlicher Gelassenheit.

»Ich habe die Mittel, den Tod zu bringen, doch dies allein ist, müssen Sie wissen, als Schutz absolut nichts. Wirkungsvoll ist vielmehr der Glaube jener Menschen an meinen Willen, die Mittel anzuwenden. Diesen Eindruck haben sie. Er ist absolut. Daher bringe ich den Tod.«

»Bei denen gibt es auch einzelne mit Charakter«, brummelte Ossipon in einem unheilverkündenden Ton.

»Möglich. Doch das ist offensichtlich eine Sache des Verhältnisses, da sie mich beispielsweise nicht beeindrukken. Daher sind sie mir unterlegen. Anders kann es gar nicht sein. Ihr Charakter basiert auf konventioneller Moral. Er stützt sich auf die soziale Ordnung. Der meine steht frei von allem Künstlichen. Sie sind in alle möglichen Konventionen eingebunden. Sie hängen vom Leben ab, was in diesem Zusammenhang ein historischer Umstand inmitten von allen möglichen Beschränkungen und Erwägungen ist, ein komplexer, organisierter Umstand, der an allen Seiten für Angriffe offen ist; ich hingegen hänge vom Tode ab, der keine Beschränkungen kennt und nicht angegriffen werden kann. Meine Überlegenheit ist evident.«

»Das ist eine transzendentale Sehweise«, sagte Ossipon

und beobachtete den kalten Schimmer in der runden Brille. »Es ist noch nicht lange her, da habe ich Karl Yundt ziemlich dasselbe sagen hören.«

»Karl Yundt«, murmelte der andere verächtlich, »der Delegierte des Internationalen Roten Komitees war sein ganzes Leben lang ein wichtigtuerisches Phantom. Sie sind drei Delegierte, nicht wahr? Die andern beiden werde ich nicht explizieren, da Sie einer davon sind. Doch was Sie sagen, ist ohne Bedeutung. Sie sind die würdigen Delegierten für revolutionäre Propaganda, doch das Schlimme ist nicht nur, daß Sie unfähig sind, wie ein jeder biedere Krämer oder Journalist unabhängig über sie alle zu denken, sondern daß Sie keinerlei Charakter haben.«

Ossipon konnte ein unwilliges Aufbrausen nicht unterdrücken.

»Aber was wollen Sie denn von uns?« rief er mit gedämpfter Stimme. »Wonach streben Sie denn selbst?«

»Nach dem perfekten Zünder«, war die entschiedene Antwort. »Warum machen Sie so sein Gesicht? Sehen Sie, Sie können es ja nicht einmal ertragen, wenn etwas Schlüssiges gesagt wird.«

»Ich mache kein Gesicht«, knurrte der verärgerte Ossipon täppisch.

»Ihr Revolutionäre«, fuhr der andere mit gelassener Selbstsicherheit fort, »seid die Sklaven der gesellschaftlichen Konvention, welche Angst vor euch hat; ihre Sklaven ebenso wie die Polizei, die zur Verteidigung jener Konvention antritt. Natürlich seid ihr das, weil ihr sie ja revolutionieren wollt. Natürlich beherrscht sie eure Gedanken und auch eure Taten, und somit können weder eure Gedanken noch eure Taten überzeugend sein.« Er machte eine Pause, unerregt, mit einer Miene verschlossenen, endlosen Schweigens, um sodann gleich wieder fortzufahren: »Ihr seid um keinen Deut besser als die Kräfte, die gegen euch aufgeboten sind – als die Polizei beispielsweise. Neulich begegnete ich an der Ecke der Tottenham Court Road plötzlich dem Chefinspektor Heat. Er schaute mich sehr fest an. Ich aber sah ihn nicht an. Warum sollte ich ihm mehr als einen kurzen Blick gönnen? Er dachte an vielerlei Dinge – an seine Vorgesetzten, an seinen Ruf, an die Gerichtshöfe, an sein Gehalt, an die Zeitungen – an hundert Dinge. Ich aber dachte nur an meinen perfekten Zünder. Er war mir gleichgültig. Er war so bedeutungslos wie – mir fällt nichts ein, was bedeutungslos genug wäre, um ihn damit zu vergleichen – außer vielleicht Karl Yundt. Gleich und Gleich gesellt sich gern. Der Terrorist und der Polizist kommen beide aus demselben Topf. Revolution, Gesetzmäßigkeit – Gegenbewegungen im selben Spiel; Formen der Nichtigkeit, die im Grunde identisch sind. Er spielt sein kleines Spielchen – ebenso wie ihr Propagandisten. Ich aber spiele nicht; ich arbeite vierzehn Stunden täglich und bekomme zuweilen Hunger. Meine Experimente kosten hin und wieder Geld, und dann muß ich ein, zwei Tage ohne Essen auskommen. Sie sehen auf mein Bier. Ja. Ich hatte heute schon zwei Gläser und werde sogleich ein weiteres trinken. Es ist ein kleiner Festtag, und ich feiere ihn allein. Warum nicht? Ich habe den Mumm, allein zu arbeiten, ganz allein, vollkommen allein. Seit Jahren arbeite ich allein.«

Ossipons Gesicht wurde dunkelrot.

»An dem perfekten Zünder – wie?« höhnte er sehr leise.

»Ja«, versetzte der andere. »Das ist eine gute Definition. Sie würden nichts halb so Präzises finden, womit Sie die Art Ihrer Tätigkeit mit all Ihren Komitees und Delegationen definieren könnten. Daher bin ich der wahre Propagandist.«

»Den Punkt wollen wir nicht weiter diskutieren«, sagte Ossipon mit einer Miene, als stehe er über persönlichen Erwägungen. »Leider muß ich Ihnen Ihren freien Tag jedoch verderben. Heute morgen wurde ein Mann im Greenwich Park in die Luft gesprengt.«

»Woher wissen Sie das?«

»Seit zwei Uhr brüllen sie die Neuigkeit durch die Straßen. Ich habe eine Zeitung gekauft und bin dann einfach hier hereingerannt. Dann sah ich Sie hier am Tisch sitzen. Ich habe sie hier in der Tasche.«

Er zog die Zeitung hervor. Es war ein recht großes, rosiges Blatt, als wäre es erhitzt von der Wärme seiner Überzeugungen, welche optimistisch waren. Rasch überflog er die Seiten.

»Ah! Da haben wir's. Bombe im Greenwich Park. Auswirkungen der Explosion bis Pomney Road und Park Place. Riesiges Loch im Boden unter einem Baum voller zerfetzter Wurzeln und abgebrochener Äste. Überall Teile eines in Stücke gerissenen Mannes. Das ist alles. Der Rest ist bloßes Zeitungsgeschwätz. Zweifellos ein ruchloser Versuch, das Observatorium in die Luft zu jagen, heißt es. Hm. Das ist wohl kaum glaubhaft.«

Eine Weile noch betrachtete er schweigend die Zeitung und reichte sie dann dem anderen, welcher sie, nachdem er geistesabwesend auf den Druck gestarrt, kommentarlos niederlegte.

Ossipon redete als erster – noch immer grollend.

»Die Teile nur *eines* Mannes nämlich. *Ergo*: jagte *sich selbst* in die Luft. Das verdirbt Ihnen jetzt doch den Tag – wie? Hatten Sie so etwas erwartet? Ich hatte nicht die leiseste Ahnung – nicht den Hauch einer Vorstellung, daß etwas Derartiges hier stattfinden sollte – in diesem Land. Unter den gegenwärtigen Umständen ist das nichts als kriminell.«

Der kleine Mann hob die dünnen schwarzen Augenbrauen in leidenschaftslosem Hohn.

»Kriminell! Was ist das? Verbrechen – Was *ist* das denn? Was kann eine solche Behauptung bedeuten?«

»Wie soll ich sagen? Man muß eben die geläufigen Worte verwenden«, sagte Ossipon ungeduldig. »Diese Behauptung bedeutet, daß diese Geschichte unsere Position in diesem Land sehr nachteilig beeinflussen kann. Ist das für Sie nicht verbrecherisch genug? Ich bin überzeugt, daß Sie in der letzten Zeit etwas von Ihrem Zeug weggegeben haben.«

Ossipon schaute ihn unverwandt an. Der andere hob und senkte langsam den Kopf, ohne aus der Fassung zu geraten.

»Also doch!« platzte der Redakteur der Z.P.-Blätter heftig flüsternd heraus. »Nein! Und Sie geben es einfach so mir nichts dir nichts dem erstbesten Narren, der des Weges kommt?«

»Einfach so! Die verdammte gesellschaftliche Ordnung ist nicht auf Papier und Tinte gebaut, und ich glaube nicht, daß eine Kombination aus Papier und Tinte ihr je einmal ein Ende setzt, was Sie dazu auch denken mögen. Ja, ich würde das Zeug mit vollen Händen jedem Mann, jeder Frau, jedem Narren geben, dem es beliebt, des Weges zu kommen. Ich weiß, was Sie jetzt denken.

Doch ich empfange meine Weisungen nicht vom Roten Komitee. Ich würde mitansehen, wie ihr alle hier fortgejagt werdet oder verhaftet – oder meinetwegen auch geköpft –, ohne eine Miene zu verziehen. Was mit uns als Individuen geschieht, tut überhaupt nichts zur Sache.«

Er redete achtlos, ohne Erregung, fast ohne Gefühl, und Ossipon, insgeheim sehr berührt, versuchte, diese Distanziertheit nachzuahmen.

»Wenn die Polizei hier ihre Sache verstünde, dann würde sie Sie mit Revolvern durchlöchern oder versuchen, Sie am hellichten Tage von hinten mit einem Sandsack niederzuschlagen.«

Der kleine Mann schien diesen Gesichtspunkt in seiner leidenschaftslosen, selbstsicheren Art schon erwogen zu haben.

»Ja«, stimmte er mit äußerster Bereitwilligkeit zu. »Doch dafür müßten sie sich gegen ihre eigenen Institutionen wenden. Verstehen Sie? Das erfordert ungewöhnlichen Mumm. Mumm von einer ganz speziellen Sorte.«

Ossipon blinzelte.

»Ich könnte mir vorstellen, daß genau das mit Ihnen passieren würde, sollten Sie Ihr Labor in den Staaten errichten. Dort hält man bei den Institutionen nichts auf Zeremonien.«

»Es ist sehr unwahrscheinlich, daß ich das ausprobiere. Ansonsten ist Ihre Bemerkung richtig«, räumte der andere ein. »Drüben haben sie mehr Charakter, und ihr Charakter ist dem Wesen nach anarchistisch. Fruchtbarer Boden für uns, die Staaten – sehr guter Boden. Die große Republik hat die Wurzel des Zerstörerischen in sich. Das kollektive Temperament ist gesetzlos. Hervorragend. Uns mögen sie niederschießen, aber – «

»Sie sind mir zu transzendental«, grummelte Ossipon mit verdrießlicher Sorge.

»Logisch«, protestierte der andere. »Es gibt mehrere Arten von Logik. Dieses ist die aufgeklärte Art. Amerika ist in Ordnung. Denn dieses Land mit seinem idealistischen Verständnis von Legalität ist gefährlich. Der gesellschaftliche Geist dieses Volkes ist in ängstliche Vorurteile gepackt, und das ist für unsere Arbeit tödlich. Sie reden von England als unserer einzigen Zuflucht! Desto schlimmer. Capua! Was wollen wir mit Flüchtlingen? Hier reden, drucken, planen Sie und tun nichts. Das ist für die Karl Yundts sicher sehr bequem.«

Er zuckte leicht die Schultern und setzte dann mit der gleichen gelassenen Selbstsicherheit hinzu: »Den Aberglauben und die Verehrung der Legalität aufzubrechen, das sollte unser Ziel sein. Nichts würde mir mehr gefallen, als wenn Chefinspektor Heat und seinesgleichen uns am hellichten Tage mit Zustimmung der Bevölkerung niederschießen würden. Dann wäre die halbe Schlacht schon gewonnen; die Auflösung der alten Moral hätte dann mitten in ihrem Tempel eingesetzt. Darauf sollten Sie hinzielen. Aber ihr Revolutionäre werdet das nie begreifen. Ihr plant die Zukunft, ihr verliert euch in Träumereien über ökonomische Systeme, die sich aus dem ableiten, was ist; dagegen ist ein reiner Tisch gefordert und ein Neubeginn für ein neues Verständnis von Leben. Diese Zukunft wird sich schon selbst zu helfen wissen, wenn ihr ihr nur den Raum dazu schafft. Daher würde ich mein Zeug an den Straßenecken zu Haufen aufschaufeln, hätte ich dafür nur genug; und da ich es nicht habe, tu ich mein Bestes, einen wirklich verläßlichen Zünder zu entwickeln.«

Ossipon, welcher geistig ins Schwimmen geraten war, griff nach dem letzten Wort wie nach einem Rettungsring.

»Ja. Ihre Zünder. Es sollte mich nicht wundern, wenn es einer Ihrer Zünder gewesen wäre, der mit dem Mann im Park reinen Tisch gemacht hat.«

Ein Anflug von Ärger verdüsterte das entschlossene, bleiche Gesicht von Ossipons Gegenüber.

»Meine Schwierigkeit besteht exakt darin, mit den verschiedenen Arten der Praxis zu experimentieren. Schließlich müssen sie ausprobiert werden. Zudem – «

Ossipon fiel ihm ins Wort.

»Wer der Bursche wohl war? Ich versichere Ihnen, wir in London hatten keine Ahnung. – Könnten Sie die Person, der Sie das Zeug gaben, nicht beschreiben?«

Der andere richtete seine Augengläser auf Ossipon wie ein Paar Suchscheinwerfer.

»Ihn beschreiben«, wiederholte er langsam. »Ich glaube, es kann auch nicht den leisesten Zweifel mehr geben. Ich will ihn Ihnen mit einem Wort beschreiben – Verloc.«

Ossipon, dessen Neugier ihn um einige Zoll von seinem Sitz gehoben hatte, fiel wie ins Gesicht geschlagen zurück.

»Verloc! Unmöglich.«

Der selbstbeherrschte kleine Mann nickte einmal leicht.

»Ja. Er ist es. Sie können in dem Fall nicht sagen, daß ich mein Zeug dem erstbesten Narren gegeben habe. Soweit ich sehe, war er ein prominentes Mitglied der Gruppe.«

»Ja«, sagte Ossipon. »Prominent. Nein, eigentlich nicht. Er war das Zentrum des allgemeinen Nachrichtendienstes und empfing zumeist Genossen, die hierher kamen. Eher nützlich als wichtig. Keine eigenen Ideen. Vor Jahren hatte er noch auf Versammlungen geredet – in Frankreich, glaube ich. Allerdings nicht sehr gut. Er hatte das Vertrauen von Männern wie Latorre, Moser und dem ganzen alten Haufen. Das einzige Talent, das er wirklich zeigte, war seine Fähigkeit, irgendwie der Aufmerksamkeit der Polizei zu entgehen. Hier beispielsweise stand er anscheinend nicht weiter unter Beobachtung. Er war nämlich regelrecht verheiratet. Vermutlich hat er auch mit ihrem Geld den Laden aufgezogen. Hat sich anscheinend auch gelohnt.«

Ossipon unterbrach sich abrupt und murmelte bei sich: »Was die Frau wohl jetzt macht?« und verfiel in Gedanken.

Der andere wartete mit ostentativer Gleichgültigkeit ab. Seine Herkunft war ungewiß, und man kannte ihn im allgemeinen nur unter seinem Spitznamen, Professor. Sein Anspruch auf diesen Titel bestand darin, daß er einmal Assistenzdemonstrator für Chemie an irgendeinem technischen Institut war. Er stritt sich mit der Verwaltung über die Frage ungerechter Behandlung. Später bekam er eine Stellung im Labor einer Farbenfabrik. Auch dort war ihm eine empörende Ungerechtigkeit widerfahren. Seine Streitereien, seine Entbehrungen, seine harte Arbeit, um auf der sozialen Leiter aufzusteigen, hatten ihn mit einer solchen Überschätzung seiner Vorzüge erfüllt, daß es für alle Welt äußerst schwierig war, ihm Gerechtigkeit widerfahren zu lassen – wobei das dahingehende Maß ja so sehr von der Geduld des einzelnen abhing. Der Professor hatte Genie, doch mangelte es ihm an der sozialen Tugend der Entsagung.

»Geistig eine Null«, sagte Ossipon laut, womit er die innerliche Betrachtung der leidtragenden Mrs. Verloc und ihrem Geschäft abrupt abbrach. »Ein ganz gewöhnlicher Mensch. Sie machen einen Fehler, daß Sie nicht engeren Kontakt mit den Genossen halten, Professor«, setzte er tadelnd hinzu. »Hat er Ihnen etwas gesagt – Ihnen eine Vorstellung seiner Absichten vermittelt? Ich hatte ihn einen Monat lang nicht gesehen. Es erscheint mir unmöglich, daß er nicht mehr leben soll.«

»Er sagte mir, es solle eine Demonstration gegen ein Gebäude werden«, sagte der Professor. »Soviel mußte ich wissen, um das Geschoß zu präparieren. Ich wies ihn darauf hin, daß ich kaum eine genügende Menge für ein Resultat der völligen Zerstörung vorrätig hätte, doch er drängte mich sehr nachdrücklich, mein Bestes zu tun. Da er etwas wollte, das er offen in der Hand tragen konnte, schlug ich vor, eine alte Gallonenbüchse Kopalfirnis zu verwenden, die ich zufälligerweise bei mir hatte. Die Idee gefiel ihm. Es bereitete mir einige Mühe, da ich zunächst den Boden aufschneiden und anschließend wieder einlöten mußte. Als die Büchse zum Gebrauch präpariert war, umschloß sie einen gut verkorkten Krug mit breiter Öffnung aus dickem Glas, der mit etwas weichem Ton umgeben war und sechzehn Unzen X2-Grünpulver enthielt. Der Zünder war mit dem Schraubdeckel der Büchse verbunden. Es war genial – eine Kombination aus Zeit und Schock. Ich erklärte ihm das System. Es war eine dünne Blechröhre, die einen – «

Ossipons Aufmerksamkeit war abgeschweift.

»Was, glauben Sie, ist passiert?« unterbrach er ihn.

»Kann ich nicht sagen. Den Deckel festgeschraubt, was den Kontakt herstellt, und dann die Zeit vergessen.

Es war auf zwanzig Minuten eingestellt. Wenn allerdings der Zeitkontakt hergestellt ist, dann kann eine heftige Erschütterung die Explosion auch sofort auslösen. Entweder hat er die Zeit zu kurz eingestellt oder das Ding einfach fallenlassen. Der Kontakt war ordnungsgemäß hergestellt – dessen bin ich mir jedenfalls sicher. Das System funktionierte perfekt. Und dennoch sollte man meinen, es wäre viel wahrscheinlicher, daß ein gewöhnlicher Narr, der es eilig hat, vergessen würde, erst einmal den Kontakt herzustellen. Um diese Form des Fehlschlages hatte ich mir die meisten Sorgen gemacht. Doch es gibt mehr Narren, als daß man sich davor schützen kann. Sie können von einem Zünder nicht erwarten, daß er absolut narrensicher ist.«

Er winkte einen Kellner her. Ossipon saß starr da, den abwesenden Blick geistiger Mühsal auf dem Gesicht. Nachdem der Mann mit dem Geld gegangen war, riß er sich mit einer Miene tiefer Unzufriedenheit zusammen.

»Das ist für mich äußerst unangenehm«, sagte er grüblerisch. »Karl liegt seit einer Woche mit Bronchitis im Bett. Es ist gut möglich, daß er nie wieder aufsteht. Michaelis läßt sich's irgendwo auf dem Lande gut gehen. Ein modischer Verleger hat ihm fünfhundert Pfund für ein Buch angeboten. Es wird ein gräßlicher Reinfall. Er hat nämlich im Gefängnis die Fähigkeit zu folgerichtigem Denken verloren.«

Der Professor, nun auf den Beinen und sich den Rock zuknöpfend, schaute sich mit vollkommener Gleichgültigkeit um.

»Was werden Sie jetzt tun?« fragte Ossipon müde. Er fürchtete sich vor der Rüge des Zentralen Roten Komitees, einer Körperschaft, welche keinen ständigen Sitz hatte und über deren Mitgliedschaft er nicht genau unterrichtet war. Wenn diese Affäre in der Sperrung der bescheidenen Zuwendungen endete, welche für die Veröffentlichung der Z.P.-Pamphlete zugeteilt wurden, dann würde er Verlocs unerklärliche Narretei tatsächlich bedauern müssen.

»Solidarität mit der extremsten Form der Tat ist eine Sache, törichter Leichtsinn eine andere«, sagte er mit einer gewissen verdrießlichen Brutalität. »Ich weiß nicht, was in Verloc gefahren ist. Darin liegt ein Rätsel. Nun ja, er lebt nicht mehr. Sie können es drehen wie Sie wollen, aber unter den Umständen kann das für die militante revolutionäre Gruppe nur heißen, jegliche Verbindung mit dieser verdammten Posse da von Ihnen zu dementieren. Wie wir das Dementi überzeugend genug gestalten sollen, das macht mir Sorgen.«

Der kleine Mann auf den Beinen, zugeknöpft und gehbereit, war nicht größer als der sitzende Ossipon. Er brachte seine Brille genau auf eine Höhe mit dem Gesicht des letzteren.

»Sie könnten ja die Polizei um ein Führungszeugnis bitten. Die wissen, wo jeder einzelne von euch letzte Nacht geschlafen hat. Vielleicht würden sie einwilligen, wenn Sie sie bäten, eine Art offizielle Erklärung abzugeben.«

»Zweifellos ist denen ziemlich klar, daß wir nichts damit zu tun hatten«, murmelte Ossipon verbittert. »Aber sagen werden sie etwas anderes.« Er brütete weiter, ungeachtet der kleinen, eulenartigen, schäbigen Gestalt, die neben ihm stand. »Ich muß umgehend Michaelis zu fassen bekommen und ihn dazu bringen, auf unseren Versammlungen aus tiefstem Herzen zu sprechen. Die

Öffentlichkeit hat eine Art sentimentale Achtung vor dem Burschen. Man kennt seinen Namen. Und ich stehe in Kontakt mit ein paar Reportern von den großen Tageszeitungen. Was er sagen würde, wäre absoluter Schwachsinn, doch er hat eine Art zu reden, die die Leute trotzdem schlucken.«

»Wie Sirup«, warf der Professor ziemlich leise ein, noch immer mit unbeteiligter Miene.

Der verwirrte Ossipon fuhr fort, halb hörbar wie einer, der in vollkommener Einsamkeit überlegt, mit sich selbst Zwiesprache zu halten.

»Verdammter Esel! Mir so eine idiotische Geschichte an den Hals zu hängen. Und ich weiß nicht einmal, ob – «

Er saß mit zusammengepreßten Lippen da. Die Vorstellung, zwecks Nachrichten direkt zum Laden zu gehen, barg keinen Reiz. Er hatte die Ahnung, daß Verlocs Laden schon zu einer Falle der Polizei geworden war. Zwangsläufig werden sie einige Verhaftungen vornehmen, dachte er in einer Art rechtschaffener Empörung, denn der gleichmäßige Verlauf seines revolutionären Lebens war von keinem Fehler seinerseits bedroht. Und dennoch, falls er da nicht hinging, ging er das Risiko ein, in Unkenntnis darüber zu bleiben, was zu wissen womöglich sehr bedeutsam für ihn wäre. Dann überlegte er, wenn der Mann im Park so sehr in Fetzen gerissen war, wie die Abendzeitungen es berichtet hatten, dann konnte er gar nicht identifiziert worden sein. Und wenn doch, dann konnte die Polizei keinen besonderen Grund haben, Verlocs Laden genauer zu überwachen als jeden anderen Ort, welcher als Treffpunkt von registrierten Anarchisten bekannt war – keinen weiteren

Grund jedenfalls, als die Türen des Silenius zu überwachen. Es würde überall viel überwacht werden, gleichgültig, wohin er ging. Dennoch –
»Ich möchte wissen, was ich jetzt am besten tue«, murmelte er, mit sich selbst zu Rate gehend.
Eine krächzende Stimme neben seinem Ellbogen sagte mit gelassenem Hohn:
»Hängen Sie sich an seine Frau, so gut Sie können.«
Nachdem er diese Worte gesprochen hatte, entfernte sich der Professor vom Tisch. Ossipon, welchen diese Einsicht völlig überrascht hatte, sprang kurz auf und saß dann wieder mit hilflosem Blick still da, als wäre er an den Sitz seines Stuhles festgenagelt. Das einsame Pianoforte schlug, ohne auch nur einen Klavierschemel als Unterstützung, mutig einige Akkorde an, begann dann mit einer Auswahl volkstümlicher Weisen und begleitete ihn endlich beim Hinausgehen mit dem Lied »The Blue Bells of Scotland«. Die schmerzlich abgehackten Töne wurden hinter seinem Rücken schwächer, während er langsam nach oben ging, durch die Eingangshalle und auf die Straße.
Vor dem großen Eingang standen Zeitungsverkäufer in einer trübseligen Reihe hinter dem Trottoir und vertrieben ihre Ware von der Gosse aus. Es war ein frostiger, düsterer Tag Anfang Frühling; und der rußige Himmel, der Kot auf den Straßen, die Lumpen der schmutzigen Männer harmonierten hervorragend mit dem Erguß der feuchten, minderwertigen Papierbögen, die mit Druckerschwärze besudelt waren. Die Plakate, mit Unrat befleckt, verzierten den Bogen des Rinnsteins wie Tapeten. Das Geschäft mit Abendzeitungen lief flott, doch verglichen mit dem raschen, steten Vorbeiziehen der Fußgän-

ger, war die Wirkung Gleichgültigkeit, achtloser Absatz. Ossipon schaute rasch in beide Richtungen, bevor er hinaus in die Gegenströme trat, doch der Professor war schon nicht mehr zu sehen.

Fünftes Kapitel

DER Professor war nach links in eine Straße abgebogen und ging, den Kopf starr aufrecht haltend, in einer Menge dahin, in der jeder einzelne seine verkümmerte Leibesgröße überragte. Vergeblich, sich vorzumachen, daß er nicht enttäuscht war. Doch das war lediglich ein Gefühl; der Stoizismus seiner Gedanken konnte durch dieses wie jedes andere Versagen nicht erschüttert werden. Das nächste oder übernächste Mal würde ein wirkungsvoller Schlag verabreicht – etwas wahrhaft Aufsehenerregendes – ein Hieb, welcher geeignet war, den ersten Riß in der eindrucksvollen Fassade des großen Gefüges der Rechtsvorstellungen zu öffnen, welches die grausame Ungerechtigkeit der Gesellschaft beherbergte. Von bescheidener Herkunft und von einer Erscheinung, welche wirklich so armselig war, daß sie seinen beträchtlichen natürlichen Fähigkeiten im Wege stand, war seine Einbildungskraft schon früh von Geschichten über Männer beflügelt worden, welche aus den Tiefen der Armut in Positionen mit Einfluß und Reichtum aufgestiegen waren. Die extreme, fast asketische Reinheit seiner Gedanken, verbunden mit einer verblüffenden Unkenntnis weltlicher Zustände, hatte ihm ein Ziel von Macht und Ansehen gesetzt, welches ohne die Mittel der Künste, der Kultiviertheit, des Taktes oder Reichtums erlangt werden sollte – sondern allein durch das schiere Gewicht seines Wertes. In dieser Hinsicht betrachtete er sich zu unbestrittenem Erfolg berechtigt.

Sein Vater, ein feinfühliger, düsterer Enthusiast mit fliehender Stirn, war ein aufrüttelnder Wanderprediger einer obskuren, aber rigiden christlichen Sekte gewesen – ein Mann mit einem äußersten Vertrauen in die Vorrechte seiner Redlichkeit. Im Sohne, vom Temperament her Individualist, übersetzte sich diese moralische Haltung, kaum daß die Wissenschaft der Kollegien den Glauben der Konventikel gründlich ersetzt hatte, in einen wahnhaften Puritanismus des Ehrgeizes. Er pflegte ihn wie etwas Säkular-Heiliges. Dieses vereitelt zu sehen, öffnete ihm die Augen auf die wahre Natur der Welt, deren Moral künstlich, korrupt und blasphemisch war. Der Gang auch der gerechtfertigtsten Revolutionen ist von persönlichen Triebkräften angelegt, welche zu Glaubenshaltungen entstellt sind. Die Entrüstung des Professors fand in sich einen Urgrund, welcher ihn von der Sünde lossprach, sich der Zerstörung als des Agens seines Ehrgeizes zuzuwenden. Das Vertrauen der Öffentlichkeit in die Legalität zu zerstören, das war die unvollkommene Formel seines pedantischen Fanatismus; doch die unbewußte Überzeugung, daß der Rahmen einer etablierten Gesellschaftsordnung allein durch eine Form kollektiver oder individueller Gewalt zerschmettert werden kann, war präzise und korrekt. Er war ein moralischer Agent – das stand für ihn in seinem Innern fest. Indem er seine Agentenschaft mit rücksichtslosem Starrsinn ausübte, verschaffte er sich selbst den Anschein von Macht und persönlichem Ansehen. Das war seiner rachgierigen Verbitterung nicht zu nehmen. Er befriedete seine Ruhelosigkeit; und auf ihre Weise tun die Hitzigsten unter den Revolutionären vielleicht nichts weiter, als Frieden zu suchen, was sie mit dem Rest der Menschheit gemein haben – den Frieden gestillter Eitelkeit oder befriedigter Gelüste oder vielleicht eines beschwichtigten Gewissens.

In der Menge verloren, erbärmlich und zu klein geraten, sinnierte er zuversichtlich über seine Macht, in der linken Hosentasche die Hand, welche leicht den Gummiball umschloß, die höchste Garantie seiner sinistren Freiheit; doch nach einer Weile wurde er vom Anblick des mit Fahrzeugen dicht gedrängten Fahrdamms und des von Männern und Frauen wimmelnden Trottoirs unangenehm berührt. Er war auf einer langen, geraden Straße, auf der sich lediglich ein Bruchteil einer ungeheuren Masse befand; doch um sich herum, gar bis an die Grenzen des Horizontes, verborgen von den riesigen Backsteinhäufen, empfand er die Masse der Menschheit mächtig an Zahl. Zahllos wie Heuschrecken schwärmten sie umher, fleißig wie Ameisen, gedankenlos wie eine Naturgewalt, blind und ordentlich und in sich versunken vorwärtsdrängend, Empfindungen, der Logik, vielleicht auch dem Terror, unzugänglich.

Dieses war derjenige Zweifel, welchen er am meisten fürchtete. Dem Terror unzugänglich! Oft, wenn er ausging, wenn er dann auch einmal aus sich selbst herauskam, hatte er derlei Momente des schrecklichen und gesunden Mißtrauens der Menschheit gegenüber. Was wäre, wenn nichts sie bewegen könnte? Solche Momente haben alle Menschen, deren Ehrgeiz es ist, die Menschheit unmittelbar selbst zu beherrschen – alle Künstler, Politiker, Denker, Reformer oder Heilige. Ein verabscheuenswerter Gefühlszustand, gegen welchen die Einsamkeit einen überlegenen Charakter festigt; und mit ernstem Jubel dachte der Professor an das Refugium seines Zimmers mit dem verschlossenen Schrank, verloren in einer Wildnis armer Häuser, die Einsiedelei des perfekten Anarchisten. Um den Ort, wo er seinen Omnibus nehmen konnte, früher zu erreichen, wandte er sich von der belebten Straße abrupt in eine schmale, dunkle, mit Steinplatten gepflasterte Gasse. Zur einen Seite boten die niedrigen Backsteinhäuser in ihren Fenstern den blinden, moribunden Anblick unrettbaren Niedergangs – leerer Hülsen, die auf den Abriß warteten. Aus der anderen Seite war das Leben noch nicht gänzlich gewichen. Gegenüber der einzigen Gaslaterne gähnte die Höhle eines Händlers mit Gebrauchtmöbeln, wo tief in dem Dunkel einer Art schmaler Allee, welche sich durch einen bizarren Wald aus Garderoben mit einem Unterholzgewirr aus Tischbeinen wand, ein hoher Spiegel gleich einem Wassertümpel in einem Wald schimmerte. Eine unglückliche, heimatlose Couch, in Begleitung zweier nicht verwandter Sessel, stand da im Freien. Der einzige Mensch, welcher mit Ausnahme des Professors von der Gasse Gebrauch machte, kam stramm und hoch aufgerichtet aus der entgegengesetzten Richtung und stockte in seinem schwungvollen Gang abrupt.

»Hallo!« sagte er und stand lauernd ein wenig an einer Seite.

Der Professor war schon stehengeblieben, hatte sich, auf alles gefaßt, halb gedreht, was seine Schultern der anderen Wand sehr nahe brachte. Seine rechte Hand fiel leicht auf den Rücken der verstoßenen Couch, die linke verharrte zweckdienlich tief in der Hosentasche, und die Rundheit der dick gerändeten Brille verlieh seinem melancholischen, unbewegten Gesicht einen eulenartigen Charakter.

Es war wie eine Begegnung in einem Seitenflur eines

Hauses voller Leben. Der stramme Mann war in einen dunklen Überrock gehüllt und trug einen Schirm. Sein nach hinten gekippter Hut gab ein Gutteil seiner Stirn frei, welche in der Dämmrigkeit sehr weiß erschien. In den dunklen Flecken der Augenhöhlen glommen stechende Augäpfel. Ein langer, herabhängender Backenbart von der Farbe reifen Getreides umrahmte mit seinen Spitzen den quadratischen Block seines rasierten Kinns.

»Ich suche Sie nicht«, sagte er knapp.

Der Professor wich keinen Zoll zurück. Die vermischten Geräusche der riesigen Stadt sanken zu einem unartikulierten Gemurmel herab. Chefinspektor Heat vom Dezernat Besondere Verbrechen veränderte seinen Ton.

»Keine Eile, nach Hause zu kommen?« fragte er mit spöttischer Schlichtheit.

Der ungesund aussehende kleine moralische Agent der Zerstörung jubilierte stumm über den Besitz persönlichen Prestiges, welches diesen Mann, der bewehrt war mit dem Verteidigungsauftrag einer bedrohten Gesellschaft, in Schach hielt. Glücklicher als Caligula, welcher wünschte, der Römische Senat hätte zur besseren Befriedigung seiner grausamen Lust nur einen Kopf, erblickte er in diesem einen Mann all die Mächte, welchen er die Stirn bot: die Mächte des Gesetzes, des Eigentums, der Unterdrückung und des Unrechts. Er erblickte alle seine Feinde und trat ihnen allen in höchster Befriedigung seiner Eitelkeit entgegen. Verwirrt standen sie vor ihm wie vor einem schrecklichen Omen. Innerlich weidete er sich genüßlich an dem Zufall dieser Begegnung, welche seine Überlegenheit über all die Menschheitsmassen bestätigte.

Es war tatsächlich eine zufällige Begegnung. Chefinspektor Heat hatte an dem Tag unangenehm viel zu tun gehabt, da das erste Telegramm aus Greenwich schon kurz vor elf Uhr in seinem Dezernat eingetroffen war. Zunächst war der Umstand, daß der Anschlag weniger als eine Woche verübt worden war, nachdem er einem hohen Beamten versichert hatte, daß kein Ausbruch anarchistischer Aktivitäten zu erwarten sei, ärgerlich genug. Wenn er sich je bei einer Feststellung sicher geglaubt hatte, dann bei dieser. Er hatte jene Feststellung mit unendlicher innerer Befriedigung getroffen, weil klar war, daß jener hohe Beamte sehnlichst wünschte, genau dieses zu hören. Er hatte bestätigt, daß an etwas Derartiges überhaupt nicht zu denken sei, ohne daß das Dezernat binnen vierundzwanzig Stunden davon erführe; und er hatte es in dem Bewußtsein ausgesprochen, daß er der große Experte in seinem Dezernat war. Er war sogar so weit gegangen, Worte zu äußern, welche wahre Weisheit zurückgehalten hätte. Doch Chefinspektor Heat war nicht sehr weise – jedenfalls nicht wahrhaft. Wahre Weisheit, welche sich in dieser Welt der Widersprüche keiner Sache sicher ist, hätte ihn daran gehindert, seine gegenwärtige Stellung zu erreichen. Sie hätte seine Vorgesetzten in Aufregung versetzt und seine Beförderungschancen zunichte gemacht. Seine Beförderung war sehr rasch erfolgt.

»Es gibt keinen, Sir, den wir nicht zu jeder Tages- und Nachtzeit dingfest machen könnten. Wir wissen, was jeder von ihnen stündlich macht«, hatte er verkündet. Und der hohe Beamte hatte zu lächeln geruht. Es war so offensichtlich das Richtige, was ein Beamter von der Reputation eines Chefinspektor Heat sagen konnte, daß es ganz wunderbar war. Der hohe Beamte glaubte der

Erklärung, welche mit seiner Vorstellung von der Folgerichtigkeit der Dinge in Einklang stand. Seine Weisheit war nach Beamtenart, sonst hätte er einen weniger der Theorie, als vielmehr der Erfahrung verpflichteten Umstand in Erwägung ziehen können, daß sich nämlich im dichtgewobenen Stoff der Beziehungen zwischen dem Verschwörer und der Polizei unerwartete Auflösungen der Kontinuität ereignen, plötzliche Löcher in Raum und Zeit. Ein beliebiger Anarchist mag Zoll um Zoll und Minute um Minute überwacht werden, doch stets kommt ein Moment, da er irgendwie für ein paar Stunden aus dem Blick geraten ist, in denen sich dann auch etwas mehr oder weniger Beklagenswertes (in der Regel eine Explosion) ereignet. Doch der hohe Beamte, von seinem Gefühl der Folgerichtigkeit der Dinge mitgerissen, hatte gelächelt, und nun war die Erinnerung an jenes Lächeln für Chefinspektor Heat, den wichtigsten Experten für anarchistisches Vorgehen, doch sehr ärgerlich.

Dies war nicht der einzige Umstand, dessen Erinnerung die übliche Heiterkeit des bedeutenden Spezialisten bedrückte. Es gab da noch einen anderen, welcher erst an jenem Morgen entstanden war. Der Gedanke daran, daß er, als er dringend in das Dienstzimmer seines Geheimen Kriminalrates gerufen wurde, unfähig war, seine Verblüffung zu verbergen, war ausgesprochen irritierend. Sein Instinkt des erfolgreichen Mannes hatte ihn vor langer Zeit gelehrt, daß ein Ruf sich in der Regel auf das Auftreten ebenso wie auf Leistung gründet. Und er fand, daß sein Auftreten, als er mit dem Telegramm konfrontiert wurde, nicht eben eindrucksvoll war. Er hatte die Augen weit geöffnet und »Unmöglich!« ausgerufen, wodurch er sich der unbeantwortbaren Entgegnung einer Fingerspitze aussetzte, die heftig auf das Telegramm gestoßen wurde, welches der Geheime Kriminalrat, nachdem er es laut vorgelesen hatte, auf den Schreibtisch geworfen hatte. Unter der Spitze eines Zeigefingers sozusagen zerquetscht zu werden, war eine unerfreuliche Erfahrung. Und dazu noch sehr beschädigend! Überdies war sich Chefinspektor Heat bewußt, daß er es nicht besser dadurch gemacht hatte, daß er sich eine Überzeugung zu äußern gestattete.

»Eines kann ich Ihnen gleich sagen: Keiner unserer Freunde hat irgend etwas damit zu tun.«

In seiner Integrität als guter Detektiv war er stark, doch nun erkannte er, daß eine unergründliche, aufmerksame Zurückhaltung diesem Vorfall gegenüber seinem Ruf dienlicher gewesen wäre. Andererseits, gestand er sich selbst ein, war es schwieriger, sich seinen Ruf zu bewahren, wenn krasse Außenstehende sich ins Geschäft einmischten. Wie in anderen Berufsständen, so sind Außenstehende auch bei der Polizei Gift. Der Ton des Geheimen Kriminalrates war so säuerlich gewesen, daß er einem an die Zähne ging.

Und seit dem Frühstück hatte es Chefinspektor Heat nicht geschafft, sich etwas zu essen zu besorgen.

Als er dann seine Ermittlungen an Ort und Stelle unverzüglich aufgenommen hatte, hatte er eine gehörige Portion rauhen, ungesunden Nebels im Park geschluckt. Dann war er zum Krankenhaus hinübergegangen, und als die Ermittlungen in Greenwich endlich abgeschlossen waren, war ihm der Appetit vergangen. Nicht daran gewöhnt, wie es die Ärzte sind, die zerfetzten Überreste eines Menschen aus nächster Nähe zu untersuchen, hatte ihn der Anblick, welcher sich ihm bot, als eine wasserdichte Plane vom Tisch in einem gewissen Raum im Krankenhaus hochgehoben wurde, schockiert.

Eine weitere wasserdichte Plane war gleich einem Tischtuch über den Tisch gebreitet gewesen, wobei die Ecken gewissermaßen über einen Hügel geschlagen waren – ein Haufen Lumpen, versengt und blutverschmiert, welche halb verbargen, was eine Sammlung von Rohmaterial für ein Kannibalenfest hätte sein können. Es erforderte eine beträchtliche innere Festigkeit, vor diesem Anblick nicht zurückzuschrecken. Chefinspektor Heat, ein tüchtiger Beamter seines Dezernats, wich nicht zurück, doch eine ganze Minute lang trat er auch nicht vor. Ein örtlicher Konstabler in Uniform warf einen Seitenblick darauf und sagte mit stumpfer Schlichtheit:

»Da liegt er nun. Stück für Stück. Das war ganze Arbeit.«

Er sei nach der Explosion als erster am Ort des Geschehens gewesen. Diesen Umstand erwähnte er erneut. Er habe so etwas wie einen schweren Blitzschlag im Nebel gesehen. Zu jenem Zeitpunkt habe er an der Tür des Pförtnerhäuschens in der King William Street gestanden und sich mit dem Wärter unterhalten. Die Erschütterung sei ihm durch und durch gegangen. Er sei zwischen den Bäumen zum Observatorium hingerannt. »So schnell meine Beine mich trugen«, wiederholte er zweimal.

Chefinspektor Heat beugte sich beklommen und entsetzt über den Tisch und ließ ihn weiterplappern. Der Krankenhauspförtner und ein weiterer Mann schlugen die Ecken des Tuches zurück und traten zur Seite. Die Augen des Chefinspektors durchforschten die grausigen Einzelheiten des Haufens vermischter Teile, welche im

Schlachthaus und bei Lumpenhändlern zusammengesucht schienen.

»Sie haben eine Schaufel benutzt«, bemerkte er, als ihm kleine Schottersteinchen, winzige braune Stückchen Rinde und Partikel gesplitterten Holzes, fein wie Nadeln, auffielen.

»War an einer Stelle nötig«, sagte der dumpfe Konstabler. »Hab einen Wärter losgeschickt, um einen Spaten zu holen. Als er hörte, wie ich den Erdboden damit abschrappte, hat er sich mit der Stirn gegen einen Baum gelehnt und sich wie ein Hund erbrochen.«

Der Chefinspektor, achtsam über den Tisch gebeugt, kämpfte die unangenehme Empfindung in der Kehle nieder. Die zerschmetternde Gewalt der Zerstörung, welche aus dem Körper einen Haufen namenloser Fragmente gemacht hatte, griff seine Gefühle mit unbarmherziger Grausamkeit an, obwohl ihm sein Verstand sagte, daß die Wirkung so schnell wie ein Blitzschlag eingetreten sein mußte. Der Mann, wer es auch war, war auf der Stelle tot gewesen; und dennoch schien es unmöglich zu glauben, daß ein menschlicher Körper jenen Zustand der Auflösung erreicht haben könnte, ohne dabei Qualen, unvorstellbare Qualen, durchlitten zu haben. Chefinspektor Heat war kein Physiologe und erst recht kein Metaphysiker, und so erhob er sich mittels der Kraft der Anteilnahme, welche eine Form der Angst ist, über den gewöhnlichen Begriff von Zeit. Augenblicklich! Er erinnerte sich an alles, was er in Populärzeitschriften über lange und schreckliche Träume gelesen hatte, welche man im Moment des Erwachens träumt; davon, daß das gesamte vergangene Leben mit furchtbarer Intensität von einem Ertrinkenden geträumt wird, dessen dem Untergang geweihtes Haupt auftaucht, um ein letztes Mal zu schreien. Die unerklärlichen Mysterien bewußter Existenz bedrängten Chefinspektor Heat, bis er die gräßliche Vorstellung entwickelte, daß zwischen zwei aufeinanderfolgenden Augenaufschlägen Ewigkeiten grauenvoller Schmerzen und geistiger Qualen liegen konnten. Und unterdessen spähte der Chefinspektor weiter auf den Tisch, mit ruhigem Gesicht und der leicht besorgten Aufmerksamkeit eines bedürftigen Kunden, welcher sich, auf ein wohlfeiles Sonntagsmahl hoffend, über die, wie man sagen könnte, Abfallprodukte eines Fleischerladens beugt. Die ganze Zeit folgte er mit den geschulten Fähigkeiten des hervorragenden Ermittlers, welcher keine Aussicht auf Information verschmäht, der selbstgefälligen, zusammenhanglosen Geschwätzigkeit des Konstablers.

»Ein blonder Kerl«, bemerkte letzterer in gelassenem Ton und machte eine Pause. »Der alten Frau, die mit dem Sergeanten redete, fiel ein blonder Kerl auf, der aus dem Bahnhof Maze Hill kam.« Er machte eine Pause. »Und es war ein blonder. Ihr fielen zwei Männer auf, die aus dem Bahnhof kamen, nachdem der Zug Richtung Stadt abgefahren war«, fuhr er langsam fort. »Sie konnte nicht sagen, ob sie zusammen waren. Sie nahm keine weitere Notiz von dem Großen, aber der andere war ein blonder, schmächtiger Kerl, der in der einen Hand eine Blechdose Lack hatte.« Der Konstabler verstummte.

»Kennen Sie die Frau?« brummelte der Chefinspektor, die Augen auf den Tisch geheftet und eine vage Ahnung im Kopf, daß bald eine Leichenschau bezüglich einer Person, welche wahrscheinlich auf immer unbekannt bliebe, stattfinden würde.

»Jawohl. Sie ist Haushälterin bei einem pensionierten Wirt, und sie besucht gelegentlich die Kapelle am Park Place«, gab der Konstabler gewichtig von sich und hielt mit einem weiteren schiefen Blick auf den Tisch inne. Dann plötzlich: »Tja, das ist er – alles, was ich von ihm sehen konnte. Blond. Schmächtig – ziemlich schmächtig. Schauen Sie sich den Fuß da an. Erst habe ich die Beine aufgehoben, eines nach dem anderen. Er war so verstreut, man wußte gar nicht, wo man anfangen sollte.«

Der Konstabler machte eine Pause; das letzte Flackern eines unschuldigen, selbstlobenden Lächelns verlieh seinem runden Gesicht einen kindlichen Ausdruck.

»Gestolpert«, verkündete er bestimmt. »Als ich hingerannt bin, bin ich auch selber einmal gestolpert und dazu noch auf den Kopf gestürzt. Da stehen die Wurzeln ja auch überall raus. Bin über eine Baumwurzel gestolpert und hingefallen, und das Ding da, was er getragen hat, ist vermutlich direkt unter seiner Brust losgegangen.«

Das Echo der Worte »Unbekannte Personen«, welche sich in seinem Innern wiederholten, plagte den Chefinspektor erheblich. Gern hätte er zu seiner eigenen Information die Affäre auf ihre Ursprünge zurückverfolgt. Er war berufsbedingt neugierig. Gern hätte er vor der Öffentlichkeit die Tüchtigkeit seines Dezernates verteidigt, indem er die Identität des Mannes festgestellt hätte. Er war ein treuer Diener. Dies jedoch schien unmöglich. Das erste Glied des Problems war unleserlich – ihm fehlte jeglicher Hinweis außer dem scheußlicher Grausamkeit.

Seinen körperlichen Widerwillen überwindend streckte Chefinspektor Heat zur Entlastung seines Gewissens aufs Geratewohl die Hand aus und nahm den am wenigsten befleckten Lumpen auf. Es war ein schmaler Streifen

Samt, von dem ein größeres dreieckiges Stück dunkelblauen Tuches herabhing. Er hielt es auf Augenhöhe; und der Polizeikonstabler sprach.

»Samtkragen. Komisch, daß der alten Frau der Samtkragen auffiel. Dunkelblauer Überrock mit Samtkragen, hat sie uns erzählt. Das war der Junge, den sie gesehen hat, kein Zweifel. Und da ist er, alles vollständig, Samtkragen und alles dazu. Ich denke, ich habe kein Stück, das auch nur so groß wie eine Briefmarke ist, übersehen.«

An dieser Stelle hörte der Chefinspektor die Stimme des Konstablers nicht mehr. Er ging zu einem der Fenster, um besseres Licht zu haben. Sein Gesicht, vom Raum abgewandt, drückte überraschtes, äußerstes Interesse aus, als er das dreieckige Stück des Baumwollstoffes eingehend untersuchte. Mit einem plötzlichen Ruck trennte er es ab und drehte sich erst, nachdem er es in die Tasche gestopft hatte, zum Raum hin, um den Samtkragen wieder auf den Tisch zu werfen.

»Zudecken«, wies er die Wärter knapp und ohne einen weiteren Blick darauf an und trug, von dem Konstabler gegrüßt, seine Beute eilig davon.

Ein günstiger Zug entführte ihn, allein und in einem Abteil Dritter Klasse tief in Gedanken versunken, zurück zur Stadt. Jenes angesengte Stück Tuch war unglaublich wertvoll, und er konnte sich eines Erstaunens über die zufällige Art und Weise, wie er in seinen Besitz geraten war, nicht erwehren. Es war, als hätte das Schicksal ihm diesen Hinweis in die Hand gedrückt. Und nach der Art des Durchschnittsbürgers, dessen Ehrgeiz es ist, Herr über die Geschehnisse zu sein, begann er, einem solchen willkürlichen und zufälligen Erfolg zu mißtrauen – einfach nur, weil er ihm aufgezwungen schien. Der praktische Wert des Erfolges hängt nicht wenig davon ab, wie man ihn betrachtet. Doch das Schicksal betrachtet nichts. Es hat kein eigenes Ermessen. Im ganzen fand er es nicht mehr besonders wünschenswert, die Identität des Mannes, welcher sich an jenem Morgen mit so entsetzlicher Vollständigkeit in die Luft gesprengt hatte, öffentlich festzustellen. Doch war er sich der Meinung, welche sich sein Dezernat dazu bilden würde, nicht sicher. Ein Dezernat ist für diejenigen, welche es beschäftigt, eine komplexe Persönlichkeit mit Ideen und sogar Schrullen. Es steht und fällt mit der loyalen Hingabe seiner Diener, und die hingebungsvolle Loyalität verläßlicher Diener ist mit einer gewissen liebevollen Verachtung verbunden, welche sie sozusagen bei Laune hält. Mittels einer wohlmeinenden Vorsorge der Natur ist kein Mensch das Idol seiner Diener, sonst müßten sich die Idole ihre Kleider selbst bürsten. Auf gleiche Weise erscheint kein Dezernat der intimen Kenntnis seines Personals völlig weise. Ein Dezernat weiß nicht so viel wie manche seiner Diener. Da es ein leidenschaftsloser Organismus ist, kann es niemals völlig informiert sein. Es wäre nicht gut für seine Tüchtigkeit, zu viel zu wissen. Chefinspektor Heat entstieg dem Zug in einem Zustand der Gedankenverlorenheit, welche zwar gänzlich unbefleckt von Illoyalität, nicht jedoch ganz frei von jenem eifersüchtigen Mißtrauen war, welches so oft auf dem Boden vollkommener Hingabe wächst, sei es Frauen oder Einrichtungen gegenüber.

In dieser geistigen Verfassung, körperlich ganz leer, jedoch noch immer erfüllt von Ekel über das Gesehene, war er auf den Professor gestoßen. Unter diesen Bedingungen, welche bei einem gesunden, normalen Manne Anlaß zu Gereiztheit geben, war diese Begegnung für

Chefinspektor Heat besonders unwillkommen. An den Professor hatte er nicht gedacht; er hatte an überhaupt keinen Anarchisten im besonderen gedacht. Die Beschaffenheit des Falles hatte ihm irgendwie den allgemeinen Gedanken von der Absurdität der menschlichen Dinge aufgedrängt, welche schon im Abstrakten für ein unphilosophisches Gemüt ärgerlich genug ist und bei konkreten Beispielen über jedes erträgliche Maß hinaus erbitternd wirkt. Zu Beginn seiner Laufbahn hatte Chefinspektor Heat es mit den entschlosseneren Formen von Diebereien zu tun gehabt. In jener Sphäre hatte er sich seine Sporen verdient und sich nach seiner Versetzung in ein anderes Dezernat ganz natürlich ein Gefühl dafür bewahrt, welches von Zuneigung nicht weit entfernt war. Diebstahl war keine blanke Absurdität. Er war eine Form menschlichen Gewerbes, schlecht, gewiß, doch immer noch ein Gewerbe, das in einer fleißigen Welt ausgeübt wurde; es war eine Arbeit, welche aus demselben Grund unternommen wurde wie die Arbeit in einer Töpferei, einem Bergwerk, auf dem Feld, in einem Schleiferladen. Es war eine Arbeit, deren praktischer Unterschied im Wesen ihres Risikos bestand, welches nicht in Gelenksteife oder Bleivergiftung oder Schlagwetter oder Kiesstaub lag, sondern darin, was in ihrem ganz eigenen Jargon kurz als »Sieben Jahre Bau« bezeichnet werden kann. Natürlich war Chefinspektor Heat der Gewichtigkeit moralischer Unterschiede gegenüber nicht unempfindlich. Ebensowenig jedoch auch die Diebe, um die er sich gekümmert hatte. Sie unterwarfen sich den schweren Sanktionen einer Moral, welche Chefinspektor Heat vertraut war, mit einer gewissen Resignation. Sie waren seine Mitbürger, welche aufgrund unvollkommener Erziehung fehlgeleitet waren, glaubte Chefinspektor Heat; doch unter Berücksichtigung jenes Unterschiedes konnte er das Denken eines Einbrechers verstehen, denn Tatsache ist, daß Denken und Instinkt eines Einbrechers von derselben Art sind wie Denken und Instinkt eines Polizeibeamten. Beide erkennen dieselben Konventionen an und verfügen über Grundkenntnisse der Methoden des anderen und der Abläufe des jeweils anderen Gewerbes. Sie verstehen einander, was beiden zum Vorteil gereicht und für ein gewisses angenehmes Klima in ihren Beziehungen sorgt. Produkte derselben Maschine, das eine als nützlich, das andere als schädlich eingestuft, nehmen sie die Maschine auf verschiedene Weise, jedoch mit einer im wesentlichen gleichen Ernsthaftigkeit als gegeben an. Dem Denken des Chefinspektors Heat waren Ideen der Revolte unzugänglich. Doch seine Diebe waren keine Rebellen. Seine körperliche Spannkraft, seine kühle, unbeugsame Art, sein Mut und seine Redlichkeit hatten ihm in der Welt seiner frühen Erfolge viel Respekt und manche Speichelleckerei eingetragen. Er hatte sich verehrt und bewundert gefühlt. Und als Chefinspektor Heat nun sechs Schritt von dem Anarchisten mit dem Spitznamen ›der Professor‹ entfernt aufgehalten war, gab er einen Gedanken des Bedauerns an die Welt der Diebe – gesund, ohne morbide Ideale, routiniert arbeiteten sie, hatten Respekt vor den verfassungsgemäßen Organen und waren frei von jeder Spur des Hasses und der Verzweiflung.

Nachdem er diesen Tribut dem Normalen in der Verfassung der Gesellschaft gezollt hatte (denn der Gedanke des Diebstahls erschien seinem Instinkt ebenso normal wie der Gedanke des Eigentums), war Chefinspektor

Heat sehr ärgerlich mit sich, daß er stehengeblieben war, daß er etwas gesagt, daß er überhaupt diesen Weg eingeschlagen hatte, da er nun eine Abkürzung vom Bahnhof zur Zentrale war. Und wieder redete er in seiner mächtigen, respektheischenden Stimme, welche, gemäßigt, einen bedrohlichen Unterton hatte.

»Sie werden nicht gesucht, sage ich Ihnen«, wiederholte er.

Der Anarchist regte sich nicht. Ein lautloses, höhnisches Lachen entblößte nicht nur seine Zähne, sondern auch noch das Zahnfleisch, schüttelte ihn durch und durch, ohne den leisesten Laut. Wider besseres Wissen fühlte sich Chefinspektor Heat gedrängt hinzuzufügen:

»Noch nicht. Wenn ich Sie haben will, dann weiß ich, wo ich Sie finde.«

Das waren absolut korrekte Worte, der Tradition entsprechend und seinem Charakter als Polizeibeamter, der einen aus seiner ganz speziellen Herde anspricht, angemessen. Doch die Aufnahme, die sie fanden, wich von Tradition und Korrektheit ab. Sie war empörend. Die verkümmerte, schwächliche Gestalt vor ihm redete endlich.

»Ich hege keinen Zweifel, daß die Zeitungen Ihnen dann einen Nachruf widmen würden. Sie wissen am besten, was Ihnen das wert wäre. Ich könnte mir denken, daß Sie sich mit Leichtigkeit das Zeug vorstellen können, was dann gedruckt würde. Doch könnten Sie der Unerfreulichkeit ausgesetzt sein, zusammen mit mir begraben zu werden, wenngleich sich Ihre Freunde wohl bemühen würden, uns so weit wie möglich auseinanderzusortieren.«

Bei all seiner gesunden Verachtung für den Geist,

welcher solche Reden diktiert, tat die scheußliche Anspielung der Worte ihre Wirkung bei Chefinspektor Heat. Er war zu scharfsinnig und auch zu gut informiert, um sie als Gewäsch abzutun. Die Düsternis dieser schmalen Gasse nahm von der dunklen, zerbrechlichen kleinen Gestalt, welche mit dem Rücken zur Wand stand und mit schwacher, selbstbewußter Stimme sprach, eine unheilvolle Färbung an. Für die kräftige, zähe Vitalität des Chefinspektors hatte die körperliche Erbärmlichkeit jenes Wesens, das so offenkundig nicht lebenstauglich war, etwas Bedrohliches; denn es erschien ihm, daß, wäre ihm das Unglück widerfahren, ein solch elendes Subjekt zu sein, es ihm gleichgültig gewesen wäre, wie schnell er starb. Das Leben hatte eine solch starke Macht über ihn, daß eine neue Welle des Ekels in einem feinen Schweiß auf seiner Stirn ausbrach. Das Summen des Stadtlebens, das gedämpfte Rumpeln von Rädern in den beiden unsichtbaren Straßen zur Rechten und Linken drangen durch die Biegung der verkommenen Gasse mit kostbarer Vertrautheit und angenehmer Süße an sein Ohr. Er war ein Mensch. Doch Chefinspektor Heat war auch ein Mann, und solche Worte konnte er nicht unwidersprochen lassen.

»Damit können Sie Kinder erschrecken«, sagte er. »Ich kriege Sie noch.«

Das war sehr gut gesagt, ohne Trotz, mit geradezu nüchterner Ruhe.

»Zweifellos«, war die Antwort, »doch jetzt ist die beste Zeit, glauben Sie mir. Für einen Mann von wahren Überzeugungen ist dies eine schöne Gelegenheit zur Selbstaufopferung. Vielleicht finden Sie keine günstigere, keine humanere. Nicht einmal eine Katze ist in der Nähe, und diese verdammten alten Häuser da, wo Sie stehen, würden einen guten Ziegelhaufen abgeben. Mit einem so geringen Preis an Leben und Sachen, welche zu schützen Sie bezahlt werden, kriegen Sie mich nie wieder.«

»Sie wissen nicht, mit wem Sie reden«, sagte Chefinspektor Heat fest. »Würde ich Sie jetzt festnehmen, dann wäre ich nicht besser als Sie selbst.«

»Ah! Die Spielregeln!«

»Sie können sicher sein, daß wir am Ende siegen werden. Es könnte noch notwendig sein, die Menschen davon zu überzeugen, daß man einige von Ihnen auf der Stelle wie tolle Hunde erschießen müßte. Das werden dann die Spielregeln sein. Aber verdammt will ich sein, wenn ich weiß, was Ihre Spielregeln sind. Ich glaube, Sie wissen es selbst nicht. Damit erreichen Sie nie etwas.«

»Aber derweil erreichen Sie etwas damit – vorerst. Und dazu auch noch leicht. Ich rede nicht von Ihrem Gehalt, aber haben Sie nicht Ihren Namen einfach damit gemacht, daß Sie nicht verstehen, was wir wollen?«

»Was also wollen Sie?« fragte Chefinspektor Heat mit verächtlicher Hast wie einer, der es eilig hat und erkennt, daß er seine Zeit verschwendet.

Der perfekte Anarchist antwortete mit einem Lächeln, welches seine schmalen, farblosen Lippen nicht teilte; und der berühmte Chefinspektor empfand ein Überlegenheitsgefühl, welches ihn veranlaßte, warnend einen Finger zu heben.

»Geben Sie's auf – was es auch sei«, sagte er in mahnendem Ton, jedoch nicht so freundlich, als ließe er sich dazu herab, einem Einbrecher von Rang einen guten Rat zu geben. »Geben Sie's auf. Sie werden merken, daß wir zu viele für Sie sind.«

Das starre Lächeln auf den Lippen des Professors flackerte, als habe der spöttische Geist dahinter seine Sicherheit verloren. Chefinspektor Heat fuhr fort:

»Sie glauben mir nicht, wie? Na, schauen Sie sich doch nur einmal um. Wir sind zu viele. Und dazu machen Sie es nicht einmal gut. Immer verpfuschen Sie alles. Also, wenn die Diebe ihr Handwerk nicht besser verstünden, dann würden sie verhungern.«

Der Hinweis auf eine unbesiegbare Menge hinter dem Rücken des Mannes weckte in der Brust des Professors einen düsteren Unwillen. Nun zeigte er nicht mehr sein rätselhaftes und spöttisches Lächeln. Die widerstehende Macht der Zahlen, die unangreifbare Dumpfheit der großen Masse, das war die quälende Furcht seiner finsteren Einsamkeit. Seine Lippen bebten eine Zeitlang, bevor er mit erstickter Stimme sagen konnte:

»Ich mache meine Arbeit besser als Sie die Ihre.«

»Das reicht jetzt«, unterbrach ihn Chefinspektor Heat eilig; und nun lachte der Professor laut auf. Während er noch lachte, ging er weiter, doch er lachte nicht lange. Ein elender, kleiner Mann mit traurigem Gesicht tauchte aus dem schmalen Durchgang in das Getriebe der breiten Verkehrsader ein. Er ging mit der kraftlosen Haltung eines unentwegt dahinziehenden Landstreichers, ungerührt von Regen oder Sonne in unheilvoller Losgelöstheit von den Erscheinungen von Himmel und Erde. Chefinspektor Heat dagegen schritt, nachdem er ihn noch eine Weile beobachtet hatte, mit der entschlossenen Forschheit eines Mannes aus, welcher allerdings die Widrigkeiten des Wetters mißachtet, sich jedoch seiner bevollmächtigten Mission auf dieser Erde und der moralischen Unterstützung seiner Gattung bewußt ist. Alle

Bewohner dieser riesigen Stadt, die Bevölkerung des ganzen Landes und selbst die Abermillionen Menschen, welche sich auf dem Planeten durchschlagen, waren mit ihm – bis hinab zu den Dieben und Bettlern. Ja, selbst die Diebe waren bei seiner jetzigen Arbeit bestimmt mit ihm. Das Bewußtsein der allumfassenden Unterstützung seiner generellen Tätigkeit ermutigte ihn, dieses besondere Problem in Angriff zu nehmen.

Das Problem, das unmittelbar vor dem Chefinspektor lag, war, mit dem Geheimen Kriminalrat seines Dezernates, seinem unmittelbaren Vorgesetzten, zurechtzukommen. Es ist dies das ewige Problem treuer und loyaler Diener; der Anarchismus verlieh ihm seinen besonderen Anstrich, aber nichts weiter. Um die Wahrheit zu sagen, Chefinspektor Heat dachte nur wenig an den Anarchismus. Er maß ihm keine übertriebene Bedeutung bei und konnte sich nie so recht dazu durchringen, ihn ernst zu nehmen. Er hatte eher den Charakter ungebührlichen Benehmens; ungebührlich ohne die menschliche Entschuldigung der Trunkenheit, welche immerhin gute Stimmung und einen liebenswerten Hang zur Ausgelassenheit impliziert. Als Kriminelle waren die Anarchisten eindeutig keine Klasse für sich – überhaupt keine Klasse. Und bei der Erinnerung an den Professor grummelte Chefinspektor Heat, ohne seinen ausschwingenden Gang zu hemmen, durch die Zähne:

»Ein Irrer.«

Diebe fangen war da etwas völlig anderes. Es hatte jene Ernsthaftigkeit, welche zu jeder Form offenen Sports gehört, wo nach vollkommen verständlichen Spielregeln der Bessere gewinnt. Im Umgang mit Anarchisten jedoch gab es keine Spielregeln. Und das war dem

Chefinspektor zuwider. Es war alles nur Torheit, eine Torheit jedoch, welche die Öffentlichkeit beschäftigte, Menschen in hohen Stellungen bewegte und die internationalen Beziehungen berührte. Eine harte, gnadenlose Verachtung ließ sich auf dem Gesicht des Chefinspektors nieder, während er dahinschritt. In Gedanken ging er sämtliche Anarchisten seiner Herde durch. Keiner von ihnen hatte auch nur halb so viel Mumm wie dieser oder jener Einbrecher, der ihm begegnet war. Nicht halb so viel – kein Zehntel.

Im Hauptquartier wurde der Chefinspektor sogleich zum Dienstzimmer des Geheimen Kriminalrates vorgelassen. Er fand ihn, Federhalter in der Hand, über einen großen, mit Papieren übersäten Tisch gebeugt, vor, als betete er vor einem riesigen doppelten Tintenfaßständer aus Bronze und Kristall. Sprachrohre, Schlangen ähnlich, waren mit dem Kopf an die Rückenlehne des Holzsessels des Geheimen Kriminalrates gebunden, und ihre klaffenden Mäuler schienen bereit, ihn in die Ellbogen zu beißen. Und in dieser Haltung hob er nur die Augen, deren Lider dunkler als sein Gesicht waren und sehr gerunzelt. Die Berichte seien hereingekommen: Jeder Anarchist sei genau berücksichtigt worden.

Nachdem er dies gesagt hatte, senkte er die Augen, unterzeichnete rasch zwei einzelne Papiere, legte erst dann die Feder nieder und lehnte sich weit zurück, wobei er seinem berühmten Untergebenen einen fragenden Blick zuwarf. Der Chefinspektor hielt ihm gut stand, achtungsvoll, aber unergründlich.

»Sie hatten tatsächlich recht«, sagte der Geheime Kriminalrat, »als Sie mir da mitteilten, die Londoner Anarchisten hätten nichts damit zu tun. Ich schätze es, wie hervorragend Ihre Männer sie im Auge haben. Andererseits beläuft sich dies für die Öffentlichkeit zu nichts weiter als einem Eingeständnis der Unwissenheit.«

Der Vortrag des Geheimen Kriminalrates war ebenso bedächtig wie vorsichtig. Seine Gedanken schienen bei jedem Wort zu verharren, bevor er zum nächsten überging, als wären die Worte die Trittsteine für seinen Geist gewesen, der sich durch die Wasser des Irrtums vorantastete. »Es sei denn, Sie hätten etwas Nützliches aus Greenwich mitgebracht«, setzte er hinzu.

Der Chefinspektor begann sogleich in einer klaren, sachlichen Weise mit dem Bericht seiner Ermittlungen. Sein Vorgesetzter, den Sessel ein wenig drehend und die dünnen Beine übereinanderschlagend, lehnte sich seitlich auf den Ellbogen, wobei eine Hand die Augen beschattete. Seine Zuhörerhaltung hatte etwas Linkisches und Trauervolles. Ein Schimmer wie von blankpoliertem Silber spielte an den Seiten seines ebenholzschwarzen Hauptes, als er es am Ende langsam neigte.

Chefinspektor Heat wartete dem Anschein nach, alles, was er soeben gesagt hatte, noch einmal zu überdenken, überlegte in Wirklichkeit jedoch, ob es ratsam sei, noch mehr zu sagen. Der Geheime Kriminalrat kürzte sein Zögern ab.

»Sie glauben, es waren zwei Männer?« fragte er, ohne die Augen zu enthüllen.

Der Chefinspektor hielt dies für mehr als wahrscheinlich. Seiner Meinung nach hatten sich die beiden Männer in einer Entfernung von kaum einhundert Yards von den Observatoriumsmauern getrennt. Ebenfalls erklärte er, wie der andere Mann schnell aus dem Park gelangt sein konnte, ohne beobachtet zu werden. Der Nebel, auch wenn dieser nicht sehr dicht war, habe ihm zum Vorteil gereicht. Offenbar habe er den andern zu dem Ort begleitet und ihn dann zurückgelassen, damit dieser die Arbeit allein ausführte. Hinsichtlich des Zeitpunktes, zu der die alte Frau jene beiden aus dem Bahnhof Maze Hill hatte kommen sehen, und des Zeitpunktes, als die Explosion stattfand, glaubte der Chefinspektor, daß der andere Mann sogar schon zu dem Zeitpunkt, als sein Genosse sich so gründlich auslöschte, am Bahnhof Greenwich Park gewesen sein könnte, bereit, den nächsten Zug zur Stadt zu nehmen.

»Sehr gründlich – wie?« murmelte der Geheime Kriminalrat unter dem Schatten seiner Hand hervor.

Der Chefinspektor beschrieb in wenigen drastischen Worten den Zustand der Überreste. »Die Leichenschaukommission wird ihre Freude haben«, fügte er grimmig hinzu.

Der Geheime Kriminalrat enthüllte seine Augen.

»Wir müssen ihnen ja nichts sagen«, merkte er träge an.

Er blickte auf und musterte eine Zeitlang die auffallend unbeteiligte Haltung seines Chefinspektors. Sein Wesen war Illusionen nicht leicht zugänglich. Er wußte, daß ein Dezernat seinen untergeordneten Beamten, welche ihre eigenen Vorstellungen von Loyalität haben, auf Gnade und Ungnade ausgeliefert ist. Seine Laufbahn hatte in einer Tropenkolonie begonnen. Die Arbeit dort hatte ihm gefallen. Es war Polizeiarbeit gewesen. Er hatte mit großem Erfolg gewisse ruchlose Geheimbünde unter den Eingeborenen aufgespürt und zerschlagen. Danach hatte er seinen langen Abschied genommen und ziemlich überstürzt geheiratet. Von einem weltlichen Standpunkt aus gesehen war es eine gute Partie gewesen, doch seine Frau bildete sich nach Hörensagen eine ablehnende Meinung über das Klima der Kolonie. Andererseits hatte sie einflußreiche Verbindungen. Es war eine hervorragende Partie. Doch die Arbeit, welche er nun tun mußte, gefiel ihm nicht. Er fühlte sich von zu vielen Untergebenen und zu vielen Herren abhängig. Die ständige Nähe jenes seltsamen emotionalen Phänomens namens öffentliche Meinung lastete auf seiner Stimmung und beunruhigte ihn mit ihrem irrationalen Wesen. Zweifellos überschätzte er aus Unkenntnis ihre Macht zum Guten und Bösen – insbesondere zum Bösen; und die rauhen Ostwinde des englischen Frühlings (welche seiner Frau gut bekamen) steigerten sein allgemeines Mißtrauen gegenüber den Beweggründen der Männer und der Tüchtigkeit ihrer Organisation. Vor allem entsetzt war er über die Vergeblichkeit der Büroarbeit an den Tagen, welche so anstrengend für seine empfindliche Leber waren.

Er erhob sich, entfaltete sich zu voller Höhe und bewegte sich mit einem für einen so schlanken Mann beachtlich schwerfälligen Schritt durchs Zimmer zum Fenster. Über die Scheiben rann der Regen in Strömen, und die kurze Straße, auf die er hinabschaute, lag naß und leer da, als wäre sie plötzlich von einer großen Flut freigeschwemmt worden. Es war ein sehr anstrengender Tag gewesen; erst war er in rauhem Nebel erstickt, und nun ertrank er in kaltem Regen. Die flackernden, verschwommenen Flammen der Gaslampen schienen sich in einer wässrigen Atmosphäre aufzulösen. Und die hehren Ansprüche einer von den gemeinen Demütigungen des Wetters unterdrückten Menschheit erschienen ihm als eine kolossale und hoffnungslose Eitelkeit, die Hohn, Verwunderung und Mitgefühl verdiente.

»Scheußlich, scheußlich!« dachte der Geheime Kriminalrat, das Gesicht dicht an der Fensterscheibe. »Das haben wir nun seit zehn Tagen; nein, zwei Wochen – zwei Wochen.« Eine Weile hörte er vollkommen auf zu denken. Jene äußerste Stille seines Gehirns dauerte ungefähr drei Sekunden. Dann sagte er obenhin: »Sie haben Ermittlungen in die Wege geleitet, um jenen anderen Mann in allen Ecken und Winkeln aufzuspüren?«

Er hatte keinen Zweifel, daß alles Notwendige geschehen war. Natürlich kannte Chefinspektor Heat das Geschäft der Menschenjagd gründlich. Und das waren ja auch Routineschritte, das wäre selbst für einen Anfänger eine Selbstverständlichkeit. Einige Nachfragen bei den Beamten an der Sperre und den Gepäckträgern der beiden kleinen Bahnhöfe würden zusätzliche Einzelheiten hinsichtlich des Aussehens der beiden Männer ergeben; die Überprüfung der abgenommenen Billette würde sogleich zeigen, von wo sie an jenem Morgen gekommen waren. Das war elementar und konnte nicht vernachlässigt worden sein. Entsprechend antwortete der Chefinspektor auch, daß all dies geschehen sei, kurz nachdem die alte Frau ihre Aussage gemacht hatte. Und er erwähnte den Namen eines Bahnhofes. »Von dort kamen sie, Sir«, fuhr er fort. »Der Beamte, der die Billette in Maze Hill entgegengenommen hatte, erinnert sich an zwei Männer, die die Barriere passierten, auf die die Beschreibung paßt. Sie kamen ihm wie zwei ehrbare Handwerker der besseren Sorte vor – Schildermaler oder Dekorateure. Der große Mann sei aus einem Abteil Dritter Klasse am hinteren Ende ausgestiegen, eine schimmernde Blechdose in der Hand. Auf dem Bahnsteig habe er sie dem jungen Burschen, der ihm folgte, übergeben. All das stimmt genau mit dem überein, was die alte Frau dem Polizeisergeanten in Greenwich erzählt hat.«

Der Geheime Kriminalrat, das Gesicht noch immer dem Fenster zugewandt, äußerte Zweifel, daß diese beiden Männer irgend etwas mit dem Anschlag zu tun haben sollten. Diese ganze Theorie beruhe doch nur auf Äußerungen einer alten Putzfrau, die von einem Mann in Eile fast umgerannt worden sei. In der Tat keine besonders überzeugende Quelle, außer auf Grund einer plötzlichen Inspiration, was kaum haltbar sei.

»Nun mal ehrlich, hätte sie wirklich inspiriert sein können?« fragte er zweifelnd und mit tiefer Ironie, wobei er dem Zimmer weiterhin den Rücken zuwandte, als sei er in der Betrachtung der kolossalen Formen der Stadt versunken, welche halb von der Nacht verborgen waren. Er schaute sich nicht einmal um, als er den wichtigsten Untergebenen seines Dezernates, dessen Name, zuweilen in der Zeitung abgedruckt, der breiten Öffentlichkeit als der eines ihrer emsigen und hart arbeitenden Beschützer bekannt war, das Wort »Vorsehung« murmeln hörte. Chefinspektor Heat hob ein wenig die Stimme.

»Streifen und Stückchen schimmernden Bleches waren für mich gut sichtbar«, sagte er. »Das ist eine ziemlich gute Bestätigung.«

»Und diese Männer kamen von dem kleinen Landbahnhof«, sinnierte der Geheime Kriminalrat laut und fragend. Er hatte gehört, daß dies der Name auf zwei von den drei Billetts sei, welche in Maze Hill aus jenem Zug abgegeben worden waren. Die dritte Person, die ausgestiegen war, war ein Hausierer aus Gravesend, welcher den Beamten an der Sperre gut bekannt war. Der Chefinspektor teilte diese Information in einem Ton der Endgültigkeit und etwas schlechter Laune mit, wie loyale Diener es im Bewußtsein ihrer Treue und im Gefühl des Wertes ihrer loyalen Bemühungen tun.

»Zwei ausländische Anarchisten, die von dort kommen«, sagte er, anscheinend zur Fensterscheibe. »Das ist recht unerklärlich.«

»Jawohl, Sir. Aber noch unerklärlicher wäre es, wenn jener Michaelis nicht in einem Haus in der näheren Umgebung wohnen würde.«

Beim Klang dieses Namens, welcher unerwartet in diese ärgerliche Affäre fiel, vertrieb der Geheime Kriminalrat brüsk die schwache Erinnerung an seine tägliche Whist-Partie in seinem Club. Es war die tröstlichste Gewohnheit in seinem Leben, eine im wesentlichen erfolgreiche Demonstration seiner Fähigkeiten ohne die Hilfe eines Untergebenen. Er betrat den Club, um von fünf bis sieben zu spielen, bevor er dann zum Abendessen nach Hause ging. Während dieser zwei Stunden vergaß er alles, was ihm in seinem Leben zuwiderlief, als wäre das Kartenspiel eine wohltuende Droge, um die Stiche moralischer Unzufriedenheit zu lindern. Seine Mitspieler waren der schwermütig-launige Redakteur einer berühmten Zeitschrift, ein schweigsamer, älterer Barrister mit boshaften kleinen Äuglein und ein äußerst martialischer, einfältiger alter Oberst mit nervösen braunen Händen. Sie waren lediglich seine Club-Bekannten. Außer am Kartentisch traf er sie nirgendwo anders. Doch alle schienen sie sich dem Spiel im Geiste Mitleidender zu nähern, als wäre es tatsächlich eine Droge gegen die verborgenen Leiden des Daseins; und Tag für Tag, wenn die Sonne über den zahllosen Dächern der Stadt niedersank, machte ihm eine heitere, freudige Ungeduld, welche dem Impuls einer sicheren und tiefen Freundschaft ähnelte, seine berufliche Mühsal leichter. Und nun verließ ihn diese angenehme Empfindung mit einem gewissermaßen körperlichen Schock, und an ihre Stelle trat eine besondere Form des Interesses an seiner Arbeit des gesellschaftlichen Schutzes – eine unpassende Form des Interesses, welche am besten als ein plötzliches und waches Mißtrauen gegenüber der Waffe in seiner Hand definiert werden könnte.

Sechstes Kapitel

DIE Gönnerin Michaelis', des Bewährungs-Apostels mit humanitären Hoffnungen, war eine der einflußreichsten und hervorragendsten Beziehungen der Frau des Geheimen Kriminalrates, welche sie Annie nannte und noch ganz wie ein nicht sehr kluges und schrecklich unerfahrenes junges Mädchen behandelte. Doch hatte sie eingewilligt, ihn auf einer freundschaftlichen Basis zu akzeptieren, was keineswegs bei allen einflußreichen Beziehungen seiner Frau der Fall war. In einer fernen Epoche der Vergangenheit jung und blendend verheiratet, hatte sie eine Zeitlang große Geschehnisse und sogar auch einige große Männer aus nächster Nähe mitbekommen. Sie selbst war eine große Dame. Alt nun nach der Zahl ihrer Jahre, hatte sie jenes außergewöhnliche Temperament, welches sich der Zeit mit trotziger Mißachtung widersetzt, als handele es sich dabei um eine ziemlich gewöhnliche Konvention, derer sich die Masse minderwertiger Menschen unterwirft. Viele andere Konventionen, welche sich, ach ja! beiseiteschieben ließen, gewannen nicht ihre Anerkennung, ebenfalls aus Gründen des Temperamentes – sei es, weil sie sie langweilten, sei es, weil sie ihrer Verachtung oder ihren Sympathien im Wege standen. Bewunderung war eine ihr unbekannte Empfindung (was ein geheimer Gram unter vielen ihres höchst vornehmen Gatten ihr gegenüber war) – zum einen, da sie stets mehr oder minder mit Mittelmäßigkeit behaftet war, und dann, weil sie gewissermaßen ein Eingeständnis der Minderwertigkeit bedeutete. Und beides war offen gestanden unvereinbar mit ihrem Wesen. Furchtlos und unverblümt in ihren Meinungen zu sein, war ihr ein leichtes, da sie einzig vom Standpunkt ihrer gesellschaftlichen Stellung aus urteilte. Gleichfalls unbeschränkt war sie in ihren Handlungen; und da ihr Takt echter Menschlichkeit entsprang, ihre körperliche Frische beachtlich blieb und ihre Überlegenheit heiter und herzlich war, hatten sie drei Generationen unendlich bewundert, und die letzte, welche sie wahrscheinlich noch erleben sollte, hatte sie als eine wunderbare Frau bezeichnet. Unterdessen unterhielt sie intelligent, mit einer Art erhabenen Schlichtheit und im Innern neugierig, aber nicht wie viele Frauen auf Gesellschaftsklatsch, ihr Alter, indem sie vermittels der Macht ihres großen, geradezu historischen gesellschaftlichen Prestiges alles in ihrem Gesichtskreis anzog, was sich im gesetzlichen Rahmen oder außerhalb mittels Stellung, Geist, Gewagtheit, Glück oder Unglück über das dumpfe Niveau der Menschheit erhob. Königliche Hoheiten, Künstler, Männer der Wissenschaft, junge Staatsmänner und Scharlatane jeden Alters und Standes, welche, gehaltlos und leicht, wie Korken emporschnellend, die Richtung der Oberflächenströmung am besten anzeigen, waren in jenem Hause zu ihrer eigenen Erbauung willkommen geheißen, angehört, ergründet, verstanden, taxiert worden. Nach ihren eigenen Worten beobachtete sie gern, was aus der Welt wurde. Und da sie über einen praktischen Verstand verfügte, war ihr Urteil über Menschen und Dinge, auch wenn es auf besonderen Vorurteilen basierte, selten völlig falsch und fast nie verbohrt. Ihr Salon war womöglich der einzige Ort auf der weiten

Welt, wo ein Geheimer Kriminalrat auf einem anderen als professionellen oder offiziellen Boden mit einem auf Bewährung entlassenen Häftling zusammentreffen konnte. Wer Michaelis eines Nachmittages dorthin mitgebracht hatte, daran erinnerte sich der Geheime Kriminalrat nicht mehr so genau. Er hatte eine Ahnung, daß es ein gewisser Parlamentsabgeordneter von erlauchter Abstammung und unkonventionellen Sympathien, welche die Witzblätter zum Dauerthema gemacht hatten, gewesen sein muß. Die bedeutenden und selbst die schlicht bekannten Persönlichkeiten des Tages brachten einander zwanglos zu jenem Tempel der nicht unedlen Neugier einer alten Frau. Man konnte nie sagen, wem man bei dem Empfang in der Halbprivatheit hinter dem Schirm mit der verblichenen blauen Seide und dem Goldrahmen begegnete, welcher in dem großen Salon mit seinem Stimmengemurmel und den Menschengruppen, welche im Lichte von sechs hohen Fenstern saßen oder standen, eine heimelige Nische mit einem Sofa und ein paar Sesseln bildete.

Michaelis war der Gegenstand eines Umschwungs im Volksempfinden gewesen, demselben Empfinden, welches Jahre zuvor der Grausamkeit der lebenslangen Haftstrafe applaudiert hatte, die gegen ihn wegen Mittäterschaft bei dem ziemlich wahnwitzigen Versuch verhängt worden war, einige Häftlinge aus einem Gefängniswagen zu befreien. Es war der Plan der Verschwörer gewesen, die Pferde niederzuschießen und die Eskorte zu überwältigen. Bedauerlicherweise wurde dabei auch einer der Konstabler erschossen. Er hinterließ eine Frau und drei kleine Kinder, und der Tod jenes Mannes weckte in der ganzen Länge und Breite eines Reiches, für dessen Verteidigung, Reichtum und Ruhme täglich Männer in Ausübung ihrer Pflicht sterben, einen Ausbruch wütender Empörung, tobenden, unversöhnlichen Mitleids für das Opfer. Drei Rädelsführer wurden gehängt. Michaelis, jung und schlank, von Beruf Schlosser und ein eifriger Besucher von Abendschulen, wußte nicht einmal, daß jemand dabei getötet worden war, da seine Rolle zusammen mit einigen anderen war, die Tür am hinteren Ende des Spezialgefährtes zu öffnen. Bei seiner Verhaftung hatte er einen Bund Dietriche in der einen Tasche, einen schweren Meißel in der anderen und einen kurzen Kuhfuß in der Hand: weder mehr noch weniger als ein Einbrecher. Doch kein Einbrecher hätte ein solch hartes Urteil erhalten. Der Tod des Konstablers hatte ihn im Innersten unglücklich gemacht, ebenso jedoch das Scheitern des Komplotts. Keine dieser Empfindungen verbarg er vor seinen zu Geschworenen ernannten Landsleuten, und seine Art der Zerknirschung erschien dem dicht gedrängten Gerichtssaal als schockierend mangelhaft. Der Richter machte bei der Urteilsverkündung einfühlsame Bemerkungen über die Verderbtheit und Rohheit des jungen Häftlings.

Dies begründete die grundlose Berühmtheit seiner Verurteilung; die Berühmtheit seiner Entlassung wurde für ihn aus keinen besseren Gründen von Menschen begründet, welche den sentimentalen Aspekt seiner Haft ausnutzen wollten, entweder zu eigenen Zwecken oder zu überhaupt keinem ersichtlichen Zweck. In der Unschuld seines Herzens und der Schlichtheit seines Verstandes ließ er sie gewähren. Nichts, was ihm persönlich widerfuhr, hatte irgendeine Bedeutung. Er war wie jene heiligen Männer, deren Persönlichkeit in der Kontemplation ihres Glaubens verloren ist. Seine Ideen waren dem

Wesen nach keine Überzeugungen. Logischem Denken waren sie unzugänglich. In all ihren Widersprüchen und Unverständlichkeiten bildeten sie ein unüberwindliches und humanitäres Bekenntnis, welches er weniger predigte als beichtete, und dies mit einer obstinaten Sanftheit, einem Lächeln friedvoller Standhaftigkeit auf den Lippen, die lauteren blauen Augen niedergesenkt, da der Anblick von Gesichtern seine in der Einsamkeit entwikkelte Inspiration beeinträchtigte. In jener charakteristischen Haltung, rührend in seiner grotesken und unheilbaren Fettleibigkeit, welche er gleich der Kugel eines Galeerensklaven bis ans Ende seiner Tage mitschleppen mußte, erblickte der Geheime Kriminalrat den Bewährungs-Apostel, wie der einen bevorzugten Sessel hinter dem Schirm ausfüllte. Da saß er am Kopfende des Sofas der alten Dame, ruhig und mit sanfter Stimme, mit nicht mehr Befangenheit als ein sehr kleines Kind und mit ein wenig von dem Charme eines Kindes – dem gewinnenden Charme der Arglosigkeit. In seinem Vertrauen auf die Zukunft, deren geheime Wege ihm innerhalb der vier Wände eines weithin bekannten Zuchthauses eröffnet worden waren, hatte er keinen Grund, jemandem mit Argwohn zu begegnen. Wenn er der großen und neugierigen alten Dame nicht eine sehr bestimmte Vorstellung hinsichtlich dessen, was aus der Welt würde, geben konnte, dann hatte er es mühelos vermocht, sie mit seinem unverbitterten Glauben zu beeindrucken, mit der gediegenen Qualität seines Optimismus.

Eine gewisse Schlichtheit des Denkens ist heiteren Seelen an beiden Enden der sozialen Skala gemein. Die große Dame war schlicht auf ihre Weise. Seine Ansichten und Glaubenshaltungen hatten nichts, was sie schockieren oder aufwühlen konnte, da sie sie vom Standpunkt ihrer erhabenen Stellung aus beurteilte. Ja, ihre Sympathien waren einem derartigen Manne leicht zugänglich. Sie selbst war keine ausbeuterische Kapitalistin; sie stand sozusagen über dem Spiel ökonomischer Bedingungen. Und sie besaß ein großes Maß an Mitgefühl für die offensichtlicheren Formen gemeinen menschlichen Elends, eben deshalb, weil es ihr so vollkommen fremd war, daß sie ihre Vorstellung davon in Begriffe geistigen Leidens übersetzen mußte, um seine Grausamkeit überhaupt erst erahnen zu können. Der Geheime Kriminalrat erinnerte sich an das Gespräch zwischen den beiden sehr gut. Er hatte schweigend zugehört. Es war etwas, das auf gewisse Weise so erregend und in seiner im vorhinein zum Scheitern verurteilten Nutzlosigkeit so anrührend war wie die Bemühungen um einen moralischen Umgang zwischen den Bewohnern ferner Planeten. Doch diese groteske Inkarnation humanitärer Leidenschaft sprach irgendwie die Einbildungskraft an. Endlich erhob sich Michaelis, ergriff die ausgestreckte Hand der Dame und schüttelte sie, hielt sie einen Augenblick lang mit nicht verlegener Freundlichkeit in seiner großen kissenweichen Hand und drehte der halbprivaten Nische des Salons den Rücken zu, der breit und kantig war und unter der kurzen Tweedjacke wie aufgebläht wirkte. Mit heiterer Gutmütigkeit umherblickend, wackelte er zwischen den Knäueln anderer Besucher hindurch zur Tür am anderen Ende. Das Gemurmel der Unterhaltungen verstummte an seinem Weg. Er schenkte einem hochgewachsenen, prachtvollen Mädchen, dessen Blick zufällig dem seinen begegnete, ein unschuldiges Lächeln und ging hinaus, nicht achtend der Blicke, welche ihm durch den Raum folgten. Michaelis' erster Auftritt in der Welt war ein Erfolg – ein Erfolg der Wertschätzung, unbefleckt auch nur durch ein einziges spöttisches Murmeln. Die unterbrochenen Gespräche wurden in ihrem jeweiligen Ton, schwer oder leicht, wieder aufgenommen. Lediglich ein gut gestellter, langgliedriger, aktiv wirkender Mann von vierzig, welcher sich an einem Fenster gerade mit zwei Damen unterhielt, bemerkte mit unerwarteter Gefühlstiefe: »230 Pfund, würde ich sagen, und keine fünfeinhalb Fuß groß. Armer Kerl. Schrecklich – schrecklich.«

Die Dame des Hauses starrte abwesend auf den Geheimen Kriminalrat, welcher nun allein mit ihr auf der privaten Seite des Schirmes war, und schien dabei ihre geistigen Eindrücke hinter der gedankenschweren Reglosigkeit ihres hübschen alten Gesichtes zu ordnen. Männer mit grauem Schnurrbart und vollen, gesunden, schwach lächelnden Zügen traten heran, umkreisten den Schirm, zwei reife Frauen mit einer matronenhaften Miene kultivierter Entschlossenheit, ein glattrasiertes Individuum mit eingefallenen Wangen und einem goldgefaßten Monokel, welches an einem breiten schwarzen Band mit altertümlichem, geckenhaftem Effekt baumelte. Ein Schweigen, ehrerbietig, gleichwohl voller Reserven, herrschte einen Augenblick lang, dann rief die große Dame, nicht im Groll, aber in einer gewissen protestierenden Empörung:

»Und das soll also offiziell ein Revolutionär sein! So ein Unsinn.« Sie schaute den Geheimen Kriminalrat durchdringend an, welcher entschuldigend murmelte:

»Vielleicht kein gefährlicher.«

»Kein gefährlicher – das glaube ich allerdings auch. Er

ist doch nur gläubig. Das ist das Temperament eines Heiligen«, erklärte die große Dame mit festem Ton. »Und ihn haben sie über zwanzig Jahre eingesperrt. Man erschauert angesichts dieser Dummheit. Und nun da sie ihn herausgelassen haben, ist jeder, der ihm angehört hat, irgendwo hingegangen oder tot. Seine Eltern sind tot; er hat die Fertigkeiten verloren, welche für seine handwerkliche Tätigkeit notwendig sind. Das hat er mir alles mit der reizendsten Geduld selbst erzählt; andererseits, sagte er, habe er viel Zeit gehabt, um sich eine Meinung über die Dinge zu bilden. Eine hübsche Kompensation! Wenn das der Stoff ist, aus dem Revolutionäre gemacht sind, dann können manche von uns gut und gern vor ihnen auf die Knie gehen«, fuhr sie in einer etwas scherzenden Stimme fort, während sich das banale Gesellschaftslächeln auf den weltlichen Gesichtern ihr mit konventionellem Respekt zuwandte. »Der Ärmste ist offensichtlich nicht mehr in der Lage, selber für sich zu sorgen. Jemand muß sich ein wenig um ihn kümmern.«

»Man sollte ihm empfehlen, sich irgendeiner Behandlung zu unterziehen«, ließ sich die soldatische Stimme des aktiv wirkenden Mannes mit ernstem Rat aus der Ferne vernehmen. Für sein Alter war er in der allerbesten Verfassung, und selbst die Textur seines langen Gehrokkes hatte den Charakter elastischer Gesundheit, als wäre es ein lebender Stoff. »Der Mann ist ja praktisch ein Krüppel«, setzte er mit unverkennbarem Gefühl hinzu.

Andere Stimmen, wie froh über die Eröffnung, murmelten hastige Anteilnahme. »Ganz aufwühlend«, »Ungeheuer«, »Höchst schmerzlich anzusehen«. Der schmächtige Mann mit dem Monokel am breiten Band verkündete geziert das Wort: »Grotesk«, dessen Berechtigung von denen, welche in seiner Nähe standen, gewürdigt wurde. Sie lächelten einander zu.

Der Geheime Kriminalrat hatte weder da noch später eine Meinung geäußert; seine Stellung machte es ihm unmöglich, eine unabhängige Ansicht über einen Bewährungs-Häftling kundzutun. In Wahrheit jedoch teilte er die Ansicht der Freundin und Gönnerin seiner Frau, daß Michaelis ein humanitärer Sentimentalist war, ein wenig verrückt, im ganzen jedoch unfähig, einer Fliege absichtlich etwas zuleide zu tun. Als nun jener Name plötzlich in dieser ärgerlichen Bombengeschichte auftauchte, erkannte er die ganze Gefahr für den Bewährungs-Apostel, und seine Gedanken kehrten sogleich zu der wohlbegründeten Schwärmerei der alten Dame zurück. Ihre willkürliche Güte würde eine Störung von Michaelis' Freiheit nicht geduldig hinnehmen. Es war eine tiefe, ruhige, überzeugte Schwärmerei. Nicht nur hatte sie ihn für harmlos befunden, sie hatte dies auch ausgesprochen, welch letzteres vermöge einer Verwirrung ihres absolutistischen Geistes zu einer unstreitigen Demonstration wurde. Es war, als habe die Monstrosität des Mannes mit den offenen Kinderaugen und dem fetten Engelslächeln sie fasziniert. Fast schon glaubte sie seine Theorie der Zukunft, da sie mit ihren Vorurteilen nicht unverträglich war. Sie mochte das neue Element der Plutokratie in dem gesellschaftlichen Gemenge nicht, und der Industrialismus als eine Methode der menschlichen Entwicklung erschien ihr mit seinem mechanischen und gefühllosen Charakter außerordentlich abstoßend. Die humanitären Hoffnungen des milden Michaelis neigten nicht zu vollkommener Zerstörung, sondern lediglich zu dem völligen ökonomischen Ruin des Systems. Und sie sah eigentlich nicht ein, worin der moralische Schaden dabei bestehen sollte. Er würde die Massen der Parvenus hinwegfegen, die sie nicht mochte und denen sie mißtraute, nicht weil sie es zu irgend etwas gebracht hätten (dies leugnete sie), sondern wegen ihres tiefen Unverständnisses der Welt, welches die Hauptursache für die Roheit ihrer Empfindungen und die Trockenheit ihrer Herzen war. Mit der Vernichtung allen Kapitals würden auch sie verschwinden; doch allgemeiner Ruin (vorausgesetzt, er war allgemein, wie es Michaelis enthüllt ward) würde die gesellschaftlichen Werte unberührt lassen. Das Verschwinden des letzten Stückchens Geld konnte Menschen von Stand nicht berühren. Sie konnte sich nicht vorstellen, wie es beispielsweise ihren Stand berühren sollte. Diese Entdeckungen hatte sie dem Geheimen Kriminalrat mit all der heiteren Furchtlosigkeit einer alten Frau entwickelt, welche dem Gifthauch der Gleichgültigkeit entronnen war. Er hatte es sich zur Regel gemacht, alles dergleichen in einem Schweigen aufzunehmen, welches nicht beleidigend zu machen er aus Grundsatz und Neigung Sorge trug. Er hegte eine Zuneigung für die gealterte Jüngerin Michaelis', ein komplexes Gefühl, welches ein wenig von ihrem Prestige, ihrer Persönlichkeit, vor allem jedoch von dem Instinkt geschmeichelter Dankbarkeit abhing. Er fühlte sich in ihrem Hause wirklich gemocht. Sie war die personifizierte Güte. Und sie besaß, wie es bei erfahrenen Frauen der Fall ist, eine praktische Weisheit. Sie machte sein Eheleben viel leichter, als es ohne ihre großzügigerweise volle Anerkennung seiner Rechte als Annies Gatte gewesen wäre. Ihr Einfluß auf seine Frau, eine Frau, von allen möglichen kleinen Selbstsüchten, kleinen Neidgefühlen, kleinen Eifersüchten verzehrt, war wunderbar. Leider waren sowohl ihre Güte wie auch ihre Weisheit unvernünftiger Natur, entschieden weiblich und schwierig im Umgang. Über die volle Anzahl ihrer Jahre war sie eine vollendete Frau geblieben und nicht, wie manche es doch werden – eine Art schlüpfriger, widerwärtiger alter Mann in Röcken. Und er dachte an sie auch als eine Frau – die besonders ausgesuchte Inkarnation des Weiblichen, woraus sich die zärtliche, freimütige und heftige Leibwache für alle möglichen Männer rekrutiert, welche unter dem Einfluß einer Emotion, einer wahren wie trügerischen, reden; für Prediger, Seher, Propheten oder Reformer.

Die distinguierte und gute Freundin seiner Frau und seiner selbst derart würdigend, wurde der Geheime Kriminalrat angesichts des möglichen Schicksals des Sträflings Michaelis unruhig. Wurde der Mann erst einmal unter dem Verdacht verhaftet, auf irgend eine Weise, wie entlegen auch immer, Teil dieses Anschlages zu sein, dann war es kaum zu vermeiden, daß er wieder zurück mußte, um mindestens seine Strafe abzusitzen. Und das würde ihn umbringen; lebend würde er da nie wieder herauskommen. Der Geheime Kriminalrat gab sich einer für seine offizielle Stellung äußerst unziemlichen Überlegung hin, ohne daß sie seiner Menschlichkeit tatsächlich Ehre machte.

»Wenn der Bursche wieder gefaßt wird«, dachte er, »dann verzeiht sie mir das nie.«

Die Offenheit eines solchen heimlich ausgesprochenen Gedankens konnte nicht ohne spöttische Selbstkritik bleiben. Keiner, der sich auf eine Arbeit einläßt, die ihm nicht zusagt, kann sich viele rettende Illusionen über sich selbst bewahren. Der Widerwillen, der Mangel jeglicher

Reize gehen von dem Beruf auf die Persönlichkeit über. Erst wenn die uns übertragenen Tätigkeiten durch einen glücklichen Umstand dem eigentümlichen Ernst unseres Temperaments gehorchen, können wir den Trost vollkommener Selbsttäuschung erfahren. Dem Geheimen Kriminalrat sagte seine Arbeit in der Heimat nicht zu. Die Polizeiarbeit, welche ihm an einem fernen Ort des Erdballs übertragen war, hatte den versöhnlichen Charakter einer irregulären Form von Krieg oder wenigstens das Risiko und die Erregung eines Freiluftsports. Seine wirklichen Fähigkeiten, welche in der Hauptsache in der Verwaltung lagen, waren mit einem Hang zum Abenteuer verbunden. Inmitten von vier Millionen Menschen an einen Schreibtisch gefesselt, betrachtete er sich als das Opfer eines ironischen Schicksals – zweifellos dasselbe, welches seine Ehe mit einer Frau herbeigeführt hatte, die bezüglich des Klimas in den Kolonien außergewöhnlich empfindlich war und auch noch andere Beschränkungen aufwies, welche die Zartheit ihres Wesens – und ihres Geschmacks bezeugten. Wenngleich er seine Besorgnis sardonisch nahm, verbannte er den ungehörigen Gedanken nicht aus seinem Kopf. Der Selbsterhaltungstrieb bei ihm war stark. Im Gegenteil, er wiederholte ihn im Geiste mit profaner Betonung und einer größeren Genauigkeit: »Verdammt! Wenn es nach diesem vermaledeiten Heat geht, dann erstickt mir dieser Kerl im Gefängnis an seinem eigenen Fett, und das verzeiht sie mir dann nie.«

Seine schwarze, schmale Gestalt mit dem weißen Band des Kragens unter dem silbrigen Schimmer auf dem kurzgeschnittenen Nackenhaar verharrte reglos. Das Schweigen hatte nun so lange angehalten, daß Chefinspektor Heat es wagte, sich zu räuspern. Dieses Geräusch zeigte Wirkung. Der eifrige und intelligente Beamte wurde von seinem Vorgesetzten, dessen Rücken ihm ungerührt zugewandt blieb, gefragt:

»Sie bringen Michaelis mit dieser Geschichte in Verbindung?«

Chefinspektor Heat war sehr eindeutig, aber vorsichtig.

»Nun, Sir«, sagte er, »dafür haben wir genügend Hinweise. Überhaupt hat so einer in der Freiheit nichts verloren.«

»Sie werden einen schlüssigen Beweis brauchen.« Die Bemerkung kam als Gemurmel.

Chefinspektor Heat hob vor dem schwarzen, schmalen Rücken, welcher sich hartnäckig seiner Intelligenz und seinem Eifer darbot, eine Augenbraue.

»Gegen *den* genügend Beweise zu sammeln, wird nicht schwierig sein«, sagte er mit rechtschaffener Selbstgefälligkeit. »Da können Sie sich ganz auf mich verlassen, Sir«, fügte er völlig unnötig aus tiefstem Herzen hinzu; denn es erschien ihm als eine ausgezeichnete Sache, jenen Mann in der Hinterhand zu haben, um ihn der Öffentlichkeit vorwerfen zu können, sollte diese es für angebracht halten, in diesem Fall mit besonderer Empörung zu brüllen. Noch war es unmöglich zu sagen, ob sie denn überhaupt brüllen würde. Das hing letzten Endes natürlich von der Zeitungspresse ab. In jedem Fall jedoch glaubte Chefinspektor Heat, von Beruf Vermittler von Gefängnissen und ein Mann von juristischem Instinkt, logischerweise, daß die Einkerkerung das angemessene Schicksal für jeden erklärten Feind des Gesetzes sei. Kraft dieser Überzeugung beging er einen Verstoß gegen den Takt:

Er gestattete sich ein kleines eingebildetes Lachen und wiederholte:

»Da können Sie sich auf mich verlassen, Sir.«

Das war zuviel für die gezwungene Ruhe, unter welcher der Geheime Kriminalrat über anderthalb Jahre lang seine Verärgerung über das System und die Untergebenen seines Amtes verborgen hatte. Wie ein viereckiger Pflock, welcher in ein rundes Loch gezwängt ist, hatte er jene lange schon bestehende glatte Rundheit, in welche ein Mann von weniger scharfkantiger Form sich nach dem einen oder anderen Schulterzucken mit wollüstiger Ergebung eingepaßt hätte, als tagtäglichen Skandal empfunden. Was er am übelsten vermerkte, war eben die Notwendigkeit, so vieles einfach glauben zu müssen. Auf das kleine Lachen des Chefinspektors Heat hin drehte er sich rasch auf dem Absatz um, als wäre er durch einen elektrischen Schlag von der Fensterscheibe weggewirbelt worden. Auf dem Gesicht des letzteren erwischte er nicht nur die Selbstgefälligkeit, welche, dem Anlaß entsprechend, unter seinem Schnurrbart lauerte, sondern auch die Spuren experimenteller Wachsamkeit in den runden Augen, welche zweifellos an seinen Rücken geheftet waren, und begegnete nun seinem Blick eine Sekunde, bevor sein angespanntes Starren Zeit hatte, zu einem lediglich verblüfften Aussehen zu wechseln.

Der Geheime Kriminalrat besaß wahrhaftig Qualifikationen für sein Amt. Plötzlich war sein Argwohn geweckt. Gerechterweise muß man sagen, daß sein Argwohn gegenüber den Methoden der Polizei (es sei denn, die Polizei war zufällig eine halbmilitärische Truppe, die er selbst organisierte) nicht schwer zu wecken war. Nickte er denn einmal aus schierem Überdruß ein, dann nur leicht; und seine Wertschätzung des Eifers und der Fähigkeiten von Chefinspektor Heat, als solche nur mäßig, schloß jegliche Vorstellung moralischen Vertrauens aus. »Er führt etwas im Schilde«, rief er im Geiste aus und wurde sofort zornig. Mit ungestümen Schritten ging er zu seinem Schreibtisch hinüber und setzte sich heftig nieder. »Hier stecke ich in einem Haufen von Papieren«, überlegte er mit unvernünftigem Widerwillen, »und sollte eigentlich alle Fäden in der Hand halten, und dabei kann ich nur das halten, was mir in die Hand gegeben wird, sonst nichts. Und das andere Ende der Fäden können sie festbinden, wo es ihnen gefällt.«

Er hob den Kopf und drehte seinem Untergebenen ein langes, mageres Gesicht mit den ausgeprägten Zügen eines energischen Don Quichote zu.

»Was haben Sie da noch in der Hinterhand?«

Der andere glotzte. Er glotzte ohne zu zwinkern, die runden Augen vollkommen unbewegt, wie er die diversen Angehörigen der Verbrecherklasse anzuglotzen pflegte, wenn sie, gebührend verwarnt, ihre Aussagen im Ton verletzter Unschuld oder falscher Schlichtheit oder dumpfer Resignation machten. Doch hinter der professionellen und steinernen Festigkeit lag auch einige Überraschung, denn in einem solchen Ton, welcher die Noten der Verachtung und der Ungeduld hübsch verband, war es Chefinspektor Heat, die rechte Hand des Dezernats, nicht gewohnt, angeredet zu werden. Er begann in einer zaudernden Manier wie einer, der von einer neuen und unerwarteten Erfahrung überrascht worden ist.

»Was ich gegen diesen Michaelis habe, meinen Sie, Sir?«

Der Geheime Kriminalrat beobachtete den Kugelkopf;

die Spitzen jenes nordischen Seeräuberschnauzers, der über den schweren Kiefer hinabfiel; die ganze volle und bleiche Physiognomie, deren entschlossener Charakter von zu viel Fleisch entstellt war; die schlauen Runzeln, welche von den äußeren Augenwinkeln abstrahlten – und in jener entschlossenen Betrachtung des teuren und treuen Beamten gelangte er so plötzlich zu einer Überzeugung, daß sie ihn wie eine Eingebung überkam.

»Ich habe Grund zu der Annahme, daß Sie, als Sie hier hereinkamen«, sagte er in gemessenem Ton, »Michaelis gar nicht im Sinn hatten; nicht hauptsächlich – vielleicht überhaupt nicht.«

»Sie haben Grund zu der Annahme?« murmelte Chefinspektor Heat mit allen Anzeichen des Erstaunens, welches bis zu einem gewissen Grade ziemlich echt war. Er hatte an dieser Affäre eine heikle und verblüffende Seite entdeckt, welche dem Entdecker ein gewisses Maß an Unehrlichkeit aufnötigte – jene Art von Unehrlichkeit, welche unter dem Namen von Geschicklichkeit, Klugheit, Diskretion in den meisten menschlichen Affären immer wieder auftaucht. Er kam sich in diesem Augenblick vor wie ein Hochseilartist, wenn der Direktor der Musikhalle aus der ihm angemessenen Zurückgezogenheit hervoreilen und sich anschicken würde, an dem Seil zu rütteln. Entrüstung, das Gefühl moralischer Unsicherheit, erzeugt von einem solch tückischen Vorgehen, verbunden mit der unmittelbaren Furcht, sich den Hals zu brechen, pflegte ihn, in der umgangssprachlichen Wendung, auf die Palme zu bringen. Auch gab es eine empörte Sorge um seine Kunst, denn ein Mensch muß sich mit etwas Faßbarerem als seiner eigenen Persönlichkeit identifizieren und seinen Stolz auf etwas gründen, entweder auf seine gesellschaftliche Stellung oder auf die Qualität der Arbeit, welche er zu tun genötigt ist, oder einfach auf die Überlegenheit des Müßigganges, welchen zu genießen er das Glück hat.

»Allerdings«, sagte der Geheime Kriminalrat. »Ich will damit nicht sagen, daß Sie überhaupt nicht an Michaelis gedacht haben. Doch Sie rücken die Tatsache, die Sie erwähnt haben, auf eine Weise in den Vordergrund, die mir nicht ganz aufrichtig erscheint, Inspektor Heat. Wenn Ihre Entdeckung tatsächlich in diese Richtung geht, warum sind Sie ihr dann nicht sofort gefolgt, entweder persönlich oder indem Sie einen Ihrer Leute in jenes Dorf geschickt haben?«

»Glauben Sie, Sir, ich habe meine Pflichten vernachlässigt?« fragte der Chefinspektor in einem Ton, welcher einfach nur nachdenklich sein sollte. Unerwartet dazu gezwungen, seine Fähigkeiten auf die Aufgabe zu konzentrieren, das Gleichgewicht zu halten, hatte er jenen Punkt aufgegriffen und sich einem Tadel ausgesetzt; denn der Geheime Kriminalrat bemerkte unter leichtem Stirnrunzeln, daß dies eine sehr unangebrachte Bemerkung sei.

»Doch da Sie sie nun einmal gemacht haben«, fuhr er kühl fort, »sage ich Ihnen, daß ich es so nicht gemeint habe.«

Er machte eine Pause, und der gerade Blick aus seinen versunkenen Augen war völlig gleichbedeutend mit der unausgesprochenen Beendigung des Satzes »und das wissen Sie auch«. Der Leiter des sogenannten Dezernates für besondere Verbrechen, von seiner Position daran gehindert, sich persönlich nach Geheimnissen, welche in schuldiger Brust ruhen, auf die Suche hinauszubegeben, hatte die Neigung, seine beträchtliche Begabung zur Entdeckung belastender Wahrheiten bei seinen Untergebenen anzuwenden. Jene eigentümliche Veranlagung konnte kaum eine Schwäche genannt werden. Sie war etwas Natürliches. Er war der geborene Detektiv. Sie hatte unbewußt seine Berufswahl bestimmt, und wenn sie ihn überhaupt einmal im Leben im Stich gelassen hatte, so vielleicht in dem einen außergewöhnlichen Umstand seiner Ehe – welche ebenfalls etwas Natürliches war. Sie nährte sich, da er nicht umherschweifen konnte, von dem Menschenmaterial, welches ihr in ihrer Büroabgeschiedenheit gebracht wurde. Wir werden stets wir selbst bleiben.

Den Ellbogen auf dem Tisch, die Beine über Kreuz und das Kinn in die Höhlung seiner mageren Hand wiegend, bemächtigte sich der Geheime Kriminalrat, zuständig für die Abteilung Besondere Verbrechen, des Falles mit wachsendem Interesse. Sein Chefinspektor war, wenn nicht ein absolut würdiger Feind seines Scharfsinnes, so doch der würdigste von allen in seiner Reichweite. Ein Mißtrauen anerkannten Reputationen gegenüber entsprach völlig der Fähigkeit des Geheimen Kriminalrates als Ermittler. Seine Erinnerung beschwor einen gewissen alten, fetten und reichen Eingeborenenhäuptling in der fernen Kolonie, bei welchem es für die jeweiligen Koloniengouverneure Tradition war, ihm als festem Freund und Unterstützer der von den Weißen etablierten Ordnung und Gesetzlichkeit zu vertrauen und viel Wesens um ihn zu machen; wobei man jedoch nach kritischer Prüfung herausfand, daß er vornehmlich mit sich selbst und sonst niemandem gut Freund war. Nicht eigentlich ein Verräter, aber dennoch ein Mann von vielerlei Vorbehalten in seiner Treue, bedingt durch eine gehörige Berücksichtigung seines eigenen Vorteils, seiner Bequemlichkeit und Sicherheit. Ein Bursche, in seinem naiven Doppelspiel doch recht unschuldig, aber nichtsdestotrotz gefährlich. Es hatte einiges gebraucht, ihm auf die Schliche zu kommen. Auch körperlich war er ein großer Mann, und (natürlich abgesehen von dem Farbunterschied) bei Chefinspektor Heats Äußerem mußte er an seinen Potentaten denken. Es waren nicht die Augen und eigentlich auch nicht die Lippen. Es war bizarr. Doch berichtet nicht Alfred Wallace in seinem berühmten Buch über den malayischen Archipel, er habe unter den Aru-Insulanern bei einem alten und nackten Wilden mit rußiger Haut eine eigentümliche Ähnlichkeit mit einem lieben Freund zu Hause entdeckt?

Zum ersten Mal, seit er seine Stellung angetreten hatte, hatte der Geheime Kriminalrat den Eindruck, er würde richtige Arbeit für sein Gehalt tun. Und das war ein angenehmes Gefühl. »Ich werde ihm das Innere nach außen kehren wie bei einem alten Handschuh«, dachte der Geheime Kriminalrat, während sein Blick nachdenklich auf Chefinspektor Heat ruhte.

»Nein, daran habe ich nicht gedacht«, fing er wieder an. »Es besteht kein Zweifel, daß Sie Ihr Geschäft verstehen – überhaupt kein Zweifel; und genau deshalb –« Er unterbrach sich und änderte den Ton: »Was könnten Sie gegen Michaelis vorbringen, was gesichert wäre? Ich meine, abgesehen davon, daß die beiden verdächtigten Männer – Sie sind sicher, daß es zwei waren – zuletzt von einem Bahnhof binnen dreier Meilen des Dorfes kamen, in dem Michaelis nun lebt.«

»Das ist an sich schon genug, um das zu verfolgen, Sir,

bei so einem Mann«, sagte der Chefinspektor, wobei er die Fassung wiedererlangt hatte. Die leichte, beifällige Bewegung des Geheimen Kriminalrates mit dem Kopf tat viel, um das grollende Erstaunen des berühmten Beamten zu besänftigen. Denn Chefinspektor Heat war ein freundlicher Mensch, ein wunderbarer Ehemann, ein hingebungsvoller Vater; und da sich das Vertrauen der Öffentlichkeit und des Dezernates, welches er genoß, günstig auf ein liebenswürdiges Wesen auswirkte, machte es ihn geneigt, freundliche Gefühle gegenüber den jeweiligen Geheimen Räten zu hegen, welche er in eben diesem Raum hatte kommen und gehen sehen. Zu seiner Zeit waren es drei gewesen. Den ersten, ein soldatischer, schroffer, rotgesichtiger Mensch mit weißen Augenbrauen und einem explosiven Temperament, konnte man an einem seidenen Faden führen. Er schied mit Erreichen der Altersgrenze aus. Der zweite, ein vollendeter Gentleman, welcher seinen Platz und den eines jeden anderen aufs genaueste kannte, wurde, als er abtrat, um eine höhere Stellung außerhalb Englands anzutreten, für die Dienste (eigentlich) Inspektor Heats dekoriert. Mit ihm zu arbeiten, hatte ihn mit Stolz und Freude erfüllt. Der dritte, zu Beginn ein etwas unbeschriebenes Blatt, war am Ende von einundhalb Jahren für das Dezernat noch immer ein unbeschriebenes Blatt. Im ganzen befand Chefinspektor Heat ihn im wesentlichen harmlos – von merkwürdigem Aussehen, aber harmlos. Er redete nun, und der Chefinspektor hörte mit äußerlicher Ehrerbietung zu (was nichts bedeutet, da es eine Frage der Pflicht ist) und innerlich mit wohlmeinender Toleranz.

»Michaelis hat sich gemeldet, bevor er von London aufs Land zog?«

»Jawohl, Sir.«

»Und was mag er da wohl machen?« fuhr der Geheime Kriminalrat, welcher über diesen Punkt sehr wohl informiert war, fort. Mit drangvoller Enge in einen alten hölzernen Stuhl vor einem wurmstichigen Eichentisch in einem oberen Zimmer eines Vierzimmerhäuschens mit einem Dach aus moosbewachsenen Ziegeln gezwängt, schrieb Michaelis Nacht und Tag mit zittriger, schiefer Hand jene *Autobiographie eines Gefangenen*, welche in der Geschichte der Menschheit einer Offenbarung gleichkommen sollte. Die Bedingungen des beschränkten Raumes, der Abgeschiedenheit und Einsamkeit in einem kleinen Haus mit vier Zimmern kamen seiner Inspiration entgegen. Es war wie im Gefängnis, nur daß man nie zu dem verhaßten Zweck unterbrochen wurde, sich entsprechend der tyrannischen Vorschriften seiner alten Heimstatt im Zuchthaus körperlicher Übungen zu unterziehen. Er wußte nicht, ob die Sonne noch die Erde beschien oder nicht. Der Schweiß literarischer Mühsal tropfte ihm von der Stirn. Eine wunderbare Begeisterung trieb ihn voran. Es war die Befreiung seines Innenlebens, das Loslassen seiner Seele in die weite Welt. Und der Eifer seiner arglosen Eitelkeit (erstmals erweckt von dem Angebot über fünfhundert Pfund von einem Verleger) wirkte wie etwas Vorherbestimmtes und Heiliges.

»Natürlich wäre es höchst wünschenswert, genau informiert zu sein«, beharrte der Geheime Kriminalrat unaufrichtig.

Chefinspektor Heat, sich ob dieser Demonstration von Übergenauigkeit einer neuerlichen Verstimmung bewußt, sagte, die Grafschaftspolizei sei von Anfang an über Michaelis' Ankunft unterrichtet gewesen und daß

ein umfassender Bericht binnen weniger Stunden zu erhalten sei. Ein Kabel an den Polizeikommissar –
So sprach er, recht langsam, wobei er innerlich schon die Konsequenzen erwog. Ein leichtes Stirnrunzeln war das äußerliche Anzeichen dafür. Doch er wurde von einer Frage unterbrochen.
»Haben Sie das Kabel schon abgeschickt?«
»Nein, Sir«, antwortete er, als wäre er überrascht.
Der Geheime Kriminalrat nahm abrupt das Bein vom Knie. Die Forschheit der Bewegung stand in Kontrast zu der zwanglosen Art, in welcher er einen Vorschlag äußerte.
»Würden Sie beispielsweise meinen, daß Michaelis irgend etwas mit der Vorbereitung der Bombe zu tun hatte?«
Der Chefinspektor nahm eine nachdenkliche Haltung ein.
»Das würde ich nicht sagen. Es besteht nicht die Notwendigkeit, zum jetzigen Zeitpunkt etwas zu sagen. Er verkehrt mit Männern, die als gefährlich eingestuft sind. Weniger als ein Jahr nach seiner Entlassung auf Bewährung hat man ihn zum Delegierten des Roten Komitees gemacht. Vermutlich eine Art Kompliment.«
Und der Chefinspektor lachte ein wenig ärgerlich, ein wenig verächtlich. Bei einem solchen Manne war Übergenauigkeit ein unangebrachtes und gar illegales Gefühl. Die Berühmtheit, welche Michaelis bei seiner Entlassung vor zwei Jahren durch einige emotionale Journalisten zuteil wurde, welche etwas Besonderes brauchten, hatte seitdem an seinem Herzen genagt. Es war vollkommen legal, den Mann bei dem geringsten Verdacht zu verhaften. So, wie es aussah, war es legal und tunlich. Seine

beiden früheren Vorgesetzten hätten das sofort eingesehen; dieser jedoch saß nur da wie traumverloren und sagte weder ja noch nein. Zudem löste die Verhaftung Michaelis' über die Legalität und Tunlichkeit hinaus eine kleine persönliche Schwierigkeit, welche Chefinspektor Heat etwas beunruhigte. Diese Schwierigkeit hatte Auswirkungen auf seinen Ruf, auf sein Wohlbefinden und selbst auf die wirkungsvolle Erfüllung seiner Pflicht. Denn während Michaelis zweifellos etwas über diesen Anschlag wußte, war sich der Chefinspektor ziemlich sicher, daß dies nicht besonders viel war. Doch das blieb sich gleich. Er wußte viel weniger – da war sich der Chefinspektor gewiß – als gewisse andere Personen, welche er im Sinn hatte, deren Verhaftung, die im übrigen auch wegen der Spielregeln eine kompliziertere Angelegenheit war, ihn jedoch untunlich dünkte. Die Spielregeln schützten Michaelis weniger; er war ein Ex-Sträfling. Es wäre dumm, sich rechtliche Gegebenheiten nicht zunutze zu machen, und die Journalisten, welche ihn in einem emotionalen Erguß hochgejubelt hatten, würden ihn auch jederzeit mit emotionaler Entrüstung niedertreten.

Diese Aussicht, mit Zuversicht betrachtet, besaß für Chefinspektor Heat den Reiz eines persönlichen Triumphes. Und tief im Innern der Brust des verheirateten Durchschnittsbürgers erhob die Abneigung, von den Ereignissen dazu gezwungen zu sein, sich mit der verzweifelten Besessenheit des Professors zu befassen, nahezu unbewußt, doch nichtsdestoweniger machtvoll, ihre Stimme. Diese Abneigung war durch die zufällige Begegnung in der Gasse verstärkt worden. Das Treffen hinterließ bei Chefinspektor Heat nicht jenes befriedigende

Gefühl der Überlegenheit, welches den Angehörigen der Polizeikräfte die inoffizielle, aber intime Seite ihres Verkehrs mit der Verbrecherklasse verschafft, wodurch die Eitelkeit der Macht befriedigt und der vulgären Liebe zur Beherrschung unserer Mitmenschen so würdig, wie sie es verdient, geschmeichelt wird.

Der perfekte Anarchist wurde von Chefinspektor Heat nicht als Mitmensch anerkannt. Er war unerträglich – ein toller Hund, den man in Ruhe ließ. Nicht daß der Chefinspektor sich vor ihm gefürchtet hätte; er hatte vor, sich seiner nach den Spielregeln ordentlich und wirksam zu bemächtigen, wenn er die Zeit für gekommen hielt. Gegenwärtig war es nicht die rechte Zeit, jenes Kunststück anzugehen, nicht die rechte Zeit aus vielen Gründen, persönlichen wie solchen des öffentlichen Dienstes. Da dies nun seine feste Überzeugung war, erschien es Chefinspektor Heat nur recht und billig, daß diese Affäre von ihrem obskuren und ungelegenen Gleis, das Gott weiß wohin führte, auf eine stille (und legale) Nebenstrecke namens Michaelis geschoben wurde. Und er wiederholte, als erwöge er die Anregung gewissenhaft noch einmal:

»Die Bombe. Nein, das würde ich nicht unbedingt sagen. Vielleicht finden wir das nie heraus. Klar ist aber, daß er auf irgend eine Weise, welche wir ohne große Mühe herausfinden können, damit in Verbindung steht.«

Seine Miene zeigte jene gewichtige Gleichgültigkeit, welche einst bei Dieben der besseren Sorte wohlbekannt und sehr gefürchtet war. Chefinspektor Heat war zwar das, was man einen Mann nennt, jedoch kein großer Lächler. Doch sein innerlicher Zustand war einer der Befriedigung über die passiv rezeptive Haltung des Geheimen Kriminalrates, welcher leise murmelte:

»Und Sie finden wirklich, daß man die Ermittlungen in jene Richtung führen sollte?«

»Ja, Sir.«

»Völlig überzeugt?«

»Ja, Sir. Das ist die Spur, die wir verfolgen müssen.«

Der Geheime Kriminalrat entzog seinem geneigten Haupt die Stütze mit einer Plötzlichkeit, daß seine ganze Person in Anbetracht ihrer schlaffen Haltung vom Zusammenbruch bedroht war. Ganz im Gegenteil jedoch richtete er sich hellwach hinter dem großen Schreibtisch auf, auf welchen seine Hand mit dem Geräusch eines harten Schlages herabgefallen war.

»Was ich wissen möchte, ist, warum Sie das bis jetzt aus dem Gedächtnis verloren haben.«

»Aus dem Gedächtnis verloren«, wiederholte der Chefinspektor sehr langsam.

»Ja. Nämlich bis Sie hier in dieses Zimmer gerufen wurden.«

Dem Chefinspektor war, als wäre die Luft zwischen seiner Kleidung und seiner Haut unangenehm heiß geworden. Es war der Eindruck einer nie dagewesenen und unglaublichen Erfahrung.

»Natürlich«, sagte er, wobei er die Überlegung seiner Äußerung bis zu den äußersten Grenzen des Möglichen übertrieb, »wenn es da einen Grund gibt, von dem ich nichts weiß, sich mit dem Sträfling Michaelis nicht zu befassen, dann ist es vielleicht ganz gut, daß ich die Grafschaftspolizei nicht auf ihn angesetzt habe.«

Dies zu sagen nahm eine solch lange Zeit in Anspruch, daß die nicht nachlassende Aufmerksamkeit des Geheimen Kriminalrates ein Wunder an Geduld war. Seine Entgegnung kam ohne Verzug.

»Kein Grund, soweit ich weiß. Kommen Sie, Chefinspektor, diese Schlitzohrigkeiten mit mir sind Ihrerseits äußerst ungehörig – äußerst ungehörig. Und unredlich obendrein. Sie sollten mich nicht alles selbst zusammenreimen lassen. Wirklich, ich bin überrascht.«

Er machte eine Pause und setzte dann milde hinzu: »Ich muß Ihnen wohl kaum sagen, daß dieses Gespräch absolut inoffiziell ist.«

Diese Worte waren weit entfernt davon, den Chefinspektor zu besänftigen. Die Entrüstung des betrogenen Hochseilkünstlers in ihm war stark. Durch die Versicherung, an dem Seil werde nicht zu dem Zweck gerüttelt, ihm den Hals zu brechen, war er wie durch eine unverschämte Äußerung in seinem Stolz des treuen Dieners verletzt. Als würde sich da jemand fürchten! Geheime Kriminalräte kommen und gehen, doch ein wertvoller Chefinspektor ist kein ephemeres Bürophänomen. Er fürchtete sich nicht vor einem gebrochenen Hals. Daß ihm seine Vorstellung verdorben wurde, war mehr als genug, um das Beben ehrlicher Entrüstung zu erklären. Und da das Denken sich von Menschen beeindrucken läßt, nahm das Denken Chefinspektor Heats eine drohende und prophetische Gestalt an. »Du, mein Junge«, sagte er bei sich, wobei er seine runden und gewohnheitsmäßig schweifenden Augen auf das Gesicht des Geheimen Kriminalrates heftete – »du, mein Junge, du kennst deine Stellung nicht, und deine Stellung kennt dich auch nicht mehr lange, da wette ich.«

Wie als eine Antwort auf dieses Denken glitt etwas wie der Schatten eines Lächelns über die Lippen des Geheimen Kriminalrates. Seine Art war sachlich, während er hartnäckig ein weiteres Mal an dem Hochseil rüttelte.

»Kommen wir nun dazu, was Sie am Tatort entdeckt haben, Chefinspektor«, sagte er.

»Ein Narr und seine Arbeit sind schnell getrennt«, fuhr der prophetische Gedankengang im Kopf des Chefinspektors Heat fort. Doch ihm folgte unmittelbar die Überlegung, daß ein hoher Beamter, selbst wenn er »gefeuert« wird (dies war genau sein Bild), noch immer die Zeit hat, während er durch die Tür fliegt, dem Schienbein eines Untergebenen einen gemeinen Tritt zu versetzen. Ohne das basiliskengleiche Wesen seines Blickes sehr abzumindern, sagte er unbewegt:

»Zu dem Teil meiner Ermittlungen kommen wir nun, Sir.«

»Schön. Also, was haben Sie mitgebracht?«

Der Chefinspektor, der sich entschlossen hatte, von dem Hochseil herabzuspringen, kam mit düsterer Offenheit am Boden an.

»Ich habe eine Adresse mitgebracht«, sagte er, während er ohne Eile einen angesengten Lumpen aus dunkelblauem Tuch aus der Tasche zog. »Das hier gehört zu dem Überrock, den der Bursche trug, der sich selbst in Stücke gerissen hat. Natürlich könnte der Überrock nicht ihm gehört haben und auch gestohlen worden sein. Doch das ist keineswegs wahrscheinlich, wenn Sie sich das anschauen.«

Der Chefinspektor trat an den Tisch und glättete den blauen Tuchlumpen sorgfältig. Er hatte ihn von dem abstoßenden Haufen im Leichenschauhaus genommen, weil unter dem Kragen zuweilen der Name eines Schneiders zu finden ist. Er hilft nicht sehr oft weiter, aber dennoch – er hatte kaum erwartet, irgend etwas Nützliches zu finden, das jedoch hatte er gewiß nicht erwartet

– gar nicht unter dem Kragen, sondern sorgfältig in die Unterseite des Aufschlages gesteckt – ein rechteckiges Stück Kattun, auf dem mit Zeichentinte eine Adresse geschrieben stand.

Der Chefinspektor zog seine glättende Hand zurück.

»Ich habe es mitgenommen, ohne daß es jemand bemerkt hat«, sagte er. »Ich fand, das sei das beste. Es kann jederzeit beigebracht werden, sollte es gebraucht werden.«

Der Geheime Kriminalrat erhob sich ein wenig aus seinem Sessel und zog das Tuch auf seine Seite des Tisches. Schweigend saß er da und betrachtete es. Nur der Name Brett Street und die Nummer 32 waren mit Zeichentinte auf ein Stück Kattun geschrieben, das nur wenig größer war als ein gewöhnliches Zigarettenpapier. Er war wirklich überrascht.

»Verstehe ich nicht, warum er derartig etikettiert herumgelaufen ist«, sagte er und schaute zu Chefinspektor Heat hoch. »Das ist ja etwas ganz Ungewöhnliches.«

»Im Rauchzimmer eines Hotels bin ich einmal einem alten Herrn begegnet, der seinen Namen und seine Adresse in alle seine Röcke hatte nähen lassen, für den Fall, er hätte einen Unfall oder würde plötzlich krank«, sagte der Chefinspektor. »Er gab vor, 84 Jahre alt zu sein, was man ihm jedoch nicht ansah. Er erzählte mir, er habe Angst, plötzlich das Gedächtnis zu verlieren, wie jene Leute, von denen er in der Zeitung gelesen habe.«

Eine Frage des Geheimen Kriminalrates, der wissen wollte, was Brett Street Nr. 32 sei, unterbrach seine Erinnerung abrupt. Der Chefinspektor, mittels unfairer Schliche auf den Boden geschickt, hatte es vorgezogen, den Weg rückhaltloser Offenheit zu gehen. Wenn er fest glaubte, zu viel zu wissen sei nicht gut für das Dezernat, dann war kluges Zurückhalten von Wissen das weiteste, wie seine Loyalität zum Wohle des Dienstes zu gehen wagte. Wenn der Geheime Kriminalrat an der Affäre scheitern wollte, dann konnte ihn natürlich nichts daran hindern. Doch was ihn betraf, sah er nun keinen Grund für eine Demonstration von Eilfertigkeit. Und so antwortete er knapp:

»Es ist ein Laden, Sir.«

Der Geheime Kriminalrat, die Augen auf den blauen Tuchlumpen gesenkt, wartete auf weitere Informationen. Da diese nicht kamen, machte er sich daran, sie mittels einer Reihe von Fragen zu ermitteln, welche er mit sanfter Geduld stellte. Damit gelangte er zu einem Begriff von der Art von Mr. Verlocs Geschäft, seinem persönlichen Erscheinungsbild und hörte endlich auch seinen Namen. In einer Pause hob der Geheime Kriminalrat den Blick und entdeckte Leben auf dem Gesicht des Chefinspektors. Schweigend schauten sie einander an.

»Natürlich«, sagte letzterer, »hat das Dezernat keine Unterlagen über den Mann.«

»Hatte denn einer meiner Vorgänger überhaupt Kenntnis darüber, was Sie mir soeben erzählt haben?« fragte der Geheime Kriminalrat, während er die Ellbogen auf den Tisch stützte und die zusammengelegten Hände wie zum Gebet vors Gesicht hob; allein seine Augen hatten keinen frommen Ausdruck.

»Nein, Sir; natürlich nicht. Welchen Sinn hätte das gehabt? Männer wie diese könnten niemals mit Aussicht auf Erfolg öffentlich vorgestellt werden. Es genügte mir zu wissen, wer er war, und ihn auf eine Weise zu verwenden, die öffentlich genutzt werden konnte.«

»Und finden Sie, diese Art privaten Wissens steht im Einklang mit der offiziellen Stellung, die Sie bekleiden?«
»Absolut, Sir. Ich finde das ganz angemessen. Ich nehme mir die Freiheit, Ihnen, Sir, zu sagen, daß es mich zu dem macht, was ich bin – und ich werde als einer angesehen, der seine Arbeit kennt. Das hier ist meine Privatangelegenheit. Ein persönlicher Freund von mir bei der französischen Polizei gab mir den Hinweis, daß der Bursche ein Botschaftsspion sei. Private Freundschaft, private Information, die privat genutzt wird – so sehe ich das.«
Der Geheime Kriminalrat bemerkte bei sich, daß der Geisteszustand des berühmten Chefinspektors offenbar die Konturen seines Unterkiefers beeinflußte, als wäre das lebhafte Bewußtsein seiner hohen beruflichen Würde an jenem Teil seiner Anatomie ausfindig gemacht worden, und überging den Punkt dann fürs erste mit einem ruhigen »Verstehe«. Sodann lehnte er die Wange an die zusammengelegten Hände:
»Na, schön – reden wir also privat, wenn Ihnen das lieber ist – wie lange stehen Sie schon in privatem Kontakt mit diesem Botschaftsspion?«
Die private Antwort des Chefinspektors auf diese Erkundigung, die so privat war, daß sie gar nicht in hörbare Worte gefaßt wurde, lautete:
»Lange bevor man überhaupt an dich für deinen Posten hier gedacht hat.«
Die sozusagen öffentliche Äußerung war weit präziser.
»Zum ersten Mal in meinem Leben sah ich ihn vor etwas über sieben Jahren, als zwei Kaiserliche Hoheiten und der Reichskanzler auf Besuch waren. Mir war die Aufgabe übertragen worden, alle Vorkehrungen zu ihrem

Schutz zu treffen. Damals war Baron Stott-Wartenheim Botschafter. Er war ein sehr nervöser alter Herr. Eines Abends, drei Tage vor dem Bankett in der Guildhall, ließ er mich wissen, daß er mich auf einen Augenblick zu sehen wünschte. Ich war unten, und die Kutschen waren an der Tür, um die Kaiserlichen Hoheiten und den Kanzler zur Oper zu bringen. Sogleich ging ich hinauf. Ich fand den Baron in seinem Schlafgemach auf und ab gehend, die Hände zusammenpressend, in einem bedauernswürdigen Zustand der Verzweiflung vor. Er versicherte mir, er habe das vollste Vertrauen in unsere Polizei und meine Fähigkeiten, doch er habe da einen Mann, der geradewegs aus Frankreich herübergekommen sei und dessen Informationen man unbedingt trauen könne. Er wollte, daß ich mir anhörte, was der Mann zu sagen habe. Sogleich führte er mich nach nebenan in ein Ankleidezimmer, wo ich einen großen Burschen in einem schweren Überrock allein auf einem Stuhl sitzen sah, Hut und Stock in einer Hand haltend. Der Baron sagte zu ihm auf französisch: »Sprechen Sie, mein Freund.« Das Licht in jenem Raum war nicht sehr gut. Ich redete vielleicht fünf Minuten mit ihm. Er berichtete mir allerdings eine bestürzende Neuigkeit. Sodann nahm mich der Baron nervös beiseite, um ihn mir in den Himmel zu loben, und als ich mich wieder umwandte, war der Bursche wie ein Gespenst verschwunden. Vermutlich aufgestanden und über irgend eine Hintertreppe nach unten geschlichen. Es war keine Zeit mehr, hinter ihm herzulaufen, da ich dem Botschafter die große Treppe hinab nacheilen und zusehen mußte, daß die Gesellschaft sicher zur Oper abfuhr. Allerdings wurde ich noch in jener Nacht auf diese Information hin tätig. Ob sie völlig korrekt war oder nicht, jedenfalls machte sie mir einen recht ernsten Eindruck. Sehr wahrscheinlich bewahrte sie uns am Tag des kaiserlichen Besuches in der City vor schlimmem Ärger.

Einige Zeit später, ungefähr ein Monat nach meiner Beförderung zum Chefinspektor, wurde meine Aufmerksamkeit von einem großen korpulenten Mann erregt, den ich schon einmal gesehen zu haben glaubte. Er kam in großer Eile aus einem Juweliergeschäft am Strand. Ich ging ihm nach, da ich auf dem Weg zu Charing Cross war, und als ich dort einen unserer Detektive auf der anderen Straßenseite sah, winkte ich ihm hinüber, machte ihn auf den Burschen aufmerksam und gab ihm den Auftrag, ein paar Tage lang seine Schritte zu überwachen und mir dann Bericht zu erstatten. Noch am folgenden Nachmittag kehrte der Mann zurück und erzählte mir, der Bursche habe an dem Tag um 11.30 Uhr die Tochter seiner Hauswirtin auf einem Standesamt geheiratet und sei mit ihr für eine Woche nach Margate gefahren. Der Mann hatte gesehen, wie das Gepäck in der Droschke verstaut wurde. Auf einer der Taschen waren einige alte Paris-Aufkleber. Irgendwie bekam ich den Burschen nicht aus dem Kopf, und gleich das nächste Mal, als ich nach Paris mußte, sprach ich meinen Freund von der Pariser Polizei darauf an. Mein Freund sagte: ›Nach dem, was du mir erzählst, glaube ich, daß du einen ziemlich bekannten Anhänger und Emissär des Revolutionären Roten Komitees meinen mußt. Er sagt, er sei gebürtiger Engländer. Wir haben Hinweise, daß er seit etlichen Jahren Geheimagent einer der ausländischen Botschaften in London ist.‹ Dies weckte meine Erinnerung vollends. Er war der verschwundene Bursche, den ich in Baron Stott-Wartenheims Ankleidezimmer auf einem Stuhl hatte sitzen sehen. Ich sagte meinem Freund, er habe ganz recht. Ich wisse mit Sicherheit, daß der Bursche ein Geheimagent sei. Anschließend machte sich mein Freund die Mühe, die gesamten Aufzeichnungen über diesen Mann für mich herauszusuchen. Ich fand, es sei besser, alles zu wissen, was es dabei zu wissen gab; aber vermutlich wollen Sie seine Geschichte im Augenblick nicht hören, Sir.«

Der Geheime Kriminalrat schüttelte das abgestützte Haupt. »Die Geschichte Ihrer Verbindungen zu dieser nützlichen Person ist das einzige, was momentan von Bedeutung ist«, sagte er und schloß langsam die müden, tiefsitzenden Augen, um sie dann mit einem ungemein erfrischten Blick rasch wieder zu öffnen.

»Daran ist nichts Offizielles«, sagte der Chefinspektor verbittert. »Eines Abends ging ich in seinen Laden, sagte ihm, wer ich sei, und erinnerte ihn an unsere erste Begegnung. Er zuckte nicht mit den Wimpern. Er sagte, er sei nun verheiratet und habe sich niedergelassen, und das einzige, was er wolle, sei, daß man ihn in seinem kleinen Geschäft nicht störe. Ich glaubte, ihm versprechen zu können, daß er, solange er nichts offen Gewalttätiges unternehme, von der Polizei in Ruhe gelassen würde. Dies war ihm doch einiges wert, denn ein Wort von uns an die Kollegen vom Zollamt hätte genügt, daß einige der Pakete, die er aus Paris oder Brüssel bekommt, in Dover geöffnet würden, worauf mit Sicherheit die Beschlagnahmung folgte und obendrein noch vielleicht eine Strafverfolgung.«

»Das ist ein sehr bedenklicher Handel«, murmelte der Geheime Kriminalrat. »Warum hat er sich darauf eingelassen?«

Der Chefinspektor hob gelassen verächtliche Augenbrauen.

»Hat sehr wahrscheinlich eine Verbindung – Freunde auf dem Kontinent – zu Leuten, die mit solcher Ware handeln. Sie wären genau die Sorte, mit denen er verkehren würde. Dazu ist er ein fauler Hund – wie sie alle.«

»Was haben Sie als Gegenleistung für Ihren Schutz bekommen?«

Der Chefinspektor war nicht geneigt, sich über den Wert von Mr. Verlocs Diensten zu verbreiten.

»Jedem außer mir selbst würde er wenig nützen. Man muß eine Menge wissen, bis man sich einen solchen Mann zunutze machen kann. Ich kann die Hinweise verstehen, die er geben kann. Und wenn ich einen Hinweis brauche, dann kann er mich in der Regel mit einem versehen.«

Der Chefinspektor sank plötzlich in eine zurückhaltende, nachdenkliche Laune; und der Geheime Kriminalrat unterdrückte ein Lächeln bei dem flüchtigen Gedanken, daß Chefinspektor Heat seinen Ruf möglicherweise zu großen Teilen dem Geheimagenten Verloc zu verdanken habe.

»In einem größeren Rahmen des Nützlichseins haben alle unsere Leute von der Abteilung Besondere Verbrechen, die an Charing Cross und Victoria im Einsatz sind, die Anweisung, jeden, den sie mit ihm sehen, sorgfältig zu beobachten. Häufig holt er Neuankömmlinge ab und hält dann weiteren Kontakt mit ihnen. Wenn ich schnell eine Adresse brauche, kann ich sie immer von ihm bekommen. Natürlich weiß ich, wie ich mit unserem Verhältnis umzugehen habe. Ich habe ihn während der letzten zwei Jahre gerade dreimal gesprochen. Ich schicke ihm ein paar Zeilen, ohne Unterschrift, und er antwortet mir auf die gleiche Weise an meine Privatadresse.«

Von Zeit zu Zeit nickte der Geheime Kriminalrat fast unmerklich. Der Chefinspektor setzte hinzu, er glaube nicht, daß Mr. Verloc bei den prominenten Mitgliedern des Revolutionären Internationalen Rates sehr großes Vertrauen genieße, daß man ihn jedoch im allgemeinen für zuverlässig halte, daran gebe es keinen Zweifel. »Immer wenn ich von etwas Wind bekommen habe«, schloß er, »habe ich gefunden, daß er mir etwas Wissenswertes zu berichten hatte.«

Der Geheime Kriminalrat machte eine bedeutsame Bemerkung.

»Diesmal hat er Sie im Stich gelassen.«

»Aber ebenso wenig hatte ich von irgend einer anderen Seite Wind bekommen«, entgegnete Chefinspektor Heat. »Ich fragte ihn nichts, also konnte er mir auch nichts sagen. Er ist keiner unserer Leute. Schließlich steht er bei uns auch nicht im Lohn.«

»Nein«, murmelte der Geheime Kriminalrat. »Er ist ein Spion im Lohn einer ausländischen Regierung. Zu ihm könnten wir uns nie bekennen.«

»Ich muß meine Arbeit tun«, erklärte der Chefinspektor. »Wenn es sein muß, würde ich mich mit dem Teufel persönlich einlassen und die Konsequenzen tragen. Es gibt Dinge, die nicht für aller Ohren geeignet sind.«

»Ihre Vorstellung von Geheimhaltung scheint darin zu bestehen, den Chef Ihres Dezernates im dunkeln zu lassen. Das geht vielleicht doch ein wenig zu weit, nicht? Er wohnt über seinem Laden?«

»Wer – Verloc? Oh, ja. Er wohnt über seinem Laden. Die Mutter der Frau wohnt wohl bei ihnen.«

»Wird das Haus überwacht?«

»O Gott, nein. Das ginge nicht. Manche Leute, die da hinkommen, werden überwacht. Meiner Meinung nach weiß er nichts von der ganzen Geschichte.«

»Und wie erklären Sie sich das da?« Der Geheime Kriminalrat nickte in Richtung des Tuchlumpens vor sich auf dem Tisch.

»Ich erkläre es mir gar nicht, Sir. Es ist schlicht unerklärlich. Nach dem, was ich weiß, gibt es dafür keine Erklärung.« Der Chefinspektor machte diese Einräumungen mit der Offenheit eines Mannes, dessen Ruf wie auf Fels gegründet ist. »Jedenfalls nicht zum gegenwärtigen Zeitpunkt. Ich denke, der Mann, der am meisten damit zu tun hatte, wird sich als Michaelis erweisen.«

»Wirklich?«

»Jawohl, Sir; weil ich mich für alle anderen verbürgen kann.«

»Und was ist mit dem anderen Mann, der aus dem Park entwischt sein soll?«

»Der dürfte inzwischen über alle Berge sein«, versetzte der Chefinspektor.

Der Geheime Kriminalrat sah ihn streng an und erhob sich plötzlich, als habe er sich zu einer bestimmten Vorgehensweise entschlossen. Tatsächlich war er gerade in jenem Augenblick einer faszinierenden Versuchung erlegen. Der Chefinspektor hörte, wie er mit der Anweisung entlassen wurde, seinen Vorgesetzten gleich am nächsten Morgen zu einer weiteren Beratung über den Fall aufzusuchen. Er hörte mit undurchdringlicher Miene zu und ging gemessenen Schrittes aus dem Zimmer.

Was die Pläne des Geheimen Kriminalrates auch gewesen sein mochten, sie hatten nichts mit jener Schreibtischarbeit zu tun, welche aufgrund ihrer eingeschränkten Natur und des scheinbaren Mangels an Realität das Gift seiner Existenz waren. Das konnte nicht der Fall gewesen sein, sonst wären die allgemeinen Anzeichen von Lebhaftigkeit, welche den Geheimen Kriminalrat überfielen, unerklärlich gewesen. Sobald er wieder allein war, sah er sich tatendurstig nach seinem Hut um und setzte ihn auf. Nachdem er dies getan hatte, setzte er sich wieder, um die ganze Sache zu überdenken. Doch da er sich schon entschlossen hatte, dauerte es nicht sehr lange. Und noch bevor Chefinspektor Heat sehr weit auf seinem Nachhauseweg vorangekommen war, verließ auch er das Gebäude.

Siebtes Kapitel

DER Geheime Kriminalrat ging eine kurze und schmale Straße gleich einem nassen, matschigen Graben entlang, überquerte sodann eine sehr breite Verkehrsader, um darauf ein öffentliches Gebäude zu betreten, wo er den jungen Privatsekretär (unbezahlt) einer großen Persönlichkeit um eine Unterredung anging.

Dieser blonde, glatt rasierte junge Mann, dessen symmetrisch geordnetes Haar ihm das Aussehen eines großen und ordentlichen Schuljungen verlieh, begegnete dem Ersuchen des Geheimen Kriminalrates mit einem zweifelnden Blick und sprach mit angehaltenem Atem.

»Ob er Sie empfangen würde? Davon weiß ich nichts. Er ist vor einer Stunde vom Haus herübergelaufen, um mit dem ständigen Unterstaatssekretär zu reden, und nun schickt er sich an, wieder hinüberzugehen. Er hätte ihn auch kommen lassen können, aber ich nehme an, er macht es, um sich ein wenig Bewegung zu verschaffen. Das ist die einzige Bewegung, für die er während dieser Sitzungsperiode die Zeit findet. Ich kann nicht klagen; ich genieße diese kleinen Spaziergänge sehr. Er lehnt sich auf meinen Arm und macht den Mund nicht auf. Aber ich denke, er ist sehr müde und – tja – momentan nicht in der besten Stimmung.«

»Es hat mit der Greenwich-Affäre zu tun.«

»Oh! Ah! Er ist sehr böse auf Sie alle. Aber wenn Sie darauf bestehen, gehe ich einmal nachsehen.«

»Bitte. Seien Sie so nett«, sagte der Geheime Kriminalrat.

Der unbezahlte Sekretär bewunderte so viel Mut. Ein unschuldiges Gesicht aufsetzend, öffnete er die Tür und ging mit dem Selbstvertrauen eines privilegierten Kindes hinein. Sogleich erschien er auch wieder, nickte dem Geheimen Kriminalrat zu, welcher durch dieselbe, für ihn offen gelassene Tür schritt und sich mit der großen Persönlichkeit in einem großen Raum wiederfand.

Gewaltig an Masse und Statur, mit einem langen, weißen Gesicht, welches, am Sockel durch ein dickes Doppelkinn verbreitert und von einem dünnen grauen Backenbart eingerahmt, eierförmig wirkte, erschien die große Persönlichkeit als sich ausbreitender Mann. Bedauerlich vom Standpunkt eines Schneiders aus gesehen, trugen die Querfalten in der Mitte eines zugeknöpften schwarzen Rockes zu dem Eindruck bei, als wären die Befestigungsmittel des Kleidungsstückes bis zum äußersten gespannt. Vom Haupte, welches oben auf einem dicken Halse saß, schauten die Augen mit ihren aufgequollenen unteren Lidern zu beiden Seiten einer aggressiven Hakennase, edel aufragend in dem gewaltigen blassen Umfang des Gesichtes, mit hochmütiger Schwere herab. Ein schimmernder Seidenhut und ein Paar abgetragener Handschuhe, welche am Ende eines langen Tisches bereitlagen, sahen, ebenfalls ausgebreitet, riesig aus.

Er stand in großen, geräumigen Stiefeln auf dem Kaminteppich und gab kein Wort des Grußes von sich.

»Ich möchte wissen, ob das wieder der Anfang einer Dynamitkampagne ist«, fragte er sogleich mit tiefer, sehr weicher Stimme. »Bitte keine Details. Dafür habe ich keine Zeit.«

Die Gestalt des Geheimen Kriminalrates hatte vor dieser großen und bäurischen Erscheinung die zerbrechliche Schlankheit eines Schilfes, das sich an eine Eiche wendet. Und tatsächlich übertraf die ungebrochene Aufzeichnung der Abstammung jenes Mannes an Zahl der Jahrhunderte das Alter der ältesten Eiche im Lande.

»Nein. Soweit man überhaupt bei etwas sicher sein kann, kann ich Ihnen versichern, daß dies nicht der Fall ist.«

»Ja. Doch Ihre Vorstellung von Versicherungen da drüben«, sagte der große Mann und wedelte verächtlich mit der Hand zu einem Fenster hin, welches auf die breite Verkehrsader hinausging, »scheint hauptsächlich darin zu bestehen, aus dem Minister einen Narren zu machen. In eben diesem Raum hier hat man mir noch vor weniger als einem Monat versichert, daß nichts dergleichen überhaupt möglich sei.«

Der Geheime Kriminalrat blickte ruhig in die Richtung des Fensters.

»Sie werden mir die Bemerkung gestatten, Sir Ethelred, daß ich bislang nicht die Gelegenheit hatte, Ihnen Versicherungen jedweder Art zu machen.«

Die hochmütige Schwere der Augen war nun auf den Geheimen Kriminalrat gerichtet.

»Richtig«, gestand die tiefe, weiche Stimme. »Ich hatte nach Heat geschickt. Sie sind noch immer ein ziemlicher Neuling in Ihrem jetzigen Amt. Wie kommen Sie da drüben voran?«

»Ich glaube, ich lerne täglich etwas Neues.«

»Natürlich, natürlich. Ich hoffe, Sie kommen voran.«

»Danke, Sir Ethelred. Heute habe ich auch etwas gelernt, sogar noch während der letzten Stunde. An dieser

Affäre, oder was das ist, ist so vieles, was einem bei einem gewöhnlichen anarchistischen Anschlag nicht begegnet, auch wenn man sie noch so gründlich untersuchte. Deshalb bin ich hier.«

Der große Mann stemmte die Arme in die Seiten, wobei die Rücken seiner großen Hände auf den Hüften ruhten.

»Schön. Fahren Sie fort. Nur bitte keine Details. Ersparen Sie mir die Details.«

»Sie sollen nicht damit belästigt werden, Sir Ethelred«, begann der Geheime Kriminalrat mit ruhigem und unbeschwertem Selbstvertrauen. Während er redete, legten die Zeiger auf dem Zifferblatt der Uhr hinter dem Rücken des großen Mannes – ein schweres, funkelndes Ding mit massiven Schnörkeln aus dem gleichen dunklen Marmor wie der Kaminsims und mit einem gespenstischen, vergänglichen Ticken – den Zeitraum von sieben Minuten zurück. Er sprach mit sorgfältiger Treue zu einer parenthetischen Rede, in welche jedes kleine Faktum – das heißt, jedes Detail – mit wunderbarer Leichtigkeit paßte. Kein Gemurmel, nicht einmal eine Bewegung deutete eine Unterbrechung an. Die große Persönlichkeit hätte die Statue eines seiner fürstlichen Vorfahren sein können, welcher, der Kriegsrüstung eines Kreuzzüglers entkleidet, in einen schlecht sitzenden Überrock gesteckt worden war. Der Geheime Kriminalrat hatte das Gefühl, als stünde es ihm frei, eine Stunde lang zu reden. Doch er behielt klaren Kopf und brach am Ende der oben erwähnten Zeitspanne mit einer plötzlichen Schlußfolgerung ab, welche, die Eingangserklärung wiederholend, Sir Ethelred mit ihrer einleuchtenden Schnelligkeit und Kraft angenehm überraschte.

»Was uns da unter der Oberfläche dieser Affäre begegnet, ist im Grunde nicht gravierend, hier jedoch ungewöhnlich – wenigstens in dieser nämlichen Form – und erfordert ein besonderes Vorgehen.«

Der Ton Sir Ethelreds war tiefer, voller Gewißheit geworden.

»Das möchte ich meinen – wo doch der Botschafter einer fremden Macht darin verwickelt ist!«

»Oh! Der Botschafter!« protestierte der andere, aufrecht und schlank, wobei er sich gerade ein halbes Lächeln gestattete. »Es wäre dumm von mir, irgend etwas derartiges vorzubringen. Und das ist auch vollkommen unnötig, denn wenn ich mit meinen Mutmaßungen recht habe, ist es lediglich ein Detail, ob es der Botschafter oder der Torpförtner ist.«

Sir Ethelred öffnete einen großen Mund gleich einer Höhle, in welche die Hakennase unbedingt hineinspähen wollte; daraus drang ein gedämpftes grollendes Geräusch wie von einer fernen Orgel mit dem gezogenen Register spöttischer Verachtung.

»Nein! Diese Leute sind doch zu unmöglich. Was glauben die denn, hier ihre Methoden aus der Krim-Tatarei zu importieren? Ein Türke hätte mehr Anstand.«

»Sie vergessen, Sir Ethelred, daß wir streng genommen nichts Definitives wissen – noch nicht.«

»Nein! Aber wie würden Sie es definieren? Kurz?«

»Schamlose Frechheit, die auf eine Kinderei von ganz besonderer Sorte hinausläuft.«

»Wir können uns die Unschuld widerlicher kleiner Kinder nicht gefallen lassen«, sagte die große und ausgebreitete Persönlichkeit, wobei sie sich sozusagen noch etwas weiter ausbreitete. Die hochmütige Schwere seines

Blickes traf den Teppich zu Füßen des Geheimen Kriminalrates vernichtend. »In dieser Affäre brauchen die einen kräftigen Schlag auf die Finger. Wir müssen in der Lage sein – wie sind, kurz gefaßt, Ihre ungefähren Vorstellungen? Nicht nötig, in die Details zu gehen.«

»Nein, Sir Ethelred. Grundsätzlich würde ich meinen, daß die Existenz von Geheimagenten nicht geduldet werden sollte, da sie dazu neigen, die eindeutigen Gefahren des Bösen, wogegen sie eingesetzt werden, noch zu erhöhen. Daß der Spion seine Informationen als bloßen Gemeinplatz fälschen wird. Doch in der Sphäre politischer und revolutionärer Aktionen hat der Spion, wobei er teilweise auf Gewalt zurückgreift, jede Möglichkeit, schon die Fakten selbst zu fälschen, und er wird das verdoppelte Böse der Nachahmung in eine Richtung und das der Panik, der übereilten Gesetzgebung, des unüberlegten Hasses in die andere ausstreuen. Je nun, wir leben in einer unvollkommenen Welt –«

Die Erscheinung mit der tiefen Stimme auf dem Kaminteppich sagte reglos, die großen Ellbogen herausgestreckt, hastig:

»Werden Sie bitte deutlich.«

»Ja, Sir Ethelred – eine unvollkommene Welt. Daher dachte ich unmittelbar, nachdem sich mir die Natur dieser Affäre offenbarte, sie solle mit besonderer Geheimhaltung behandelt werden, und unternahm es, hierher zu kommen.«

»Sehr richtig«, stimmte die große Persönlichkeit zu, wobei sie selbstgefällig über ihr Doppelkinn hinabblickte. »Es freut mich, daß es in Ihrem Laden da drüben einen gibt, der findet, daß dem Minister hin und wieder vertraut werden könne.«

Der Geheime Kriminalrat lächelte belustigt. »Ich dachte eigentlich, daß es zu diesem Zeitpunkt besser sein könnte, wenn man Heat ersetzen könnte –«

»Was! Heat? Ein Esel – wie?« rief der große Mann mit ausgeprägter Feindseligkeit aus.

»Keineswegs. Bitte, Sir Ethelred, legen Sie nicht diese ungerechte Interpretation in meine Bemerkungen.«

»Was dann? Ein Schlaumeier?«

»Auch nicht – jedenfalls nicht in der Regel. Alle Grundlagen meiner Mutmaßungen habe ich von ihm. Das einzige, was ich selbst herausgefunden habe, ist, daß er sich den Mann privat zunutze gemacht hat. Wer könnte ihm das verdenken? Er ist ein alter Polizeihase. Er sagte mir praktisch, er brauche Werkzeug zum Arbeiten. Dann kam mir in den Sinn, daß dieses Werkzeug dem Dezernat für Besondere Verbrechen als Ganzem überlassen werden sollte, anstatt im Privatbesitz von Chefinspektor Heat zu verbleiben. Ich erweiterte mein Verständnis von den Pflichten unseres Dezernates auf die Abschaffung des Geheimagenten. Doch Chefinspektor Heat ist ein alter Dezernatshase. Er würde mich beschuldigen, seine Moral zu pervertieren und seine Tüchtigkeit anzugreifen. Er wäre verbittert und würde es als auf die Verbrecherklasse der Revolutionäre ausgeweitete Protektion begreifen. Genau das würde es für ihn bedeuten.«

»Ja, aber was meinen Sie?«

»Ich meine erstens, daß es nur ein schwacher Trost ist, erklären zu können, daß irgend eine Gewalttat – Sachbeschädigung oder Vernichtung von Leben – gar nicht das Werk des Anarchismus ist, sondern von etwas völlig anderem – von einer Abart des autorisierten Schurkentums. Dieses kommt, glaube ich, viel häufiger vor, als wir meinen. Sodann ist es offensichtlich, daß die Existenz dieser Leute im Lohn ausländischer Regierungen in gewissem Maße die Wirksamkeit unserer Überwachung zerstört. Ein solcher Spion kann es sich leisten, dreister zu sein als der dreisteste Verschwörer. Seine Tätigkeit ist frei von allen Beschränkungen. Er hat so wenig Glauben, wie für eine vollkommene Negation nötig ist, und so wenig Gesetz, wie in der Gesetzlosigkeit enthalten ist. Drittens: Die Existenz dieser Spione unter den revolutionären Gruppen, die hier zu beherbergen wir getadelt werden, beseitigt jegliche Gewißheit. Vor einiger Zeit haben Sie von Chefinspektor Heat eine beruhigende Erklärung erhalten. Diese war keinesfalls grundlos – und dennoch passiert diese Episode. Ich nenne es eine Episode, weil diese Affäre, das wage ich zu behaupten, episodisch ist; sie ist nicht Teil eines großen Planes, wie wahnsinnig auch immer. Gerade die Eigentümlichkeiten, die Chefinspektor Heat überraschen und verwirren, begründen in meinen Augen ihren Charakter. Ich übergehe die Details, Sir Ethelred.«

Die Persönlichkeit hatte mit tiefer Aufmerksamkeit zugehört.

»Ganz recht. Seien Sie so konzis, wie Sie können.«

Der Geheime Kriminalrat teilte mittels einer ernsten, achtungsvollen Geste mit, daß er darauf bedacht sei, konzis zu sein.

»In der Durchführung dieser Affäre liegt eine eigentümliche Dummheit und Kraftlosigkeit, welche mir die außerordentliche Hoffnung gibt, dahinter zu kommen und dort etwas anderes als eine einzelne Ausgeburt des Fanatismus zu finden. Denn zweifellos handelt es sich um eine geplante Sache. Der eigentliche Übeltäter wurde offenbar an der Hand zum Ort geführt und sodann schleunigst sich selbst überlassen. Daraus läßt sich folgern, daß er zu dem Zwecke aus dem Ausland eingeführt wurde, diese Gewalttat zu verüben. Gleichzeitig wird man zu dem Schluß gezwungen, daß er nicht genug Englisch konnte, um nach dem Weg zu fragen, es sei denn, man wollte sich die phantastische Theorie zu eigen machen, er sei taubstumm. Nun frage ich mich – doch das ist müßig. Offenkundig hat er sich durch Zufall selbst vernichtet. Kein außergewöhnlicher Zufall. Doch ein außergewöhnlicher kleiner Umstand bleibt bestehen: Auch die Adresse auf seiner Kleidung wurde durch den reinsten Zufall entdeckt. Es ist ein unglaublicher kleiner Umstand, so unglaublich, daß man mit der Erklärung dessen, was dafür verantwortlich ist, dieser Affäre zwangsläufig auf den Grund kommt. Anstatt Heat anzuweisen, mit diesem Fall fortzufahren, ist es meine Absicht, persönlich nach dieser Erklärung zu forschen – allein, meine ich –, wo sie zu erhalten sein dürfte. Nämlich in einem gewissen Laden in der Brett Street und aus dem Munde eines gewissen Geheimagenten, der einmal der vertrauliche und vertraute Spion des verstorbenen Barons Stott-Wartenheim war, des Botschafters einer Großmacht am Hofe von St. James.«

Der Geheime Kriminalrat machte eine Pause und setzte dann hinzu: »Diese Burschen sind eine wahre Pest.«
Um seinen schweren Blick auf das Gesicht des Sprechers zu heben, neigte die Persönlichkeit auf dem Kaminteppich den Kopf immer weiter zurück, was ihm den Eindruck außergewöhnlichen Hochmuts verlieh.

»Warum überlassen Sie das nicht Heat?«
»Weil er ein alter Dezernatshase ist. Die haben ihre

eigene Moral. Meine Untersuchungsmethode erschiene ihm als eine schreckliche Verkehrung der Pflicht. Für ihn besteht Pflicht schlicht darin, die Schuld so vielen prominenten Anarchisten wie nur möglich anzulasten, und das auf ein paar leise Andeutungen hin, die er im Verlauf seiner Ermittlungen am Tatort aufgelesen hat, während ich, wie er sagen würde, die feste Absicht verfolge, ihre Unschuld zu verteidigen. Ich versuche, so verständlich zu sein, wie ich kann, wenn ich Ihnen diese obskure Angelegenheit ohne Details vermittle.«

»So so, das würde er sagen?« murmelte das stolze Haupt Sir Ethelreds von seiner hohen Erhabenheit herab.

»Leider ja – mit einer Entrüstung und einem Abscheu, wovon Sie oder ich uns keinen Begriff machen. Er ist eine hervorragende Kraft. Wir dürfen seine Loyalität nicht zu großem Druck aussetzen. Das ist immer ein Fehler. Zudem möchte ich freie Hand – eine freiere Hand, als die Chefinspektor Heat zu geben wohl ratsam wäre. Ich habe nicht den leisesten Wunsch, diesen Verloc zu schonen. Ich könnte mir denken, daß er äußerst verblüfft darüber sein wird, daß ihm seine Verbindung mit dieser Affäre, was sie auch sein mag, so schnell nachgewiesen worden ist. Ihm Angst einzujagen wird nicht sehr schwierig sein. Doch unser wahres Ziel liegt irgendwo hinter ihm. Ich möchte, daß Ihre Behörde ihm eine Zusicherung persönlicher Unversehrtheit gibt, wie ich sie für angemessen halte.«

»Gewiß«, sagte die Persönlichkeit auf dem Kaminteppich. »Finden Sie so viel heraus, wie Sie können; finden Sie es auf Ihre Art heraus.«

»Ich muß mich ohne Zeitverlust daranmachen, noch heute abend«, sagte der Geheime Kriminalrat.

Sir Ethelred verlagerte eine Hand unter seine Rockschöße, warf den Kopf zurück und schaute ihn unverwandt an.

»Heute abend haben wir eine Spätsitzung«, sagte er. »Kommen Sie mit Ihren Entdeckungen ins Unterhaus, wenn wir noch nicht nach Hause gegangen sind. Ich sage Toodles, er soll nach Ihnen Ausschau halten. Er bringt Sie dann in mein Zimmer.«

Die vielköpfige Familie und die verzweigten Verbindungen des jugendlich wirkenden Privatsekretärs nährten für ihn die Hoffnung auf eine ernste und gehobene Bestimmung. Unterdessen beliebte es der gesellschaftlichen Sphäre, welche er in seinen Mußestunden schmückte, ihn unter obigem Spitznamen zu hätscheln. Und Sir Ethelred, welcher ihn tagtäglich (zumeist zur Frühstückszeit) von den Lippen seiner Frau hörte, hatte ihm die Würde grimmiger Adoption gewährt.

Der Geheime Kriminalrat war außerordentlich überrascht und befriedigt.

»Gewiß werde ich mit meinen Entdeckungen für den Fall, daß Sie Zeit haben, ins Unterhaus kommen –«

»Ich werde keine Zeit haben«, unterbrach ihn die große Persönlichkeit. »Doch ich werde Sie sehen. Auch jetzt habe ich keine Zeit – und Sie gehen selbst?«

»Ja, Sir Ethelred. Ich denke, das ist das Beste.«

Die Persönlichkeit hatte den Kopf so weit nach hinten gereckt, daß sie, um den Geheimen Kriminalrat weiterhin beobachten zu können, fast die Augen schließen mußte.

»Hm. Ha! Und wie gedenken Sie – werden Sie sich verkleiden?«

»Nicht gerade verkleiden! Natürlich werde ich mich umziehen.«

»Natürlich«, wiederholte der große Mann mit einer Art geistesabwesender Erhabenheit. Langsam drehte er den großen Kopf und warf einen hochmütigen, schrägen Blick auf den gewichtigen marmornen Zeitmesser mit dem schlauen, schwächlichen Ticken. Die vergoldeten Zeiger hatten die Gelegenheit ergriffen, sich hinter seinem Rücken durch nicht weniger als fünfundzwanzig Minuten zu stehlen.

Der Geheime Kriminalrat, welcher sie nicht sehen konnte, wurde in dieser Pause ein wenig nervös. Doch der Mann bot ihm ein ruhiges Gesicht dar.

»Sehr schön«, sagte er und machte eine Pause wie in bewußter Verachtung der behördlichen Uhr. »Doch was hat Sie als erstes in diese Richtung gebracht?«

»Ich war immer dieser Ansicht«, begann der Geheime Kriminalrat.

»Ah, ja! Ansicht. Aber natürlich. Doch der unmittelbare Beweggrund?«

»Was soll ich da sagen, Sir Ethelred? Der Antagonismus eines Neuen gegenüber alten Methoden. Das Verlangen, etwas aus erster Hand zu erfahren. Etwas Ungeduld. Es ist meine alte Arbeit, nur der Gang ist anders. Er hat mich an der einen oder anderen empfindlichen Stelle ein wenig aus dem Tritt gebracht.«

»Ich hoffe, Sie kommen da voran«, sagte der große Mann freundlich, während er die Hand ausstreckte, weich fühlte sie sich an, doch auch breit und mächtig wie die Hand eines veredelten Landmannes. Der Geheime Kriminalrat schüttelte sie und zog sich zurück.

Im Vorzimmer trat Toodles, welcher auf dem Rand eines Tisches hockend gewartet hatte, ihm entgegen, wobei er seinen natürlichen Elan bezähmte.

»Nun? Zufrieden?« fragte er mit affektierter Wichtigkeit.

»Vollkommen. Sie haben sich meine unsterbliche Dankbarkeit verdient«, antwortete der Geheime Kriminalrat, dessen langes Gesicht gegenüber der eigenartigen Feierlichkeit auf dem Gesicht des anderen, welches beständig darauf wartete, in Gelächter und Gekicher auszubrechen, hölzern wirkte.

»Schon in Ordnung. Aber im Ernst, Sie können sich nicht vorstellen, wie gereizt er wegen der Attacken auf sein Gesetz zur Verstaatlichung der Fischerei ist. Sie nennen es den Anfang der sozialen Revolution. Natürlich ist es eine revolutionäre Maßnahme. Doch diese Kerle haben keinen Anstand. Die persönlichen Attacken –«

»Ich lese Zeitung«, bemerkte der Geheime Kriminalrat.

»Scheußlich, wie? Und Sie haben ja keine Ahnung, welche Massen er Tag für Tag durcharbeiten muß. Er macht alles alleine. Kann bei dieser Fischerei offenbar keinem trauen.«

»Und dennoch hat er sich für die Betrachtung meines ganz kleinen Fisches eine halbe Stunde genommen«, warf der Geheime Kriminalrat ein.

»Klein? Wirklich? Das freut mich zu hören. Schade aber, daß Sie dann nicht weggeblieben sind. Dieser Kampf nimmt ihn schrecklich mit. Der Mann erschöpft sich dabei. Das spüre ich an der Art, wie er sich auf meinen Arm stützt, wenn wir hinübergehen. Und ist er denn auf der Straße sicher? Heute nachmittag ist Mullins mit seinen Männern hierhermarschiert. An jedem Laternenpfahl haben sie einen Konstabler aufgestellt, und jeder zweite Mensch, dem wir zwischen hier und Palace

Yard begegnen, ist unverkennbar ein Kriminaler. Das geht ihm bald auf die Nerven. Aber diese ausländischen Schurken werfen doch etwa nichts nach ihm – oder? Das wäre eine nationale Katastrophe. Das Land kann nicht auf ihn verzichten.«

»Ganz zu schweigen von Ihnen. Er stützt sich doch auf Ihren Arm«, meinte der Geheime Kriminalrat nüchtern. »Sie würden beide weg sein.«

»Das wäre für einen jungen Mann ein einfacher Weg, in die Geschichte einzugehen. So viele britische Minister wurden auch wieder nicht Opfer eines Attentates, als daß es ein kleinerer Zwischenfall wäre. Aber jetzt im Ernst –«

»Ich fürchte, wenn Sie in die Geschichte eingehen wollen, dann werden Sie schon etwas dafür tun müssen. Im Ernst, für Sie beide besteht keinerlei Gefahr, es sei denn durch Überarbeitung.«

Der wohlwollende Toodles nahm diese Eröffnung zum Anlaß für ein Kichern.

»Die Fischerei bringt mich nicht um. Ich bin Überstunden gewöhnt«, erklärte er mit argloser Leichtfertigkeit. Doch sogleich verspürte er Schuldgefühle und nahm eine Miene staatsmännischer Melancholie an, wie man einen Handschuh überstreift. »Sein enormer Intellekt wird jede beliebige Menge Arbeit aushalten. Aber um seine Nerven fürchte ich. Die reaktionäre Bande mit diesem beleidigenden Grobian Cheeseman an der Spitze, die beschimpfen ihn jeden Abend.«

»Wenn er auch darauf beharrt, eine Revolution anzufangen!« murmelte der Geheime Kriminalrat.

»Die Zeit ist reif, und er ist der einzige, der für diese Arbeit groß genug ist«, protestierte der revolutionäre Toodles unter dem ruhigen, forschenden Blick des Geheimen Kriminalrates aufbrausend. Irgendwo in einem Korridor bimmelte dringlich eine ferne Klingel, und bei dem Klang spitzte der junge Mann mit eifriger Wachsamkeit die Ohren. »Er ist jetzt gehbereit«, rief er flüsternd aus, schnappte sich seinen Hut und verschwand aus dem Zimmer.

Der Geheime Kriminalrat ging auf weniger elastische Weise durch eine andere Tür hinaus. Erneut überquerte er die breite Verkehrsader, ging durch eine schmale Straße und betrat eilig sein Dezernatsgebäude. Diesen beschleunigten Gang behielt er bis an die Tür seines Privatzimmers bei. Noch bevor er sie richtig geschlossen hatte, suchte sein Blick den Schreibtisch. Einen Augenblick lang stand er still, trat dann heran, schaute sich auf dem ganzen Fußboden um, setzte sich auf seinen Stuhl, klingelte und wartete.

»Chefinspektor Heat schon gegangen?«

»Jawohl, Sir. Ist vor einer halben Stunde weg.«

Er nickte. »Es ist gut.« Und wie er so ruhig dasaß, den Hut aus der Stirn geschoben, dachte er, daß es Heats Dreistigkeit ähnlich sah, das einzige stoffliche Beweisstück still und leise mitzunehmen. Doch er dachte dies ohne Feindseligkeit. Alte und geschätzte Diener nehmen sich Freiheiten heraus. Das Stück Überrock mit der eingenähten Adresse war jedenfalls nichts, was man herumliegen ließ. Diese Manifestation von Chefinspektor Heats Mißtrauen aus seinen Gedanken vertreibend, schrieb und versandte er eine Notiz an seine Frau, worin er sie beauftragte, ihn bei Michaelis' großer Dame, bei welcher sie an jenem Abend zum Diner verabredet waren, zu entschuldigen.

Das kurze Jackett und der flache, runde Hut, welche er

in einer Art Alkoven mit Vorhang, hinter dem es einen Waschtisch, eine Reihe Holzpflöcke und ein Regalbrett gab, anlegte, brachten die Länge seines ernsten, braunen Gesichtes wunderbar zur Geltung. Er trat in das volle Licht des Zimmers zurück und sah nun mit seinen tiefsitzenden Augen des dunklen Enthusiasten und seiner sehr bedachtsamen Miene wie die Vision eines kühlen, nachdenklichen Don Quichote aus. Gleich einem unauffälligen Schatten verließ er rasch die Szene seiner täglichen Arbeit. Sein Abstieg auf die Straße war wie der Abstieg in ein matschiges Aquarium, aus dem das Wasser abgelassen worden war. Eine trübe, düstere Feuchtigkeit umhüllte ihn. Die Hauswände waren naß, der Schmutz des Fahrweges glitzerte mit einem phosphoreszierenden Effekt, und als er aus einer schmalen Straße neben dem Bahnhof Charing Cross auf den Strand trat, nahm der Genius loci ihn in sich auf. Er hätte ebensogut auch einer der wunderlichen ausländischen Vögel sein können, welche man dort des Abends um die dunklen Ecken huschen sehen kann.

Am äußersten Rand des Trottoirs blieb er stehen und wartete. Seine geübten Augen hatten in den wirren Bewegungen aus Licht und Schatten, welche auf dem Fahrweg strömten, das kriechende Nahen eines Hansom gewahrt. Er machte kein Zeichen; doch als die niedere Trittstufe, den Bordstein entlanggleitend, an seine Füße kam, sprang er vor dem großen, sich drehenden Rad geschickt hinein und sprach durch die kleine Klapptür, fast noch bevor der Mann, welcher von seinem Hochsitz aus gleichgültig nach vorn schaute, bemerkt hatte, daß ein Fahrgast eingestiegen war.

Es war keine lange Fahrt. Sie endete abrupt per Signal,

nirgendwo im besonderen, zwischen zwei Laternenpfählen vor einem großen Tuchgeschäft — eine lange Reihe Läden, welche schon mit Wellblechplatten für die Nacht verschlossen waren. Eine Münze durch die Klapptür reichend, glitt der Fahrgast hinaus und davon, wodurch er bei dem Fahrer den Eindruck einer unheimlichen, exzentrischen Geisterhaftigkeit hinterließ. Doch die Größe der Münze fühlte sich zufriedenstellend an, und da seine Bildung keine literarische war, blieb er unbelästigt von der Furcht, daß sie sich in seiner Tasche plötzlich in ein totes Blatt verwandelte. Durch die Natur seines Berufes über die Welt der Fahrgäste erhoben, betrachtete er ihr Treiben mit begrenztem Interesse. Die scharfe Kehrtwendung seines Pferdes drückte seine Philosophie aus.

Unterdessen gab der Geheime Kriminalrat schon seine Bestellung bei dem Kellner eines kleinen italienischen Restaurants an der Ecke auf – einer jener Fallen für die Hungrigen, lang und schmal, angelockt von einer Spiegelflucht und weißem Tischzeug; ohne Luft, jedoch mit einer ganz eigenen Atmosphäre — einer Atmosphäre betrügerischer Kochkunst, welche eine gemeine Menschheit in dem drängendsten ihrer elenden Bedürfnisse verspottete. In dieser unmoralischen Atmosphäre schien der Geheime Kriminalrat, während er so über sein Unternehmen sinnierte, noch mehr von seiner Identität einzubüßen. Er hatte ein Gefühl der Einsamkeit, von schlimmer Freiheit. Es war ziemlich angenehm. Als er, nachdem er für sein kurzes Mahl bezahlt hatte, aufstand und auf das Wechselgeld wartete, sah er sich in der Glasscheibe und war verblüfft über seine ausländische Erscheinung. Er betrachtete sein Ebenbild mit einem melancholischen und neugierigen Blick und schlug dann in einer plötzlichen Eingebung den Kragen seines Jacketts hoch. Dieses Arrangement erschien ihm löblich, und er vervollkommnete es, indem er die Spitzen seines schwarzen Schnurrbartes nach oben zwirbelte. Er war zufrieden mit der feinen Modifizierung seines persönlichen Äußern, welche durch diese kleinen Veränderungen eingetreten war. »Das ist sehr gut so«, dachte er. »Ich werde ein wenig naß, ein wenig bespritzt —«

Er wurde sich des Kellners an seinem Ellbogen bewußt und eines kleinen Häufchens Silbermünzen an der Kante des Tisches vor ihm. Der Kellner hatte ein Auge darauf, während das andere dem langen Rücken eines großen, nicht sehr jungen Mädchens folgte, welches an einen entfernten Tisch trat und absolut blind und vollkommen unnahbar wirkte. Sie schien Stammgast zu sein.

Beim Hinausgehen machte der Geheime Kriminalrat bei sich die Bemerkung, daß die Gäste des Lokales mit ihrer häufigen Inanspruchnahme der betrügerischen Kochkunst ihre sämtlichen nationalen und privaten Eigenarten verloren hatten. Und das war seltsam, da das italienische Restaurant eine besonders britische Einrichtung ist. Doch diese Leute waren so entnationalisiert wie die Gerichte, welche mit allen Merkmalen ungeprägten Anstandes vor sie hingestellt wurden. Auch ihre Persönlichkeit war in keiner Weise ausgeprägt, weder beruflich noch gesellschaftlich noch rassisch. Sie schienen wie geschaffen für das italienische Restaurant, es sei denn, das italienische Restaurant wäre wohl noch für sie geschaffen worden. Doch letztere Hypothese war undenkbar, da man sie außerhalb jener besonderen Etablissements nirgendwo einordnen konnte. Nie begegnete man diesen rätselhaften Menschen anderswo. Es war unmöglich, sich eine genaue Vorstellung davon zu machen, welchen Beschäftigungen sie am Tage nachgingen und wo sie des Nachts zu Bett gingen. Und auch er selbst war nicht mehr einzuordnen. Jedermann wäre es unmöglich gewesen, seine Beschäftigung zu erraten. Was das Zubettgehen betraf, so herrschten bei ihm selbst Zweifel. Sicher nicht hinsichtlich des Domizils selbst, sehr starke dagegen bezüglich der Zeit, nach der er dorthin würde zurückkehren können. Ein angenehmes Gefühl der Unabhängigkeit ergriff von ihm Besitz, als er die Glastüren mit einem gewissermaßen unvollkommenen, dumpfen Schlag hinter sich zuschwingen hörte. Sogleich trat er in eine Unendlichkeit aus fettigem Schleim und feuchtem Putz, dazwischen Lampen eingestreut, umhüllt, erdrückt, durchdrungen, gewürgt und erstickt von der Schwärze einer nassen Londoner Nacht, welche aus Ruß und Wassertropfen gebildet ist.

Die Brett Street lag nicht weit entfernt. Schmal zweigt sie ab von der Seite eines offenen dreieckigen Platzes, welcher umgeben ist von dunklen und mysteriösen Häusern, Tempeln des Kleinhandels, für die Nacht von Händlern entleert. Lediglich ein Früchtestand an der Ecke gab ein gewaltiges Lodern aus Licht und Farbe von sich. Dahinter war alles schwarz, und die wenigen Menschen, welche in diese Richtung gingen, verschwanden mit einem Schritt weg von den leuchtenden Haufen aus Orangen und Zitronen. Keine Tritte hallten. Nie wieder würde man sie hören. Der abenteuerlustige Chef des Dezernats für Besondere Verbrechen betrachtete dieses Verschwinden mit interessiertem Blick aus einiger Distanz. Das Herz war ihm leicht, als wäre er in einem

Dschungel viele Tausende von Meilen von Dezernatschreibtischen und behördlichen Tintenfässern entfernt ganz allein in einen Hinterhalt geraten. Diese Freudigkeit und Gedankenzerstreuung vor einer Aufgabe von einiger Bedeutung scheint zu beweisen, daß diese unsere Welt denn doch keine ganz so ernste Angelegenheit ist. Denn der Geheime Kriminalrat neigte von Natur aus nicht zu Leichtfertigkeit.

Der Polizist auf seiner Runde projizierte seine düstere und vorrückende Gestalt auf die strahlende Pracht der Orangen und Zitronen und betrat ohne Hast die Brett Street. Der Geheime Kriminalrat hielt sich, als wäre er ein Angehöriger der Verbrecherklasse, außer Sicht und erwartete seine Rückkehr. Doch dieser Konstabler schien für die Polizeimacht auf immer verloren. Er kehrte nicht zurück: mußte die Brett Street am anderen Ende verlassen haben.

Als der Geheime Kriminalrat zu dieser Schlußfolgerung kam, betrat er seinerseits die Straße und traf auf einen großen Lieferwagen, welcher vor den schwachbeleuchteten Fensterscheiben des Speisehauses eines Fuhrmannes abgestellt war. Der Mann stärkte sich drinnen, während die Pferde, die großen Köpfe zu Boden gesenkt, gleichförmig aus Futterbeuteln fraßen. Ein Stück weiter, auf der anderen Straßenseite, drang ein weiterer verdächtiger matter Lichtstrahl aus Mr. Verlocs Schaufenster, das mit Papier verhangen war und von verschwommenen Stapeln aus Pappschachteln und der Form von Büchern wogte. Der Geheime Kriminalrat beobachtete es von der anderen Fahrwegseite aus. Es war kein Irrtum möglich. An der Seite des Schaufensters, verstellt von den Schatten unbestimmter Gegenstände, ließ die Tür, die angelehnt war, von drinnen einen dünnen, klaren Gaslichtstrahl aufs Pflaster entweichen.

Der Wagen und die Pferde hinter dem Geheimen Kriminalrat, zu einer einzigen Masse verbunden, wirkten wie etwas Lebendiges – ein vierschrötiges schwarzes Ungeheuer, welches die halbe Straße versperrte, plötzlich eisenbeschlagen aufstampfte, heftig rasselte und schwer schnaufend aufseufzte. Dem anderen Ende der Brett Street wandte sich jenseits einer breiten Straße das derb lustige, unheilvoll grelle Leuchten eines großen und prosperierenden Wirtshauses zu. Diese Barriere aus funkelnden Lichtern, welche sich den Schatten entgegenstellte, die um das bescheidene Heim von Mr. Verlocs häuslichem Glück versammelt waren, schien die Dunkelheit der Straße auf sie selbst zurückzuwerfen, sie noch düsterer, brütender, finsterer zu machen.

Achtes Kapitel

NACHDEM Mrs. Verlocs Mutter das kühle Interesse mehrerer Schankwirte (die einstmaligen Bekannten ihres seligen, unglücklichen Gatten) durch hartnäckiges Flehen wenigstens etwas erwärmt hatte, hatte sie sich endlich die Aufnahme in gewisse Armenhäuser gesichert, welche von einem wohlhabenden Gastwirt für die mittellosen Witwen des Gewerbes gegründet worden waren.

Dieses Ziel, ersonnen in der Schlauheit ihres unruhigen Herzens, hatte die alte Frau mit Heimlichkeit und Entschlossenheit verfolgt. Es war zu jener Zeit, da ihre Tochter Winnie sich eine Bemerkung gegenüber Mr. Verloc nicht verkneifen konnte, daß »Mutter vergangene Woche fast täglich eine halbe Krone und fünf Shilling für Droschkenfahrten ausgegeben hat«. Doch die Bemerkung war nicht unwirsch. Winnie respektierte die Gebrechen ihrer Mutter. Sie war nur etwas verblüfft über diese plötzliche Manie für Ortsveränderungen. Mr. Verloc, welcher auf seine Art genügend großmütig war, hatte die Bemerkung ungeduldig knurrend weggewischt, da sie mit seinen Betrachtungen kollidierte. Diese waren häufig, tief und lange; sie drehten sich um eine Angelegenheit, welche wichtiger als fünf Shilling war. Entschieden wichtiger und unvergleichlich schwieriger, sie in all ihren Aspekten mit philosophischer Heiterkeit zu bedenken.

Nachdem sie ihr Ziel mit schlauer Verschwiegenheit erreicht hatte, hatte es die heroische alte Dame gegenüber

Mrs. Verloc rundheraus bekannt. Ihre Seele triumphierte und ihr Herz bebte. Innerlich zitterte sie, weil sie den ruhigen, verschlossenen Charakter ihrer Tochter Winnie, dessen Unleidlichkeit durch mannigfaltiges schreckliches Schweigen noch verdoppelt wurde, fürchtete und bewunderte. Doch ließ sie es nicht zu, daß ihre inneren Befürchtungen sie des Vorteils ehrwürdiger Bedachtsamkeit beraubten, welche ihrer äußeren Person durch ihr Dreifachkinn, die fließende Weitläufigkeit ihrer betagten Gestalt und den hinfälligen Zustand ihrer Beine verliehen war.

Der Schock der Nachricht kam so unvermittelt, daß Mrs. Verloc entgegen ihrer sonstigen Gewohnheit die häusliche Tätigkeit, mit welcher sie beschäftigt war, unterbrach. Es war das Abstauben der Möbel in der Stube hinter dem Laden. Sie drehte ihrer Mutter den Kopf zu.

»Wozu in aller Welt wolltest du denn das?« rief sie in verärgertem Erstaunen aus.

Der Schock muß schwer gewesen sein, da er sie von der zurückhaltenden und unneugierigen Hinnahme von Gegebenheiten, welche ihr Stärke und Schutz im Leben war, abweichen ließ.

»Hat man es dir hier nicht bequem genug gemacht?«

Sie war in diese Erkundigungen abgeglitten, doch im nächsten Augenblick schon rettete sie die Konsequenz ihres Verhaltens, indem sie sich wieder dem Abstauben zuwandte, während die alte Frau verängstigt und stumm unter ihrer schmutzig-weißen Haube und der glanzlosen dunklen Perücke dasaß.

Winnie beendete den Sessel und fuhr mit dem Staubwedel das Mahagoni am Rücken des Roßhaarsofas entlang, auf welchem Mr. Verloc sich gern in Hut und

Überrock ausruhte. Sie war auf ihre Arbeit konzentriert, doch nun gestattete sie sich eine weitere Frage.

»Wie in aller Welt hast du das nur geschafft, Mutter?«

Da diese Frage das Innere der Dinge, welches zu ignorieren Mrs. Verlocs Prinzip war, nicht berührte, war diese Neugier verzeihlich. Sie bezog sich lediglich auf die Methoden. Die alte Frau nahm sie bereitwillig auf, da sie etwas vorbrachte, worüber mit viel Ehrlichkeit geredet werden konnte.

Sie gewährte ihrer Tochter eine erschöpfende Antwort voller Namen und bereichert mit Nebenbemerkungen über den Zahn der Zeit, wahrgenommen in der Veränderung menschlicher Antlitze. Die Namen waren vornehmlich diejenigen von Schankwirten – »die Freunde des armen Papa, mein Kind«. Mit besonderer Würdigung verbreitete sie sich über die Freundlichkeit und Gewogenheit eines großen Brauers, eines Barons und Mitgliedes des Parlaments, des Vorsitzenden des Direktoriums der Wohlfahrt. Sie fand so warme Worte, weil man ihr gestattet hatte, nach Vereinbarung seinen Privatsekretär zu sprechen – »ein sehr höflicher Herr, ganz in Schwarz, mit einer sanften, traurigen Stimme, aber ganz furchtbar schmal und ruhig. Er war wie ein Schatten, mein Kind.«

Winnie dehnte ihre Entstaubungsverrichtung aus, bis die Erzählung zu Ende erzählt war, und ging dann in ihrer üblichen Art und ohne die leiseste Anmerkung aus der Stube in die Küche (zwei Stufen hinab).

Mrs. Verlocs Mutter vergoß einige Tränen zum Zeichen ihrer Freude über die Sanftmut ihrer Tochter in dieser schrecklichen Angelegenheit und ließ ihrer Schlauheit bezüglich der Möbel freien Lauf, zumal sie ihr gehörten; und manchmal wünschte sie sich, dem sei nicht so.

Heldentum ist gut und schön, doch es gibt Umstände, da kann die Verfügungsgewalt über ein paar Tische und Stühle, Bettstätten aus Messing und so weiter ferne und katastrophale Folgen zeitigen. Einige Stücke brauchte sie selbst, da die Stiftung, welche sie nach vielem beharrlichen Flehen an die wohltätige Brust gedrückt hatte, den Objekten ihrer Sorge nichts als nackte Dielen und billig tapezierte Backsteine gab. Das Feingefühl, welches ihre Wahl auf die wertlosesten und schäbigsten Gegenstände gelenkt hatte, fand keine Anerkennung, weil Winnies Philosophie darin bestand, das Wesentliche von Tatsachen nicht zur Kenntnis zu nehmen; sie vermutete, die Mutter nehme das, was ihr am besten paßte. Was Mr. Verloc betraf, so isolierte ihn sein intensives Nachdenken gleich einer Art Chinesischer Mauer völlig von den Phänomenen dieser Welt der vergeblichen Bemühungen und trügerischen Erscheinungen.

Nachdem sie ihre Wahl getroffen hatte, wurde die Verfügung des Restes auf eigenartige Weise zu einer verwirrenden Frage. Natürlich ließ sie ihn in der Brett Street zurück. Doch sie hatte ja zwei Kinder. Winnie war durch ihre vernünftige Verbindung mit jenem hervorragenden Gatten, Mr. Verloc, versorgt. Stevie war mittellos – und ein wenig wunderlich. Seine Stellung mußte vor den Forderungen der gesetzlichen Billigkeit und selbst der Stimme der Vorliebe berücksichtigt werden. Der Besitz der Möbel würde keineswegs eine Vorsorge darstellen. Eigentlich sollte er sie bekommen – der arme Junge. Sie ihm jedoch zu geben, würde bedeuten, sich an seiner Stellung völliger Abhängigkeit zu schaffen machen. Es war ein Anspruch, welchen zu schwächen sie sich fürchtete. Zudem würden Mr. Verlocs Empfindlichkeiten es nicht ertragen, seinem Schwager der Stühle wegen, auf denen er saß, verpflichtet zu sein. In ihrer langen Erfahrung mit männlichen Logiergästen hatte Mrs. Verlocs Mutter einen düsteren, aber resignierten Eindruck von der phantastischen Seite der menschlichen Natur gewonnen. Was wäre, wenn Mr. Verloc es sich plötzlich in den Kopf setzte, Stevie zu sagen, er solle sein verflixtes Zeug woanders aufstellen? Andererseits könnte eine Aufteilung, wie sorgsam auch vorgenommen, für Winnie ein Grund zum Ärgernis sein. Nein, Stevie mußte mittellos und abhängig bleiben. Und als sie dann im Begriff stand, die Brett Street zu verlassen, hatte sie zu ihrer Tochter gesagt: »Hat keinen Sinn, so lange zu warten, bis ich tot bin, oder? Alles, was ich hier zurücklasse, gehört nun allein dir, mein Kind.«

Winnie, den Hut auf, stumm hinter dem Rücken ihrer Mutter, fuhr fort, den Mantelkragen der alten Frau zu ordnen. Mit teilnahmslosem Gesicht ergriff sie ihre Handtasche, einen Schirm. Die Zeit war gekommen, um die Summe von drei Shilling Sixpence für die Droschkenfahrt auszugeben, welche gut und gern die letzte im Leben von Mrs. Verlocs Mutter sein mochte. Sie gingen zur Ladentür hinaus.

Das Gefährt, welches sie erwartete, hätte das Sprichwort illustriert: »Die Wahrheit kann grausamer als die Karikatur sein«, wenn es denn ein solches gäbe. Hinter einem gebrechlichen Pferd herkriechend, näherte sich eine städtische Hackney-Kutsche auf wackligen Rädern und mit einem Krüppel als Fahrer auf dem Bock. Die letztere Eigenheit gab Anlaß zu einiger Verlegenheit. Mrs. Verlocs Mutter erblickte eine gekrümmte eiserne Vorrichtung, welche aus dem linken Ärmel des Mantels des Mannes ragte, und verlor unvermittelt den heroischen Mut jener Tage. Sie konnte sich wirklich nicht auf sich verlassen. »Was meinst du, Winnie?« Sie zögerte. Die leidenschaftlichen Vorhaltungen des breitgesichtigen Kutschers schienen aus einer verstopften Kehle gepreßt. Von seinem Bock sich herablehnend, flüsterte er mit rätselhafter Entrüstung. Was denn nun los sei? Ob es denn die Möglichkeit sei, einen so zu behandeln? Sein riesiges und ungewaschenes Antlitz flammte in dem matschigen Straßenzug rot auf. Ob es denn wahrscheinlich sei, fragte er verzweifelt, daß man ihm eine Lizenz erteilt hätte, wenn –

Der Polizeikonstabler des Bezirkes brachte ihn mit einem freundlichen Blick zum Schweigen; dann wandte er sich ohne besonderes Aufheben den beiden Frauen zu und sagte:

»Er fährt seit zwanzig Jahren Droschke. Mir ist nicht bekannt, daß er je einen Unfall gehabt hätte.«

»Unfall!« schrie der Kutscher mit empörtem Flüstern.

Die Aussage des Polizisten legte die Sache bei. Die bescheidene Ansammlung von sieben Menschen, zumeist Minderjährige, zerstreute sich. Winnie folgte ihrer Mutter in die Droschke. Stevie kletterte auf den Bock. Sein leerer Mund und die verzweifelten Augen schilderten seinen Geisteszustand bezüglich der Verhandlungen, welche da stattfanden. Der Fortgang der Reise wurde denen im Innern durch die nahen Häuserfronten erkennbar gemacht, welche unter viel Geklapper und Glasgeklingel langsam und zittrig vorüberglitten, als würden sie hinter der Droschke zusammenfallen; und das gebrechliche Pferd, dessen Geschirr, welches, über das scharfe Rückgrat geworfen, recht schlaff um seine Schenkel schlug, schien geziert und mit unendlicher Geduld auf den Hufspitzen zu tänzeln. Später dann, in der größeren Weite von Whitehall, wurden jegliche sichtbaren Beweise der Fortbewegung unkenntlich. Das Klappern und Glasgeklingel setzte sich vor dem langen Gebäude des Schatzamtes ins Unendliche fort – und die Zeit selbst schien stillzustehen.

Endlich bemerkte Winnie: »Das ist kein sehr gutes Pferd.«

Ihre Augen funkelten unbewegt im Schatten der Droschke geradeaus. Stevie auf dem Bock schloß zunächst den leeren Mund, um dann ernst hervorzustoßen: »Nicht.«

Der Fahrer, die Zügel, welche um den Haken geschlungen waren, hochhaltend, nahm keine Notiz davon. Vielleicht hatte er es nicht gehört. Stevies Brust hob und senkte sich.

»Nicht peitschen.«

Der Mann wandte das aufgedunsene und triefnasse, vielfarbige Gesicht, das von weißen Haaren starrte, langsam zu ihm hin. Die kleinen roten Augen schimmerten vor Feuchtigkeit. Die großen Lippen waren von greller Färbung. Sie blieben verschlossen. Mit dem verschmutzten Rücken der Peitschenhand rieb er sich die Stoppeln, welche aus seinem gewaltigen Kinn sprossen.

»Das dürfen Sie nicht«, stammelte Stevie heftig, »das tut weh.«

»Nicht peitschen«, mißbilligte der andere, nachdenklich flüsternd, und peitschte sogleich. Er tat dies nicht, weil seine Seele grausam war und sein Herz schlecht, sondern weil er sich sein Brot verdienen mußte. Und eine Zeitlang betrachteten die Mauern von St. Stephen's mit ihren Türmen und Zinnen in ihrer Reglosigkeit und Stille eine Droschke, welche klingelte. Allerdings rollte sie auch dahin. Doch auf der Brücke gab es ein Spektakel. Stevie machte sich plötzlich daran, vom Bock herabzusteigen. Auf dem Pflaster ertönten Rufe, Menschen rannten heran, der Fahrer hielt unter geflüsterten Flüchen der Empörung an. Winnie schob das Fenster herab und streckte den Kopf hinaus, weiß wie ein Gespenst. In den Tiefen der Droschke rief ihre Mutter angstvoll aus: »Ist der Junge verletzt? Ist der Junge verletzt?«

Stevie war nicht verletzt, er war nicht einmal herabgefallen, doch hatte ihn die Erregung wie üblich der Fähigkeit zu zusammenhängender Rede beraubt. Er konnte nichts weiter tun als zum Fenster hin zu stammeln: »Zu schwer. Zu schwer.« Winnie streckte die Hand aus und legte sie ihm auf die Schulter.

»Stevie! Steig sofort wieder auf den Bock und versuche nicht noch einmal, herabzusteigen.«

»Nein. Nein. Zu Fuß. Muß zu Fuß.«

In dem Versuch, die Art dieses Begehrens darzustellen, stammelte er sich in äußerste Zusammenhanglosigkeit hinein. Eine körperliche Unmöglichkeit stand seiner Laune nicht im Wege. Stevie hätte es mit Leichtigkeit vermocht, mit diesem gebrechlichen, tänzelnden Pferd Schritt zu halten, ohne außer Atem zu kommen. Doch seine Schwester verwehrte ihm entschlossen die Zustimmung. »Was für ein Einfall! Hat man so etwas schon gehört! Einer Droschke hinterherrennen!« Ihre Mutter, verängstigt und hilflos in den Tiefen des Gefährtes, beschwor sie:

»Ach, laß ihn nicht, Winnie. Er verläuft sich sonst. Laß ihn nicht.«

»Natürlich nicht! Das fehlte noch! Mr. Verloc wird betrübt sein, wenn er von diesem Unsinn hört, Stevie – das kann ich dir sagen. Zutiefst betrübt wird er sein.«

Die Vorstellung von Mr. Verlocs Kummer und Betrübnis wirkte machtvoll wie stets auf Stevies grundsätzlich fügsame Veranlagung, und so gab er jeglichen Widerstand auf und stieg wieder, Verzweiflung im Gesicht, auf den Bock.

Der Droschkenfahrer wandte ihm knurrig das riesige und entzündete Antlitz zu. »Versuch mir nicht noch mal so'n dummes Spiel, junger Mann.«

Nachdem er sich derart in einem strengen Geflüster geäußert hatte, das fast zum Erlöschen angestrengt war, fuhr er, ernst grübelnd, weiter. Für seine Sinne blieb dieser Vorfall etwas im dunkeln. Doch seinem Verstand mangelte es, auch wenn er in all den lähmenden Jahren des sitzenden Ausgesetztseins an das Wetter seine ursprüngliche Lebendigkeit eingebüßt hatte, weder an Unabhängigkeit noch an Vernunft. Ernst verwarf er die Hypothese, Stevie sei ein betrunkener junger Knilch.

Drinnen in der Droschke war das lange Schweigen, in welchem die beiden Frauen das Schütteln, Klappern und Klingeln der Fahrt Schulter an Schulter ertragen hatten, durch Stevies Anfall unterbrochen worden. Winnie erhob die Stimme.

»Du hast getan, was du wolltest, Mutter. Du wirst nur dir selber zu verdanken haben, wenn du hernach nicht glücklich bist. Und ich glaube nicht, daß du es wirst. Wirklich nicht. Hast du es im Haus nicht bequem genug gehabt? Was sollen denn nur die Leute von uns denken – daß du dich einfach so einer Wohlfahrt anheimgibst?«

»Mein Kind«, überschrie die alte Frau den Lärm ernst,

»du warst mir die beste Tochter. Was Mr. Verloc betrifft – so –«

Beim Thema von Mr. Verlocs Vortrefflichkeit versagten ihr die Worte, und so richtete sie die alten tränenvollen Augen zum Dach der Droschke. Dann drehte sie den Kopf unter dem Vorwand, aus dem Fenster zu schauen, um zu sehen, wie schnell sie vorankamen. Es war unwesentlich und ging nahe am Bordstein vonstatten. Die Nacht, die frühe trübe Nacht, die unheilvolle, lärmende, hoffnungslose und gemeine Nacht Süd-Londons hatte sie bei ihrer letzten Droschkenfahrt ereilt. Im Gaslicht der Läden mit den niedrigen Schaufenstern glommen ihre großen Wangen unter der schwarzen und malvenfarbenen Haube in orangenem Schein.

Die Hautfarbe von Mrs. Verlocs Mutter war als Folge des Alters und aufgrund einer natürlichen Anlage zu einem Gallenleiden, begünstigt durch die Prüfungen eines schwierigen und sorgenvollen Lebens, zunächst als Ehefrau, später dann als Witwe, gelb geworden. Es war eine Hautfarbe, welche unter dem Einfluß eines Errötens eine orangene Färbung annahm. Und diese Frau, wahrlich bescheiden, doch gehärtet im Feuer der Widrigkeiten, zudem noch in einem Alter, in dem man ein Erröten nicht erwartet, war tatsächlich vor ihrer Tochter errötet. In der Zurückgezogenheit eines vierrädrigen Wagens, auf dem Weg zu einem Wohlfahrtshäuschen (eines in einer Reihe), welches aufgrund der Dürftigkeit seiner Maße und der Schlichtheit seiner Einrichtung gütigerweise durchaus als ein Ort der Vorbereitung auf die noch beengteren Verhältnisse des Grabes erdacht sein mochte, sah sie sich gezwungen, vor ihrem eigenen Kind ein Erröten der Reue und der Scham zu verbergen.

Was sollen nur die Leute denken? Sie wußte sehr wohl, was sie wirklich dachten, die Leute, welche Winnie im Sinn hatte – die alten Freunde ihres Mannes und auch andere, deren Interesse sie mit solch schmeichelhaftem Erfolg erregt hatte. Davor hatte sie nicht gewußt, was für eine gute Bettlerin sie sein konnte. Doch sie erriet sehr wohl, welche Folgerungen aus ihrer Bewerbung gezogen worden waren. Aufgrund jenes scheuen Feingefühls, welches in der Natur des Mannes gleich neben aggressiver Brutalität existiert, waren die Erkundigungen nach ihren Umständen nicht sehr weit getrieben worden. Sie hatte ihnen durch ein sichtbares Zusammenpressen der Lippen und der Bekundung einer zu beredtem Schweigen entschlossenen Regung Einhalt getan. Und die Männer gaben, wie es ihrem Geschlecht eigen ist, plötzlich ihre Neugier auf. Sie beglückwünschte sich mehr als einmal, daß sie es nicht mit Frauen zu tun hatte, welche von Natur aus gefühlloser und begieriger auf Einzelheiten sind und darauf gedrungen hätten, genau darüber informiert zu werden, durch welche Art von unfreundlichem Verhalten ihre Tochter und ihr Schwiegersohn sie zu diesem traurigen letzten Schritt gezwungen hätten. Erst vor dem Sekretär des großen Abgeordneten, des Braumeisters und Vorsitzenden der Wohlfahrt, welcher sich, stellvertretend für seinen Präsidenten, bemüßigt fühlte, bezüglich der wahren Umstände der Bewerberin beharrlich in sie zu dringen, war sie offen und laut in Tränen ausgebrochen, wie eine in die Enge getriebene Frau zu weinen pflegt. Der schmale und höfliche Herr betrachtete sie mit einer Miene, als wäre er »wie vom Donner gerührt«, und gab sodann im Schutze beruhigender Worte seine Position auf. Sie müsse sich nicht quälen. Das

Wirken der Wohlfahrt spezifiziere nicht unbedingt »kinderlose Witwen«. Die schließe sie also in keinem Falle aus. Doch das Ermessen des Komitees müsse ein informiertes Ermessen sein. Man könne ihre Abneigung, eine Last zu sein, usw., usw., sehr gut verstehen. Woraufhin Mrs. Verlocs Mutter zu seiner tiefen Enttäuschung mit gesteigerter Heftigkeit weiterweinte.

Die Tränen jener starken Frau mit der dunklen, staubigen Perücke und dem altertümlichen Seidenkleid, eingefaßt mit schmutzig-weißen Baumwoll-Litzen, waren die Tränen echter Qualen. Sie hatte geweint, weil sie heroisch und gewissenlos und voller Liebe für ihre beiden Kinder war. Mädchen werden häufig dem Wohlergehen der Jungen geopfert. In diesem Falle opferte sie Winnie. Durch die Unterdrückung der Wahrheit verleumdete sie sie. Natürlich war Winnie unabhängig und brauchte sich nicht um die Meinung von Leuten zu kümmern, welche sie nie sehen würde und die nie sie sehen würden; während der arme Stevie nichts auf der Welt besaß, das er sein eigen nennen konnte, nur den Heroismus und die Gewissenlosigkeit seiner Mutter.

Das erste Gefühl der Sicherheit, welches auf Winnies Heirat gefolgt war, hatte sich mit der Zeit erschöpft (denn nichts währt ewig), und Mrs. Verlocs Mutter hatte sich in der Abgeschiedenheit des hinteren Schlafzimmers der Lehre jener Erfahrung erinnert, welche die Welt einer verwitweten Frau aufprägt. Doch hatte sie sich dieser ohne eitle Verbitterung erinnert; ihre Fülle von Resignation hatte fast schon etwas von Würde. Stoisch dachte sie bei sich, daß in dieser Welt alles zerfällt, sich abnutzt; daß der Weg der Freundlichkeit den Wohlgesonnenen leicht gemacht werden sollte; daß ihre Tochter Winnie eine ganz hingebungsvolle Schwester war und auch eine wahrhaft selbstbewußte Ehefrau. Bei Winnies schwesterlicher Hingabe geriet ihr Stoizismus ins Wanken. Dieses Gefühl nahm sie von der Regel des Zerfalls, welcher alle menschlichen Dinge und auch manche göttlichen befällt, aus. Sie konnte nicht anders; es nicht zu tun, hätte sie zu sehr geängstigt. Doch wenn sie die Bedingungen des Ehestandes ihrer Tochter bedachte, dann wies sie alle schmeichelhaften Illusionen fest zurück. Sie nahm den kalten und vernünftigen Standpunkt ein, daß, je weniger Belastungen Mr. Verlocs Freundlichkeit ausgesetzt war, desto länger ihre Auswirkungen wahrscheinlich andauern würden. Natürlich liebte dieser vortreffliche Mann seine Frau, doch zweifellos würde er es vorziehen, so wenige von ihren Verwandten wie möglich bei sich zu haben, wie es mit der geziemenden Bekundung jenes Gefühls vereinbar war. Es wäre besser, wenn seine ganze Wirkung auf den armen Stevie konzentriert würde. Und die heroische alte Frau faßte den Entschluß, in einem Akt der Hingabe und als Maßnahme hoher Einsicht von ihren Kindern wegzugehen.

Die »Tugend« dieser Einsicht bestand darin (Mrs. Verlocs Mutter war auf ihre Art feinsinnig), daß Stevies moralischer Anspruch gefestigt würde. Der arme Junge – ein guter, nützlicher Junge, wenn auch ein wenig wunderlich – hatte keinen genügenden Stand. Er war zusammen mit seiner Mutter übernommen worden, etwa auf gleiche Weise wie das Mobiliar des Hauses in Belgravia übernommen worden war, als gehörte er ausschließlich ihr. Was geschieht, fragte sie sich (denn Mrs. Verlocs Mutter war bis zu einem gewissen Grade phantasievoll), wenn ich einmal sterbe? Und wenn sie sich diese Frage stellte, dann geschah es mit Furcht. Schrecklich war auch der Gedanke, daß sie dann nicht die Mittel haben würde zu wissen, was aus dem armen Jungen wurde. Doch indem sie ihn seiner Schwester übertrug, indem sie wegging, gab sie ihm den Vorteil einer unmittelbar abhängigen Position. Dieses war die feinsinnigere Sanktion des Heroismus und der Gewissenlosigkeit von Mrs. Verlocs Mutter. Daß sie ihn verließ, war in Wirklichkeit ein Arrangement, um ihren Sohn auf Dauer im Leben einzurichten. Andere brachten für ein solches Ziel materielle Opfer, sie jene. Anders ging es nicht. Überdies würde sie ja sehen können, wie es lief. Gut oder schlecht, die furchtbare Ungewißheit auf dem Totenbett würde ihr erspart bleiben. Doch es war hart, grausam hart.

Die Droschke klapperte, klingelte, hüpfte; letzteres sogar ganz außerordentlich. Durch die unverhältnismäßige Heftigkeit und das Ausmaß überdeckte es jedes Gefühl für die Fortbewegung; und der Effekt war, daß man in einem stationären Apparat gleich eines mittelalterlichen Gerätes zur Bestrafung eines Verbrechens oder einer neumodischen Erfindung für die Heilung einer trägen Verdauung durchgeschüttelt wurde. Es war äußerst besorgniserregend; und als Mrs. Verlocs Mutter die Stimme erhob, klang es wie ein Klagegeheul.

»Ich weiß, meine Liebe, du kommst mich so oft besuchen, wie du Zeit hast. Nicht wahr?«

»Natürlich«, antwortete Winnie knapp und starrte gerade vor sich hin.

Und die Droschke hüpfte vor einem dampfenden, fettigen Laden in einem Gaslichtglanz und dem Geruch gebratenen Fisches.

Die alte Frau heulte erneut auf.

»Und, mein Kind, den armen Jungen muß ich jeden Sonntag sehen. Es würde ihm doch nichts ausmachen, den Tag mit seiner alten Mutter zu verbringen –«

Winnie brüllte gleichgültig auf:

»Ausmachen! Wohl kaum. Der arme Junge wird dich ganz schlimm vermissen. Ich wünschte, du hättest auch ein wenig daran gedacht, Mutter.«

Nicht daran gedacht! Die heroische Frau schluckte einen mutwilligen und lästigen Gegenstand wie eine Billardkugel, welche versucht hatte, ihr aus der Kehle zu springen. Winnie saß eine Weile stumm da und brauste dann auf, für sie ein ungewöhnlicher Ton:

»Ich denke, ich werde anfangs viel Mühe mit ihm haben, er wird so unruhig sein –«

»Was du auch tust, sorge dafür, daß er deinen Mann nicht stört, mein Kind.«

Und so besprachen sie auf bekannte Weise die Tragweite einer neuen Situation. Und die Droschke hüpfte dahin. Mrs. Verlocs Mutter äußerte einige Befürchtungen. Ob Stevie wohl vertraut werden könne, den ganzen Weg allein zu kommen? Winnie behauptete, er sei nun viel weniger »geistesabwesend«. Darin stimmten sie überein. Das ließ sich nicht bestreiten. Viel weniger – fast gar nicht mehr. Sie brüllten einander in dem Geklingel mit relativer Fröhlichkeit an. Doch plötzlich brach die mütterliche Besorgnis erneut aus. Es mußten zwei Omnibusse genommen werden, und dazwischen lag noch ein kleiner Fußmarsch. Das war zu schwierig! Die alte Frau ließ Kummer und Besorgnis freien Lauf.

Winnie starrte geradeaus.

»Bitte beunruhige dich nicht so, Mutter. Natürlich mußt du ihn sehen.«

»Nein, mein Kind. Ich will's versuchen.«
Sie wischte sich die strömenden Augen ab.
»Aber du kannst dir nicht die Zeit nehmen, ihn zu begleiten, und wenn er sich vergißt und sich verläuft und jemand spricht ihn heftig an, dann entfällt ihm womöglich sein Name und die Adresse, und er bleibt tagelang verschwunden –«

Die Vision eines Armenspitals für den armen Stevie – wenn auch nur während der Nachforschungen –, das drückte ihr aufs Herz. Denn sie war eine stolze Frau. Winnies Blick war hart, gespannt, einfallsreich geworden.

»Ich kann ihn nicht jede Woche zu dir bringen«, schrie sie. »Aber mach dir keine Sorgen, Mutter. Ich sehe zu, daß er nicht sehr lange verschwunden bleibt.«

Sie verspürten ein eigentümliches Poltern; eine Vision von Ziegelsäulen verweilte vor den klappernden Fenstern der Droschke; ein plötzlicher Stillstand des grauenhaften Hüpfens und lärmenden Geklingels betäubte die beiden Frauen. Was war geschehen? Reglos und angstvoll saßen sie in der tiefen Stille da, bis die Tür aufging und ein rauhes, angestrengtes Flüstern zu hören war:

»Da wär'n wir!«

Eine Reihe kleiner Giebelhäuschen, jedes mit einem mattgelben Fenster im Erdgeschoß, umgab den dunklen weiten Platz einer Rasenfläche mit Büschen, durch ein Geländer von dem Flickwerk aus Lichtern und Schatten an der breiten Straße abgetrennt, erfüllt vom dumpfen Grollen des Verkehrs. Vor der Tür eines dieser winzigen Häuschen – eines ohne Licht in dem kleinen Erdgeschoßfenster – war die Droschke zum Stehen gekommen. Mrs. Verlocs Mutter stieg zuerst aus, rückwärts, einen

Schlüssel in der Hand. Winnie verharrte auf dem mit Steinplatten befestigten Weg, um den Kutscher zu entlohnen. Stevie half mit, etliche kleine Pakete hineinzutragen, kam dann wieder heraus und stand unter dem Schein einer Gaslaterne, welche der Wohlfahrt gehörte. Der Fahrer blickte auf die Silberstücke, welche in seiner großen, schmutzigen Hand sehr klein wirkten und so die unbedeutenden Ergebnisse symbolisierten, welche den ehrgeizigen Mut und die Mühsal einer Menschheit belohnen, deren Tag auf dieser schlimmen Welt kurz ist.

Er war ordentlich bezahlt worden –, vier Ein-Shilling-Stücke –, und er betrachtete sie in vollkommener Stille, als wären sie der überraschende Preis für ein melancholisches Problem gewesen. Die langsame Verfügung jenes Schatzes in eine Innentasche erforderte ein mühseliges Tasten in den Tiefen einer zerschlissenen Kleidung. Er war von gedrungener Gestalt und wenig geschmeidig. Stevie, schlank, die Schultern ein wenig hochgezogen, die Hände tief in den Seitentaschen seines warmen Überrockes, stand schmollend am Ende des Weges.

Der Kutscher unterbrach seine bedächtigen Bewegungen; eine neblige Erinnerung schien ihn erfaßt zu haben.

»Ach! Da sindse ja, junger Mann«, flüsterte er. »Den werdense wiedererkennen – was?«

Stevie starrte auf das Pferd, dessen Hinterteil durch die Folgen der Entlastung unverhältnismäßig erhöht wirkte. Der kleine steife Schweif schien wie für einen herzlosen Scherz zurechtgemacht, und der dünne, flache Hals am anderen Ende, gleich einer mit einem alten Pferdefell bedeckten Planke, senkte sich unter dem Gewicht eines gewaltigen knochigen Kopfes zu Boden. Die Ohren standen nachlässig in unterschiedlichen Winkeln ab; und die makabre Gestalt jenes stummen Erdenbewohners dampfte von Rippen und Rückgrat gerade aufwärts in die modrige, stehende Luft.

Der Kutscher stieß Stevie mit dem eisernen Haken, welcher ihm aus einem zerlumpten, fettigen Ärmel hervorragte, leicht an die Brust.

»Hörnse mal, junger Mann. Wie fänden Sie's denn, vielleicht bis morgens zwei hinter dem 'Ferd da zu hocken?«

Stevie schaute leer in die wilden kleinen Augen mit den rotgeränderten Lidern.

»Der is' nich' lahm«, fuhr der andere fort, energisch flüsternd. »Is' keine wunde Stelle dran. Da steht er. Wie fänden *Sie's* –«

Seine angestrengte, erloschene Stimme gab seiner Äußerung den Charakter hitziger Heimlichkeit. Stevies leerer Blick verwandelte sich langsam in Furcht.

»Schaunse nur! Bis drei, vier Uhr morgens. Kalt und hungrig. Nach Kundschaft suchen. Betrunkene.«

Seine jovialen purpurroten Wangen sprühten vor Stoppeln; und wie Virgils Silenus, welcher, das Gesicht verschmiert mit Beerensaft, den unschuldigen Schäfern Siziliens von den Olympischen Göttern rezitierte, so sprach er zu Stevie von Familiendingen und den Angelegenheiten von Männern, deren Leiden groß sind und denen die Unsterblichkeit keineswegs gesichert ist.

»Ich bin nämlich Nachtkutscher«, flüsterte er mit einer Art prahlerischer Erbitterung. »Ich muß nehmen, was sie mir im Hof geben, zum Kuckuck! Zu Haus hab ich die Frau und vier Kleine.«

Die ungeheuerliche Natur jener Erklärung der Vaterschaft schien die Welt sprachlos zu machen. Eine Stille herrschte, in welcher es von den Flanken des alten Pferdes, des Rosses des apokalyptischen Elends, im Licht der barmherzigen Gaslampen aufwärtsdampfte.

Der Kutscher grunzte und setzte dann in seinem mysteriösen Flüstern hinzu:

»Das is' keine leichte Welt.«

Stevies Gesicht hatte schon einige Zeit gezuckt, und endlich brachen seine Gefühle in ihrer üblichen gedrängten Form hervor.

»Schlimm! Schlimm!«

Sein starrer Blick verharrte verlegen und düster auf den Rippen des Pferdes, als fürchtete er sich, auf die schlimme Welt um sich herum zu schauen. Und seine Schlankheit, seine rosigen Lippen und seine blasse, klare Gesichtsfarbe verliehen ihm, ungeachtet des flaumigen Wuchses goldener Härchen auf den Wangen, das Aussehen eines zarten Jungen. Gleich einem Kind schürzte er auf verängstigte Weise die Lippen. Der Kutscher, klein und breit, beäugte ihn mit seinen wilden kleinen Augen, welche in einer klaren und korrodierenden Flüssigkeit zu brennen schienen.

»Hart für 'Ferde, aber verdammt viel härter für'n armen Teufel wie mich«, keuchte er gerade noch hörbar.

»Arm! Arm!« stammelte Stevie hervor und stieß die Hände mit konvulsivischer Anteilnahme noch tiefer in die Taschen. Er konnte nichts sagen; denn die Empfindlichkeit gegenüber allem Schmerz und allem Elend, der Wunsch, das Pferd glücklich und den Kutscher glücklich zu machen, war nunmehr in die bizarre Sehnsucht gemündet, sie mit zu sich ins Bett zu nehmen. Und dieses, das wußte er, war unmöglich. Denn Stevie war nicht wahnsinnig. Es war sozusagen eine symbolische Sehnsucht; und gleichzeitig war sie sehr deutlich, weil sie der Erfahrung entsprang, der Mutter der Weisheit. Wenn er daher als Kind verängstigt, unglücklich, gekränkt und traurig über das schwarze, schwarze Elend seiner Seele in einer dunklen Ecke kauerte, kam stets seine Schwester Winnie und trug ihn zu sich ins Bett wie in einen Himmel tröstenden Friedens. Auch wenn Stevie dazu neigte, bloße Tatsachen wie etwa seinen Namen und seine Adresse zu vergessen, so war sein Gedächtnis bei Sinneseindrücken doch genau. In ein Bett der Anteilnahme genommen zu werden, war die höchste Medizin, sie hatte nur den einen Nachteil, daß sie in größerem Maßstab schwierig anzuwenden war. Und als Stevie auf den Kutscher schaute, erkannte er dies deutlich, weil er vernünftig war.

Der Kutscher fuhr mit seinen gemächlichen Vorbereitungen fort, als hätte es Stevie nicht gegeben. Er machte Anstalten, sich auf den Bock zu hieven, ließ jedoch im letzten Moment aus einem verborgenen Grund, vielleicht lediglich aus Abscheu vor Kutschendienst, davon ab. Statt dessen näherte er sich dem reglosen Gefährten seiner Mühsal, und während er sich bückte, um die Zügel zu nehmen, hob er mit einer einzigen Kraftanstrengung des rechten Armes den großen, müden Kopf bis auf Schulterhöhe.

»Na, komm«, flüsterte er heimlich.

Humpelnd führte er die Droschke weg. Dieser Abgang hatte etwas Hartes; der zermalmte Kies des Weges schrie unter den langsam sich drehenden Rädern auf, die dünnen Schenkel des Pferdes bewegten sich mit asketischer Bedachtsamkeit aus dem Licht in die Dunkelheit des offenen Raumes, welcher matt von den spitzen Dächern und den kränklich leuchtenden Fenstern der kleinen Armenhäuser umsäumt war. Das Klagelied des Kieses wanderte langsam um den ganzen Zufahrtsweg herum. Zwischen den Lampen des wohltätigen Tores tauchte der langsame Zug wieder auf, wurde für einen Augenblick hell, der kleine, dicke Mann geschäftig humpelnd, den Kopf des Pferdes mit der Faust hochhaltend, das schmächtige Tier in steifer und verlorener Würde dahingehend, die dunkle, niedrige Kiste auf Rädern komisch, in einer Art Zottelgang hinterherrollend. Sie bogen nach links ab. Fünfzig Yards vom Tor entfernt die Straße entlang war ein Wirtshaus.

Stevie, nun allein neben dem privaten Laternenpfahl der Wohlfahrt, die Hände tief in den Taschen, glotzte in leerem Schmollen. Tief unten in den Taschen waren seine untauglichen, schwachen Hände fest zu zwei wütenden Fäusten geballt. Bei allem, was seine krankhafte Furcht vor Schmerzen direkt oder indirekt berührte, wurde Stevie am Ende immer bösartig. Eine großherzige Empörung blähte seine schwache Brust zum Platzen und bewirkte, daß seine redlichen Augen schielten. Höchst weise wußte Stevie um seine Machtlosigkeit, doch war er nicht weise genug, um seine Leidenschaft zu zügeln. In der Empfindlichkeit seiner umfassenden Wohlfahrt waren zwei Phasen so unauflöslich miteinander verbunden und vereint wie die Vorder- und Rückseite einer Medaille. Den Qualen unmäßiger Anteilnahme folgte der Schmerz einer unschuldigen, aber erbarmungslosen Wut. Wenn jene beiden Zustände sich äußerlich durch dieselben Anzeichen vergeblicher körperlicher Erregung ausdrückten, besänftigte seine Schwester Winnie seine Erregung, ohne je ihren doppelten Charakter zu ergründen. Mrs. Verloc verschwendete kein Stück dieses vergänglichen Lebens auf die Suche nach grundlegenden Informationen. Es ist dies eine Form der Ökonomie, welche allen Anschein und einige der Vorteile der Klugheit besitzt. Offenkundig kann es gut für einen sein, nicht zu viel zu wissen. Und ein solcher Standpunkt steht in sehr gutem Einklang mit naturbedingter Indolenz.

An jenem Abend, an dem, so kann man sagen, Mrs. Verlocs Mutter für immer von ihren Kindern, aber auch aus diesem Leben geschieden war, erforschte Winnie Verloc die Psychologie ihres Bruders nicht. Natürlich war der arme Junge erregt. Nachdem sie der alten Frau auf der Schwelle einmal mehr versichert hatte, sie würde sich gegen das Risiko zu schützen wissen, daß Stevie auf seiner Pilgerfahrt der Ehrung der Ahnen sehr lange verschwunden bliebe, nahm sie ihren Bruder am Arm und ging mit ihm davon. Stevie murmelte nicht einmal vor sich hin, doch mit dem besonderen Wahrnehmungsvermögen schwesterlicher Hingabe, welches sie in frühester Kindheit entwickelt hatte, spürte sie, daß der Junge wirklich sehr erregt war. Sich fest an seinen Arm drückend, dem Anschein nach sich darauf stützend, überlegte sie sich einige Worte, welche für den Anlaß passend waren.

»Nun, Stevie, sei ein guter Bruder, achte bei den Übergängen gut auf mich, steige immer als erster in den Bus.«

Dieser Appell an den männlichen Schutz wurde von Stevie mit seiner üblichen Fügsamkeit aufgenommen. Er hob den Kopf und warf die Brust heraus.

»Sei nicht nervös, Winnie. Darfst nicht nervös sein! Bus ist in Ordnung«, antwortete er mit einem schroffen, undeutlichen Stammeln, welches etwas von der Verzagtheit eines Kindes und der Entschlossenheit eines Mannes hatte. Furchtlos schritt er aus, die Frau an seinem Arm, doch die Unterlippe hing herab. Nichtsdestoweniger war auf dem Pflaster der verkommenen und breiten Verkehrsader, deren Armut an allen Annehmlichkeiten des Lebens törichterweise durch eine irrwitzige Überfülle von Gaslampen bloßgelegt war, ihre Ähnlichkeit so ausgeprägt, daß es selbst dem zufälligen Passanten auffiel.

Vor den Türen des Wirtshauses an der Ecke, wo die Überfülle an Gaslampen den Gipfel wahrhaftiger Lasterhaftigkeit erreicht hatte, stand eine vierrädrige Droschke am Bordstein, welche, niemand war auf dem Bock, wie wegen irreparablen Verfalls in die Gosse ausgestoßen wirkte. Mrs. Verloc erkannte das Gefährt wieder. Sein Anblick war so abgrundtief beklagenswert, zeigte groteskes Elend in solcher Vollendung und makabre Details von solcher Wunderlichkeit, als wäre es die Todesdroschke selbst, daß Mrs. Verloc mit jenem bereitwilligen Mitlied einer Frau mit einem Pferd (wenn sie nicht dahintersitzt) vag ausrief:

»Armes Vieh.«

Stevie ließ sich abrupt zurückfallen und versetzte seiner Schwester damit einen Ruck, daß sie stehenblieb.

»Arm! Arm!« stieß er teilnahmsvoll aus. »Kutscher auch arm. Hat er mir selber gesagt.«

Die Betrachtung des gebrechlichen und einsamen Rosses überwältigte ihn. Weitergedrängt, aber starrsinnig, wollte er dort bleiben und versuchte, den Blickpunkt auszudrücken, welcher sich seiner Anteilnahme für das eng verbundene Elend des Menschen wie des Pferdes neu eröffnet hatte. Doch es war sehr schwierig. »Armes Vieh, arme Menschen!« war alles, was er wiederholen konnte. Es erschien ihm nicht zwingend genug, und so kam er mit einem wütenden »Schande!« zum Stehen. Stevie war kein Meister des Wortes, und vielleicht ermangelte es seinen Gedanken gerade aus diesem Grunde an Klarheit und Präzision. Doch mit größerer Vollkommenheit und einiger Tiefe fühlte er. Jenes kleine Wort enthielt all seine Empörung und sein Entsetzen über ein Elend, welches sich aus der Qual der anderen nähren mußte – über den armen Kutscher, welcher das arme Pferd sozusagen im Namen seiner armen Kleinen zu Hause schlagen mußte. Und Stevie wußte, was es hieß, geschlagen zu werden. Er wußte es aus Erfahrung. Es war eine schlimme Welt. Schlimm! Schlimm!

Mrs. Verloc, seine einzige Schwester, Hüterin und Beschützerin, konnte solche Tiefen der Einsicht nicht vorweisen. Zudem hatte sie nicht den Zauber der Beredsamkeit des Kutschers erlebt. Hinsichtlich des Innern des Wortes »Schande!« tappte sie im dunkeln. Und sie sagte sanft:

»Komm weiter, Stevie. Du kannst es doch nicht ändern.«

Der fügsame Stevie kam weiter; nun aber ging er ohne Stolz weiter, schlenkernd, halbe Wörter murmelnd, Wörter gar, die ganze gewesen wären, wären sie nicht aus halben, die nicht zueinander gehörten, zusammengesetzt gewesen. Es war, als hätte er versucht, alle Wörter, an die er sich erinnern konnte, seinen Gefühlen anzugleichen, um so etwas wie eine dazugehörige Empfindung zu erhalten. Und tatsächlich erhielt er sie denn auch. Er blieb stehen, um sie sogleich auszusprechen.

»Schlimme Welt für arme Leute.«

Kaum hatte er jenen Gedanken ausgedrückt, wurde ihm bewußt, daß er ihm in allen seinen Konsequenzen schon vertraut war. Dieser Umstand stärkte seine Überzeugung ungeheuer, erhöhte jedoch auch seine Empörung. Jemand, so meinte er, müsse dafür bestraft werden – mit großer Strenge bestraft werden. Da er kein Skeptiker, sondern ein moralischer Mensch war, war er seinen rechtschaffenen Leidenschaften gewissermaßen ausgeliefert.

»Gemein!« setzte er bündig hinzu.

Mrs. Verloc war klar, daß er äußerst erregt war.

»Da kann niemand etwas ändern«, sagte sie. »Komm doch weiter. So kümmerst du dich um mich?«

Gehorsam beschleunigte Stevie seine Schritte. Er war stolz darauf, ein guter Bruder zu sein. Seine Moral, welche sehr vollkommen war, forderte dies von ihm. Dennoch schmerzte ihn die Belehrung, welche ihm seine Schwester Winnie – die gut war – hatte angedeihen lassen. Niemand könne daran etwas ändern! Trübsinnig kam er mit, doch dann wurde er wieder heiter. Wie der Rest der Menschheit, verwirrt durch das Rätsel des Universums, hatte auch er seine Augenblicke tröstlichen Vertrauens in die organisierten Mächte der Erde.

»Polizei«, schlug er vertrauensvoll vor.

»Die Polizei ist dafür nicht zuständig«, bemerkte Mrs. Verloc beiläufig und eilte weiter.

Stevies Gesicht wurde beträchtlich länger. Er dachte nach. Je intensiver er nachdachte, desto schlaffer hing sein Unterkiefer herab. Und mit der Miene hoffnungsloser Leere gab er seine geistige Unternehmung auf.

»Dafür nicht zuständig?« brummelte er, resigniert, aber überrascht. »Dafür nicht zuständig?« Er hatte sich eine ideale Vorstellung von der städtischen Polizei als einer Art wohltätigen Einrichtung für die Unterdrükkung des Schlechten zurechtgelegt. Besonders die Vorstellung von Wohltätigkeit war mit seinem Verständnis von der Macht der Männer in Blau eng verbunden. Er hatte alle Polizeikonstabler innig und mit arglosem Zutrauen gemocht. Und nun empfand er Schmerz. Auch irritierte ihn ein Verdacht der Doppelzüngigkeit bei den Angehörigen der Polizeikräfte. Denn Stevie war so offen und aufrichtig wie der Tag selbst. Was meinten sie dann damit, wenn sie nur so taten? Anders als seine Schwester, welche ihr Vertrauen in die sichtbaren Werte setzte, wollte er einer Sache immer gern auf den Grund gehen. Er setzte seine Befragung als zornige Einwendung fort.

»Wofür ist sie denn dann zuständig, Winn? Wozu ist sie da? Sag es mir.«

Winnie mochte keinen Streit. Doch da sie als Folge davon, daß Stevie seine Mutter sehr vermißte, eine düstere Depression am meisten fürchtete, verweigerte sie ihm den Disput nicht völlig. Unschuldig aller Ironie, antwortete sie dennoch in einer Form, welche bei der Frau von Mr. Verloc, des Delegierten des Zentralen Roten Komitees, des persönlichen Freundes gewisser Anarchisten und Anhängers der sozialen Revolution, vielleicht nicht unnatürlich war.

»Weißt du denn nicht, wozu die Polizei da ist, Stevie? Sie ist dazu da, damit diejenigen, die nichts haben, denjenigen, die alles haben, nichts wegnehmen.«

Sie vermied das Wort »stehlen«, weil es ihren Bruder immer beklommen machte. Denn Stevie war empfindlich ehrlich. Gewisse einfache Prinzipien waren ihm so sorglich (wegen seiner »Wunderlichkeit«) eingeprägt worden, daß ihn allein schon die Namen bestimmter Übertretungen mit Entsetzen erfüllten. Durch Reden war er immer leicht zu beeindrucken gewesen. Nun war er beeindruckt und verblüfft, und sein Verstand war sehr wach.

»Was?« fragte er sogleich besorgt. »Nicht einmal, wenn sie hungrig sind? Dürfen sie das nicht?«

Die beiden waren stehengeblieben.

»Nein, und wenn es noch so schlimm wäre«, sagte Mrs. Verloc mit dem Gleichmut eines Menschen, welcher von dem Problem der Verteilung des Reichtums ungerührt ist und die Flucht der Fahrbahn nach einem Omnibus mit der richtigen Farbe absucht. »Gewiß nicht. Aber was soll's, über das alles zu reden? Du bist doch nie hungrig.«

Sie warf einen raschen Blick auf den Jungen, einem jungen Manne gleich an ihrer Seite. Für sie war er liebenswert, anziehend und nur ein wenig, ein ganz klein wenig wunderlich. Und anders konnte sie ihn nicht sehen, denn er war mit dem verbunden, was es an Würze der Leidenschaft in ihrem schalen Leben gab – die Leidenschaften der Entrüstung, des Mutes, des Mitleids und sogar der Selbstaufopferung. Sie fügte nicht hinzu: »Und du wirst es wahrscheinlich auch nicht sein, solange ich lebe.« Doch sie hätte es gut und gern tun können, da sie wirksame Schritte auf jenes Ziel hin getan hatte. Mr. Verloc war ein sehr guter Ehemann. Es war ihr ehrlicher Eindruck, daß niemand umhin konnte, den Jungen zu mögen. Plötzlich rief sie aus:

»Schnell, Stevie. Halte den grünen Bus da an.«

Und Stevie, zitternd und wichtig mit seiner Schwester Winnie am Arm, warf den anderen vor dem herannahenden Bus hoch über den Kopf – mit vollem Erfolg.

Eine Stunde später hob Mr. Verloc die Augen von einer Zeitung, welche er hinter dem Ladentisch gerade las oder wenigstens daraufschaute, und sah in dem verwehenden Gerassel der Türglocke Winnie, seine Frau, hereinkommen und den Laden auf ihrem Weg nach oben durchqueren, gefolgt von Stevie, seinem Schwager. Der Anblick seiner Frau war Mr. Verloc angenehm. Es war seine Idiosynkrasie. Die Gestalt seines Schwagers nahm Mr. Verloc wegen der verdrießlichen Gedankenverlorenheit, welche sich jüngst gleich einem Schleier zwischen ihn und den Erscheinungen der Welt der Sinne gesenkt hatte, gar nicht wahr. Starr und ohne ein Wort sah er seiner Frau nach, als wäre sie ein Phantom gewesen. Seine Stimme war beim häuslichen Gebrauch heiser und sanft, doch nun war sie gar nicht zu hören. Auch beim Abendessen, zu welchem er von seiner Frau in der üblichen Kürze: »Adolf« gerufen wurde, hörte man sie nicht. Er setzte sich nieder, um es lustlos zu verzehren, wobei er seinen Hut weit ins Genick geschoben trug. Es war nicht die Hingabe an ein Leben im Freien, sondern die häufigen Besuche ausländischer Cafés, welche Mr. Verlocs standhafte Treue zum eigenen Herd mit einem Charakter unzeremonieller Unbeständigkeit versah. Zweimal erhob er sich auf das Gerassel der gesprungenen Glocke hin ohne ein Wort, verschwand in den Laden und kam schweigend wieder zurück. Während dieser Abwesenheiten vermißte Mrs. Verloc, indem sie sich des leeren Platzes zu ihrer Rechten schmerzlich bewußt wurde, ihre Mutter sehr und blickte versteinert vor sich hin, während Stevie aus demselben Grund weiter mit den Füßen scharrte, als wäre der Boden unter dem Tisch ungemütlich heiß. Wenn Mr. Verloc wie die Verkörperung des Schweigens schlechthin wieder an seinen Platz zurückkehrte, durchlief der Charakter von Mrs. Verlocs Blick eine feine Veränderung, und Stevie hörte wegen seiner großen und scheuen Ehrfurcht für den Mann seiner Schwester auf, mit den Füßen zu zappeln. Er richtete Blicke respektvoller Anteilnahme auf ihn. Mr. Verloc war bekümmert. Seine Schwester Winnie hatte ihm (im Omnibus) eingeprägt, daß sie Mr. Verloc zu Hause in einem Zustand des Kummers antreffen würden und er sich nicht aufregen dürfe. Der Zorn seines Vaters, die Reizbarkeit von Logiergästen und Mr. Verlocs Neigung zu unmäßiger Trauer waren die wesentlichen Bedingungen von Stevies Selbstbeschränkung gewesen. Von diesen Haltungen, welche allesamt leicht provoziert, jedoch nicht immer leicht zu verstehen waren, hatte letztere die größte moralische Wirksamkeit – weil Mr. Verloc *gut* war. Seine Mutter und seine Schwester hatten diese ethische Tatsache auf ein unerschütterliches Fundament gestellt. Sie hatten es hinter Mr. Verlocs Rücken festgelegt, aufgerichtet und geweiht aus Gründen, welche nichts mit abstrakter Moral zu tun hatten. Und Mr. Verloc war sich dessen nicht bewußt. Es ist nur gerecht ihm gegenüber zu sagen, daß er keine Ahnung hatte, daß er Stevie gegenüber als gut erschien. Dies jedoch war der Fall. Er war sogar der einzige Mann, welcher in Stevies Bewußtsein solchermaßen qualifiziert war, da die Logiergäste zu temporär und zu fern waren, um etwas sehr Ausgeprägtes außer vielleicht ihre Stiefel an sich zu haben; und was die disziplinarischen Maßnahmen seines Vaters betraf, so scheuten sich seine Mutter und Schwester in ihrem Gram, vor dem Betroffenen eine Theorie des Guten aufzustellen. Es wäre zu grausam gewesen. Und es war sogar möglich, daß Stevie ihnen nicht geglaubt hätte. Was Mr. Verloc betraf, so konnte sich Stevies Glauben nichts in den Weg stellen. Mr. Verloc war offenkundig und dennoch auf rätselhafte Weise *gut*. Und der Kummer eines guten Mannes gebietet Achtung.

Stevie warf Blicke ehrerbietiger Anteilnahme auf seinen Schwager. Mr. Verloc war bekümmert. Der Bruder Winnies hatte sich nie zuvor in solch enger Verbindung mit dem Rätsel der Güte jenes Mannes gefühlt. Es war ein verständlicher Kummer. Und Stevie selbst war bekümmert. Er war sehr bekümmert. Dieselbe Art Kummer. Und wenn seine Aufmerksamkeit auf diesen unangenehmen Zustand gelenkt wurde, scharrte Stevie mit den Füßen. Seine Gefühle manifestierten sich gewohnheitsmäßig mittels heftiger Bewegungen der Gliedmaßen.

»Halt die Füße still, Stevie«, sagte Mrs. Verloc mit Gewicht und Sanftheit; dann wandte sie sich mit einer gleichgültigen Stimme, der meisterlichen Errungenschaft instinktiven Taktes, an ihren Gatten: »Gehst du heute abend aus?« fragte sie.

Allein schon die Andeutung schien Mr. Verloc zuwider. Trübsinnig schüttelte er den Kopf und saß dann mit niedergeschlagenen Augen still da und betrachtete eine ganze Minute lang das Stück Käse auf seinem Teller. Am Ende jener Zeitspanne stand er auf und ging hinaus – ging unter dem Gerassel der Ladentürglocke hinaus. So widersprüchlich handelte er nicht aus einem Verlangen heraus, sich unbeliebt zu machen, sondern aus einer unbezwingbaren Ruhelosigkeit. Es war völlig unsinnig auszugehen. Nirgendwo in London fand er, was er brauchte. Doch er ging aus. Durch dunkle Straßen, erleuchtete Straßen entlang, in zwei Spelunken und wieder hinaus, wie in einem halbherzigen Versuch, die ganze Nacht durchzumachen, und schließlich zurück zu seinem bedrohten Heim, wo er sich ermüdet hinter dem Ladentisch niederließ, führte er einen Zug trüber Gedanken, welche sich dort gleich einem Rudel hungriger schwarzer Hunde bedrängend um ihn scharten. Nachdem er das Haus verriegelt und das Gas gelöscht hatte, nahm er sie mit sich nach oben – eine schreckliche Eskorte für einen Zubettgehenden. Seine Frau war ihm etwas früher vorangegangen und bot ihm zu seiner Zerstreuung nun mit ihrer fülligen Form, welche sich undeutlich unter der Steppdecke abzeichnete, den Kopf auf dem Kissen und eine Hand unter der Wange, den Anblick zeitiger Schläfrigkeit, welche den Besitz einer ausgeglichenen Seele verriet. Ihre großen Augen starrten weit geöffnet, reglos und dunkel vor dem schneeweißen Leinen. Sie rührte sich nicht.

Sie hatte eine ausgeglichene Seele. Sie spürte zutiefst, daß die Dinge keiner näheren Betrachtung standhielten. Aus diesem Instinkt zog sie ihre Kraft und ihre Weisheit. Doch die Wortkargkeit Mr. Verlocs hatte schon viele Tage lang schwer auf ihr gelastet. Sie griff sogar ihre Nerven an. Reglos daliegend sagte sie sanft:

»Du erkältest dich noch, wenn du so in Socken herumläufst.«

Diese Rede, der Besorgtheit der Ehefrau und der Klugheit der Frau angemessen, hatte Mr. Verloc nicht erwartet. Er hatte seine Stiefel unten gelassen, jedoch vergessen, die Pantoffeln anzuziehen, und er war im Schlafzimmer auf geräuschlosen Ballen wie ein Bär im Käfig herumgelaufen. Beim Klang der Stimme seiner Frau blieb er stehen und starrte sie mit einem schlafwandlerischen, ausdruckslosen Blick so lange an, daß

Mrs. Verloc die Glieder leicht unter den Laken bewegte. Den schwarzen Kopf, welcher in das weiße Kissen gesunken war, eine Hand unter der Wange, und die großen, dunklen, nicht blinzelnden Augen bewegte sie nicht.

Unter dem ausdruckslosen Starren ihres Mannes und in Erinnerung an das leere Zimmer ihrer Mutter auf der anderen Seite des Flures verspürte sie einen scharfen Stich der Einsamkeit. Nie zuvor war sie von ihrer Mutter getrennt gewesen. Sie waren einander zur Seite gestanden. Sie spürte, daß dem so gewesen war, und sie sagte sich, daß ihre Mutter nun fort war – für immer fort. Mrs. Verloc hatte keine Illusionen. Stevie jedoch blieb. Und sie sagte:

»Mutter hat getan, was sie tun wollte. Ich kann darin keinen Sinn entdecken. Gewiß kann sie nicht gemeint haben, daß du genug von ihr hattest. Es ist ganz gemein, uns so zurückzulassen.«

Mr. Verloc war kein belesener Mensch; seine Auswahl an Anspielungen war begrenzt, doch hatten die Umstände etwas eigentümlich Passendes, was ihn an Ratten, die ein sinkendes Schiff verlassen, denken ließ. Um ein Haar hätte er es gesagt. Er war argwöhnisch und verbittert geworden. Könnte es sein, daß die alte Frau eine so hervorragende Nase hatte? Doch die Unvernunft eines solchen Argwohns war offenkundig, und Mr. Verloc hielt den Mund. Jedoch nicht gänzlich. Schleppend murmelte er:

»Vielleicht ist es ganz gut so.«

Er begann, sich zu entkleiden. Mrs. Verloc verharrte sehr reglos, vollkommen reglos, die Augen in einem träumerischen, ruhigen Blick haltend. Und für den Bruchteil einer Sekunde schien auch ihr Herz stillzustehen. In jener Nacht war sie »nicht ganz bei sich«, wie es so schön heißt, und es drängte sich ihr mit einiger Macht der Gedanke auf, daß ein einfacher Satz mehrere unterschiedliche Bedeutungen enthalten kann – zumeist unangenehme. *Wie* war es ganz gut so? Und warum? Doch sie gestattete es sich nicht, in die Müßigkeit vergeblicher Spekulationen zu verfallen. Sie war ziemlich fest in ihrem Glauben, daß die Dinge einer näheren Betrachtung nicht standhielten. Auf ihre Weise praktisch und feinsinnig, machte sie, ohne weitere Umschweife, Stevie zum Thema, weil Zielstrebigkeit in ihr die unfehlbare Natur und die Macht eines Instinktes hatte.

»Was ich tun soll, um den Jungen während der ersten Tage aufzuheitern, ich weiß es nicht. Es wird ihm von morgens bis abends den größten Kummer bereiten, bis er sich daran gewöhnt, daß seine Mutter weg ist. Und er ist so ein guter Junge. Ohne ihn könnte ich nicht sein.«

Mr. Verloc fuhr mit der achtlosen, nach innen gerichteten Konzentration eines Mannes, welcher sich in der Einsamkeit einer weiten und hoffnungslosen Wüste auszieht, fort, sich seiner Kleidung zu entledigen. Denn so ungastlich bot sich diese schöne Erde, unser gemeinsames Erbe, der geistigen Vision Mr. Verlocs dar. Innen wie außen war alles so still, daß sich das einsame Ticken der Uhr auf dem Flur wie auf der Suche nach Gesellschaft in das Zimmer stahl.

Mr. Verloc ging auf seiner Seite ins Bett und verharrte bäuchlings und stumm hinter Mrs. Verlocs Rücken. Seine dicken Arme ruhten verlassen auf der Außenseite der Steppdecke wie fallengelassene Waffen, wie beiseitegelegte Werkzeuge. In dem Augenblick stand er um Haaresbreite davor, sich seiner Frau mit all dem rückhaltlos anzuvertrauen. Der Augenblick schien günstig. Aus den Augenwinkeln sah er die in Weiß gehüllten fülligen Schultern, ihren Hinterkopf, dessen Haar für die Nacht zu drei an den Enden mit schwarzem Band gebundenen Zöpfen geflochten war. Und er unterließ es. Mr. Verloc liebte seine Frau, wie eine Frau geliebt werden sollte – das heißt ehelich, mit der Achtung, welche man für seinen wichtigsten Besitz hegt. Dieser für die Nacht hergerichtete Kopf, diese fülligen Schultern hatten das Aussehen vertrauter Heiligkeit – der Heiligkeit des häuslichen Friedens. Sie regte sich nicht, massig und formlos wie eine liegende Statue im Rohentwurf; er erinnerte sich, wie ihre weit geöffneten Augen in das leere Zimmer starrten. Sie war rätselhaft, hatte die Rätselhaftigkeit eines Lebewesens. Der weithin berühmte Geheimagent △ der beunruhigenden Depeschen des seligen Barons Stott-Wartenheim war nicht der Mann, in solche Rätsel einzudringen. Er war leicht einzuschüchtern. Und er war auch indolent; es war die Indolenz, welche so oft das Geheimnis von Gutmütigkeit ist. Aus Liebe, Furchtsamkeit und Indolenz unterließ er es, jenes Rätsel anzutasten. Mehrere Minuten lang ertrug er sein Leiden stumm in der schläfrigen Stille des Zimmers. Und dann störte er sie mit einer entschlossenen Erklärung.

»Morgen gehe ich auf.«

Seine Frau hätte schon eingeschlafen sein können. Er wußte es nicht. Tatsächlich aber hatte Mrs. Verloc ihn gehört. Ihre Augen blieben weit geöffnet, und sie lag ganz ruhig da, gefestigt in ihrer instinktiven Überzeugung, daß die Dinge einer genaueren Betrachtung nicht standhalten. Und dabei war es für Mr. Verloc nichts sehr Ungewöhnliches, eine solche Reise zu unternehmen. Er füllte sein Lager in Paris und Brüssel auf. Oft fuhr er hinüber, um seine Einkäufe persönlich zu tätigen. Eine kleine ausgesuchte Verbindung von Amateuren bildete sich um den Laden in der Brett Street herum, eine geheime Verbindung, außerordentlich passend für jedes Geschäft Mr. Verlocs, welcher mittels einer mystischen Übereinstimmung von Veranlagung und Notwendigkeit dazu bestimmt war, sein ganzes Leben lang Geheimagent zu sein.

Er wartete eine Weile und setzte dann hinzu: »Ich werde eine Woche oder vielleicht zwei weg sein. Sag Mrs. Neale, sie soll tagsüber kommen.«

Mrs. Neale war die Scheuerfrau der Brett Street. Als Opfer der Heirat mit einem liederlichen Tischler drückten sie die Bedürfnisse zahlreicher Kleinkinder. Mit roten Armen und bis unter die Achseln in grobes Sackleinen gehüllt, verströmte sie in einen Geruch aus Seifenlauge und Rum, in dem Getöse des Scheuerns, in dem Geklapper von Blecheimern die Pein der Armut.

Mrs. Verloc, voll wilder Entschlossenheit, redete im Ton oberflächlichster Gleichgültigkeit.

»Es ist nicht nötig, daß die Frau den ganzen Tag hier ist. Ich komme sehr gut mit Stevie zurecht.«

Sie ließ die einsame Uhr auf dem Flur fünfzehnmal in den Abgrund der Ewigkeit ticken und fragte:

»Soll ich das Licht ausmachen?«

Mr. Verloc fuhr seine Frau heiser an:

»Mach es aus.«

Neuntes Kapitel

Als Mr. Verloc nach zehn Tagen vom Kontinent zurückkehrte, brachte er einen von den Wundern einer Auslandsreise offenkundig unerfrischten Geist und eine von den Freuden des Heimkehrens wenig heitere Miene mit. Mit dem Anschein düsterer und verdrießlicher Erschöpfung trat er unter dem Gerassel der Ladenglocke ein. Den Koffer in der Hand, den Kopf gesenkt, schritt er sogleich hinter den Ladentisch und ließ sich in einen Stuhl fallen, als wäre er den ganzen Weg von Dover hergewandert. Es war früh am Morgen. Stevie, welcher gerade verschiedene Gegenstände, die im Fenster ausgestellt waren, abstaubte, wandte sich um, um ihn mit Ehrerbietung und Ehrfurcht anzugaffen.

»Da!« sagte Mr. Verloc und versetzte dem Gladstone-Koffer auf dem Fußboden einen leichten Tritt; und Stevie warf sich auf ihn, packte ihn, trug ihn mit triumphierender Hingabe davon. Er tat dies so prompt, daß Mr. Verloc ausgesprochen überrascht war.

Schon hatte auf das Gerassel der Ladenglocke hin Mrs. Neale, welche gerade den Wohnzimmerrost mit Graphit schwärzte, durch die Tür gespäht und sich von den Knien erhoben, um, beschürzt und von ewig währender Mühsal schmutzig, Mrs. Verloc in der Küche zu berichten, daß »der Herr zurückgekehrt wär«.

Winnie kam nicht näher als bis zur inneren Ladentür.

»Du möchtest bestimmt frühstücken«, sagte sie aus der Entfernung.

Mr. Verloc machte eine kleine Handbewegung, als wäre er von einem unmöglichen Vorschlag übermannt. Doch als er erst in die Stube gelockt war, wies er die Speise, welche man ihm vorsetzte, nicht zurück. Er aß wie in einem öffentlichen Lokal, den Hut aus der Stirn geschoben, die Schöße seines schweren Überrockes zu beiden Seiten des Stuhles als Dreieck herabhängend. Und über die Länge des mit braunem Öltuch bedeckten Tisches hinweg redete Winnie, seine Ehefrau, gleichförmig in der ehefraulichen Rede auf ihn ein, den Umständen dieser Rückkehr zweifellos so kunstvoll angepaßt wie die Rede Penelopes bei der Rückkehr des wandernden Odysseus. Mrs. Verloc jedoch hatte während der Abwesenheit ihres Gatten nichts gewebt. Doch sie hatte alle Zimmer oben gründlich säubern lassen, hatte etwas Ware verkauft, hatte einige Male Mr. Michaelis gesehen. Das letzte Mal hatte er ihr erzählt, er wolle aufs Land gehen und dort in einem Häuschen wohnen, irgendwo an der Strecke London-Chatham-Dover. Auch Karl Yundt war einmal dagewesen, von »dieser bösen alten Haushälterin« am Arm geführt. Er sei »ein garstiger alter Mann«. Über den Genossen Ossipon, welchen sie knapp empfangen hatte, hinter dem Ladentisch verschanzt, mit steinerner Miene und einem versonnenen Blick, sagte sie nichts, wobei ihre geistige Bezugnahme auf den robusten Anarchisten durch eine kurze Pause und die schwächstmögliche Errötung bezeichnet war. Und indem sie ihren Bruder Stevie sobald sie konnte in den Strom der häuslichen Ereignisse einbrachte, erwähnte sie, der Junge habe sehr viel vor sich hingeträumt.

»Und das alles, weil Mutter uns so verlassen hat.«

Mr. Verloc sagte weder »Verdammt!« noch auch »Hol

ihn der Teufel!«. Und Mrs. Verloc, welche nicht in das Geheimnis seiner Gedanken eingelassen wurde, vermochte die Großzügigkeit dieser Zurückhaltung nicht zu würdigen.

»Es ist ja nicht so, daß er nicht so gut wie sonst arbeitete«, fuhr sie fort. »Er hat sich sehr nützlich gemacht. Man möchte meinen, er könnte nicht genug für uns tun.«

Mr. Verloc richtete einen beiläufigen und schlaftrunkenen Seitenblick auf Stevie, welcher zart, blaßgesichtig, den rosigen Mund weit offen, zu seiner Rechten saß. Es war kein kritischer Blick. Er verfolgte keine Absicht. Und wenn Mr. Verloc einen Augenblick dachte, der Bruder seiner Frau sehe ungewöhnlich unnütz aus, dann war dies nur ein wirrer und flüchtiger Gedanke, bar jener Kraft und Haltbarkeit, welche zuweilen einen Gedanken befähigen, die Welt zu bewegen. Mr. Verloc lehnte sich zurück und entblößte das Haupt. Bevor sein ausgestreckter Arm den Hut ablegen konnte, hatte Stevie sich darauf gestürzt und trug ihn ehrerbietig in die Küche. Und wiederum war Mr. Verloc überrascht.

»Mit dem Jungen könntest du alles tun, Adolf«, sagte Mrs. Verloc mit bester unerschütterlicher Ruhe. »Der würde für dich durchs Feuer gehen. Der –«

Sie hielt lauschend inne, das Ohr in Richtung Küchentür gewandt.

Dort schrubbte Mrs. Neale gerade den Fußboden. Bei Stevies Erscheinen stöhnte sie kläglich auf, nachdem sie beobachtet hatte, daß er leicht dazu gebracht werden konnte, den Shilling, welchen seine Schwester Winnie ihm von Zeit zu Zeit schenkte, zum Besten ihrer Kleinkinder zu spenden. Auf allen vieren zwischen den Pfützen, naß und besudelt wie ein amphibisches Haustier, welches in Aschekästen und Schmutzwasser haust, gab sie das übliche Exordium von sich: »Ist ja gut und schön für dich, immer nichts tun wie ein Gentleman.« Worauf sie die immerwährende Klage der Armen, jämmerlich verlogen, erbärmlich verbürgt durch den scheußlichen Geruch von billigem Rum und Seifenlauge, folgen ließ. Sie schrubbte hart, wobei sie die ganze Zeit schniefte und unablässig schwatzte. Und sie war aufrichtig. Und zu beiden Seiten ihrer dünnen roten Nase schwammen ihre trüben, verschleierten Augen in Tränen, weil sie eine morgendliche Anregung doch schmerzlich vermißte.

In der Stube bemerkte Mrs. Verloc wissend:

»Da ist Mrs. Neale wieder bei ihren herzzerreißenden Geschichten von ihren kleinen Kindern. So klein können die gar nicht sein, wie sie sie darstellt. Ein paar von denen müßten inzwischen doch so groß sein, daß sie selber etwas tun können. Es macht Stevie nur wütend.«

Diese Worte wurden mit dem Schlag einer Faust auf den Küchentisch bekräftigt. In der normalen Evolution seines Mitgefühls war Stevie wütend geworden, weil er keinen Shilling in der Tasche hatte. In seiner Unfähigkeit, die Entbehrungen von Mrs. Neales »Kleinen« auf der Stelle zu lindern, fand er, daß jemand dafür leiden müsse. Mrs. Verloc erhob sich und ging in die Küche, um »diesem Unsinn Einhalt zu gebieten«. Und sie tat es fest, aber sanft. Ihr war wohl bewußt, daß Mrs. Neale, kaum daß sie ihr Geld erhalten hatte, um die Ecke ging, um geistige Getränke in einem schäbigen und muffigen Wirtshaus – der unvermeidlichen Station auf der *via dolorosa* ihres Lebens – zu sich zu nehmen. Mrs. Verlocs Kommentar zu dieser Sitte besaß eine unerwartete Tiefe, indem sie von einem Menschen kam, welcher nicht geneigt war, unter die Oberfläche der Dinge zu blicken. »Aber was soll sie denn tun, um das alles durchzustehen? Wenn ich Mrs. Neale wäre, ich würde mich wohl nicht anders verhalten.«

Am Nachmittag desselben Tages, als Mr. Verloc aus dem letzten einer langen Reihe Nickerchen vor dem Stubenkamin hochfuhr und erklärte, er habe die Absicht, spazierenzugehen, sagte Winnie aus dem Laden:

»Wenn du doch nur den Jungen mitnehmen könntest, Adolf.«

Zum dritten Mal an jenem Tag war Mr. Verloc überrascht. Blöde starrte er seine Frau an. Sie fuhr in ihrer gleichförmigen Art fort. Immer wenn der Junge nichts zu tun habe, lungere er schwermütig im Haus herum. Das mache sie unbehaglich; es mache sie nervös, gestand sie. Und von der ruhigen Winnie klang das wie eine Übertreibung. Doch tatsächlich lungerte Stevie in der auffallenden Art eines unglücklichen Haustieres herum. Er ging nach oben in den dunklen Flur, wo er sich dann zu Füßen der hohen Uhr auf den Boden setzte, die Knie angezogen und den Kopf in den Händen. Seinem bleichen Gesicht zu begegnen, dessen große Augen im Düstern glommen, war verstörend; daran zu denken, daß er da oben saß, war beunruhigend.

Mr. Verloc gewöhnte sich an die verblüffende Neuheit der Idee. Er mochte seine Frau, wie ein Mann es tun sollte – das heißt, großzügig. Doch ein gewichtiger Einwand stellte sich in seinen Gedanken, und er formulierte ihn.

»Er könnte mir vielleicht aus dem Blick geraten und auf der Straße verlorengehen«, sagte er.

Mrs. Verloc schüttelte kompetent den Kopf.

»Bestimmt nicht. Du kennst ihn nicht. Der Junge verehrt dich einfach. Aber wenn er plötzlich weg sein sollte –«

Mrs. Verloc hielt einen Augenblick inne, aber nur einen Augenblick.

»Dann geh einfach weiter und mache deinen Spaziergang zu Ende. Sorge dich nicht. Er schafft das schon. Bestimmt taucht er hier bald wieder sicher auf.«

Dieser Optimismus verschaffte Mr. Verloc die vierte Überraschung an dem Tag.

»Wirklich?« grunzte er zweifelnd. Aber vielleicht war sein Schwager gar nicht so ein Idiot, wie er aussah. Seine Frau würde das am besten wissen. Er wandte die schweren Augen ab, sagte heiser: »Na schön, dann soll er eben mitkommen«, und fiel zurück in die Fänge finsterer Sorge, welche es vielleicht vorzieht, hinter einem Reitersmann zu sitzen, jedoch auch weiß, wie sie sich Leuten an die Fersen heftet, die nicht so wohlhabend sind, um Pferde zu halten – wie beispielsweise Mr. Verloc.

Winnie sah, in der Ladentür stehend, diesen verhängnisvollen Begleiter auf Mr. Verlocs Spaziergängen nicht. Sie sah den beiden Gestalten nach, wie sie die verdreckte Straße entlanggingen, der eine groß und plump, der andere schmächtig und klein, mit dünnem Hals, die spitzen Schultern unter den großen, halb transparenten Ohren leicht angehoben. Der Stoff ihrer Überröcke war gleich, ihre Hüte waren schwarz und von runder Form. Von der Ähnlichkeit der Kleidungsstücke angeregt, ließ Mrs. Verloc ihrer Phantasie freien Lauf.

»Könnten Vater und Sohn sein«, sagte sie bei sich. Auch dachte sie, daß Mr. Verloc noch der beste Vater war, den der arme Stevie in seinem ganzen Leben gehabt hatte. Ebenfalls war sie sich bewußt, daß dies ihr Werk war. Und mit stillem Stolz beglückwünschte sie sich zu einem Entschluß, welchen sie etliche Jahre zuvor gefaßt hatte. Er hatte sie einige Anstrengung und sogar ein paar Tränen gekostet.

Noch mehr beglückwünschte sie sich dazu, daß sie mit den Tagen beobachtet hatte, wie Mr. Verloc offenbar Gefallen an Stevies Gesellschaft fand. Wenn Mr. Verloc nun bereit für seinen Spaziergang war, rief er laut nach dem Jungen, zweifellos in dem Geiste, wie man die Begleitung des Haushundes einlädt, wenngleich natürlich auf eine andere Art. Im Haus konnte man Mr. Verloc dabei ertappen, wie er Stevie oftmals neugierig anstarrte. Ja, sein Benehmen hatte sich verändert. Noch immer schweigsam, war er nicht mehr so teilnahmslos. Mrs. Verloc fand, daß er zuweilen etwas schreckhaft war. Man hätte das als eine Verbesserung betrachten können. Was Stevie anging, so lungerte er nicht mehr zu Füßen der Uhr herum, brummelte jedoch statt dessen in Ecken drohend vor sich hin. Auf die Frage: »Was sagst du da, Stevie?« öffnete er lediglich den Mund und schielte seine Schwester an. Ab und an ballte er ohne ersichtlichen Grund die Fäuste, und wenn man ihn in der Einsamkeit entdeckte, so blickte er finster gegen die Wand, während Blatt Papier und Stift, welche man ihm zum Kreisezeichnen gegeben hatte, leer und unbenutzt auf dem Küchentisch lagen. Dies war eine Veränderung, doch es war keine Verbesserung. Mrs. Verloc, welche all diese Launen unter den Oberbegriff Erregung verbuchte, fürchtete allmählich, daß Stevie mehr von den Gesprächen ihres Mannes mit seinen Freunden mithörte, als gut für ihn war. Während seiner »Spaziergänge« traf Mr. Verloc natürlich zahlreiche Personen und unterhielt sich mit ihnen. Anders konnte es kaum sein. Seine Spaziergänge waren ein integraler Bestandteil seiner Aktivitäten außer Haus, in welche seine Frau nie größeren Einblick hatte. Mrs. Verloc hatte den Eindruck, daß die Lage heikel war, doch sie stellte sich ihr mit der gleichen undurchdringlichen Ruhe, welche die Kunden des Ladens beeindruckte und sogar erstaunte und die anderen Besucher ein wenig verwundert Abstand halten ließ. Nein! Sie fürchtete, daß es da Dinge gebe, die zu hören für Stevie nicht gut seien, sagte sie ihrem Mann. Sie regten den armen Jungen nur auf, weil er nichts dafür könne, so zu sein. Das könne niemand.

Es war im Laden. Mr. Verloc sagte nichts dazu. Er machte keine Erwiderung, und dennoch war die Erwiderung offenkundig. Doch er unterließ es, seine Frau darauf hinzuweisen, daß der Einfall, Stevie zum Begleiter seiner Spaziergänge zu machen, der ihre und sonst niemandes war. In dem Augenblick wäre Mr. Verloc einem unvoreingenommenen Beobachter in seiner Großmut mehr als menschlich erschienen. Er nahm von einem Sims eine kleine Pappschachtel, spähte hinein, um zu sehen, ob der Inhalt in Ordnung war, und legte sie sachte auf den Ladentisch. Erst als dies getan war, brach er das Schweigen dahingehend, daß es Stevie höchstwahrscheinlich sehr zugute käme, wenn er eine Zeitlang aus der Stadt geschickt würde; er vermute nur, daß seine Frau ohne ihn nicht gut zurechtkomme.

»Ohne ihn nicht zurechtkommen!« wiederholte Mrs. Verloc langsam. »Ich könnte ohne ihn nicht zurechtkommen, wenn es zu seinem Nutzen wäre! Natürlich komme ich ohne ihn zurecht. Aber er kann ja nirgendwo hin.«

Mr. Verloc zog etwas braunes Papier und ein Schnurknäuel hervor; und dabei murmelte er, daß Michaelis in einem Häuschen auf dem Land lebe. Michaelis habe nichts dagegen, Stevie ein Zimmer zum Schlafen abzutreten. Es gebe dort keine Besucher und kein Gerede. Michaelis schreibe ein Buch.

Mrs. Verloc erklärte ihre Gewogenheit für Michaelis; erwähnte ihre Abscheu vor Karl Yundt, dem »garstigen alten Mann«; und über Ossipon sagte sie nichts. Was Stevie betreffe, so könne er doch nur hocherfreut sein. Mr. Michaelis sei immer so nett und freundlich zu ihm. Anscheinend habe er den Jungen gern. Der Junge sei aber auch ein guter Junge.

»Auch du scheinst ihn in letzter Zeit recht gern zu mögen«, setzte sie in ihrem unbeugsamen Selbstvertrauen nach einer Pause hinzu.

Mr. Verloc verschnürte die Pappschachtel zu einem Postpaket, riß die Schnur mit einem unbesonnenen Ruck ab und brummelte insgeheim mehrere Flüche vor sich hin. Danach erhob er die Stimme zu seinem gewohnten heiseren Gemurmel und tat seine Bereitschaft kund, Stevie höchstselbst aufs Land zu bringen und ihn dort vollkommen sicher bei Michaelis zu lassen.

Schon am nächsten Tag führte er diesen Plan aus. Stevie brachte keine Einwände vor. Auf eine verwirrte Art und Weise schien er ziemlich begierig darauf. Fragend wandte er seinen offenen Blick in häufigen Abständen auf Mr. Verlocs schweres Gesicht, vor allem dann, wenn seine Schwester nicht hinsah. Sein Gesichtsausdruck war stolz, verzagt und konzentriert wie der eines kleinen Kindes, welchem zum ersten Mal eine Schachtel Streichhölzer anvertraut wird und das ein Zündholz anreißen darf. Mrs. Verloc hingegen, befriedigt von der Fügsamkeit ihres Bruders, anempfahl ihm, seine Kleidung auf dem Land nicht übermäßig zu beschmutzen. Worauf Stevie seiner Schwester, Hüterin und Beschützerin einen Blick zuwarf, welchem zum ersten Mal in seinem Leben die Eigenschaft vollkommenen kindlichen Vertrauens zu mangeln schien. Er war hochmütig und düster. Mrs. Verloc lächelte.

»Meine Güte! Du brauchst nicht gleich beleidigt zu sein. Du weißt doch, daß du dich bei jeder Gelegenheit sehr unordentlich machst, Stevie.«

Mr. Verloc war schon ein Stück die Straße entlanggegangen.

Und so war Mrs. Verloc in Folge der heroischen Verhandlungen ihrer Mutter und des Aufenthaltes ihres Bruders in der Sommerfrische öfter als gewöhnlich allein, nicht nur im Laden, sondern auch im Haus. Denn Mr. Verloc mußte ja seine Spaziergänge unternehmen. Länger allein als gewöhnlich war sie an dem Tag des versuchten Bombenanschlages im Greenwich Park, weil Mr. Verloc an dem Morgen sehr früh ausging und erst gegen Sonnenuntergang wieder zurückkam. Es störte sie nicht, allein zu sein. Sie hatte kein Verlangen auszugehen. Das Wetter war zu schlecht, und im Laden war es gemütlicher als auf der Straße. Sie saß mit einer Näharbeit hinter dem Ladentisch und hob, als Mr. Verloc in dem aggressiven Gerassel der Glocke eintrat, nicht den Blick von ihrer Tätigkeit. Sie hatte seinen Schritt draußen auf dem Pflaster erkannt.

Sie hob nicht den Blick, doch als Mr. Verloc schweigend, den Hut in die Stirn gedrückt, direkt auf die Stubentür zustrebte, sagte sie heiter:

»Ist das ein scheußlicher Tag. Hast du vielleicht Stevie besucht?«

»Nein!« sagte Mr. Verloc leise und knallte die verglaste Tür mit unerwarteter Heftigkeit zu.

Eine Zeitlang schwieg Mrs. Verloc, die Arbeit in den Schoß gesenkt, bis sie sie dann unter den Ladentisch weglegte und aufstand, um das Gas anzuzünden. Danach ging sie in die Stube und weiter zur Küche. Mr. Verloc würde gleich sein Abendessen wollen. Im Vertrauen auf die Kraft ihrer Reize erwartete Winnie von ihrem Mann im alltäglichen Verkehr ihres Ehelebens keine zeremonielle Gefälligkeit der Anrede und keinen höflichen Umgangston; leere und antiquierte Formen bestenfalls, welche, wahrscheinlich nie so genau beachtet, heutzutage selbst in den höchsten Kreisen abgelegt und den Standards ihrer Klasse ohnehin stets fremd waren. Sie erwartete von ihm keine Höflichkeiten. Doch war er ein guter Ehemann, und sie respektierte loyal seine Rechte.

Mrs. Verloc hätte mit der vollendeten Heiterkeit einer Frau, welche sich der Kraft ihrer Reize sicher ist, das Wohnzimmer durchschritten und wäre ihren häuslichen Pflichten in der Küche nachgekommen. Doch ein feines und klapperndes Geräusch drang an ihr Ohr. Bizarr wie es war, erregte es Mrs. Verlocs Aufmerksamkeit. Als dem Ohr seine Natur dann klar war, blieb sie stehen, verblüfft und besorgt. Sie riß ein Zündholz an der Schachtel an, welche sie in der Hand hielt, drehte sich um und zündete über dem Wohnzimmertisch einen der beiden Gasbrenner an, welcher, da er defekt war, zunächst wie erstaunt pfiff und dann behaglich wie eine Katze schnurrte.

Entgegen seiner Gewohnheit hatte Mr. Verloc seinen Überrock abgeworfen. Er lag auf dem Sofa. Sein Hut, welchen er ebenfalls abgeworfen haben mußte, lag auf dem Kopf unter der Sofakante. Er hatte einen Stuhl vor den Kamin gezogen und die Füße übers Gitter gelegt, er hielt den Kopf zwischen den Händen und hing tief über dem glühenden Rost. Seine Zähne klapperten mit unbeherrschbarer Gewalt, wodurch sein riesiger Rücken im Takt mitzitterte. Mrs. Verloc war bestürzt.

»Du bist naß geworden«, sagte sie.

»Nicht sehr«, vermochte Mr. Verloc in einem durchdringenden Schauder hervorzustammeln. Mit großer Anstrengung unterdrückte er das Zähneklappern.

»Du gehst mir aber gleich ins Bett«, sagte sie mit echter Unruhe.

»Ich glaube nicht«, versetzte Mr. Verloc und schniefte heiser.

Allerdings hatte er es irgendwie geschafft, sich zwischen sieben Uhr morgens und fünf Uhr abends eine scheußliche Erkältung zuzuziehen. Mrs. Verloc schaute auf seinen gebeugten Rücken.

»Wo warst du heute?« fragte sie.

»Nirgends«, antwortete Mr. Verloc mit tiefer, erstickter, näselnder Stimme. Seine Haltung legte gekränktes Schmollen oder starke Kopfschmerzen nahe. Die Unangemessenheit und Unaufrichtigkeit seiner Antwort wurde in der Totenstille im Zimmer schmerzlich offenbar. Er schniefte entschuldigend und fügte hinzu: »Ich war auf der Bank.«

Mrs. Verloc wurde aufmerksam.

»Ach, wirklich!« sagte sie leidenschaftslos. »Weswegen?«

Mr. Verloc murmelte, die Nase über dem Rost, mit auffallendem Widerwillen:

»Das Geld abheben!«

»Was meinst du damit? Alles?«

»Ja. Alles.«

Mrs. Verloc legte das knappe Tischtuch sorgfältig auf den Tisch, holte zwei Messer und zwei Gabeln aus der Tischschublade und hielt in ihrer methodischen Verrichtung plötzlich inne.

»Wozu hast du das getan?«

»Brauch's vielleicht bald«, schniefte Mr. Verloc, der ans Ende seiner kalkulierten Unbedachtsamkeiten kam, vage.

»Ich weiß nicht, was du damit meinst«, bemerkte seine Frau in vollkommen beiläufigem Ton, wobei sie jedoch stockstill zwischen Tisch und Schrank stand.

»Du weißt doch, daß du mir vertrauen kannst«, bemerkte Mr. Verloc mit heiseren Gefühlen zum Rost hin.

Mrs. Verloc wandte sich langsam dem Schrank zu und sagte bedächtig:

»O ja. Ich kann dir vertrauen.«

Und sie setzte ihre methodische Verrichtung fort. Sie stellte zwei Teller hin, holte das Brot, die Butter, wobei sie in der friedlichen Stille ihres Hauses ruhig zwischen Tisch und Schrank hin und her ging. Erst als sie die Marmelade herausholte, kam ihr der praktische Gedanke: »Er wird hungrig sein, wo er doch den ganzen Tag unterwegs war«, und sie ging noch einmal zum Schrank zurück, um den kalten Braten zu holen. Sie stellte ihn unter den schnurrenden Gasbrenner, und mit einem kurzen Blick auf ihren reglosen, sich ans Feuer klammernden Mann ging sie (zwei Treppen tief) in die Küche. Erst als sie wieder zurückkam, Tranchiermesser und Gabel in der Hand, sagte sie wieder etwas.

»Wenn ich dir nicht vertraut hätte, dann hätte ich dich auch nicht geheiratet.«

Unter den Kaminsims gebeugt, den Kopf in beiden Händen haltend, schien Mr. Verloc eingeschlafen zu sein. Winnie bereitete den Tee zu und rief mit gedämpfter Stimme:

»Adolf.«

Mr. Verloc erhob sich sogleich und taumelte ein wenig, bevor er sich an den Tisch setzte. Seine Frau prüfte die Schärfe des Tranchiermessers, legte es dann auf den Teller und machte ihn auf den kalten Braten aufmerksam. Das Kinn auf der Brust, nahm er den Hinweis nicht wahr.

»Du bist erkältet, du mußt essen«, sagte Mrs. Verloc dogmatisch.

Er blickte auf und schüttelte den Kopf. Seine Augen waren blutunterlaufen und sein Gesicht rot. Seine Finger hatten die Haare zu verlebter Unordentlichkeit zerzaust. Im ganzen war er von unansehnlichem Äußeren; es drückte das Unwohlsein, die Gereiztheit und die Trübnis aus, welche auf eine heftige Zügellosigkeit folgt. Doch Mr. Verloc war kein zügelloser Mensch. In seinem Verhalten war er korrekt. Sein Aussehen hätte auch die Auswirkung einer fiebrigen Erkältung sein können. Er trank drei Tassen Tee, enthielt sich jedoch jeglicher Nahrung. Mit düsterer Abneigung schauderte er davor zurück, als er von Mrs. Verloc dazu gedrängt wurde. Letztere sagte endlich:

»Hast du denn keine nassen Füße? Zieh doch lieber deine Pantoffeln an. Heute gehst du ja nicht mehr aus.«

Mr. Verloc bedeutete ihr durch verdrießliche Grunzer

und Zeichen, daß seine Füße nicht naß seien und daß es ihm überhaupt gleichgültig sei. Das Ansinnen bezüglich der Pantoffeln wurde als unter seiner Würde mißachtet. Doch die Frage des nochmaligen abendlichen Ausgehens nahm eine unerwartete Entwicklung. Nicht an ein abendliches Ausgehen dachte Mr. Verloc. Seine Gedanken kreisten um einen größeren Plan. Aus launischen und unvollständigen Worten wurde ersichtlich, daß Mr. Verloc die Ratsamkeit der Auswanderung erwog. Nicht sehr deutlich war, ob er dabei Frankreich oder Kanada im Sinn hatte.

Die äußerste Unerwartetheit, Unwahrscheinlichkeit und Unbegreifbarkeit eines solchen Ereignisses beraubte diese undeutliche Erklärung jeglicher Wirkung. Mrs. Verloc sagte so gelassen, als habe ihr Mann ihr mit dem Ende der Welt gedroht:

»Welch eine Vorstellung!«

Mr. Verloc erklärte, er habe die Nase voll von allem, und überhaupt – Sie unterbrach ihn.

»Du bist stark erkältet.«

Es war allerdings offenkundig, daß Mr. Verloc nicht in der üblichen Verfassung war – körperlich und sogar geistig. Eine düstere Unentschlossenheit ließ ihn eine Weile schweigen. Dann murmelte er einige ominöse Allgemeinheiten über das Thema der Notwendigkeit.

»Werde müssen«, wiederholte Winnie ruhig, ihrem Mann gegenüber mit verschränkten Armen zurückgelehnt. »Ich möchte nur wissen, wer dich dazu zwingen soll. Du bist doch kein Sklave. In diesem Land muß keiner Sklave sein – und mach dich nur nicht dazu.« Sie hielt inne und fuhr dann mit unbezwinglicher und fester Offenheit fort: »Das Geschäft läuft doch gar nicht so schlecht.« Und: »Du hast doch ein bequemes Zuhause.«

Ihr Blick streifte übers ganze Wohnzimmer, vom Eckschrank bis zum guten Feuer im Kamin. Behaglich verborgen hinter dem Laden der zweifelhaften Waren mit dem rätselhaft matten Schaufenster und der Tür, welche in der düsteren und schmalen Straße verdächtig angelehnt war, war es in allen wesentlichen Belangen häuslicher Schicklichkeit und Bequemlichkeit ein achtbares Zuhause. In ihrer hingebungsvollen Zuneigung vermißte sie dabei ihren Bruder Stevie, welcher nun eine feuchte Sommerfrische in Mr. Michaelis' Obhut auf den kentischen Wegen genoß. Sie vermißte ihn schmerzlich, mit all der Kraft ihrer schützenden Leidenschaft. Dies hier war auch das Zuhause des Jungen – das Dach, der Schrank, der geschürte Kamin. Bei diesem Gedanken erhob sich Mrs. Verloc, ging zum anderen Ende des Tisches und sagte dabei aus vollstem Herzen:

»Und mich hast du nicht satt.«

Mr. Verloc gab keinen Laut von sich. Winnie lehnte sich von hinten an seine Schulter und drückte ihm die Lippen auf die Stirn. So verharrte sie. Kein Flüstern erreichte sie von der Außenwelt. Das Geräusch von Schritten auf dem Pflaster erstarb in dem verschwiegenen Dunkel des Ladens. Nur der Gasbrenner über dem Tisch schnurrte in der brütenden Stille des Wohnzimmers gleichmütig vor sich hin.

Während der Berührung jenes unerwarteten und verharrenden Kusses bewahrte Mr. Verloc, wobei er die Kanten seines Stuhles mit beiden Händen gepackt hielt, eine hieratische Reglosigkeit. Als der Druck von ihm genommen war, ließ er den Stuhl los, erhob sich und stellte sich vor den Kamin. Nun kehrte er den Rücken nicht mehr dem Zimmer zu. Mit angeschwollenen Zügen und einem Ausdruck, als sei er betäubt, folgte er mit den Augen den Bewegungen seiner Frau.

Mrs. Verloc ging heiter umher, den Tisch abräumend. Ihre gelassene Stimme kommentierte die Idee, welche in vernünftigem und familiärem Ton ausgesprochen worden war. Sie werde einer Überprüfung nicht standhalten. Mrs. Verloc verurteilte sie von jedem Blickpunkt aus. Doch ihr einziges wirkliches Anliegen sei Stevies Wohlergehen. Er erschien ihrem Denken in dieser Hinsicht als genügend »wunderlich«, um nicht abrupt ins Ausland mitgenommen zu werden. Und das sei alles. Doch indem sie um diesen wesentlichen Punkt herumredete, näherte sich ihr Vortrag absoluter Heftigkeit. Dabei band sie sich eine Schürze um, um Tassen abzuspülen. Und wie erregt durch den Klang ihrer unwidersprochenen Stimme, ging sie so weit, in einem geradezu schroffen Ton zu sagen:

»Wenn du ins Ausland gehst, dann mußt du ohne mich gehen.«

»Du weißt doch, daß ich das nie tun würde«, sagte Mr. Verloc heiser, und die klanglose Stimme seines Privatlebens bebte unter einem rätselhaften Gefühl.

Schon bedauerte Mrs. Verloc ihre Worte. Sie hatten unfreundlicher geklungen, als sie es beabsichtigt hatte. Auch hatten sie die Unweisheit unnötiger Dinge. Ja, sie hatte sie gar nicht so gemeint. Es war eine Wendung, wie sie einem durch den Dämon der bösen Eingebung in den Mund gelegt wird. Doch sie wußte einen Weg, wie sie sie ungeschehen machen konnte.

Sie drehte den Kopf über die Schulter und warf dem Mann, welcher schwer vor dem Kamin aufgebaut war, einen Blick, halb schelmisch, halb grausam, aus ihren großen Augen zu – einen Blick, dessen die Winnie aus dem Haus in Belgravia ob ihrer Ehrbarkeit und Unwissenheit unfähig gewesen wäre. Doch der Mann war nun ihr Gatte, und sie war nicht mehr unwissend. Sie hielt ihn eine volle Sekunde auf ihm, das ernste Gesicht reglos wie eine Maske, während sie spielerisch sagte:

»Das könntest du auch gar nicht. Du würdest mich zu sehr vermissen.«

Mr. Verloc setzte sich in Bewegung.

»Genau«, sagte er mit lauterer Stimme, breitete die Arme aus und trat einen Schritt auf sie zu. Etwas Wildes und Zweifelhaftes in seinem Ausdruck ließ es im Ungewissen, ob er seine Frau erwürgen oder umarmen wollte. Doch Mrs. Verlocs Aufmerksamkeit wurde durch das Gerassel der Ladenglocke abgelenkt.

»Kundschaft, Adolf. Geh du.«

Er blieb stehen, die Arme sanken langsam herab.

»Geh du«, wiederholte Mrs. Verloc. »Ich habe die Schürze um.«

Mr. Verloc gehorchte hölzern, starräugig und wie ein Automat, dessen Gesicht rot bemalt worden war. Die Ähnlichkeit mit einer mechanischen Figur ging so weit, daß er die absurde Miene eines Automaten hatte, welcher sich der Maschinerie in sich bewußt war.

Er schloß die Stubentür, und Mrs. Verloc trug flink das Tablett in die Küche. Sie wusch die Tassen ab und einige andere Dinge, bevor sie in ihrer Arbeit innehielt, um zu horchen. Kein Laut drang zu ihr hin. Der Kunde war lange im Laden. Es war ein Kunde, denn wäre er keiner gewesen, dann wäre Mr. Verloc mit ihm hereingekommen. Die Bänder ihrer Schürze mit einem Ruck entknotend, warf sie sie auf einen Stuhl und ging langsam zurück in die Stube.

Genau in dem Moment trat Mr. Verloc aus dem Laden herein.

Er war rot hinausgegangen. In einem seltsamen papiernen Weiß kam er herein. Sein Gesicht, das nun allmählich seine betäubte, fiebrige Stumpfheit verlor, hatte einen verwirrten und gehetzten Ausdruck angenommen. Er ging stracks zum Sofa und stand da, den Blick auf seinen dort liegenden Überrock gesenkt, als fürchtete er sich, ihn zu berühren.

»Was ist?« fragte Mrs. Verloc mit gedämpfter Stimme. Durch die etwas offenstehende Tür konnte sie sehen, daß der Kunde noch nicht gegangen war.

»Ich muß jetzt doch noch heute abend weg«, sagte Mr. Verloc. Er unternahm keinen Versuch, seinen Mantel aufzuheben.

Ohne ein Wort ging Winnie zum Laden, schloß die Tür hinter sich und trat hinter den Ladentisch. Erst als sie sich auf dem Stuhl eingerichtet hatte, schaute sie den Kunden offen an. Doch da hatte sie schon bemerkt, daß er groß und schmal war und den Schnurrbart hochgezwirbelt trug. Und gerade jetzt zwirbelte er die spitzen Enden auch hoch. Sein langes, knochiges Gesicht ragte aus einem Stehkragen. Er war ein wenig bespritzt, ein wenig naß. Ein dunkler Mann, dessen Kamm des Wangenknochens sich unter der leicht gehöhlten Schläfe gut abzeichnete. Ein Fremder. Und auch kein Kunde.

Mrs. Verloc musterte ihn gelassen.

»Sie sind vom Kontinent gekommen?« sagte sie nach einiger Zeit.

Der lange, schmale Fremde antwortete, ohne eigentlich Mrs. Verloc anzusehen, nur mit einem schwachen, eigentümlichen Lächeln.

Mrs. Verlocs fester, gleichgültiger Blick ruhte auf ihm.
»Sie verstehen doch Englisch, oder?«
»O ja. Ich verstehe Englisch.«

Seine Aussprache hatte nichts Ausländisches, außer daß er sich mit seiner langsamen Aussprache Mühe damit zu geben schien. Und Mrs. Verloc war mit ihrer vielfältigen Erfahrung zu dem Schluß gekommen, daß manche Ausländer besser Englisch sprachen als die Einheimischen. Den Blick starr auf die Stubentür gerichtet, sagte sie:

»Denken Sie möglicherweise daran, für immer in England zu bleiben?«

Wiederum schenkte der Fremde ihr ein stummes Lächeln. Er hatte einen freundlichen Mund und prüfende Augen. Und es hatte den Anschein, als schüttelte er ein wenig traurig den Kopf.

»Mein Mann wird Ihnen schon weiterhelfen. Unterdessen können Sie nichts Besseres tun als bei Mr. Guilgiani Logis zu nehmen. Es heißt Continental Hotel. Familiär. Ruhig ist es. Mein Mann wird Sie hinbringen.«

»Eine gute Idee«, sagte der schmale, dunkle Mann, dessen Blick sich plötzlich verhärtet hatte.

»Sie haben Mr. Verloc schon gekannt – nicht wahr? Aus Frankreich vielleicht?«

»Ich habe von ihm gehört«, räumte der Besucher in seinem langsamen, peniblen Ton ein, in welchem jedoch eine gewisse bewußte Knappheit lag.

Eine Pause trat ein. Dann redete er wieder, nun auf eine weit weniger sorgfältige Art.

»Ihr Mann ist wohl nicht zufällig hinausgegangen, um auf der Straße auf mich zu warten?«

»Auf der Straße!« wiederholte Mrs. Verloc überrascht.

»Das könnte er gar nicht. Das Haus hat gar keine andere Tür.«

Sie saß reglos da, dann stand sie von ihrem Platz auf, um zur Glastür zu gehen und hindurchzuspähen. Plötzlich öffnete sie sie und verschwand in der Stube.

Mr. Verloc hatte nichts weiter getan, als den Überrock anzuziehen. Doch warum er anschließend auf die Arme gestützt über dem Tisch gebeugt verharrte, als wäre ihm schwindlig oder übel, das konnte sie nicht verstehen.

»Adolf«, rief sie halblaut; und als er sich erhoben hatte: »Kennst du den Mann da?« fragte sie rasch.

»Hab' von ihm gehört«, flüsterte Mr. Verloc beklommen, wobei er einen wilden Blick zur Tür schleuderte.

In Mrs. Verlocs feinen, gleichgültigen Augen zuckte ein Blitz der Abscheu auf.

»Einer von Karl Yundts Freunden – der garstige alte Mann.«

»Nein! Nein!« protestierte Mr. Verloc, damit beschäftigt, nach seinem Hut zu angeln. Doch als er ihn unter dem Sofa hervorgezogen hatte, hielt er ihn, als wüßte er nicht, was man mit einem Hut anfängt.

»Nun – er wartet auf dich«, sagte Mrs. Verloc endlich. »Sag, Adolf, er ist doch wohl nicht einer von diesen Botschaftsleuten, mit denen du dich in letzter Zeit herumgeärgert hast?«

»Mit Botschaftsleuten herumgeärgert«, wiederholte Mr. Verloc, vor Überraschung und Furcht aufbrausend. »Wer hat dir von den Botschaftsleuten erzählt?«

»Du selbst.«

»Ich! Ich! Dir von der Botschaft erzählt!«

Mr. Verloc wirkte über die Maßen verängstigt und verwirrt. Seine Frau erklärte:

»Du redest in letzter Zeit ein wenig im Schlaf, Adolf.«
»Was – was habe ich gesagt? Was weißt du?«
»Nicht viel. Das meiste war wohl Unsinn. Genug jedenfalls, daß ich erraten konnte, daß dich etwas bedrückt.«

Mr. Verloc rammte sich den Hut auf den Kopf. Eine tiefrote Zorneswelle lief ihm übers Gesicht.

»Unsinn – was? Die Botschaftsleute! Denen würde ich einem nach dem anderen das Herz herausschneiden. Aber die sollen bloß vorsichtig sein. Ich habe eine Zunge im Kopf.«

Er schäumte, rannte zwischen Tisch und Sofa hin und her, der offene Überrock schlug gegen die Ecken. Die rote Zorneswelle verebbte und ließ sein Gesicht kalkweiß und mit bebenden Nasenflügeln zurück. Mrs. Verloc schrieb diese Erscheinungen zum Zwecke eines praktischen Daseins der Erkältung zu.

»Aber«, sagte sie, »schaff dir den Mann, wer es auch ist, so schnell du kannst vom Hals und komm zu mir nach Hause zurück. Du brauchst ein paar Tage Pflege.«

Mr. Verloc beruhigte sich wieder und – Entschlossenheit prägte sein bleiches Gesicht – hatte schon die Tür geöffnet, als seine Frau ihn mit einem Flüstern zurückrief.

»Adolf! Adolf!« Aufgeschreckt kam er zurück. »Was ist denn mit dem Geld, das du abgehoben hast?« fragte sie. »Hast du es denn in der Tasche? Wäre es nicht besser, wenn du –«

Mr. Verloc glotzte einige Zeit dumm auf die Innenfläche von Mrs. Verlocs ausgestreckter Hand, bis er sich dann auf die Stirn schlug.

»Geld! Ja! Ja! Ich wußte nicht, was du gemeint hast.«

Aus der Brusttasche zog er eine neue schweinslederne Brieftasche. Mrs. Verloc nahm sie ohne ein weiteres Wort entgegen und stand still da, bis die Türglocke, Mr. Verloc und Mr. Verlocs Besucher hinterherrasselnd, verstummt war. Erst dann blickte sie auf den Betrag, wobei sie zu dem Zweck die Scheine herauszog. Nach dieser Durchsicht schaute sie sich gedankenschwer und mit einer Miene des Mißtrauens gegenüber der Stille und der Einsamkeit des Hauses um. Die Heimstatt ihres Ehelebens erschien ihr so einsam und unsicher, als wäre sie mitten in einem Wald gelegen. Kein Behältnis, welches ihr unter dem massigen, schweren Mobiliar einfiel, erschien ihr anders als schwächlich und für einen Einbrecher, wie sie sich ihn vorstellte, verlockend. Es war eine Idealvorstellung, ausgestattet mit hervorragenden Fähigkeiten und wundersamem Scharfsinn. An die Kasse war nicht zu denken. Sie war das erste, wohin sich ein Dieb wenden würde. Mrs. Verloc löste hastig ein paar Haken am Schnürleib ihres Kleides und schob die Brieftasche darunter. Nachdem sie das Kapital ihres Mannes solchermaßen verstaut hatte, war sie ganz froh, als sie das Gerassel der Türglocke hörte, welches einen Ankömmling ankündigte. Den festen, unbeeindruckten Blick und die steinerne Miene annehmend, welche für den zufälligen Kunden reserviert waren, ging sie hinein und hinter den Ladentisch.

Ein Mann stand mitten im Laden und musterte ihn mit einem raschen, kühlen, alles umfassenden Blick. Seine Augen liefen über die Wände, nahmen die Decke auf, beachteten den Fußboden – alles innerhalb eines Augenblickes. Die Spitzen eines langen, blonden Schnurrbartes fielen bis unter die Kieferlinie hinab. Er lächelte das

Lächeln eines alten, wenngleich entfernten Bekannten, und Mrs. Verloc erinnerte sich, ihn schon einmal gesehen zu haben. Kein Kunde. Sie milderte ihren »Kundenblick« zu bloßer Gleichgültigkeit und schaute ihm über den Ladentisch hinweg ins Gesicht.

Er trat auf seiner Seite heran, vertraulich, aber auch wieder nicht zu vertraulich.

»Ihr Mann da, Mrs. Verloc?« fragte er in zwanglosem, vollem Ton.

»Nein. Er ist ausgegangen.«

»Das tut mir aber leid. Ich bin gekommen, um von ihm eine kleine persönliche Information zu erhalten.«

Das war die genaue Wahrheit. Chefinspektor Heat war schon zu Hause gewesen und hatte sogar schon erwogen, seine Pantoffeln anzuziehen, da er ja praktisch, wie er sich sagte, aus dem Fall draußen war. Er gestattete sich einige verachtungsvolle und ein paar zornige Gedanken und fand diese Beschäftigung so unbefriedigend, daß er beschloß, außer Haus Erleichterung zu suchen. Nichts hinderte ihn daran, Mr. Verloc einen Freundschaftsbesuch abzustatten, rein zufällig, sozusagen. Es entsprach dem Wesen eines Privatmannes, daß er auf einem Privatspaziergang seine üblichen Beförderungsmittel nutzte. Deren grobe Richtung führte zu Mr. Verlocs Haus hin. Chefinspektor Heat beachtete seinen Privatcharakter so konsequent, daß er sich besondere Mühe gab, all den Polizeikonstablern auf Objektbeobachtung und auf Streife in der Umgebung der Brett Street aus dem Weg zu gehen. Diese Vorsichtsmaßnahme war für einen Mann seiner Stellung wichtiger als für einen obskuren Geheimen Kriminalrat. Der Privatmann Heat bog in die Straße ein, wobei er sich auf eine Art und Weise fortbewegte, welche bei einem Angehörigen der Verbrecherklasse als Schleichen stigmatisiert worden wäre. Das Stück Stoff, welches er im Greenwich Park mitgenommen hatte, befand sich in seiner Tasche. Nicht, daß er die leiseste Absicht gehabt hätte, es in seiner privaten Eigenschaft hervorzuziehen. Im Gegenteil, er wollte lediglich wissen, was Mr. Verloc freiwillig zu sagen bereit wäre. Er hoffte, Mr. Verlocs Aussage würde derart sein, daß sie Michaelis belastete. Es war im wesentlichen eine pflichtgetreu berufliche Hoffnung, doch nicht ohne moralischen Wert. Denn Chefinspektor Heat war ein Diener der Gerechtigkeit. Als er Mr. Verloc nicht zu Hause antraf, war er enttäuscht.

»Ich würde ein wenig auf ihn warten, wenn ich sicher wäre, daß er nicht lange weg ist«, sagte er.

Mrs. Verloc gab ihm von sich aus keinerlei Zusicherung.

»Die Information, die ich brauche, ist rein privat«, wiederholte er. »Verstehen Sie, was ich meine? Ob Sie mir wohl einen Hinweis geben könnten, wo er hingegangen ist?«

Mrs. Verloc schüttelte den Kopf.

»Kann ich nicht sagen.«

Sie wandte sich ab, um einige Schachteln auf den Borden hinter dem Ladentisch zu ordnen. Chefinspektor Heat betrachtete sie eine Weile nachdenklich.

»Ich denke, Sie wissen, wer ich bin?« sagte er.

Mrs. Verloc warf einen Blick über die Schulter. Chefinspektor Heat war verblüfft über ihre Kaltblütigkeit.

»Kommen Sie! Sie wissen doch, daß ich bei der Polizei bin«, sagte er scharf.

»Ich belaste meinen Kopf nicht sehr damit«, bemerkte

Mrs. Verloc und wandte sich wieder dem Ordnen der Schachteln zu.

»Mein Name ist Heat. Chefinspektor Heat vom Dezernat Besondere Verbrechen.«

Mrs. Verloc rückte eine kleine Pappschachtel fein an ihren Platz, drehte sich um und fixierte ihn wieder mit schweren Augen, die Hände untätig herabhängend. Eine Weile herrschte Schweigen.

»Ihr Mann ist also ausgegangen! Und er hat nicht gesagt, wann er wieder zurück sein würde?«

»Er ist nicht allein ausgegangen«, warf Mrs. Verloc beiläufig ein.

»Ein Freund?«

Mrs. Verloc faßte sich hinten an die Haare. Sie waren in bester Ordnung.

»Ein Fremder, der hereinkam.«

»Ich verstehe. Was war dieser Fremde für ein Mann? Würde es Ihnen etwas ausmachen, mir das zu sagen?«

Mrs. Verloc machte es nichts aus. Und als Chefinspektor Heat von einem Mann hörte, dunkel, schmal, mit langem Gesicht und hochgezwirbeltem Schnurrbart, verriet er Anzeichen der Unruhe und rief aus:

»Zum Henker, hab ich's mir doch gedacht! Da hat er keine Zeit verloren.«

Im Innersten seines Herzens stieß ihn das inoffizielle Verhalten seines unmittelbaren Vorgesetzten ungeheuer ab. Doch er war kein Don Quichote. Er verlor jegliches Verlangen, Mr. Verlocs Rückkehr abzuwarten. Weswegen sie ausgegangen waren, das wußte er nicht, doch er hielt es für möglich, daß sie zusammen zurückkommen würden. Der Fall wird nicht ordnungsgemäß verfolgt, man pfuscht mir hinein, dachte er verbittert.

»Leider habe ich keine Zeit, auf Ihren Mann zu warten«, sagte er.

Mrs. Verloc nahm diese Erklärung gleichgültig auf. Ihre Distanziertheit hatte den Chefinspektor schon die ganze Zeit beeindruckt. Und gerade jetzt reizte sie seine Neugier. Chefinspektor Heat hing in der Luft, gewiegt von seinen Leidenschaften wie der privateste aller Männer.

»Ich glaube«, sagte er und schaute sie geradeheraus an, »daß Sie mir einen ziemlich guten Eindruck davon geben könnten, was hier vorgeht, wenn Sie wollten.«

Mrs. Verloc zwang ihre schönen, stumpfen Augen, seinen Blick zu erwidern, und murmelte:

»Vorgeht! Was *geht* hier denn vor?«

»Nun, die Affäre, über die ich ein wenig mit Ihrem Mann reden wollte.«

An dem Tag hatte Mrs. Verloc wie gewöhnlich einen Blick auf die Morgenzeitung geworfen. Doch sie hatte das Haus nicht verlassen. Die Zeitungsjungen suchten die Brett Street nie heim. In dieser Straße war für sie kein Geschäft zu machen. Und das Echo ihrer Rufe, welches die bevölkerten Verkehrsadern entlangwehte, erstarb zwischen den schmutzigen Ziegelwänden, ohne die Schwelle des Ladens zu erreichen. Ihr Mann hatte keine Abendzeitung nach Hause gebracht. Jedenfalls hatte sie keine gesehen. Mrs. Verloc wußte rein gar nichts von einer Affäre. Und das sagte sie auch mit einem echten Ton der Verwunderung in der ruhigen Stimme.

Chefinspektor Heat glaubte keinen Augenblick an so viel Unwissenheit. Knapp und ohne Liebenswürdigkeit nannte er die nackten Tatsachen.

Mrs. Verloc wandte die Augen ab.

»Für mich ist das töricht«, erklärte sie. Sie machte eine Pause. »Wir sind hier keine geknechteten Sklaven.«

Der Chefinspektor wartete aufmerksam. Mehr kam nicht von ihr.

»Und Ihr Mann hat Ihnen gegenüber nichts erwähnt, als er nach Hause kam?«

Mrs. Verloc drehte zum Zeichen der Verneinung einfach das Gesicht von rechts nach links. Eine träge, verwirrende Stille herrschte im Laden. Chefinspektor Heat fühlte sich aufs Unerträglichste provoziert.

»Da war noch eine weitere Kleinigkeit«, begann er in kühlem Ton, »über die ich mit Ihrem Mann sprechen wollte. Uns ist ein – ein – unserer Meinung nach – gestohlener Überrock in die Hände gefallen.«

Mrs. Verloc, deren Aufmerksamkeit an jenem Abend ganz besonders auf Diebe gerichtet war, faßte sich leicht an das Brustteil ihres Kleides.

»Wir haben keinen Überrock verloren«, sagte sie ruhig.

»Das ist aber komisch«, fuhr Privatmann Heat fort. »Wie ich sehe, haben Sie hier eine Menge Zeichentinte –«

Er nahm ein kleines Fläschchen und betrachtete es vor dem Gasbrenner in der Mitte des Ladens.

»Violett – nicht wahr?« bemerkte er, während er es wieder hinstellte. »Seltsam, wie ich schon sagte. Weil in dem Überrock innen ein Schildchen eingenäht ist, auf dem Ihre Adresse mit Zeichentinte geschrieben steht.«

Mrs. Verloc beugte sich mit einem leisen Ausruf über den Ladentisch.

»Das muß dann meinem Bruder gehören.«

»Wo ist Ihr Bruder? Kann ich ihn sprechen?« fragte der Chefinspektor energisch.

»Nein. Er ist nicht da. Ich habe das Schildchen selbst beschrieben.«

»Wo ist Ihr Bruder jetzt?«

»Er wohnt bei einem – Freund – auf dem Land.«

»Der Überrock kommt vom Land. Und wie heißt der Freund?«

»Michaelis«, gestand Mrs. Verloc, furchtsam flüsternd.

Der Chefinspektor ließ einen Pfiff ertönen. Seine Augen funkelten.

»Genau. Großartig. Und Ihr Bruder, was ist das für einer – ein stämmiger, eher dunkler Bursche – wie?«

»O nein«, rief Mrs. Verloc leidenschaftlich aus. »Das muß der Dieb sein. Stevie ist schmächtig und blond.«

»Schön«, sagte der Chefinspektor in beifälligem Ton. Und während Mrs. Verloc, schwankend zwischen Bestürzung und Verwunderung, ihn anstarrte, trachtete er nach Informationen. Warum die Adresse so in den Überrock genäht sei? Und er erfuhr, daß die zerfetzten Überreste, welche er an jenem Morgen mit äußerstem Widerwillen untersucht hatte, die eines jungen Mannes waren, nervös, zerstreut, wunderlich, und auch, daß die Frau, die da mit ihm redete, die Obhut über den Jungen hatte, seit er ein Säugling war.

»Leicht erregbar?« unterstellte er.

»O ja. Das ist er. Aber wie hat er nur seinen Überrock verloren –«

Chefinspektor Heat zog plötzlich eine rosa Zeitung hervor, welche er keine halbe Stunde zuvor gekauft hatte. Er interessierte sich für Pferde. Durch seine Berufung zu einer Haltung des Zweifels und des Argwohns seinen Mitbürgern gegenüber gezwungen, verschaffte Chefinspektor Heat dem Instinkt der Gutgläubigkeit, welcher dem Menschen ins Herz gepflanzt ist, Erleichterung, indem er dem Sportpropheten jener besonderen Abendpublikation grenzenloses Vertrauen schenkte. Das Extrablatt auf den Ladentisch fallenlassend, fuhr er erneut mit der Hand in die Tasche und zog das Stück Stoff hervor, welches das Schicksal ihm aus einem Haufen von Dingen überreicht hatte, die aussahen, als seien sie im Schlachthaus und beim Trödler zusammengesucht worden, und überreichte es Mrs. Verloc zur Begutachtung.

»Vermutlich erkennen Sie das?«

Mechanisch nahm sie es in beide Hände. Beim Hinsehen schienen ihre Augen größer zu werden.

»Ja«, flüsterte sie, hob den Kopf und taumelte zurück.

»Wozu ist es denn nur so herausgerissen?«

Der Chefinspektor schnappte ihr über dem Ladentisch den Stoff aus den Händen, und sie ließ sich schwer auf dem Stuhl nieder. Er dachte: Identifizierung perfekt. Und dieser Augenblick gewährte ihm einen kurzen Blick auf die ganze verblüffende Wahrheit. Verloc war »der andere Mann«.

»Mrs. Verloc«, sagte er, »mir scheint, sie wissen mehr von dieser Bombenaffäre, als ihnen bewußt ist.«

Mrs. Verloc saß stumm da, verblüfft, in grenzenlosem Erstaunen verloren. Wo war die Verbindung? Und sie wurde am ganzen Körper so steif, daß sie nicht in der Lage war, beim Rasseln der Glocke, welches den Privatdetektiv Heat auf dem Absatz herumwirbeln ließ, den Kopf zu wenden. Mr. Verloc schloß die Tür, und einen Augenblick lang sahen die beiden Männer einander an.

Mr. Verloc ging, ohne seine Frau anzusehen, zu dem Chefinspektor hin, welcher erleichtert war, daß dieser allein zurückgekehrt war.

»Sie hier!« murmelte Mr. Verloc schwer. »Hinter wem sind Sie her?«

»Hinter niemandem«, sagte Chefinspektor Heat mit gedämpfter Stimme. »Hören Sie, ich möchte mich ein wenig mit Ihnen unterhalten.«

Mr. Verloc, noch immer bleich, hatte eine Miene der Entschlossenheit mitgebracht. Noch immer sah er seine Frau nicht an. Er sagte:

»Dann kommen Sie hier herein.« Und er ging voraus in die Stube.

Die Tür war kaum geschlossen, als Mrs. Verloc vom Stuhl aufsprang und hinrannte, als wollte sie sie aufstoßen, jedoch auf die Knie fiel und das Ohr ans Schlüsselloch preßte. Die beiden Männer mußten unmittelbar, nachdem sie hineingegangen waren, stehengeblieben sein, denn sie hörte deutlich die Stimme des Chefinspektors, wenngleich sie nicht sehen konnte, wie er ihrem Mann emphatisch den Finger auf die Brust drückte.

»Sie sind der andere Mann, Verloc. Zwei Männer wurden gesehen, als sie den Park betraten.«

Und Mr. Verlocs Stimme sagte:

»Also, dann nehmen Sie mich jetzt mit. Was hindert Sie daran? Es ist Ihr gutes Recht.«

»O nein! Ich weiß sehr wohl, wem Sie sich preisgegeben haben. Er muß diese kleine Affäre ganz allein bewältigen. Aber damit wir uns nicht falsch verstehen, ich bin Ihnen auf die Schliche gekommen.«

Dann hörte sie nur noch Gemurmel. Inspektor Heat mußte Mr. Verloc das Stück von Stevies Überrock gezeigt haben, denn Stevies Schwester, Hüterin und Beschützerin hörte ihren Mann ein wenig lauter.

»Ich habe gar nicht gewußt, daß sie auf diese glorreiche Idee gekommen war.«

Erneut hörte Mrs. Verloc nichts als Gemurmel, dessen Rätselhaftigkeit für ihr Gehirn weniger albtraumhaft war als die furchtbaren Andeutungen geformter Worte. Dann erhob Chefinspektor Heat auf der anderen Seite der Tür die Stimme:

»Sie müssen verrückt gewesen sein.«

Und Mr. Verlocs Stimme antwortete mit einer Art düsterer Wut:

»Ich war einen Monat oder länger verrückt, aber jetzt bin ich es nicht mehr. Es ist alles aus. Ich werde alles auspacken, zum Teufel mit den Konsequenzen.«

Es trat Schweigen ein, und dann murmelte der Privatmann Heat:

»Was werden Sie auspacken?«

»Alles«, rief die Stimme Mr. Verlocs aus und wurde dann sehr leise.

Nach einer Weile erhob sie sich wieder.

»Sie kennen mich nun seit mehreren Jahren, und Sie haben mich auch nützlich gefunden. Sie wissen, daß ich ein aufrichtiger Mensch war. Ja, aufrichtig.«

Dieser Appell an ihre alte Bekanntschaft mußte dem Chefinspektor äußerst zuwider gewesen sein.

Seine Stimme nahm einen warnenden Tonfall an.

»Verlassen Sie sich nur nicht auf das, was man Ihnen versprochen hat. Wenn ich Sie wäre, würde ich mich aus dem Staub machen. Ich glaube nicht, daß wir Ihnen hinterherlaufen würden.«

Es war zu hören, wie Mr. Verloc ein wenig lachte.

»O ja; Sie hoffen, daß die andern mich für Sie erledigen — nicht wahr? Nein, nein; Sie schütteln mich jetzt nicht ab. Für diese Leute war ich zu lange ein ehrlicher Mensch, und nun werde ich auspacken.«

»Dann packen Sie aus«, pflichtete die gleichgültige Stimme des Chefinspektors bei. »Aber sagen Sie mir erst, wie sind Sie davongekommen?«

»Ich ging gerade Richtung Chesterfield Walk«, hörte Mrs. Verloc die Stimme ihres Mannes, »als ich den Knall hörte. Daraufhin fing ich an zu laufen. Nebel. Ich sah niemanden, bis ich das Ende der George Street hinter mir hatte. Glaube nicht, daß ich bis dort jemandem begegnet bin.«

»So einfach!« wunderte sich die Stimme Chefinspektor Heats. »Der Knall hat Sie erschreckt, wie?«

»Ja; er kam zu früh«, gestand die düstere, heisere Stimme Mr. Verlocs.

Mrs. Verloc preßte das Ohr ans Schlüsselloch; ihre Lippen waren blau, die Hände eiskalt, und ihr bleiches Gesicht, in welchem die zwei Augen wie zwei schwarze Löcher wirkten, fühlte sich an, als sei es in Flammen gehüllt.

Auf der anderen Seite der Tür wurden die Stimmen sehr leise. Hin und wieder erhaschte sie Wörter, zuweilen in der Stimme ihres Mannes, dann wieder in dem ruhigen Tonfall des Chefinspektors. Letzteren hörte sie sagen:

»Wir glauben, er ist über eine Baumwurzel gestolpert.«

Ein heiseres, wortreiches Gemurmel folgte, welches einige Zeit andauerte, und dann sagte der Chefinspektor wie als Antwort auf eine Frage, nachdrücklich:

»Natürlich. In kleine Stücke zerrissen: Gliedmaßen, Kies, Kleidung, Knochen, Splitter – alles durcheinander. Ich kann Ihnen sagen, die haben ihn mit der Schaufel zusammenkratzen müssen.«

Mrs. Verloc sprang schlagartig aus ihrer kauernden Stellung auf und taumelte, sich die Ohren zuhaltend, zwischen dem Ladentisch und den Borden an der Wand pendelnd auf den Stuhl zu. Ihre schreckgeweiteten Augen bemerkten die Sportzeitung, die der Chefinspektor hatte liegenlassen, und als sie gegen den Ladentisch stieß, ergriff sie sie, ließ sich auf den Stuhl fallen, riß das optimistische, rosige Blatt bei dem Versuch, es zu öffnen, mitten entzwei und warf es dann zu Boden. Auf der anderen Seite der Tür sagte Chefinspektor Heat gerade zu Mr. Verloc, dem Geheimagenten:

»Dann wird Ihre Verteidigung also praktisch ein volles Geständnis sein?«

»Ja. Ich werde die ganze Wahrheit erzählen.«

»Man wird Ihnen nicht so glauben, wie Sie sich das einbilden.«

Und der Chefinspektor blieb nachdenklich. Die Wende, welche diese Affäre zu nehmen begann, bedeutete die Enthüllung vieler Dinge – das Brachlegen von Wissensfeldern, welche, von einem fähigen Manne kultiviert, für den einzelnen und die Gesellschaft von ausgesprochenem Wert waren. Es war eine leidige, leidige Geschichte. Michaelis würde dabei ungeschoren bleiben; die Heimarbeit des Professors würde ans Licht gezerrt; das gesamte System der Überwachung geriete durcheinander; in den Zeitungen, welche ihm von dem Standpunkt aus in einer plötzlichen Erleuchtung als durchweg von Dummköpfen für die Lektüre von Schwachsinnigen geschrieben vorkamen, gäbe es einen endlosen Lärm. Innerlich stimmte er mit den Worten, welche Mr. Verloc als Antwort auf seine letzte Bemerkung fallenließ, überein.

»Vielleicht nicht. Aber es wird viel Aufregung verursachen. Ich war immer ein ehrlicher Mensch, und ich werde ehrlich —«

»Wenn man Sie läßt«, sagte der Chefinspektor zynisch. »Man wird Sie bearbeiten, bevor man Sie auf die Anklagebank setzt. Und am Ende könnten Sie sich noch ein Urteil einhandeln, das Sie überraschen wird. Ich würde dem Herrn, der mit Ihnen geredet hat, nicht zu sehr trauen.«

Mr. Verloc hörte stirnrunzelnd zu.

»Mein Rat wäre, machen Sie sich aus dem Staub, solange Sie noch können. Ich habe keine Anweisungen. Manche von denen«, fuhr Chefinspektor Heat fort, wobei er auf das Wort »denen« eine besondere Betonung legte, »glauben, Sie hätten diese Welt schon verlassen.«

»Ach, wirklich!« sagte Mr. Verloc unwillkürlich. Obwohl er seit seiner Rückkehr aus Greenwich die meiste Zeit im Schankraum eines obskuren kleinen Wirtshauses verbracht hatte, hätte er kaum auf solch günstige Neuigkeiten hoffen können.

»Den Eindruck hat man von Ihnen.« Der Chefinspektor nickte ihm zu. »Verschwinden Sie. Hauen Sie ab.«

»Wohin denn?« knurrte Mr. Verloc. Er hob den Kopf, schaute auf die verschlossene Tür des Wohnzimmers und murmelte gefühlig: »Wenn Sie mich nur heute nacht noch wegbringen würden. Ich würde ganz still weggehen.«

»Kann ich mir denken«, stimmte der Chefinspektor sardonisch zu, während er der Richtung des Blickes folgte.

Auf Mr. Verlocs Stirn brach feiner Schweiß aus. Vertraulich senkte er vor dem ungerührten Chefinspektor die heisere Stimme.

»Der Junge war schwachsinnig, unzurechnungsfähig. Jedes Gericht hätte das sofort erkannt. Nur gut für die Anstalt. Und das wäre das Schlimmste, was ihm passiert wäre, wenn –«

Der Chefinspektor, die Hand auf dem Türgriff, flüsterte Mr. Verloc ins Gesicht:

»Er mag schwachsinnig gewesen sein, Sie aber müssen verrückt gewesen sein. Was hat Sie denn nur so um den Verstand gebracht?«

Mr. Verloc dachte an Mr. Vladimir und zögerte nicht in seiner Wortwahl.

»Ein eiskaltes Schwein«, zischte er eindringlich. »Und was Sie einen – einen Herren nennen würden.«

Der Chefinspektor nickte kurz ruhigen Blickes zum Zeichen, er habe verstanden, und öffnete die Tür. Mrs. Verloc hinter dem Ladentisch mochte sein Weggehen, welchem das aggressive Gerassel der Glocke folgte, gehört haben, gesehen hatte sie es nicht. Pflichtgemäß war sie auf ihrem Posten, hinter dem Ladentisch. Starr aufgerichtet saß sie auf dem Stuhl, zwei schmutzige Stücke rosa Papier vor ihren Füßen ausgebreitet. Ihre Handflächen waren krampfhaft aufs Gesicht gepreßt, wobei die Fingerspitzen ihre Stirn zusammenzogen, als wäre die Haut eine Maske, welche sie gleich gewaltsam herunterreißen wollte. Die vollkommene Reglosigkeit ihrer Haltung drückte die heftige Erregung der Wut und Verzweiflung, die ganze potentielle Gewalt tragischer Leidenschaften besser aus als jegliches oberflächliche Gekreische es zusammen mit dem Hämmern des verstörten Kopfes gegen die Wand vermocht hätte. Chefinspektor Heat schenkte ihr, während er den Laden mit geschäftigen, schwingenden Schritten durchquerte, nur einen flüchtigen Blick. Und als die gesprungene Glocke aufgehört hatte, an ihrem geschwungenen Stahlband zu zittern, regte sich bei Mrs. Verloc nichts, so als hätte ihre Haltung die Hemmkraft eines Bannes. Selbst die schmetterlingsförmigen Gasflammen am Ende des herabhängenden T-Bügels brannten, ohne zu beben. In jenem Laden der zweifelhaften Waren, ausgestattet mit trübbraun gestrichenen Kieferborden, welche den Lichtschein zu verschlingen schienen, glitzerte der goldene Reif des Eheringes an Mrs. Verlocs linker Hand hell mit dem unbefleckten Glanz eines Stückes aus einem kostbaren Schatz Juwelen, das in einem Müllkasten gelandet war.

Zehntes Kapitel

NACHDEM der Geheime Kriminalrat in einem Hansom eilig aus dem Viertel Soho in Richtung Westminster gefahren worden war, stieg er genau am Mittelpunkt jenes Reiches aus, in welchem die Sonne nie untergeht. Einige wackere Konstabler, welche von ihrer Pflicht, jenen erhabenen Punkt zu beobachten, nicht sonderlich beeindruckt schienen, salutierten. Nachdem er durch ein keineswegs hohes Portal auf das Gelände jenes Hauses gelangt war, welches für Millionen von Menschen *das* Haus *par excellence* ist, wurde er endlich von dem flatterhaften und revolutionären Toodles empfangen.

Jener ordentliche und nette junge Mann verbarg sein Erstaunen über das frühe Erscheinen des Geheimen Kriminalrates, nach welchem etwa um Mitternacht Ausschau zu halten man ihm aufgetragen hatte. Daß er so früh auftauchte, betrachtete er als ein Zeichen, daß die Sache, was sie auch war, schiefgelaufen war. Mit äußerst bereitwilligem Mitgefühl, das bei netten jungen Männern oft mit einem freudigen Temperament einhergeht, tat ihm die große Erscheinung, welche er den »Chef« nannte, leid, und auch der Geheime Kriminalrat, dessen Gesicht ihm unheilvoll hölzerner denn je und ganz wundersam lang vorkam. »Was ist das nur für ein sonderbarer, ausländisch wirkender Bursche«, dachte er bei sich, während er aus der Entfernung mit heiterem Elan lächelte. Und kaum waren sie zusammengekommen, fing er auch schon an zu reden in der freundlichen Absicht, die Peinlichkeit des Scheiterns unter einem Haufen Wörter zu begraben. Es sehe aus, als würde der große Anschlag, welcher für die Nacht drohte, verpuffen. Ein untergeordneter Kumpan »jenes brutalen Cheeseman« mache sich daran, ein sehr schwaches Haus mit einigen schamlos geschminkten Statistiken gnadenlos zu langweilen. Er, Toodles, hoffe, er würde sie so sehr langweilen, daß sie die Sitzung jeden Moment wegen zu geringer Anwesenheit vertagten. Dann wiederum könne er auch nur auf Zeit spielen, um diesen zechenden Cheeseman in aller Ruhe speisen zu lassen. Wie auch immer, der Chef könne nicht überredet werden, nach Hause zu gehen.

»Er wird Sie gleich empfangen. Er sitzt ganz allein in seinem Zimmer und denkt an all die Fische im Meer«, schloß Toodles seine Rede munter. »Kommen Sie mit.«

Ungeachtet der Freundlichkeit seiner Natur war der junge Privatsekretär (unbezahlt) den gemeinen Schwächen der Menschheit zugänglich. Er wollte die Gefühle des Geheimen Kriminalrates, welcher ihm ganz ausnehmend als ein Mann erschien, der gepfuscht hatte, nicht quälen. Doch seine Neugier war zu groß, um sich von bloßem Mitgefühl zurückhalten zu lassen. Er konnte nicht anders als, während sie dahingingen, munter über die Schulter zu werfen:

»Und Ihr kleiner Fisch?«

»Erwischt«, antwortete der Geheime Kriminalrat mit einer Bündigkeit, welche nicht im mindesten abweisend sein wollte.

»Schön. Sie haben ja keine Vorstellung, wie diese großen Männer es verabscheuen, in kleinen Dingen enttäuscht zu werden.«

Nach dieser tiefgründigen Bemerkung schien der erfahrene Toodles ins Grübeln zu verfallen. Jedenfalls sagte er volle zwei Sekunden lang nichts. Dann:

»Das freut mich. Aber – ähm – ist das wirklich ein so kleines Ding, wie Sie es dartun?«

»Wissen Sie, was man mit einem kleinen Fisch machen kann?« fragte der Geheime Kriminalrat seinerseits.

»Zuweilen steckt man ihn in eine Sardinendose«, kicherte Toodles, dessen Gelehrsamkeit beim Thema der Fischindustrie frisch und, verglichen mit seiner Unwissenheit bei allen anderen Industriebelangen, immens war. »Es gibt an der spanischen Küste Sardinenkonservenfabriken, die –«

Der Geheime Kriminalrat unterbrach den Staatsmannslehrling.

»Ja. Ja. Aber ein kleiner Fisch wird zuweilen auch ins Meer geworfen, um damit einen Wal zu fangen.«

»Einen Wal. Oho!« rief Toodles mit angehaltenem Atem aus. »Dann sind Sie also hinter einem Wal her?«

»Eigentlich nicht. Ich bin eher hinter einem Hundshai her. Vielleicht wissen Sie nicht, wie ein Hundshai ist.«

»O doch. Wir stecken bis zum Hals in Spezialliteratur – ganze Regale sind voll davon – mit Abbildungen ... Es ist ein schädliches, schurkisch aussehendes, absolut scheußliches Vieh, mit so einem glatten Gesicht und einem Schnurrbart.«

»Aufs Haar genau beschrieben«, lobte der Geheime Kriminalrat. »Nur ist meiner ganz glattrasiert. Sie haben ihn schon einmal gesehen. Es ist ein geistreicher Fisch.«

»Ich soll ihn gesehen haben!« sagte Toodles ungläubig. »Ich wüßte nicht, wo ich ihn schon einmal gesehen haben soll.«

»Im ›Explorers'‹, würde ich meinen«, warf der Geheime Kriminalrat ruhig ein. Beim Namen dieses extrem exklusiven Clubs machte Toodles ein ängstliches Gesicht und blieb stehen.

»Unsinn«, protestierte er, aber in einem ehrfürchtigen Ton. »Was meinen Sie damit? Ein Mitglied?«

»Ehrenmitglied«, brummelte der Geheime Kriminalrat durch die Zähne.

»Großer Gott!«

Toodles wirkte so vom Donner gerührt, daß der Geheime Kriminalrat fein lächelte.

»Das bleibt aber unter uns«, sagte er.

»Das ist das Übelste, wovon ich in meinem ganzen Leben gehört habe«, erklärte Toodles matt, als hätte ihn das Erstaunen in einer Sekunde all seines Elans beraubt.

Der Geheime Kriminalrat warf ihm einen ernsten Blick zu. Bis sie zur Zimmertür des großen Mannes kamen, bewahrte Toodles ein schockiertes und feierliches Schweigen, als hätte der Geheime Kriminalrat ihn beleidigt, indem er ihm ein solch fragwürdiges und verstörendes Faktum offenbarte. Es revolutionierte seine Vorstellung von der extremen Exklusivität des ›Explorers'‹ Clubs, von dessen gesellschaftlicher Reinheit. Toodles war nur in der Politik revolutionär; seine gesellschaftlichen Glaubenssätze und persönlichen Gefühle wollte er sich all die Jahre hindurch, welche ihm auf der Erde, auf der es sich seiner Ansicht nach im ganzen recht gut leben ließ, zugemessen waren, gern unverändert bewahren.

Er trat beiseite.

»Gehen Sie hinein, ohne anzuklopfen«, sagte er.

Schirme aus grüner Seide, tief über alle Lampen gehängt, gaben dem Raum etwas von dem tiefen Dunkel eines Waldes. Die hochmütigen Augen waren der körperliche Schwachpunkt des großen Mannes. Dieser Punkt war in Geheimnis gehüllt. Sobald sich die Gelegenheit bot, ruhte er sie gewissenhaft aus. Der Geheime Kriminalrat sah beim Eintreten zunächst eine große blasse Hand, welche ein großes Haupt stützte und den oberen Teil eines großen blassen Gesichtes verdeckte. Eine offene Depeschentasche stand auf dem Schreibtisch neben ein paar länglichen Blättern Papier und einer verstreuten Handvoll Gänsefedern. Mit Ausnahme einer kleinen, in ihrer schattenhaften Reglosigkeit rätselhaft wachsamen Bronzestatuette, welche in eine Toga gewandet war, befand sich auf der großen flachen Weite absolut nichts. Der Geheime Kriminalrat, eingeladen, sich einen Stuhl zu nehmen, setzte sich. In dem matten Licht ließen ihn die hervorstechenden Merkmale seiner Persönlichkeit, das lange Gesicht, die schwarzen Haare, seine Schmalheit, fremdländischer denn je erscheinen.

Der große Mann bekundete keine Überraschung, keine Begierigkeit, keinerlei Empfindung. Die Haltung, in welcher er seine bedrohten Augen ausruhte, war zutiefst nachdenklich. Er veränderte sie nicht im geringsten. Sein Ton dagegen war nicht verträumt.

»Also! Was haben Sie denn schon herausgefunden? Sie sind beim ersten Schritt auf etwas Unerwartetes gestoßen.«

»Nicht gerade unerwartet, Sir Ethelred. Worauf ich vor allem gestoßen bin, war ein psychologischer Zustand.«

Die Große Erscheinung regte sich leicht.

»Seien Sie bitte deutlich.«

»Jawohl, Sir Ethelred. Zweifellos wissen Sie, daß die

meisten Verbrecher irgendwann einmal das unwiderstehliche Bedürfnis eines Geständnisses verspüren – sich bei jemandem ganz auszusprechen. Und oft tun sie dies gegenüber der Polizei. In diesem Verloc, den Heat so dringend in Schutz nehmen wollte, habe ich einen Mann in jenem besonderen psychologischen Zustand gefunden. Der Mann warf sich mir, bildlich gesprochen, an die Brust. Es genügte meinerseits, ihm zuzuflüstern, wer ich bin, und hinzuzufügen, daß ›ich weiß, daß Sie im Zentrum dieser Affäre stehen‹. Es muß ihm als ein Wunder erschienen sein, daß wir es schon wußten, doch das steckte er schnell weg. Das Wunderbare daran hielt ihn keinen Augenblick lang auf. Es blieb mir nur noch, ihm folgende zwei Fragen zu stellen: Wer hat Sie dazu angestiftet, und wer war der Mann, der es getan hat? Die erste beantwortete er mit bemerkenswerter Emphase. Und was die zweite betrifft, so war der Bursche mit der Bombe offenbar sein Schwager – ein Schwachsinniger. . . . Es ist eine sehr seltsame Affäre – vielleicht zu lang, um sie im Augenblick ausführlich darzulegen.«

»Was also haben Sie erfahren?« fragte der große Mann.

»Zunächst habe ich erfahren, daß der Ex-Sträfling Michaelis nichts damit zu tun hat, wenngleich der Junge tatsächlich vorübergehend bis heute morgen acht Uhr bei ihm auf dem Land gewohnt hat. Es ist mehr als wahrscheinlich, daß Michaelis noch immer nichts davon weiß.«

»Sind Sie sich dessen ganz sicher?« fragte der große Mann.

»Ganz sicher, Sir Ethelred. Dieser Mann, Verloc, ging heute morgen dorthin und holte den Jungen unter dem Vorwand ab, mit ihm auf den Feldwegen spazierenzugehen. Da dieses nicht das erste Mal war, konnte Michaelis nicht den leisesten Verdacht hegen, dies sei etwas Ungewöhnliches. Im übrigen, Sir Ethelred, hatte die Empörung dieses Verloc nichts mehr im Zweifel gelassen – überhaupt nichts. Er war durch einen außerordentlichen Vortrag fast um den Verstand gebracht worden, einen Vortrag, welchen Sie oder ich wohl schwerlich als ernst gemeint genommen hätten, welcher jedoch offensichtlich großen Eindruck auf ihn machte.«

Der Geheime Kriminalrat teilte dem großen Manne, der still dasaß, die Augen unter dem Schirm seiner Hand ausruhend, sodann kurz Mr. Verlocs Aufnahme von Mr. Vladimirs Vortrag mit. Der Geheime Kriminalrat schien ihm ein gewisses Maß an Kompetenz nicht abzusprechen. Doch die große Persönlichkeit bemerkte:

»Das alles erscheint mir ganz phantastisch.«

»Nicht wahr? Man würde es für einen grausamen Scherz halten. Doch unser Mann nahm es offensichtlich ernst. Er fühlte sich selbst bedroht. Früher stand er nämlich in direktem Kontakt mit dem alten Stott-Wartenheim höchstselbst und war zu der Ansicht gelangt, daß seine Dienste unentbehrlich seien. Es war ein äußerst böses Erwachen. Ich könnte mir vorstellen, daß er den Kopf verlor. Er wurde ärgerlich und ängstlich. Nun ja, meinem Eindruck nach glaubte er, diese Botschaftsleute seien durchaus in der Lage, ihn nicht nur hinauszuwerfen, sondern ihn auf die eine oder andere Weise auch zu verraten –«

»Wie lange waren Sie mit ihm zusammen?« unterbrach die Erscheinung ihn hinter der großen Hand.

»Ungefähr vierzig Minuten, Sir Ethelred, in einem schlecht beleumundeten Haus namens Continental Hotel, zurückgezogen in einem Zimmer, welches ich nebenbei bemerkt für eine Nacht mietete. Ich fand ihn unter dem Einfluß jener Reaktion, welche gemeinhin dem verbrecherischen Unternehmen folgt. Der Mann kann nicht als Gewohnheitsverbrecher bezeichnet werden. Es ist offensichtlich, daß er den Tod dieses bedauernswerten Jungen – seines Schwagers – nicht eingeplant hatte. Das war ein Schock für ihn – das war zu sehen. Vielleicht ist er ein Mann von starken Gefühlen. Vielleicht mochte er den Jungen sogar – wer weiß? Vielleicht hatte er gehofft, daß der Bursche ungeschoren davonkommt; in welchem Fall es nahezu unmöglich gewesen wäre, diese Geschichte überhaupt jemandem nachzuweisen. In jedem Falle riskierte er bewußt lediglich seine Verhaftung.«

Der Geheime Kriminalrat machte in seinen Überlegungen eine Pause, um einen Augenblick nachzudenken.

»Wie er jedoch im letzteren Falle darauf hoffen konnte, seinen Anteil an der Geschichte geheimzuhalten, das vermag ich nicht zu sagen«, fuhr er fort, in Unkenntnis der Hingabe des armen Stevie an Mr. Verloc (welcher *gut* war) und seiner wahrhaft wunderlichen Sprachlosigkeit, welche in der alten Sache mit dem Feuerwerk auf der Treppe über viele Jahre hin Beschwörungen, Schmeicheleien, Wut und anderen Mitteln der Nachforschung seitens seiner geliebten Schwester standgehalten hatte. Denn Stevie war loyal.... »Nein, ich kann es mir nicht denken. Möglich, daß er überhaupt nicht daran gedacht hat. Es mag ein ausgefallenes Bild sein, Sir Ethelred, doch sein Zustand der Bestürzung ließ mich an einen impulsiven Mann denken, welcher, nachdem er in dem Glauben, dies würde alle seine Nöte beenden, Selbstmord begangen hatte, merkte, daß dem keineswegs so war.«

Der Geheime Kriminalrat lieferte diese Definition mit entschuldigender Stimme. Doch tatsächlich gibt es eine Art von Deutlichkeit, welche einer ausgefallenen Sprache angemessen ist, und der große Mann war nicht brüskiert. Eine leichte ruckartige Bewegung des großen Körpers, welche sich in der Düsternis der grünen Seidenschirme halb verlor, des großen Hauptes, welches auf die große Hand gestützt war, begleitete einen intermittierenden gedämpften, aber kräftigen Ton. Der große Mann hatte gelacht.

»Was haben Sie mit ihm gemacht?«

Der Geheime Kriminalrat antwortete ganz umgehend: »Da er sehr darauf bedacht schien, zu seiner Frau im Laden zurückzukommen, ließ ich ihn gehen, Sir Ethelred.«

»Ach, wirklich? Aber der Bursche wird doch verschwinden.«

»Verzeihen Sie, das glaube ich nicht. Wo soll er denn hin? Zudem dürfen Sie nicht vergessen, daß er auch die Gefahr von seiten seiner Genossen bedenken muß. Er steht auf seinem Posten. Wenn er ihn verläßt, wie soll er das erklären? Doch selbst wenn es keine Einschränkung seiner Handlungsfreiheit gäbe, würde er nichts tun. Gegenwärtig hat er nicht genügend moralische Energie, um irgendeinen Entschluß zu fassen. Erlauben Sie mir also, darauf hinzuweisen, daß wir, hätten wir ihn festgehalten, uns auf einen Handlungsverlauf festgelegt hätten, für den ich zunächst Ihre genauen Absichten wissen wollte.«

Die große Persönlichkeit erhob sich schwerfällig, eine eindrucksvolle, schattenhafte Gestalt in der grünlichen Düsternis des Raumes.

»Ich sehe heute abend den Generalstaatsanwalt und

werde morgen früh nach Ihnen schicken lassen. Gibt es noch etwas, das Sie mir sagen möchten?«

Der Geheime Kriminalrat, schmal und elastisch, hatte sich ebenfalls erhoben.

»Ich denke nicht, Sir Ethelred, es sei denn, ich soll in die Details gehen, die –«

»Nein. Keine Details, bitte.«

Die große schattenhafte Gestalt schien wie aus einer körperlichen Furcht vor Details zurückzuschrecken; trat dann vor und streckte eine große Hand aus. »Und Sie sagen, dieser Mann hat eine Frau?«

»Ja, Sir Ethelred«, sagte der Geheime Kriminalrat und drückte die ausgestreckte Hand ehrerbietig. »Eine echte Frau und eine echte, anständige eheliche Verbindung. Er sagte mir, nach der Unterredung in der Botschaft hätte er alles hingeworfen, hätte versucht, seinen Laden zu verkaufen und außer Landes zu gehen, nur sei er überzeugt gewesen, daß seine Frau nicht einmal davon hören wollte, ins Ausland zu gehen. Nichts könnte typischer für diese anständige Verbindung sein als das«, fuhr, mit einer Spur Bitterkeit, der Geheime Kriminalrat fort, dessen Frau ebenfalls nichts davon hören wollte, ins Ausland zu gehen. »Ja, eine echte Ehefrau. Und das Opfer war ein echter Schwager. Von einem bestimmten Blickpunkt aus stehen wir hier vor einem Familiendrama.«

Der Geheime Kriminalrat lachte ein wenig; doch die Gedanken des großen Mannes schienen in weite Ferne geschweift, vielleicht zu den Fragen der Innenpolitik seines Landes, dem Schlachtfeld seines kreuzzüglerischen Heldenmutes gegen den Heiden Cheeseman. Der Geheime Kriminalrat zog sich still zurück, unbemerkt, als wäre er schon vergessen.

Auch er hatte seine Kreuzzugsinstinkte. Diese Affäre, welche Chefinspektor Heat auf irgendeine Weise abstieß, erschien ihm als ein von der Vorsehung geschenkter Ausgangspunkt für einen Kreuzzug. Er hatte gute Lust, ihn zu beginnen. Er ging langsam nach Hause, überdachte dabei dieses Unternehmen und sinnierte über Mr. Verlocs Psychologie in einem Stimmungsgemisch aus Widerwillen und Befriedigung. Er ging den ganzen Weg zu Fuß. Da er den Salon dunkel vorfand, ging er nach oben, wo er einige Zeit zwischen dem Schlafzimmer und dem Ankleidezimmer verbrachte, zog sich um und ging mit der Miene eines nachdenklichen Schlafwandlers auf und ab. Doch er schüttelte sie ab, bevor er wieder ausging, um sich zu seiner Frau im Hause von Michaelis' großer Gönnerin zu gesellen.

Er wußte, er würde dort willkommen sein. Als er den kleineren der beiden Salons betrat, erblickte er seine Frau in einer kleinen Gruppe am Klavier. Ein jüngerer Komponist auf dem Wege zur Berühmtheit hielt von einem Klavierhocker aus zwei dicken Männern einen Vortrag, deren Rücken alt, sowie drei schlanken Frauen, deren Rücken jung wirkten. Hinter dem Schirm hatte die große Dame zwei Personen bei sich: einen Mann und eine Frau, welche am Fuße ihrer Couch nebeneinander auf Sesseln saßen. Sie reichte dem Geheimen Kriminalrat die Hand.

»Ich hätte nie gehofft, Sie heute abend hier zu sehen. Annie sagte mir —«

»Ja. Ich hatte selber keine Ahnung, daß meine Arbeit so schnell zu Ende sein würde.«

Der Geheime Kriminalrat setzte in leisem Ton hinzu: »Es freut mich, Ihnen sagen zu können, daß Michaelis vollkommen schuldlos an dieser —«

Die Gönnerin des Ex-Sträflings nahm diese Versicherung indigniert entgegen.

»Wie? Waren Ihre Leute so dumm, ihn damit in Verbindung –«

»Nicht dumm«, fiel der Geheime Kriminalrat ein, sie respektvoll unterbrechend. »So klug – durchaus klug genug dafür.«

Stille trat ein. Der Mann am Fuße der Couch hatte seine Unterhaltung mit der Dame beendet und sah mit einem schwachen Lächeln zu.

»Ich weiß nicht, ob Sie sich schon kennengelernt haben«, sagte die große Dame.

Mr. Vladimir und der Geheime Kriminalrat, einander vorgestellt, nahmen die Existenz des anderen mit förmlicher und reservierter Höflichkeit zur Kenntnis.

»Er hat mir Angst eingejagt«, erklärte plötzlich die Dame, welche neben Mr. Vladimir saß, wobei sie den Kopf zu jenem Herrn neigte. Der Geheime Kriminalrat kannte die Dame.

»Sie wirken aber nicht verängstigt«, erklärte er, nachdem er sie gewissenhaft mit seinem müden und gleichgültigen Blick begutachtet hatte. Dabei dachte er, daß man in diesem Haus früher oder später jeden kennenlernte. Mr. Vladimirs rosiges Antlitz kräuselte sich vor lauter Lächeln, weil er geistreich war, doch seine Augen blieben ernst wie die eines entschlossenen Mannes.

»Nun, er hat es jedenfalls versucht«, verbesserte sich die Dame.

»Vielleicht reine Gewohnheit«, sagte der Geheime Kriminalrat auf eine unwiderstehliche Eingebung hin.

»Er bedroht die Gesellschaft mit allen möglichen Schrecken«, fuhr die Dame fort, deren Ausdrucksweise sanft und langsam war, »apropos diese Explosion im Greenwich Park. Anscheinend sollten wir alle in unserer Haut davor erzittern, was uns noch bevorsteht, wenn diesen Leuten auf der ganzen Welt nicht das Handwerk gelegt wird. Ich hatte ja keine Ahnung, daß das so eine schwerwiegende Affäre war.«

Mr. Vladimir gab vor, nicht zuzuhören, und beugte sich zur Couch hin, wobei er in gedämpftem Ton Liebenswürdigkeiten von sich gab; dennoch hörte er den Geheimen Kriminalrat sagen:

»Ich zweifle nicht daran, daß Mr. Vladimir eine sehr präzise Vorstellung von der wahren Bedeutung dieser Affäre hat.«

Mr. Vladimir fragte sich, worauf dieser verdammte und zudringliche Polizist hinauswollte. Von Generationen abstammend, welche von den Instrumenten einer willkürlichen Macht schikaniert worden waren, hatte er aus rassischen, nationalen und individuellen Gründen Angst vor der Polizei. Es war eine ererbte Schwäche und von seiner Urteilskraft, seiner Vernunft und Erfahrung vollkommen unabhängig. Sie war ihm angeboren. Doch jenes Gefühl, welches dem irrationalen Grauen ähnelt, das manche vor Katzen haben, stand seiner ungeheuren Verachtung für die englische Polizei nicht im Wege. Er beendete den Satz, welchen er an die große Dame gerichtet hatte, und drehte sich etwas in seinem Sessel.

»Sie meinen, daß wir eine große Erfahrung mit diesen Leuten haben. Ja, wirklich, wir leiden sehr unter ihren Aktivitäten, während Sie –« Mr. Vladimir zögerte einen Augenblick in lächelnder Verwirrung – »während Sie es dulden, daß sie mitten unter uns sind«, beendete er den Satz, wobei er in jeder glattrasierten Wange ein Grübchen zeigte. Dann setzte er ernster hinzu: »Ich darf sogar sagen – weil dem so ist.«

Als Mr. Vladimir aufhörte zu reden, senkte der Geheime Kriminalrat den Blick, und das Gespräch verebbte. Fast unmittelbar darauf empfahl sich Mr. Vladimir. Kaum hatte er der Couch den Rücken gedreht, erhob sich auch der Geheime Kriminalrat.

»Ich dachte, Sie wollten bleiben und Annie nach Hause bringen«, sagte Michaelis' Gönnerin.

»Ich habe heute abend doch noch ein wenig zu arbeiten.«

»In Verbindung mit –?«

»Also, ja – gewissermaßen.«

»Sagen Sie, was ist das eigentlich – dieses Gräßliche?«

»Schwer zu sagen, was es ist, aber es könnte doch eine *cause célèbre* sein«, sagte der Geheime Kriminalrat.

Eilig verließ er den Salon und fand Mr. Vladimir noch in der Eingangshalle vor, wo er gerade sorgfältig ein großes Seidentuch um den Hals wickelte. Hinter ihm wartete ein Diener, seinen Überrock haltend. Ein weiterer stand bereit, ihm die Tür zu öffnen. Dem Geheimen Kriminalrat wurde pflichtgemäß in den Mantel geholfen und sogleich die Tür geöffnet. Nachdem er die Vordertreppe hinabgegangen war, blieb er stehen, als überlegte er, wohin er sich wenden sollte. Als Mr. Vladimir dies durch die aufgehaltene Tür sah, verweilte er in der Eingangshalle, um eine Zigarre hervorzuholen und um Feuer zu bitten. Es wurde ihm von einem älteren Mann ohne Livree mit ruhiger Beflissenheit gereicht. Doch das Streichholz ging aus; der Diener schloß die Tür, und Mr. Vladimir entzündete seine Havanna mit mußevoller Sorgfalt. Als er schließlich aus dem Haus trat, sah er voller Entrüstung den »verdammten Polizisten« noch immer auf dem Gehweg stehen.

»Ob er wohl auf mich wartet«, dachte Mr. Vladimir, während er sich nach einem Zeichen eines Hansom umschaute. Er sah keinen. Ein paar Kutschen warteten am Bordstein, ihre Lampen leuchteten ruhig, die Pferde standen vollkommen still, als wären sie in Stein gemeißelt, die Kutscher saßen reglos unter den großen Pelzcapes, ohne daß auch nur ein Zittern die weißen Schnüre ihrer großen Peitschen bewegt hätte. Mr. Vladimir ging weiter, und der »verdammte Polizist« fiel auf seiner Höhe in Gleichschritt mit ihm. Er sagte nichts. Am Ende des vierten Schrittes wurde Mr. Vladimir wütend und unruhig. So konnte das nicht weitergehen.

»Verflixtes Wetter«, knurrte er wild.

»Mild«, sagte der Geheime Kriminalrat leidenschaftslos. Er blieb eine kleine Weile stumm. »Wir haben einen Mann namens Verloc festgesetzt«, verkündete er beiläufig.

Mr. Vladimir stolperte nicht, taumelte nicht zurück, änderte nicht den Schritt. Doch konnte er nicht verhindern, daß er ausrief: »Was?« Der Geheime Kriminalrat wiederholte seine Erklärung nicht. »Sie kennen ihn«, fuhr er im gleichen Ton fort.

Mr. Vladimir blieb stehen und wurde guttural.

»Wie können Sie so etwas sagen?«

»Nicht ich. Mr. Verloc.«

»Ein verlogener Hund ist das doch«, sagte Mr. Vladimir in einer etwas orientalischen Ausdrucksweise. Doch im Innern war er von der wundersamen Klugheit der englischen Polizei fast eingeschüchtert. Seine Meinungsänderung bei diesem Thema war so kraß, daß ihm vorübergehend ein wenig schlecht war. Er warf seine Zigarre weg und ging weiter.

»Was mir bei dieser Affäre am meisten gefallen hat«, fuhr der Geheime Kriminalrat fort, langsam redend, »daß sie einen ganz hervorragenden Ausgangspunkt für eine Arbeit abgibt, die, wie ich immer gefunden habe, angegangen werden muß – das heißt die Säuberung dieses Landes von allen ausländischen Spionen, Polizisten und derlei – ähm – Hunden. Meiner Meinung nach sind sie eine gräßliche Plage; auch ein Element der Gefahr. Aber wir können sie ja nicht gut einzeln aufspüren. Es geht nur, wenn wir ihre Aufträge ihren Auftraggebern unerfreulich machen. Die Sache wird allmählich unanständig. Und auch gefährlich für uns hier.«

Mr. Vladimir blieb wieder einen Augenblick stehen.

»Was meinen Sie damit?«

»Die Anklage dieses Verloc wird der Öffentlichkeit die Gefahr wie auch die Unanständigkeit demonstrieren.«

»Niemand wird glauben, was so einer sagt«, meinte Mr. Vladimir verächtlich.

»Die Fülle und die Genauigkeit der Details wird die große Masse der Öffentlichkeit überzeugen«, machte der Geheime Kriminalrat sanft geltend.

»Dann wollen Sie das also allen Ernstes tun.«

»Wir haben den Mann; wir haben keine Wahl.«

»Sie werden damit nur den verlogenen Geist dieser revolutionären Schurken nähren«, protestierte Mr. Vladimir. »Wozu wollen Sie einen Skandal machen? – um der Moral willen – oder wie?«

Mr. Vladimirs Besorgtheit war offensichtlich. Der Geheime Kriminalrat, welcher sich auf diese Weise versichert hatte, daß in den kurzen Darlegungen Mr. Verlocs etwas Wahres sein müsse, sagte gleichmütig:

»Das hat auch seine praktische Seite. Wir haben wirklich genug damit zu tun, uns um das Original zu kümmern. Sie können nicht sagen, wir seien nicht effektiv. Aber wir haben nicht die Absicht, uns von Schwindlern unter jedwedem Vorwand ärgern zu lassen.«

Mr. Vladimirs Ton wurde hochmütig.

»Was mich betrifft, so kann ich Ihre Ansicht nicht teilen. Sie ist selbstsüchtig. Meine Gefühle für mein Land können nicht bezweifelt werden; doch war ich immer der Meinung, daß wir nebenbei auch gute Europäer sein sollten – ich meine die Regierungen und die Menschen.«

»Ja«, sagte der Geheime Kriminalrat einfach. »Nur schauen Sie vom anderen Ende auf Europa. Aber«, fuhr er in gutmütigem Ton fort, »die ausländischen Regierungen können sich über eine Unfähigkeit unserer Polizei nicht beschweren. Sehen Sie sich nur diese Schandtat an; ein Fall, der besonders schwierig zu lösen war, da er ja ein Schwindel war. In weniger als zwölf Stunden haben wir die Identität eines Mannes festgestellt, der buchstäblich in Fetzen gerissen war, haben den Urheber des Anschlages gefunden und auch noch einen flüchtigen Blick auf den Anstifter geworfen. Und wir hätten noch weiter kommen können; wir haben nur an den Grenzen unseres Territoriums Halt gemacht.«

»Dann wurde dieses lehrreiche Verbrechen also im Ausland geplant«, sagte Mr. Vladimir schnell. »Sie geben zu, daß es im Ausland geplant wurde?«

»Theoretisch. Rein theoretisch auf ausländischem Territorium; im Ausland nur fiktiv«, sagte der Geheime Kriminalrat, indem er auf den Charakter von Botschaften anspielte, welche einen festen Bestandteil des Landes bilden, zu dem sie gehören. »Doch das ist nur ein Detail. Ich habe mit Ihnen über diese Angelegenheit gesprochen, weil Ihre Regierung am meisten über unsere Polizei grollt. Sie sehen, so schlecht sind wir gar nicht. Besonders Ihnen wollte ich von unserem Erfolg berichten.«

»Da bin ich Ihnen aber dankbar«, murmelte Mr. Vladimir durch die Zähne.

»Wir können jeden Anarchisten hier festnageln«, fuhr der Geheime Kriminalrat fort, als zitierte er Chefinspektor Heat. »Jetzt müssen wir nur den *agent provocateur* entfernen, damit alles sicher wird.«

Mr. Vladimir hielt die Hand nach einem vorbeifahrenden Hansom hoch.

»Da gehen Sie aber nicht hinein«, bemerkte der Geheime Kriminalrat und schaute auf ein Gebäude von stattlichen Ausmaßen und einladendem Äußeren, wo das Licht aus einer großen Eingangshalle durch Glastüren auf eine breite Treppe fiel.

Doch Mr. Vladimir, der steinernen Blickes in dem Hansom saß, fuhr ohne ein Wort davon.

Der Geheime Kriminalrat selbst wandte sich nicht zu dem stattlichen Gebäude. Es war der ›Explorers'‹ Club. Der Gedanke durchfuhr ihn, daß das Ehrenmitglied Mr. Vladimir in Zukunft dort nicht sehr oft gesehen werden würde. Er schaute auf die Uhr. Es war erst halb elf Uhr. Er hatte einen sehr ereignisreichen Abend gehabt.

Elftes Kapitel

Nachdem Chefinspektor Heat gegangen war, lief Mr. Verloc in der Stube umher. Von Zeit zu Zeit beäugte er seine Frau durch die offene Tür. »Jetzt weiß sie alles«, dachte er im Bedauern über ihr Leid und mit einiger Befriedigung, was ihn betraf. Mr. Verlocs Seele mochte es vielleicht an Größe mangeln, doch war sie zärtlicher Empfindungen fähig. Die Aussicht, ihr die Nachricht beizubringen, hatte ein Fieber bei ihm ausgelöst. Chefinspektor Heat hatte ihm diese Aufgabe abgenommen. Soweit war das gut. Ihm blieb nun noch, sich ihrem Schmerz zu stellen.

Mr. Verloc hätte nie damit gerechnet, sich ihm wegen eines Todes stellen zu müssen, dessen verhängnisvoller Charakter mit Sophisterei oder überredender Eloquenz nicht hinwegdiskutiert werden kann. Mr. Verloc hatte nie gewollt, daß Stevie mit solch jäher Gewalt umkam. Er hatte nicht gewollt, daß er überhaupt umkam. Der tote Stevie war eine weit größere Last, als er es jemals zu Lebzeiten war. Mr. Verloc hatte einen günstigen Ausgang seines Unternehmens prophezeit, wobei er sich nicht auf Stevies Intelligenz gestützt hatte, welche mit einem zuweilen sonderbare Possen spielte, sondern auf die blinde Fügsamkeit und die blinde Ergebenheit des Jungen. Auch wenn er kein großer Psychologe war, hatte Mr. Verloc doch die Tiefen von Stevies Fanatismus ermessen. Er hatte die Hoffnung zu hegen gewagt, daß Stevie, wie er es ihm beigebracht hatte, von der Wand des

Observatoriums wegging, den Weg nahm, welchen er ihm mehrere Male zuvor gezeigt hatte, und wieder zu seinem Schwager, dem weisen und guten Mr. Verloc, außerhalb des Parkgeländes stieß. Eine Viertelstunde hätte auch dem ausgemachtesten Narren genügen müssen, um die Maschine hinzustellen und wegzugehen. Und der Professor hatte mehr als eine Viertelstunde veranschlagt. Doch fünf Minuten, nachdem er ihn alleingelassen hatte, war Stevie gestolpert. Und Mr. Verloc war moralisch zerbrochen. Alles hatte er vorausgesehen, nur das nicht. Er hatte vorausgesehen, daß Stevie abgelenkt wurde und sich verlief – daß nach ihm gesucht wurde und er am Ende auf irgend einem Polizeirevier oder in einem lokalen Armenhaus aufgefunden wurde. Er hatte vorausgesehen, daß Stevie verhaftet wurde, und sich nicht gefürchtet, weil Mr. Verloc eine hohe Meinung von Stevies Loyalität hatte, welche auf zahlreichen Spaziergängen in der Notwendigkeit des Schweigens unterwiesen worden war. Gleich einem peripatetischen Philosophen hatte Mr. Verloc, die Straßen Londons entlangschlendernd, Stevies Ansichten über die Polizei durch Gespräche voller subtiler Argumentationen modifiziert. Nie hatte ein Weiser einen aufmerksameren und bewundernden Schüler. Der Gehorsam und die Verehrung waren so offenkundig, daß Mr. Verloc so etwas wie Gefallen an dem Jungen gefunden hatte. Schon gar nicht hatte er aber die rasche Aufklärung des Zusammenhanges mit ihm vorausgesehen. Daß seine Frau auf die Vorsichtsmaßnahme verfallen sei, die Adresse des Jungen auf die Innenseite des Überrockes zu nähen, war das letzte, woran Mr. Verloc gedacht hätte. Man kann nicht an alles denken. Das war es also, was sie gemeint hatte, wenn sie sagte, er müsse sich keine Sorgen machen, wenn Stevie sich auf ihren Spaziergängen verlaufen würde. Sie hatte ihm versichert, daß der Junge wieder heil auftauchen würde. Nun, er war wieder aufgetaucht, aber wie!

»Also, nein«, brummelte Mr. Verloc in seiner Verwunderung. Was wollte sie damit? Ihm die Mühe ersparen, ein besorgtes Auge auf Stevie zu haben? Sehr wahrscheinlich hatte sie es gut gemeint. Nur hätte sie ihm von der Vorsichtsmaßnahme erzählen sollen, die sie ergriffen hatte.

Mr. Verloc trat hinter den Ladentisch. Es war nicht seine Absicht, seine Frau mit bitteren Vorwürfen zu überhäufen. Mr. Verloc empfand keine Bitterkeit. Der unerwartete Gang der Ereignisse hatte ihn zu der Doktrin des Fatalismus bekehrt. Nun war nichts mehr zu ändern. Er sagte:

»Ich wollte nicht, daß dem Jungen etwas zustößt.«

Mrs. Verloc erschauerte beim Klang der Stimme ihres Mannes. Sie hielt ihr Gesicht bedeckt. Der treue Geheimagent des seligen Barons Stott-Wartenheim schaute sie eine Zeitlang mit einem schweren, verständnislosen Blick an. Die zerrissene Abendzeitung lag zu ihren Füßen. Sie konnte ihr nicht viel gesagt haben. Mr. Verloc verspürte das Verlangen, mit seiner Frau zu reden.

»Dieser verdammte Heat – wie?« sagte er. »Der hat dich aus der Fassung gebracht. Ein brutaler Kerl, das einer Frau so ins Gesicht zu sagen. Ich bin krank geworden bei dem Gedanken, wie ich es dir sagen sollte. Stundenlang habe ich in dem kleinen Gastzimmer des Cheshire Cheese gesessen und habe mir überlegt, wie ich es am besten tun soll. Versteh doch, ich habe nicht gewollt, daß dem Jungen etwas zustößt.«

Mr. Verloc, der Geheimagent, sprach die Wahrheit. Es war seine eheliche Zuneigung, welche von der vorzeitigen Explosion den größten Schock erhalten hatte. Er setzte hinzu:

»Mir war nicht besonders fröhlich zumute, dort zu sitzen und an dich zu denken.«

Er beobachtete einen weiteren leichten Schauder seiner Frau, welcher seine Empfindsamkeit berührte. Da sie weiterhin hartnäckig das Gesicht in den Händen verbarg, dachte er, es sei besser, sie eine Weile allein zu lassen. Auf diesen feinfühligen Impuls hin zog Mr. Verloc sich wieder in die Stube zurück, wo der Gasbrenner wie eine zufriedene Katze schnurrte. Mrs. Verloc hatte den kalten Braten zusammen mit Tranchiermesser und Gabel sowie einem halben Laib Brot für Mr. Verlocs Abendessen in weiblicher Vorsorge auf dem Tisch stehen lassen. All das bemerkte er nun zum ersten Mal, und so schnitt er sich ein Stück Brot und Fleisch ab und begann zu essen.

Sein Appetit entsprang nicht der Herzlosigkeit. Mr. Verloc hatte an dem Tag nicht gefrühstückt. Er hatte nüchtern das Haus verlassen. Da er kein Mann der Tat war, fand er seine Entschlossenheit in nervöser Erregung, welche ihn vor allem an der Gurgel gepackt zu haben schien. Er hätte nichts Festes hinunterbekommen. Michaelis' Häuschen war so bar jeglicher Vorräte wie eine Sträflingszelle. Der Bewährungs-Apostel lebte von ein wenig Milch und der Rinde altbackenen Brotes. Zudem war er, als Mr. Verloc eintraf, nach seinem frugalen Mahl schon nach oben gegangen. Versunken in die Qualen und Freuden literarischen Werkens, hatte er nicht einmal Mr. Verlocs Ruf das kleine Treppenhaus hinauf beantwortet.

»Ich nehme den jungen Burschen ein paar Tage mit nach Hause.«

Und tatsächlich hatte Mr. Verloc auch keine Antwort abgewartet, sondern war sogleich wieder aus dem Häuschen marschiert, gefolgt von dem gehorsamen Stevie.

Nun da alles Tun vorüber und sein Schicksal ihm mit unerwarteter Flinkheit aus den Händen genommen war, fühlte Mr. Verloc sich körperlich schrecklich leer. Er tranchierte das Fleisch, schnitt das Brot und verschlang sein Abendessen am Tisch stehend, wobei er hin und wieder einen kurzen Blick auf seine Frau warf. Ihre fortdauernde Reglosigkeit war der stärkenden Wirkung seiner Überlegungen hinderlich. Wieder ging er in den Laden und trat ganz nah an sie heran. Der Schmerz mit dem verhüllten Gesicht bereitete Mr. Verloc Unbehagen. Natürlich hatte er erwartet, daß seine Frau aufs äußerste erregt sein würde, doch er wollte, daß sie sich zusammenriß. Bei dieser neuen Wendung, welche sein Fatalismus schon akzeptiert hatte, brauchte er all ihre Hilfe und all ihre Loyalität.

»Ist nicht mehr zu ändern«, sagte er im Ton düsterer Anteilnahme. »Komm, Winnie, wir müssen an morgen denken. Du wirst alle deine fünf Sinne brauchen, wenn man mich abgeholt hat.«

Er machte eine Pause. Mrs. Verlocs Brust hob und senkte sich krampfhaft. Dies war keine Beruhigung für Mr. Verloc, nach dessen Ansicht die neu geschaffene Lage von den zwei davon am meisten betroffenen Menschen Ruhe, Entscheidungskraft und weitere Eigenschaften verlangte, welche mit den geistigen Wirren aufgewühlten Schmerzes unvereinbar waren. Mr. Verloc war ein menschlicher Mann; er war nach Hause gekommen, bereit, der Zuneigung seiner Frau für ihren Bruder jegliche Freiheit zu gestatten. Nur verstand er weder die Natur noch das ganze Ausmaß jenes Gefühls. Und darin war er entschuldbar, da er es unmöglich verstehen konnte, ohne aufzuhören, er selbst zu sein. Er war verblüfft und enttäuscht, und seine Worte vermittelten dies durch eine gewisse Rauheit im Ton.

»Du könntest einen auch mal ansehen«, bemerkte er, nachdem er eine Weile gewartet hatte.

Wie durch die Hände gepreßt, welche Mrs. Verlocs Gesicht bedeckten, kam die Antwort, fast mitleidsvoll.

»Ich will dich nicht mehr ansehen, so lange ich lebe.«

»Was? Wie?« Mr. Verloc war lediglich über die oberflächliche und wörtliche Bedeutung dieser Erklärung verblüfft. Sie war offenkundig unvernünftig, der bloße Aufschrei übersteigerter Trauer. Er warf den Mantel seiner ehelichen Nachsicht darüber. Dem Geist Mr. Verlocs mangelte es an Tiefe. Unter dem falschen Eindruck, daß der Wert des einzelnen darin bestehe, was er an sich ist, konnte er den Wert Stevies in den Augen Mrs. Verlocs unmöglich begreifen. Sie nimmt es verflixt schwer, dachte er. Und an allem war nur dieser verdammte Heat schuld. Wozu mußte er die Frau so in Erregung versetzen? Doch man durfte, um ihretwillen, nicht zulassen, daß sie so weitermachte, bis sie völlig außer sich war.

»Hör doch! Du kannst hier nicht so in dem Laden sitzen«, sagte er mit vorgeblicher Strenge, in welcher ein wirklicher Ärger lag; denn dringende praktische Dinge mußten beredet werden, und wenn sie die ganze Nacht aufbleiben müßten. »Jeden Moment können sie kommen«, setzte er hinzu und wartete erneut. Keine Wirkung zeigte sich, und in dieser Pause trat Mr. Verloc die Vorstellung des Todes vor Augen. Er änderte den Ton. »Komm doch. Das bringt ihn auch nicht zurück«, sagte er sanft; er war bereit, sie in die Arme zu schließen und an die Brust zu drücken, wo Ungeduld und Mitgefühl Seite an Seite wohnten. Doch mit Ausnahme eines kurzen Schauders verharrte Mrs. Verloc scheinbar unberührt von der Gewalt jenes furchtbaren Gemeinplatzes. Mr. Verloc war aber selbst bewegt. In seiner Schlichtheit war er bewegt, zur Mäßigung zu drängen, indem er die Ansprüche seiner eigenen Persönlichkeit geltend machte.

»Sei doch vernünftig, Winnie. Wie wäre es denn gewesen, wenn du mich verloren hättest?«

Er hatte die vage Erwartung gehabt, sie aufschreien zu hören. Doch sie regte sich nicht. Sie lehnte sich ein wenig zurück, zu vollkommener, unlesbarer Stille beruhigt. Mr. Verlocs Herz begann vor Verzweiflung und so etwas wie Bestürzung schneller zu schlagen. Er legte ihr die Hand auf die Schulter und sagte:

»Sei doch nicht dumm, Winnie.«

Sie rührte sich nicht. Es war unmöglich, mit Erfolg mit einer Frau zu reden, deren Gesicht man nicht sieht. Mr. Verloc faßte seine Frau an den Handgelenken. Doch ihre Hände waren wie festgeklebt. Auf sein Ziehen hin schwang sie mit dem ganzen Körper nach vorn und fiel fast vom Stuhl. Erschrocken darüber, daß sie so hilflos schlaff war, versuchte er, sie wieder auf den Stuhl zu setzen, wobei sie plötzlich ganz steif wurde, sich seinen Händen entriß, aus dem Laden, quer durch die Stube und in die Küche rannte. Das geschah sehr schnell. Er hatte nur einen kurzen Blick auf ihr Gesicht und so viel von ihren Augen erhascht, daß er wußte, daß sie ihn nicht angeschaut hatte.

Es hatte ganz den Anschein, als hätten sie um den Besitz des Stuhles gekämpft, denn sogleich nahm Mr. Verloc den Platz seiner Frau ein. Mr. Verloc bedeckte das Gesicht nicht mit den Händen, dafür verhüllte eine düstere Nachdenklichkeit seine Züge. Eine Haftstrafe war nicht zu vermeiden. Er wollte sie auch nicht mehr umgehen. Ein Gefängnis war vor gewissen ungesetzlichen Vergeltungen so sicher wie das Grab, wobei es den Vorzug hatte, daß es in einem Gefängnis Raum für Hoffnung gibt. Was er vor sich sah, war eine Haftstrafe, eine vorzeitige Entlassung, und dann ein Leben irgendwo im Ausland, wie er es schon für den Fall eines Scheiterns erwogen hatte. Ja, es war ein Scheitern, wenn auch nicht so ein Scheitern, wie er es befürchtet hatte. Er war dem Erfolg so nahe gewesen, daß er Mr. Vladimir mit diesem Beweis unfaßbarer Tüchtigkeit seinen heftigen Spott wahrhaft hätte verleiden können. So jedenfalls erschien es Mr. Verloc nun. Sein Prestige bei der Botschaft wäre immens gewesen – wenn seine Frau nicht auf die unselige Idee gekommen wäre, die Adresse in Stevies Überrock zu nähen. Mr. Verloc, der nicht dumm war, hatte bald die außerordentliche Art des Einflusses erkannt, welchen er auf Stevie hatte, wenngleich er dessen Ursprung – die Doktrin seiner höchsten Weisheit und Güte, welche ihm von zwei besorgten Frauen eingeprägt worden war – nicht so recht verstand. In all den Eventualitäten, welche er vorausgesehen hatte, hatte Mr. Verloc mit richtigem Scharfblick auf Stevies instinktive Loyalität und blinde Verschwiegenheit gezählt. Die Eventualität, welche er nicht vorausgesehen hatte, hatte ihn als menschlichen Mann und liebevollen Ehemann entsetzt. Von jedem anderen Blickpunkt aus bot sie große Vorteile. Nichts erreicht die ewige Verschwiegenheit des Todes. Als Mr. Verloc verwirrt und verängstigt in dem kleinen Gastzimmer des Cheshire Cheese saß, konnte er nicht umhin, sich dies einzugestehen, denn sein Feingefühl stand seiner Urteilskraft nicht im Wege. Stevies gewaltsame Auflösung in seine Bestandteile, wie verstörend der Gedanke daran auch war, sicherte seinen Erfolg nur; denn natürlich war das Ziel von Mr. Vladimirs Drohungen nicht das Einreißen einer Wand gewesen, sondern die Erzeugung einer moralischen Wirkung. Mit viel Ärger und Schmerz auf seiten Mr. Verlocs konnte die Wirkung als erzeugt bezeichnet werden. Als sie jedoch in der Brett Street völlig unerwartet auf ihren Urheber zurückfiel, nahm Mr. Verloc, welcher wie ein Mann in einem Albtraum um die Wahrung seiner Position gekämpft hatte, den Schlag in der Haltung eines überzeugten Fatalisten hin. Die Position war eigentlich durch niemandes Schuld verloren gegangen. Ein kleiner, winziger Umstand hatte dies bewirkt. Es war, als glitte man im Dunkeln auf einer Orangenschale aus und bräche sich das Bein.

Mr. Verloc holte müde Luft. Er hegte keinen Groll gegen seine Frau. Er dachte: »Sie wird sich um den Laden kümmern müssen, solange sie mich in Haft behalten.« Auch dachte er daran, wie sehr sie Stevie zunächst vermissen werde, und er war tief besorgt um ihre Gesundheit und ihren Lebensmut. Wie würde sie die Einsamkeit ertragen? Es wäre nicht gut, wenn sie zusammenbräche, solange er in Haft war. Was würde dann aus dem Laden werden? Der Laden war ein Kapital. Zwar nahm Mr. Verloc in seinem Fatalismus sein Ende als Geheimagent hin, doch hatte er keine Lust, völlig ruiniert zu werden, vor allem, das soll gesagt werden, hinsichtlich seiner Frau.

Stumm und außerhalb seiner Sichtlinie in der Küche, machte sie ihm Angst. Wäre nur noch ihre Mutter da. Doch die dumme alte Frau – ärgerliche Bestürzung ergriff Mr. Verloc. Er mußte mit seiner Frau reden. Gewiß konnte er ihr sagen, daß ein Mann unter gewissen Umständen eben zum äußersten greift. Doch ging er nicht unverzüglich zu ihr, um ihr dies mitzuteilen. Zunächst einmal war ihm klar, daß jetzt am Abend nicht die Zeit für Geschäfte war. Er stand auf, um die Straßentür zu schließen und das Gas im Laden auszumachen.

Nachdem er sich damit der Einsamkeit um seinen Herd herum versichert hatte, schritt Mr. Verloc in die Stube und warf einen Blick hinab in die Küche. Mrs. Verloc saß an dem Platz, wo der arme Stevie sich des Abends für gewöhnlich mit Zeitung und Stift zu dem Zeitvertreib einrichtete, jenes Gefunkel aus unzähligen Kreisen zu zeichnen, welche auf Chaos und Ewigkeit hinwiesen. Sie hatte die Arme auf dem Tisch verschränkt und den Kopf auf die Arme gelegt. Mr. Verloc betrachtete eine Weile ihren Rücken und das Arrangement ihrer Haare und ging wieder von der Küchentür weg. Mrs. Verlocs philosophische, fast geringschätzige Gleichgültigkeit, die Grundlage ihrer ehelichen Harmonie, machte es äußerst schwierig, mit ihr in Kontakt zu treten, nun da diese tragische Notwendigkeit eingetreten war. Mr. Verloc spürte diese Schwierigkeit schmerzlich. Gleich einem großen Tier in einem Käfig, wie es seine Art war, lief er um den Stubentisch herum.

Neugier ist eine Form der Selbstoffenbarung, doch ein systematisch gleichgültiger Mensch bleibt in Teilen immer rätselhaft. Jedesmal, wenn Mr. Verloc an der Tür vorbeikam, warf er einen beklommenen Blick auf seine

Frau. Nicht, daß er vor ihr Angst gehabt hätte. Mr. Verloc glaubte sich von dieser Frau geliebt. Doch sie hatte ihn nicht daran gewöhnt, sich ihr anzuvertrauen. Und das, was er ihr anzuvertrauen hatte, war von tief psychologischer Natur. Wie, wenn nicht verschwommen, konnte er ihr bei seinem Mangel an Übung sagen, was er selbst dabei empfand: daß es Verschwörungen eines unheilvollen Schicksals gibt, daß zuweilen eine Vorstellung in einem wächst, bis sie eine äußerliche Existenz annimmt, eine unabhängige, eigenständige Kraft und sogar eine suggestive Stimme? Er konnte ihr nicht mitteilen, daß man von einem fetten, geistreichen, glattrasierten Gesicht verfolgt werden kann, bis das maßloseste Mittel, es loszuwerden, als ein Kind der Weisheit erscheint.

Bei diesem geistigen Bezug auf den Ersten Sekretär einer großen Botschaft blieb Mr. Verloc in der Tür stehen. Mit zornigem Gesicht und geballten Fäusten blickte er in die Küche hinab und redete seine Frau an.

»Du weißt ja nicht, mit was für einem brutalen Kerl ich es zu tun hatte.«

Er machte sich wieder auf seine Runde um den Tisch, und als er an die Tür gekommen war, blieb er stehen und starrte wütend von der Höhe der zwei Stufen hinab.

»Ein blöder, höhnischer, gefährlicher Kerl mit nicht mehr Verstand als – nach all den Jahren! Ein Mann wie ich! Und in diesem Spiel ging es um meinen Kopf. Das hast du nicht gewußt. Und das war auch gut so. Was hätte es genützt, dir zu erzählen, daß ich die sieben Jahre, die wir verheiratet waren, beständig riskiert habe, daß man mir ein Messer in den Leib rammt? Ich bin keiner, der eine Frau ängstigt, die mich gern hat. Das zu wissen war nicht deine Angelegenheit.«

Mr. Verloc drehte schäumend eine weitere Runde durch die Stube.

»Ein giftiger Hund«, fing er wieder von der Tür her an. »Mich einfach so zum Spaß hinaus in einen Graben zum Verhungern jagen. Ich habe doch gesehen, daß das für ihn ein verdammter Spaß war. Einen Mann wie mich! Schau mich an! Manche der Größten auf der Welt müssen mir dankbar dafür sein, daß sie bis zum heutigen Tag noch auf zwei Beinen gehen können. So einen Mann hast du geheiratet, mein Mädchen!«

Er bemerkte, daß sich seine Frau aufgerichtet hatte. Mrs. Verlocs Arme blieben ausgestreckt auf dem Tisch liegen. Mr. Verloc betrachtete ihren Rücken, als könnte er daran die Wirkung seiner Worte ablesen.

»Während der letzten elf Jahre hat es keine Mordverschwörung gegeben, bei der ich nicht bei Gefahr meines Lebens die Finger im Spiel gehabt hätte. Dutzende von diesen Revolutionären habe ich mit ihren Bomben in ihren verfluchten Taschen weggeschickt, worauf man sie an der Grenze gefaßt hat. Der alte Baron wußte, was ich seinem Land wert war. Und da kommt nun plötzlich so ein Schwein daher – ein ignorantes, anmaßendes Schwein.«

Mr. Verloc betrat, langsam die beiden Stufen hinabschreitend, die Küche, nahm ein Wasserglas vom Küchentisch und näherte sich damit der Spüle, ohne seine Frau anzuschauen.

»Der alte Baron, der hätte nicht die freche Narrheit besessen, mich um elf Uhr vormittags einzubestellen. Es gibt zwei oder drei hier in der Stadt, die mir, hätten sie mich da hineingehen sehen, früher oder später ohne Federlesens den Schädel eingeschlagen hätten. Es war ein dummer, teuflischer Trick, einen – wie mich – für nichts bloßzustellen.«

Mr. Verloc drehte den Hahn über der Spüle an und stürzte drei Gläser Wasser, eines nach dem anderen, durch die Kehle hinab, um die Flammen seiner Empörung zu löschen. Mr. Vladimirs Verhalten glich einem heißen Brandeisen, welches seine innere Ökonomie aufflammen ließ. Über diese Illoyalität kam er nicht hinweg. Dieser Mann, welcher nicht an den üblichen schweren Aufgaben arbeitete, welche die Gesellschaft seinen bescheideneren Mitgliedern stellt, hatte sein geheimes Gewerbe mit unermüdlicher Hingabe getan. In Mr. Verloc lag ein Schatz an Loyalität. Er war loyal seinen Auftraggebern gegenüber gewesen, der Sache der gesellschaftlichen Stabilität – und auch seiner Zuneigung –, was offenkundig wurde, als er, nachdem er das Glas in die Spüle gestellt hatte, sich umdrehte und sagte: »Wenn ich nicht an dich gedacht hätte, dann hätte ich diesen tyrannischen Kerl an der Gurgel gepackt und mit dem Kopf in den Kamin gerammt. Der hätte in mir seinen Meister gefunden – dieser rosabackige, glattrasierte – «

Mr. Verloc unterließ es, den Satz zu Ende zu führen, so als gäbe es keinen Zweifel an dem letzten Wort. Zum ersten Mal in seinem Leben zog er diese gleichgültige Frau ins Vertrauen. Die Einzigartigkeit dieses Ereignisses, die Kraft und Bedeutung der persönlichen Gefühle, welche im Verlauf dieses Geständnisses geweckt wurden, vertrieben Stevies Schicksal vollkommen aus Mr. Verlocs Gedanken. Die stammelnde Existenz des Jungen mit seinen Ängsten und Entrüstungen war vorerst aus Mr. Verlocs geistiger Sicht geglitten. Aus dem Grund war er, als er aufschaute, verblüfft von der unangemessenen Natur des Blickes seiner Frau. Es war kein wilder Blick, und er war auch nicht unaufmerksam, doch seine Aufmerksamkeit war eigenartig und nicht zufriedenstellend, da er auf einen Punkt hinter Mr. Verlocs Person konzentriert schien. Dieser Eindruck war so stark, daß Mr. Verloc über die Schulter schaute. Hinter ihm war nichts: nur die weißgetünchte Wand. Winnie Verlocs hervorragender Ehemann sah kein Zeichen an der Wand. Er wandte sich wieder seiner Frau zu und wiederholte mit einigem Nachdruck:

»Ich hätte ihn am Hals gepackt. So wahr ich hier stehe, ich nicht an dich gedacht hätte, dann hätte ich diesem brutalen Kerl das halbe Leben herausgewürgt, bevor ich ihn wieder hätte aufstehen lassen. Und glaube nur nicht, er wäre sehr erpicht darauf gewesen, die Polizei zu rufen – der nicht. Er hätte es nicht gewagt. Du verstehst, warum – oder?«

Er zwinkerte seiner Frau wissend zu.

»Nein«, sagte Mrs. Verloc mit tonloser Stimme und ohne ihn überhaupt anzusehen. »Wovon redest du?«

Eine große Mutlosigkeit überfiel Mr. Verloc. Er hatte einen sehr ereignisreichen Tag gehabt, und seine Nerven waren bis zum äußersten beansprucht worden. Nach einem Monat unerträglicher Besorgnis, welcher in einer unerwarteten Katastrophe geendet hatte, sehnte sich der sturmgepeitschte Geist Mr. Verlocs nach Ruhe. Seine Laufbahn als Geheimagent war auf eine Art und Weise an ein Ende gekommen, welches niemand hätte vorhersehen können; aber vielleicht konnte er jetzt doch endlich eine Nacht lang Schlaf finden. Doch wenn er seine Frau ansah, kamen ihm Zweifel. Sie nahm es sehr schwer – ganz untypisch für sie, dachte er. Mit Mühe sagte er:

»Du mußt dich zusammenreißen, mein Mädchen«, sagte er mitfühlend. »Was geschehen ist, ist geschehen.« Mrs. Verloc schreckte leicht hoch, wobei sich jedoch kein Muskel in ihrem weißen Gesicht auch nur im mindesten bewegte. Mr. Verloc, der sie nicht ansah, fuhr schleppend fort:

»Geh du nun zu Bett. Du mußt dich nur einmal richtig ausweinen.«

Für diese Ansicht sprach nichts als die allgemeine Übereinstimmung der Menschheit. Allenthalben geht man davon aus, daß jedwede Gefühlsregung einer Frau, als wäre sie nichts Substantielleres als Dampf, welcher am Himmel treibt, zwangsläufig in einem Schauer endet. Und es ist sehr wahrscheinlich, daß, wäre Stevie unter ihrem verzweifelnden Blick, in ihren schützenden Armen im Bett gestorben, Mrs. Verlocs Schmerz in einer Flut bitterer und reiner Tränen Erleichterung gefunden hätte. Mrs. Verloc, das hatte sie mit anderen Menschen gemein, war mit einem Vorrat unbewußter Resignation versehen, welche genügt, um der normalen Manifestation des menschlichen Schicksals zu begegnen. Ohne »ihren Kopf damit zu belasten«, war sie sich bewußt, daß es »einem genaueren Hinschauen nicht standhielt«. Doch die beklagenswerten Umstände von Stevies Ende, welche für Mr. Verloc als Teil einer noch größeren Katastrophe lediglich episodischen Charakter hatten, trockneten ihre Tränen schon an der Quelle aus. Es war die Wirkung eines weißglühenden Eisens, welches ihr über die Augen gezogen wird; gleichzeitig hielt ihr Herz, zu einem Klumpen Eis gehärtet und gekühlt, ihren Körper in einem innerlichen Schauder, ließ ihre Züge zu kontemplativer Reglosigkeit erstarren, richtete sie auf eine weißgetünchte Wand ohne ein Zeichen darauf. Die Anforderungen an Mrs. Verlocs Naturell, welches, seiner philosophischen Reserve beraubt, mütterlich und heftig war, zwang sie dazu, eine Reihe von Gedanken in ihrem reglosen Kopf zu bewegen. Diese Gedanken waren eher imaginiert als ausgedrückt. Mrs. Verloc war eine Frau von außerordentlich wenigen Worten, im öffentlichen wie im privaten Gebrauch. Mit der Wut und dem Entsetzen einer betrogenen Frau überdachte sie den Lauf ihres Lebens in Visionen, welche sich zumeist mit Stevies schwieriger Existenz von den ersten Tagen an beschäftigten. Es war ein Leben mit einem einzigen Ziel und von einer edlen Einheit der Eingebung, ähnlich jenen raren Leben, welche auf den Gedanken und Gefühlen der Menschheit eine Spur zurückgelassen haben. Doch den Visionen Mrs. Verlocs mangelte es an Edelmut und Größe. Sie sah sich, wie sie den Jungen beim Licht einer einzigen Kerze im verlassenen Obergeschoß eines »Geschäftshauses« zu Bett brachte, dunkel unterm Dach und auf Straßenebene über die Maßen funkelnd von Lichtern und geschliffenem Glas gleich einem Märchenschloß. Jene trügerische Pracht war die einzige, die in Mrs. Verlocs Visionen anzutreffen war. Sie erinnerte sich, wie sie dem Jungen die Haare bürstete und ihm das Kittelchen umband – sie selbst noch im Kittelchen; die Tröstungen, welche einem kleinen und zutiefst verängstigten Wesen von einem anderen fast ebenso kleinen, aber nicht ganz so schwer verängstigten Wesen gespendet wurden; sie hatte die Vision der (oft mit dem eigenen Kopf) abgefangenen Schläge, einer Tür, welche verzweifelt (und nicht sehr lange) vor dem Zorn eines Mannes zugehalten wurde; von einem einmal (nicht sehr weit) geworfenen Schüreisen, welches jenen besonderen Sturm zu jenem dumpfen und schrecklichen Schweigen brachte, das auf den Donnerschlag folgt. Und all diese Szenen der Gewalt kamen und gingen, begleitet von dem groben Lärm durchdringenden Gebrülls, das von einem Mann ausging, welcher in seinem väterlichen Stolz verletzt war und sich für offensichtlich verflucht erklärte, da eines seiner Kleinen ein »sabbernder Idiot und das andere eine böse Teufelin« sei. Das war vor vielen Jahren einmal über sie gesagt worden.

Mrs. Verloc hörte die Worte auf eine gespenstische Weise wieder, und der trostlose Schatten des Hauses in Belgravia senkte sich auf ihre Schultern herab. Es war eine niederschmetternde Erinnerung, eine erschöpfende Vision zahlloser Frühstückstabletts, die unzählige Stufen auf und ab getragen wurden, endloser Feilschereien um Pennies, endloser Plackerei, immer Fegen, Abstauben, Saubermachen, vom Keller bis zum Dachboden; während die gebrechliche Mutter, auf geschwollenen Beinen stolpernd, in einer rußigen Küche kochte und der arme Stevie, der bewußtlose, ihre Mühsal regierende Geist, die Stiefel der Herren in der Spülküche putzte. Doch diese Vision barg auch einen Hauch des heißen Londoner Sommers und als zentrale Gestalt einen jungen Mann im Sonntagsstaat, einen Strohhut auf dem dunklen Kopf und eine Holzpfeife im Mund. Liebevoll und fröhlich, war er ein faszinierender Begleiter auf einer Reise den glitzernden Strom des Lebens hinab; nur war sein Boot sehr klein. Es gab Platz darin für eine kleine Partnerin am Ruder, doch keine Räumlichkeit für Passagiere. Er durfte von der Schwelle des Hauses in Belgravia hinwegtreiben, während Winnie die tränennassen Augen abwandte. Er war kein Logiergast. Der Logiergast war Mr. Verloc, indolent, immer spät heimkehrend, am Morgen dann schläfrig unter der Bettdecke hervorscherzend, doch mit einem Leuchten der Vernarrtheit in den schwerlidrigen Augen und immer mit ein wenig Geld in der Tasche. Auf dem trägen Strom seines Lebens glitzerte es nicht. Er floß durch geheime Lande. Doch seine Bark erschien ihr als geräumiges Fahrzeug, und seine wortkarge Großherzigkeit nahm das Vorhandensein von Passagieren wie selbstverständlich hin.

Mrs. Verloc verfolgte diese Visionen siebenjähriger Sicherheit für Stevie, welche ihrerseits loyal bezahlt worden waren; einer Sicherheit, die zu Vertrauen wuchs, zu einem häuslichen Gefühl, stehend und tief wie ein ruhiges Gewässer, dessen behütete Oberfläche sich bei der gelegentlichen Überfahrt des Genossen Ossipon kaum kräuselte, des robusten Anarchisten mit den schamlos einladenden Augen, deren Blick eine korrupte Klarheit besaß, genug, um jede Frau, die nicht völlig einfältig war, zu erhellen.

Es waren nur wenige Sekunden vergangen, seit die letzten Worte laut in der Küche geäußert worden waren, und Mrs. Verloc starrte schon auf die Vision einer Episode, welche nicht älter als vierzehn Tage war. Mit Augen, deren Pupillen extrem erweitert waren, starrte sie auf die Vision, wie ihr Mann und der arme Stevie Seite an Seite vom Laden fort die Brett Street hinabgegangen waren. Es war die letzte Szene einer Existenz, welche von Mrs. Verlocs Geist erschaffen worden war; eine Existenz, welche jeder Anmut und jedem Reiz fremd, ohne Schönheit und fast ohne Anstand war, vortrefflich jedoch in der Kontinuität des Gefühls und der Zähigkeit in der Zielsetzung. Und diese letzte Vision hatte ein solch plastisches Relief, eine solche Nähe der Form, eine solche Treue im inhaltvollen Detail, daß sie Mrs. Verloc ein gequältes, schwaches Murmeln entrang, welches die äußerste Illusion ihres Lebens wiedergab, ein entsetztes Murmeln, welches auf ihren erbleichten Lippen erstarb:

»Hätten Vater und Sohn sein können.«

Mr. Verloc blieb stehen und erhob ein gramzerfurchtes Gesicht. »Wie? Was hast du gesagt?« fragte er. Als er keine Antwort erhielt, nahm er seine düstere Wanderung wieder auf. Dann platzte er mit einem drohenden Schwingen einer dicken, fleischigen Faust heraus:

»Ja. Die Botschaftsleute. Das sind mir vielleicht welche! Bevor die Woche um ist, werden sich ein paar von denen wünschen, zwanzig Fuß unter der Erde zu liegen. Was? Wie?«

Mit gesenktem Kopf warf er einen Blick zur Seite. Mrs. Verloc starrte auf die weiß getünchte Wand. Eine leere Wand – vollkommen leer. Eine leere, gegen die man rannte und den Kopf daran schlug. Mrs. Verloc blieb reglos sitzen. Sie verhielt sich still, so wie sich die Bevölkerung des halben Erdballs in Erstaunen und Verzweiflung still verhalten würde, wenn die Sonne am Sommerhimmel durch die Perfidie einer vertrauten Vorsehung plötzlich ausgemacht würde.

»Die Botschaft«, fing Mr. Verloc nach einer einleitenden Grimasse, welche seine Zähne wolfsgleich entblößte, wieder an. »Ich wünschte, ich könnte da eine halbe Stunde lang mit einem Knüppel herumlaufen. Ich würde so lange schlagen, bis bei dem ganzen Pack kein einziger ungebrochener Knochen übrig wäre. Aber laß nur, ich werde sie noch lehren, was es heißt, einen Mann wie mich zum Verrotten auf die Straße zu werfen. Ich habe eine Zunge im Kopf. Die ganze Welt soll wissen, was ich für sie getan habe. Ich habe keine Angst. Ist mir doch egal. Alles kommt heraus. Alles, verdammt. Die werden sich noch umsehen!«

In diesen Worten erklärte Mr. Verloc seinen Rachedurst. Es war eine sehr angemessene Rache. Sie stand im Einklang mit der Stimme von Mr. Verlocs Geist. Sie hatte auch den Vorteil, innerhalb seiner Macht zu liegen und sich der Gewohnheit seines Lebens, welches eben darin bestanden hatte, die heimlichen und ungesetzlichen Handlungen seiner Mitmenschen zu verraten, leicht anzupassen. Anarchisten oder Diplomaten waren für ihn alle eins. Mr. Verloc achtete seinem Wesen nach die Menschen nicht. Sein Zorn verteilte sich gleichmäßig über den gesamten Bereich seiner Operationen. Doch als Angehöriger eines revolutionären Proletariats – was er zweifellos war – nährte er eine ziemlich feindliche Gesinnung gesellschaftlichen Unterschieden gegenüber.

»Nichts auf der Welt kann mich nun aufhalten«, setzte er hinzu und verstummte dann, wobei er seine Frau anstarrte, welche eine leere Wand anstarrte.

Das Schweigen in der Küche zog sich hin, und Mr. Verloc war enttäuscht. Er hatte erwartet, daß seine Frau etwas sagte. Doch Mrs. Verlocs Lippen, in ihre gewöhnliche Form gefaßt, bewahrten wie ihr übriges Gesicht eine statueske Unbeweglichkeit. Und Mr. Verloc war enttäuscht. Doch die Umstände, das erkannte er, verlangten von ihr keine Äußerung. Sie war eine Frau sehr weniger Worte. Aus Gründen, welche tief im Fundament seiner Psychologie verankert waren, neigte Mr. Verloc dazu, jeder Frau zu vertrauen, welche sich ihm anheimgegeben hatte. Daher vertraute er seiner Frau. Ihre Übereinkunft war vollkommen, doch sie war nicht präzise. Es war eine stillschweigende Übereinkunft, welche Mrs. Verlocs Gleichgültigkeit und Mr. Verlocs geistigen Gewohnheiten entsprach, welche indolent und geheim waren. Sie unterließen es, Tatsachen und Beweggründen auf den Grund zu gehen.

Diese Reserve, welche auf gewisse Weise ihr tiefes Vertrauen ineinander ausdrückte, brachte gleichzeitig ein gewisses Element der Unbestimmtheit in ihre Intimität ein. Kein System ehelicher Verhältnisse ist perfekt. Mr. Verloc vermutete, daß seine Frau ihn verstanden hatte, doch hätte er sehr gern gehört, was sie im Augenblick dachte. Es wäre ihm ein Trost gewesen.

Es gab mehrere Gründe, weswegen ihm dieser Trost versagt blieb. Es gab ein physisches Hindernis: Mrs. Verloc hatte nicht genügend Gewalt über ihre Stimme. Sie sah keine Alternative außer Schreien oder Schweigen, und instinktiv wählte sie das Schweigen. Winnie Verloc war wesensmäßig eine schweigsame Frau. Und da war noch die lähmende Gräßlichkeit des Gedankens, welcher sie beschäftigte. Ihre Wangen waren erbleicht, die Lippen aschfahl, ihre Reglosigkeit verblüffend. Und ohne Mr. Verloc anzusehen, dachte sie: »Dieser Mann hat den Jungen mitgenommen, um ihn zu ermorden. Er hat den Jungen aus seinem Zuhause fortgenommen, um ihn zu ermorden. Er hat mir den Jungen weggenommen, um ihn zu ermorden!«

Mrs. Verlocs gesamte Existenz wurde von diesem wenig zwingenden und unerträglichen Gedanken gemartert. Er war in ihren Adern, in ihren Knochen, in den Wurzeln ihrer Haare. Im Geist nahm sie die biblische

Trauerhaltung ein – das verhüllte Gesicht, die zerrissene Kleidung; der Klang von Heulen und Wehklagen erfüllte ihren Kopf. Doch ihre Zähne waren fest aufeinandergepreßt, und ihre tränenlosen Augen waren heiß vor Wut, weil sie kein demütiges Geschöpf war. Der Schutz, welchen sie ihrem Bruder gewährt hatte, war in seinem Ursprung von einer wilden und empörten Natur gewesen. Sie mußte ihn mit einer militanten Liebe lieben. Sie hatte für ihn gekämpft – sogar gegen sich selbst. Sein Verlust hatte die Bitterkeit der Niederlage, dazu die Qual einer enttäuschten Leidenschaft. Es war kein gewöhnlicher Todesstoß. Zudem war es nicht der Tod, welcher Stevie ihr genommen hatte. Es war Mr. Verloc, welcher ihn mitgenommen hatte. Sie hatte ihn gesehen. Sie hatte ihm nachgeschaut, ohne die Hand zu erheben, wie er den Jungen mitnahm. Und sie hatte ihn gehen lassen, wie – wie eine Närrin – eine blinde Närrin. Dann, nachdem er den Jungen ermordet hatte, war er zurück zu ihr nach Hause gekommen. War einfach zurückgekommen, wie jeder beliebige Mann zu seiner Frau nach Hause kommen würde . . .

Durch die zusammengebissenen Zähne murmelte Mrs. Verloc die Wand an:

»Und ich dachte, er hätte sich erkältet.«

Mr. Verloc hörte diese Worte und griff sie auf.

»Es war nichts«, sagte er niedergeschlagen. »Ich war erregt. Ich war wegen dir erregt.«

Mrs. Verloc drehte langsam den Kopf und verlagerte ihren Blick von der Wand auf die Gestalt ihres Mannes. Mr. Verloc, die Fingerspitzen zwischen den Lippen, sah zu Boden.

»Läßt sich nicht ändern«, brummelte er und ließ die

Hand sinken. »Du mußt dich zusammenreißen. Du brauchst jetzt alle deine fünf Sinne. Du hast uns doch die Polizei auf den Hals gehetzt. Aber egal, dazu sage ich nichts mehr«, fuhr Mr. Verloc großherzig fort. »Du konntest es ja nicht wissen.«

»Nein«, hauchte Mrs. Verloc. Es war, als hätte ein Leichnam gesprochen. Mr. Verloc nahm den Faden seiner Rede wieder auf.

»Ich werfe dir nichts vor. Die werden Augen machen. Einmal hinter Schloß und Riegel, bin ich sicher genug, um zu reden – verstehst du. Du mußt damit rechnen, daß ich zwei Jahre weg von dir bin«, fuhr er im Ton ernster Besorgnis fort. »Für dich wird es leichter als für mich. Du wirst etwas zu tun haben, während ich – schau, Winnie, du mußt das Geschäft zwei Jahre am Laufen halten. Dafür weißt du genug. Du hast ein helles Köpfchen. Ich gebe dir Nachricht, wenn es Zeit ist, es allmählich zu verkaufen. Du wirst besonders vorsichtig sein müssen. Die Genossen werden die ganze Zeit ein Auge auf dich haben. Du mußt so listig sein, wie du nur kannst, und so verschwiegen wie ein Grab. Niemand darf wissen, was du vorhast. Ich habe keine Lust, einen Schlag auf den Kopf und ein Messer in den Rücken zu bekommen, kaum daß ich wieder draußen bin.«

Also sprach Mr. Verloc, indem er seinen Verstand mit Scharfsinn und Vorausblick auf die Probleme der Zukunft anwandte. Seine Stimme war düster, weil er die Situation korrekt einschätzte. Alles, was nicht eintreten sollte, war eingetreten. Die Zukunft war prekär geworden. Vielleicht war seine Urteilskraft vorübergehend von seiner Furcht vor Mr. Vladimirs grausamer Torheit überdeckt worden. Ein Mann von etwas über vierzig kann durch die Aussicht, seine Aufträge zu verlieren, in beträchtliche Verwirrung gestürzt werden, zumal, wenn der Mann ein Geheimagent der politischen Polizei ist, welcher in dem Bewußtsein seines hohen Wertes und in der Achtung hoher Persönlichkeiten sicher lebt. Er war entschuldbar.

Nun war die Sache mit einem Knall geendet. Mr. Verloc war gelassen; doch er war nicht heiter. Ein Geheimagent, welcher seine Heimlichkeit aus einem Rachebedürfnis heraus in den Wind schlägt und mit seinen Errungenschaften in aller Öffentlichkeit prahlt, wird zur Zielscheibe verzweifelter und blutdürstiger Empörungen. Ohne die Gefahr unmäßig zu übertreiben, versuchte Mr. Verloc, sie seiner Frau deutlich vor Augen zu führen. Er wiederholte, daß er nicht die Absicht habe, sich von den Revolutionären umbringen zu lassen.

Er schaute seiner Frau direkt in die Augen. Die erweiterten Pupillen der Frau nahmen seinen Blick in ihre unergründlichen Tiefen auf.

»Dafür mag ich dich zu gern«, sagte er und lachte etwas nervös auf.

Eine leichte Röte färbte Mrs. Verlocs totenbleiches und regloses Gesicht. Nachdem sie mit den Visionen der Vergangenheit abgeschlossen hatte, hatte sie die von ihrem Mann geäußerten Worte nicht nur gehört, sondern auch verstanden. Durch ihr äußerstes Mißverhältnis mit ihrer geistigen Verfassung erzeugten diese Worte bei ihr eine leicht erstickende Wirkung. Mrs. Verlocs geistige Verfassung hatte das Verdienst der Einfachheit; doch sie war nicht gesund. Sie war zu sehr von einer fixen Idee bestimmt. Jeder Winkel, jede Nische ihres Gehirns war von dem Gedanken erfüllt, daß dieser Mann, mit welchem sie ohne Widerwillen sieben Jahre lang zusammengelebt hatte, ihr den »armen Jungen« weggenommen hatte, um ihn zu töten – der Mann, an den sie sich in Körper und Geist gewöhnt hatte; der Mann, dem sie vertraut hatte, nahm den Jungen mit, um ihn zu töten! In seiner Form, in seiner Substanz, in seiner Wirkung, welche allumfassend war und selbst das Aussehen unbeseelter Dinge änderte, war es ein Gedanke, über dem man stillsaß und den man auf immerdar bestaunte. Mrs. Verloc saß still. Und in diesem Gedanken (nicht in der Küche) ging die Gestalt Mr. Verlocs auf und ab, vertraut in Hut und Überrock, stampfte mit seinen Stiefeln durch ihr Gehirn. Möglicherweise redete er auch; doch Mrs. Verlocs Denken überdeckte den größten Teil der Stimme.

Hin und wieder jedoch verschaffte sich die Stimme Gehör. Zuweilen erhoben sich mehrere zusammenhängende Worte. Ihr Tenor war im allgemeinen hoffnungsfroh. Dabei verloren Mrs. Verlocs erweiterte Pupillen jedesmal ihren fernen Fixpunkt und folgten den Bewegungen ihres Mannes mit dem Effekt finsterer Sorge und undurchdringlicher Aufmerksamkeit. Gut unterrichtet über alle Angelegenheiten bezüglich seiner geheimen Berufung, sagte Mr. Verloc für den Erfolg seiner Pläne und Kombinationen Gutes voraus. Er glaubte wirklich, es sei für ihn im großen und ganzen ein Leichtes, dem Messer wütender Revolutionäre zu entrinnen. Er habe die Kraft ihrer Wut und die Länge ihres Armes (für professionelle Zwecke) zu oft übertrieben, um so oder so noch viele Illusionen zu haben. Denn um mit Maß zu übertreiben, muß man erst einmal mit Genauigkeit messen. Auch wußte er, wieviel Tugend und wieviel Schändlichkeit in zwei Jahren – zwei langen Jahren – vergessen

wird. Sein erster wirklich vertraulicher Vortrag an seine Frau war aus Überzeugung optimistisch. Auch fand er es angebracht, alles, was er an Selbstsicherheit aufbringen konnte, auch zu zeigen. Es würde der armen Frau neuen Mut einflößen. Bei seiner Freilassung, welche, im Einklang mit dem gesamten Verlauf seines Lebens, natürlich geheim sein würde, würden sie dann ohne Zeitverlust zusammen verschwinden. Was das Verwischen ihrer Spuren anbetraf, so bat er seine Frau, ihm darin zu vertrauen. Er wisse, wie man das macht, damit selbst der Teufel –
Er wedelte mit der Hand. Er schien zu prahlen. Er wollte ihr nur Mut einflößen. Es geschah in gutmütiger Absicht, doch Mr. Verloc hatte das Pech, mit seinem Publikum nicht in Einklang zu stehen.

Der selbstbewußte Ton drang an Mrs. Verlocs Ohr, welches die meisten Worte vorüberziehen ließ; dann was bedeuteten ihr nun Worte? Was konnten ihr angesichts ihrer fixen Idee Worte Gutes oder Böses tun? Ihr dumpfer Blick folgte dem Manne, welcher sich für straflos erklärte – dem Manne, welcher den armen Stevie aus seinem Zuhause mitgenommen hatte, um ihn irgendwo zu töten. Mrs. Verloc konnte sich nicht genau erinnern, wo, doch ihr Herz begann sehr vernehmlich zu schlagen.

Mr. Verloc gab nun in sanftem und ehelichem Ton seinem festen Glauben Ausdruck, daß noch etliche Jahre ruhigen Lebens vor ihnen lägen. Auf die Frage der finanziellen Mittel ging er nicht ein. Ein ruhiges Leben müsse es sein und sozusagen sich im Schatten einrichten, verborgen unter Menschen, deren Fleisch Gras ist; bescheiden, wie das Leben der Veilchen. Die Worte Mr. Verlocs waren: »Ein Weilchen untertauchen.« Und natürlich fern von England. Es war nicht klar, ob Mr. Verloc Spanien oder Südamerika im Sinn hatte; in jedem Falle irgendwo im Ausland.

Dies letzte Wort, das Mrs. Verloc ins Ohr drang, bewirkte einen deutlichen Eindruck. Dieser Mann redete davon, ins Ausland zu gehen. Der Eindruck war vollkommen losgelöst; und derart ist die Kraft geistiger Gewohnheit, daß Mrs. Verloc sich sogleich und automatisch fragte: »Und was wird aus Stevie?«

Es war eine Art Vergeßlichkeit; doch augenblicklich wurde sie sich bewußt, daß es bei diesem Punkt keinen Anlaß zur Besorgnis mehr geben würde. Niemals wieder würde es irgend einen Anlaß geben. Der arme Junge war ihr weggenommen und getötet worden. Der arme Junge war tot.

Dies zitternde Stück Vergeßlichkeit regte Mrs. Verlocs Denkfähigkeit an. Allmählich erkannte sie bestimmte Konsequenzen, welche Mr. Verloc verblüfft hätten. Für sie bestand nun keine Notwendigkeit mehr, hierzubleiben, in jener Küche, in jenem Haus, mit jenem Mann – da der Junge nun auf immer fort war. Keinerlei Notwendigkeit. Und daraufhin erhob sich Mrs. Verloc, wie von einer Feder angetrieben. Doch ebensowenig konnte sie erkennen, was sie überhaupt noch auf der Welt hielt. Und diese Unfähigkeit ließ sie innehalten. Mr. Verloc betrachtete sie mit ehelicher Besorgnis.

»Du bist fast wieder die alte«, sagte er beklommen. Etwas Eigenartiges an der Schwärze der Augen seiner Frau verstörte seinen Optimismus. Genau in diesem Augenblick begann Mrs. Verloc, sich als von allen irdischen Banden losgelöst zu sehen. Sie hatte ihre Freiheit. Ihr Kontakt mit dem Dasein, wie es von dem Manne, welcher dort stand, repräsentiert wurde, hatte ein Ende gefunden. Sie war eine freie Frau. Wäre diese Sehweise Mr. Verloc in irgendeiner Weise faßbar gewesen, er wäre aufs äußerste schockiert gewesen. In seinen Herzensangelegenheiten war Mr. Verloc stets großzügig bis zur Sorglosigkeit gewesen, doch stets mit keiner anderen Vorstellung als jener, um seiner selbst willen geliebt zu werden. In dieser Sache, worin sich seine ethischen Ansichten mit seiner Eitelkeit deckten, war er gänzlich unverbesserlich. Daß dem im Falle seiner tugendhaften und rechtmäßigen Verbindung so sei, dessen war er absolut sicher. In dem Glauben, daß es ihm nicht an Faszination mangele, um um seiner selbst willen geliebt zu werden, war er älter, dicker, schwerer geworden. Als er Mrs. Verloc wortlos aus der Küche gehen sah, war er enttäuscht.

»Wohin gehst du?« rief er recht scharf. »Nach oben?« Mrs. Verloc wandte sich in der Tür nach ihm um. Ein Instinkt der Vorsicht, aus der Furcht geboren, der unmäßigen Furcht, daß jener Mann sich ihr näherte und sie anfaßte, veranlaßte sie, ihm (von der Höhe der zwei Stufen herab) leicht zuzunicken, wobei ihre Lippen zuckten, was der eheliche Optimismus Mr. Verlocs als blasses und ungewisses Lächeln nahm.

»Gut so«, ermutigte er sie schroff. »Ruhe und Stille, das brauchst du. Geh nur. Bald komme ich nach.«

Mrs. Verloc, die freie Frau, welche in Wirklichkeit keine Ahnung hatte, wohin sie ging, gehorchte dem Vorschlag mit starrer Unbeirrbarkeit.

Mr. Verloc sah ihr nach. Sie verschwand die Treppe hinauf. Er war enttäuscht. In ihm war etwas, das es mehr befriedigt hätte, wenn es sie getrieben hätte, sich ihm an die Brust zu werfen. Doch er war großzügig und nachsichtig. Winnie war immer zurückhaltend und schweigsam gewesen. Auch Mr. Verloc war in der Regel nicht verschwenderisch mit Zärtlichkeiten und Worten. Doch dieses war kein gewöhnlicher Abend. Es war ein Anlaß, da ein Mann durch offene Beweise der Anteilnahme und Zuneigung gestärkt und aufgerichtet werden möchte. Mr. Verloc seufzte und drehte das Gas in der Küche aus. Mr. Verlocs Mitgefühl mit seiner Frau war echt und tief. Es trieb ihm fast die Tränen in die Augen, als er da in der Stube stand und über die Einsamkeit, welche über ihr hing, nachdachte. In dieser Stimmung vermißte Mr. Verloc in seiner schwierigen Welt Stevie sehr. Trauervoll dachte er an sein Ende. Hätte der Junge sich doch nur nicht so dumm selbst getötet!

Das Gefühl unstillbaren Hungers, Abenteurern von gröberem Schrot und Korn als Mr. Verloc nach den Anstrengungen eines gewagten Unternehmens nicht unbekannt, überfiel ihn erneut. Das Stück Roastbeef, angerichtet ähnlich einer Fleischpastete für Stevies Leichenbegängnis, erregte hauptsächlich seine Aufmerksamkeit. Und Mr. Verloc tat sich wiederum gütlich. Er tat sich gierig gütlich, ohne Beherrschung und Anstand, schnitt mit dem scharfen Tranchiermesser dicke Scheiben ab und verschlang sie ohne Brot. Im Verlauf jener Reflektion fiel Mr. Verloc auf, daß er seine Frau nicht im Schlafzimmer umherlaufen hörte, wie es hätte sein sollen. Der Gedanke, daß er sie vielleicht im Dunkeln auf dem Bette sitzend vorfinden würde, verleidete Mr. Verloc nicht nur den Appetit, sondern nahm ihm auch die Neigung, ihr sogleich nach oben zu folgen. Mr. Verloc legte das Tranchiermesser nieder und lauschte mit gramerfüllter Aufmerksamkeit.

Ihm war wohler, als er sie endlich doch hörte. Sie ging

unvermittelt durchs Zimmer und schob das Fenster hoch. Nach einem Zeitraum der Stille da oben, während dem er sich vorstellte, wie sie den Kopf hinausstreckte, hörte er, wie das Schiebefenster langsam wieder herabgesenkt wurde. Dann ging sie ein paar Schritte und setzte sich. Jede Resonanz in dem Hause war Mr. Verloc, der absolut häuslich war, vertraut. Als er die Schritte seiner Frau das nächste Mal über sich hörte, wußte er so gut, als hätte er ihr dabei zugesehen, daß sie sich ihre Straßenschuhe angezogen hatte. Mr. Verloc zitterten bei diesem ominösen Symptom etwas die Schultern, er trat vom Tisch weg, stellte sich mit dem Rücken zum Kamin auf, den Kopf auf eine Seite geneigt, und kaute verwirrt auf den Fingerspitzen. Mittels der Geräusche hielt er mit ihren Bewegungen Schritt. Stürmisch ging sie hierhin und dorthin, blieb mehrmals abrupt stehen, einmal vor der Kommode, dann vor dem Kleiderschrank. Eine ungeheure Last der Abgespanntheit, die Ernte eines Tages der Erschütterungen und Überraschungen, drückte Mr. Verlocs Energien zu Boden.

Er hob erst wieder die Augen, als er seine Frau die Treppe herabkommen hörte. Es war, wie er vermutet hatte; sie war zum Ausgehen gekleidet.

Mrs. Verloc war eine freie Frau. Sie hatte das Schlafzimmerfenster aufgestoßen entweder in der Absicht, Mord! Hilfe! zu schreien oder sich hinauszustürzen. Denn sie wußte nicht genau, wie sie ihre Freiheit nutzen sollte. Ihre Persönlichkeit war wie in zwei Teile gerissen, deren geistige Vorgänge nicht sehr gut aufeinander abgestimmt waren. Die Straße, still und verlassen vom einen Ende zum anderen, stieß sie ab, weil sie sich auf die Seite des Mannes schlug, welcher sich seiner Unschuld so sicher war. Sie hatte Angst zu schreien, falls niemand kommen würde. Offenkundig würde niemand kommen. Ihr Selbsterhaltungstrieb schreckte vor der Tiefe des Falles in so einen schmierigen, tiefen Graben zurück. Mrs. Verloc schloß das Fenster und kleidete sich an, um auf anderem Wege auf die Straße zu gelangen. Sie war eine freie Frau. Sie hatte sich vollständig angekleidet, bis hin zu dem schwarzen Schleier, den sie sich vors Gesicht gebunden hatte. Als sie im Licht der Stube vor ihm erschien, bemerkte Mr. Verloc, daß sogar ihre kleine Handtasche von ihrem linken Handgelenk hing. . . . Rennt natürlich zu ihrer Mutter.

Der Gedanke, daß Frauen eben doch lästige Geschöpfe waren, stellte sich seinem ermüdeten Gehirn. Doch er war zu großzügig, um ihm für länger als einen Augenblick Raum zu geben. Dieser Mann, grausam in seiner Eitelkeit verletzt, blieb großherzig in seinem Verhalten, gestattete sich nicht die Genugtuung eines bitteren Lächelns oder einer verächtlichen Geste. Mit wahrer Seelengröße warf er nur einen kurzen Blick auf die hölzerne Uhr an der Wand und sagte vollkommen ruhig, aber nachdrücklich:

»Fünfundzwanzig Minuten nach acht, Winnie. Es ist unvernünftig, so spät noch da hinzugehen. Du schaffst es doch nie, heute abend noch zurückzukommen.«

Vor seiner ausgestreckten Hand war Mrs. Verloc stehengeblieben. Schleppend setzte er hinzu: »Deine Mutter wird schon zu Bett gegangen sein, bevor du dort ankommst. Diese Nachricht kann warten.«

Nichts lag Mrs. Verloc ferner, als zu ihrer Mutter zu gehen. Schon vor dem bloßen Gedanken schreckte sie zurück, und als sie einen Stuhl hinter sich spürte, gehorchte sie der Suggestion der Berührung und setzte sich. Es war einfach ihre Absicht gewesen, für immer zur Tür hinauszugehen. Und wenn dieses Gefühl korrekt war, dann nahm seine geistige Gestalt eine Rohform an, wie sie ihrer Herkunft und ihrem Stand entsprach. »Lieber würde ich jeden weiteren Tag meines Lebens auf die Straße gehen«, dachte sie. Doch dieses Geschöpf, dessen moralische Natur einer Erschütterung ausgesetzt worden war, welche in der physikalischen Ordnung durch das gewaltigste Erdbeben der Geschichte nur sehr schwach und träge wiedergegeben werden könnte, war bloßen Nichtigkeiten, beiläufigen Berührungen preisgegeben. Sie setzte sich. Mit ihrem Hut und Schleier hatte sie das Aussehen einer Besucherin, als hätte sie bei Mr. Verloc kurz hereingeschaut. Ihre sofortige Fügsamkeit ermutigte ihn, während ihre Miene lediglich vorübergehender und stummer Ergebung ihn ein wenig provozierte.

»Ich möchte dir sagen, Winnie«, sagte er gewichtig, »daß dein Platz heute abend hier ist. Zum Henker! Du hast mir die verdammte Polizei ganz schön auf den Hals gehetzt. Ich nehme es dir nicht übel – aber dennoch ist das alles nur wegen dir. Nimm den verflixten Hut da ab. Ich kann dich doch nicht weggehen lassen, mein Mädchen«, fügte er in sanfterem Ton hinzu.

Mrs. Verlocs Sinne klammerten sich an diese Erklärung mit krankhafter Hartnäckigkeit. Der Mann, der Stevie unter ihren eigenen Augen mitgenommen hatte, um ihn an einem Ort zu ermorden, dessen Name ihrem Gedächtnis momentan nicht präsent war, wollte nicht zulassen, daß sie wegging. Natürlich nicht. Nun da er Stevie ermordet hatte, würde er sie niemals gehen lassen. Er würde sie einfach so dabehalten wollen. Und mit dieser charakteristischen Folgerung, welche alle Macht einer wahnsinnigen Logik hatte, machten sich Mrs. Verlocs losgelösten Sinne an die praktische Arbeit. Sie konnte an ihm vorbeihuschen, die Tür öffnen, hinausrennen. Doch er würde hinter ihr herjagen, sie umklammern, sie zurück in den Laden schleifen. Sie konnte kratzen, stoßen und beißen – und auch stechen; doch zum Stechen brauchte sie ein Messer. Mrs. Verloc saß still da unter ihrem schwarzen Schleier, in ihrem eigenen Haus, gleich einer maskierten und mysteriösen Besucherin mit unergründlichen Absichten.

Mr. Verlocs Großmut war nicht übermenschlich. Sie hatte ihn endlich zur Verzweiflung getrieben.

»Kannst du denn nicht einmal etwas sagen? Du hast schon deine eigenen Kniffe, mit denen du einen quälst. O ja! Ich kenne deinen Taubstummentrick. Ich erlebe ihn heute nicht zum ersten Mal. Aber gerade jetzt geht das nicht. Und nimm erst einmal das verdammte Ding da ab. Man weiß ja nicht, ob man mit einer Puppe oder einer lebenden Frau redet.«

Er trat vor, streckte die Hand aus und riß den Schleier damit ab, demaskierte ein noch immer unlesbares Gesicht, an welchem seine nervöse Verzweiflung wie eine gegen einen Felsen geschleuderte Glaskugel zerschellte.

»So ist's schon besser«, sagte er, um seine vorübergehende Beklommenheit zu überdecken, und wich zu seinem alten Platz am Kamin zurück. Es kam ihm nicht in den Sinn, daß seine Frau ihn aufgeben könnte. Er schämte sich ein wenig, denn er war liebevoll und großzügig. Was konnte er denn tun? Alles war schon gesagt. Er protestierte heftig.

»Herrgott noch mal! Du weißt doch, daß ich alles

abgesucht habe. Ich bin das Risiko eingegangen, mich bloßzustellen, nur um jemanden für diese verfluchte Arbeit zu finden. Und ich sage es dir noch einmal, daß ich keinen finden konnte, der verrückt oder hungrig genug dafür war. Wofür hältst du mich – für einen Mörder, oder was? Der Junge ist dahin. Glaubst du, ich wollte, daß er sich in die Luft jagt? Er ist dahin. Er hat keinen Ärger mehr. Aber unserer fängt jetzt erst an, das sage ich dir, und zwar genau deshalb, weil er sich in die Luft gejagt hat. Ich nehme es dir nicht übel. Aber versuche doch zu verstehen, daß es ein reiner Unfall war; ebenso ein Unfall, als wäre er beim Überqueren der Straße von einem Bus überfahren worden.«

Seine Großzügigkeit war nicht unbegrenzt, weil er ein Mensch war – und kein Ungeheuer, wie Mrs. Verloc glaubte. Er hielt inne, und ein Knurren, welches seinen Schnurrbart über ein Schimmern weißer Zähne hob, verlieh ihm den Ausdruck eines nachdenklichen Tieres, nicht sehr gefährlich – ein langsames Tier mit geschmeidigem Kopf, düsterer als ein Seehund und mit heiserer Stimme.

»Und wenn man es genau nimmt, dann ist es deine Schuld ebenso wie die meine. So ist das nämlich. Da kannst du glotzen wie du willst. Ich weiß, was du dabei tun kannst. Schlag mich tot, wenn ich je in dieser Absicht an den Jungen gedacht habe. Du hast ihn mir doch immer zugeschoben, als ich halb von Sinnen war vor Sorge, wie ich uns alle vor Schwierigkeiten bewahren könnte. Wie zum Teufel konntest du nur? Man könnte meinen, du hast es mit Absicht getan. Und verdammt will ich sein, wenn ich weiß, daß du es nicht getan hast. Es läßt sich gar nicht in Worte fassen, wieviel du von dem, was sich jetzt abspielt, untergründig mit deiner Kümmert-mich-einen-Dreck-Art, nirgendwo im besonderen hinzusehen und überhaupt nichts zu sagen, bewerkstelligt hast. ...«

Seine heisere, häusliche Stimme verstummte eine Weile. Mrs. Verloc gab keine Antwort. Vor dieser Stille hatte er sich dessen, was er gesagt hatte, geschämt. Doch wie es oft bei friedvollen Männern in Familienstreitereien geschieht, schlug er in seiner Scham noch ein weiteres Thema an.

»Du hast manchmal eine verteufelte Art, den Mund zu halten«, fing er wieder an, ohne die Stimme zu erheben. »Genug, um einen verrückt zu machen. Du kannst von Glück sagen, daß ich nicht so leicht wie manche andere an deinem Taubstummen-Schmollen irre werde. Ich mag dich. Aber treib's nicht zu weit. Das ist jetzt nicht die Zeit dafür. Wir sollten lieber darüber nachdenken, was wir als nächstes tun. Und heute abend kann ich dich nicht hinauslassen, damit du mit irgendeiner verrückten Geschichte über mich zu deiner Mutter rennst. Das lasse ich nicht zu. Und laß dir das gesagt sein: Wenn du es so siehst, daß ich den Jungen getötet habe, dann hast du ihn ebenso wie ich getötet.«

An Ehrlichkeit des Gefühls und Offenheit der Darlegung gingen diese Worte weit über das hinaus, was jemals in diesem Haus gesagt worden war, welches mit dem Sold eines geheimen Gewerbes, ergänzt durch den Verkauf mehr oder weniger geheimer Waren, unterhalten worden war: die armseligen Behelfsmittel, ersonnen von einer mediokren Menschheit, um eine unvollkommene Gesellschaft vor den Gefahren moralischer und physischer Verderbnis, beide auf ihre Art ebenfalls geheim, zu bewahren. Sie wurden ausgesprochen, weil Mr. Verloc sich wirklich schändlich behandelt fühlte; doch die zurückhaltenden Anstandsformen in diesem Familienleben, welches sich in einer zweifelhaften Straße hinter einem Laden duckte, wo die Sonne niemals hinschien, blieben scheinbar ungetrübt. Mrs. Verloc ließ ihn mit vollkommenem Anstand ausreden und erhob sich danach in Hut und Jacke von ihrem Stuhl wie eine Besucherin am Ende ihres Besuches. Sie trat auf ihren Mann zu, einen Arm wie zum stummen Abschied ausgestreckt. Ihr Netzschleier, welcher an dem einen Ende zur linken Seite ihres Gesichtes herabbaumelte, verlieh ihren beherrschten Bewegungen eine unordentliche Förmlichkeit. Doch als sie beim Kaminteppich angelangt war, stand Mr. Verloc schon nicht mehr da. Er war zum Sofa hingegangen, ohne die Augen zu heben, um die Wirkung seiner Tirade zu beobachten. Er war müde, in einem wahrhaft ehelichen Geist resigniert. Doch er fühlte sich an der empfindlichen Stelle seiner geheimen Schwäche verletzt. Wenn sie in diesem schrecklichen überladenen Schweigen weiterschmollte – nun, dann sollte sie eben. In dieser häuslichen Kunst war sie Meisterin. Mr. Verloc warf sich schwer auf das Sofa, wie gewöhnlich das Schicksal seines Hutes mißachtend, welcher, als sei er es gewöhnt, auf sich selbst zu achten, sicheren Schutz unter dem Tisch suchte.

Er war müde. Das letzte Partikel seiner Nervenstärke hatte sich in den Wundern und Qualen dieses Tages voller überraschender Fehlschläge, welche am Ende eines aufreibenden Monats des Pläneschmiedens und der Schlaflosigkeit kamen, erschöpft. Er war müde. Ein Mann ist nicht aus Stein. Zum Teufel mit allem! Mr. Verloc legte sich, wie immer, in seiner Ausgehkleidung zur Ruhe.

Eine Seite seines offenen Überrockes lag teilweise auf dem Boden. Mr. Verloc streckte sich auf dem Rücken aus. Doch er sehnte sich nach einer vollkommeneren Ruhe – nach Schlaf – nach ein paar Stunden köstlichen Vergessens. Das würde später kommen. Einstweilen ruhte er sich aus. Und er dachte: »Wenn sie nur mit diesem verdammten Unsinn aufhören würde. Das bringt mich noch um den Verstand.«

Mrs. Verlocs Gefühl wiedererlangter Freiheit mußte etwas unvollkommen gewesen sein. Anstatt den Weg zur Tür zu nehmen, lehnte sie sich mit den Schultern gegen die Platte des Kaminsimses zurück, wie ein Wanderer sich an einem Zaun ausruht. Ein Hauch von Wildheit in ihrem Äußeren war dem schwarzen Schleier zuzuschreiben, welcher gleich einem Lappen an ihrer Wange hing, und ihrem starren finsteren Blick, worin das Licht des Raumes absorbiert wurde und sich ohne auch nur die Spur eines Schimmers verlor. Diese Frau, eines Handels fähig, dessen bloße Andeutung für Mr. Verlocs Vorstellung von Liebe unendlich schockierend gewesen wäre, verharrte unentschlossen, als wäre ihr ganz genau bewußt, daß für die förmliche Beendigung der Transaktion etwas von ihrer Seite fehlte.

Auf dem Sofa wand sich Mr. Verloc mit den Schultern, bis er richtig bequem lag, und aus tiefstem Herzen entrang sich ihm ein Wunsch, welcher gewiß so fromm war wie nur etwas, was aus einer solchen Quelle kommen konnte.

»Ich wünsche bei Gott«, knurrte er heiser, »daß ich den Greenwich Park und alles Dazugehörige nie gesehen hätte.«

Der gedämpfte Laut erfüllte den Raum mit seinem

mäßigen Umfang, der bescheidenen Natur des Wunsches wohl angepaßt. Die Luftwellen von angemessener Länge, im Einklang mit korrekten mathematischen Formeln fortgepflanzt, flossen um alle unbeseelten Dinge im Raum herum, schlugen gegen Mrs. Verlocs Kopf, als wäre er ein Kopf aus Stein gewesen. Und so unglaublich es erscheinen mag, Mrs. Verlocs Augen schienen noch größer zu werden. Der hörbare Wunsch aus Mr. Verlocs überfließendem Herzen floß an eine leere Stelle im Gedächtnis seiner Frau. Greenwich Park. Ein Park! Dort wurde der Junge getötet. Ein Park – zerrissene Zweige, zerfetzte Blätter, Kies, Stücke brüderlichen Fleisches und brüderlicher Knochen, alles gleich einem Feuerwerk hinanschießend. Sie erinnerte sich nun, was sie gehört hatte, und sie erinnerte sich bildhaft daran. Sie hatten ihn mit der Schaufel zusammensammeln müssen. Über und über vor unbezähmbaren Schaudern erzitternd, sah sie das nämliche Gerät vor sich mit seiner grausigen, von der Erde aufgekratzten Last. Mrs. Verloc schloß verzweifelt die Augen, die Nacht ihrer Lider warf über jene Vision, wo nach einem regengleichen Fall verstümmelter Glieder der abgetrennte Kopf Stevies allein noch verweilte und gleich dem letzten Stern einer pyrotechnischen Vorführung erlosch. Mrs. Verloc öffnete die Augen.

Ihr Gesicht war nicht mehr versteinert. Jedermann hätte die feine Veränderung ihrer Züge im Blick ihrer Augen bemerken können, welche ihr einen neuen und erschreckenden Ausdruck verlieh; ein Ausdruck, welcher von kompetenten Personen unter den für eine gründliche Analyse erforderlichen Bedingungen der Muße und Sicherheit selten beobachtet wird, dessen Bedeutung jedoch schon nach einem kurzen Blick nicht mißverstanden werden konnte; ihre Sinne waren nicht mehr losgelöst und arbeiteten nun unter der Kontrolle ihres Willens. Doch Mr. Verloc bemerkte nichts. Er ruhte in jenem jämmerlichen Zustand des Optimismus, welcher durch Übermüdung herbeigeführt wird. Er wollte keinen Ärger mehr – auch nicht mit seiner Frau – mit ihr schon gar nicht. In seiner Rechtfertigung war er unwiderlegbar gewesen. Er wurde um seinetwillen geliebt. Die momentane Phase ihres Schweigens interpretierte er günstig. Nun war die Zeit, sich wieder mit ihr zu vertragen. Das Schweigen hatte lange genug gedauert. Er brach es, indem er ihr mit leiser Stimme zurief:

»Winnie.«

»Ja«, antwortete gehorsam Mrs. Verloc, die freie Frau. Sie beherrschte nun ihre Sinne, ihre Stimmorgane; sie fühlte sich in einer nahezu übernatürlich vollkommenen Kontrolle über jede Faser ihres Körpers. Es war alles ihres, denn der Handel war nun an ein Ende gekommen. Sie sah klar. Sie war schlau geworden. Sie antwortete ihm so bereitwillig aus einem bestimmten Grund. Sie wollte nicht, daß der Mann auf dem Sofa seine Lage änderte, welche für die Umstände sehr geeignet war. Sie hatte Erfolg. Der Mann regte sich nicht. Doch nachdem sie geantwortet hatte, blieb sie nachlässig an den Kaminsims gelehnt wie ein sich ausruhender Wanderer. Sie hatte keine Eile. Ihre Stirn war glatt. Kopf und Schultern Mr. Verlocs waren durch die hohe Seite des Sofas vor ihr verborgen. Sie hielt den Blick starr auf seine Füße gerichtet.

Sie verharrte so rätselhaft ruhig und plötzlich gefaßt, bis Mr. Verloc sich im Ton ehelicher Autorität vernehmbar machte und sich etwas bewegte, um für sie Platz zu machen, damit sie sich auf den Rand des Sofas setzen konnte.

»Komm her«, sagte er mit eigenartiger Betonung, welche die der Brutalität hätte sein können, Mrs. Verloc jedoch als der Ton des Begehrens wohl vertraut war.

Sogleich ging sie los, als wäre sie noch eine loyale, durch einen ungebrochenen Vertrag an jenen Mann gebundene Frau. Ihre linke Hand streifte leicht über die Tischkante, und als sie weiter auf das Sofa zugegangen war, war das Tranchiermesser ohne das leiseste Geräusch vom Rand des Tellers verschwunden. Mr. Verloc hörte die knarrende Diele im Boden und war zufrieden. Er wartete. Mrs. Verloc kam. Als wäre die heimatlose Seele Stevies schutzsuchend geradewegs in die Brust seiner Schwester, Hüterin und Beschützerin geströmt, wuchs die Ähnlichkeit ihres Gesichtes mit dem ihres Bruders mit jedem Schritt, noch bis hin zu der herabhängenden Unterlippe, noch bis hin zu der leichten Divergenz der Augen. Doch das sah Mr. Verloc nicht. Er lag auf dem Rücken und starrte nach oben. Teils an der Decke und teils an der Wand sah er den wandernden Schatten eines Armes mit einer geballten Hand, welche ein Tranchiermesser hielt. Es zuckte auf und nieder. Die Bewegungen waren gemächlich. Sie waren so gemächlich, daß Mr. Verloc Gliedmaße und Waffe erkennen konnte.

Sie waren so gemächlich, daß er die volle Bedeutung der Erscheinung erfassen und den Geschmack des Todes, welcher in seiner Kehle aufstieg, schmecken konnte. Seine Frau war vollkommen verrückt geworden – mörderisch verrückt. Sie waren so gemächlich, daß sich die erste lähmende Wirkung dieser Entdeckung noch vor der energischen Entschlossenheit, aus dem Kampf mit dieser bewaffneten Wahnsinnigen siegreich hervorzugehen, wieder löste. Sie waren so gemächlich, daß Mr. Verloc einen Verteidigungsplan ausarbeiten konnte, welcher einen Sprung hinter den Tisch und das Niederstrecken der Frau mit einem schweren Holzstuhl beinhaltete. Doch sie waren nicht so gemächlich, um Mr. Verloc zu gestatten, Hand oder Fuß zu bewegen. Das Messer war schon in seine Brust gesenkt. Es begegnete keinem Widerstand auf seinem Weg. Der Zufall kennt solche Genauigkeiten. In jenen niedersausenden Stoß hatte Mrs. Verloc das gesamte Erbe ihrer unvordenklichen und dunklen Abstammung gelegt, die einfache Wildheit des Zeitalters der Höhlen und die unstete, nervöse Raserei des Zeitalters der Schankstuben. Mr. Verloc, der Geheimagent, drehte sich unter der Wucht des Stoßes leicht zur Seite und verschied, ohne ein Glied zu rühren, unter dem als Protest gemurmelten Laut des Wortes »Nicht«.

Mrs. Verloc hatte das Messer losgelassen, und die außerordentliche Ähnlichkeit mit ihrem Bruder war verblaßt, war wieder ganz normal geworden. Sie holte tief Luft, erstmals wieder ruhig, seit Chefinspektor Heat ihr das beschriftete Stück Stoff vom Überrock ihres Bruders gezeigt hatte. Sie beugte sich auf den verschränkten Armen über die Seite des Sofas vor. Sie nahm diese gelassene Haltung nicht ein, um den Leichnam Mr. Verlocs zu betrachten oder sich daran zu weiden, sondern wegen der wellenförmigen und schwankenden Bewegungen der Stube, welche sich seit einiger Zeit verhielt, als sei sie auf See in einem Sturm. Ihr war schwindlig, doch sie war ruhig. Sie war eine freie Frau mit einer Absolutheit der Freiheit geworden, welche ihr nichts zu wünschen und nichts zu tun ließ, da es Stevies drängende

Forderung an ihre Hingabe nicht mehr gab. Mrs. Verloc, welche in Bildern dachte, war nun nicht mehr von Visionen geplagt, weil sie überhaupt nicht dachte. Und sie regte sich nicht. Sie war eine Frau, die ihre völlige Verantwortungslosigkeit und endlose Muße genoß, fast in der Art eines Leichnams. Sie regte sich nicht, sie dachte nicht. Ebenso wenig wie die sterbliche Hülle des seligen Mr. Verloc, welche auf dem Sofa ruhte. Mit Ausnahme der Tatsache, daß Mrs. Verloc atmete, wären diese beiden in völliger Übereinkunft gewesen: jener Übereinkunft kluger Zurückhaltung ohne überflüssige Worte, geizend mit Zeichen, was das Fundament ihres ehrbaren Familienlebens gewesen war. Denn es war ehrbar gewesen, indem es mittels einer schicklichen Schweigsamkeit die Schwierigkeiten überdeckte, welche in der Ausübung eines geheimen Berufes und dem Handel mit dunklen Waren entstehen können. Bis zuletzt war sein Dekorum von unziemlichen Schreien und anderen unangebrachten Ehrlichkeiten im Umgang ungestört geblieben. Und nachdem der Stoß niedergegangen war, hatte diese Ehrbarkeit ihre Fortsetzung in Reglosigkeit und Schweigen gefunden.

Nichts rührte sich im Wohnzimmer, bis Mrs. Verloc langsam den Kopf hob und mit fragendem Argwohn auf die Uhr schaute. Sie war sich eines tickenden Geräusches im Wohnzimmer bewußt geworden. Es drang an ihr Ohr, wobei sie sich erinnerte, daß die Wanduhr stumm war, nicht hörbar tickte. Was hatte das zu bedeuten, daß sie auf einmal so laut zu ticken anfing? Das Zifferblatt zeigte zehn Minuten vor neun an. Mrs. Verloc war die Zeit gleich, und das Ticken ging weiter. Sie schloß, daß es nicht die Uhr sein konnte, und ihr düsterer Blick glitt über die Wände, schwankte und wurde unbestimmt, während sie ihr Gehör bemühte, das Geräusch zu lokalisieren. Tick, tick, tick.

Nachdem sie einige Zeit lang hingehört hatte, senkte Mrs. Verloc den Blick bedächtig auf den Körper ihres Mannes. Seine ruhende Haltung war so anheimelnd und vertraut, daß sie dies tun konnte, ohne durch irgendeine ausgeprägte Neuheit im Erscheinungsbild ihres Familienlebens in Verlegenheit gebracht zu werden. Mr. Verloc ruhte sich wie gewöhnlich aus. Er wirkte wohlauf.

Aufgrund der Lage des Körpers war das Gesicht Mr. Verlocs für Mrs. Verloc, seine Witwe, nicht sichtbar. Ihre schönen, schläfrigen Augen wurden, als sie auf der Spur des Geräusches abwärts sanken, nachdenklich, als sie auf einen flachen beinernen Gegenstand stießen, welcher ein wenig über den Rand des Sofas hinausragte. Es war der Griff des häuslichen Tranchiermessers, an welchem nichts Sonderbares war, nur seine Stellung im rechten Winkel zu Mr. Verlocs Weste und der Umstand, daß etwas davon hinabtropfte. Dunkle Tropfen fielen einer nach dem anderen auf das Linoleum mit einem tickenden Geräusch, welches gleich dem Puls einer irrsinnigen Uhr immer schneller und rasender wurde. Mrs. Verloc betrachtete diese Wandlung, wobei ihr bange Schatten übers Gesicht flogen. Es war ein Tröpfeln, dunkel, schnell, dünn ... Blut!

Auf diesen unvorhergesehenen Umstand hin gab Mrs. Verloc ihre Pose der Muße und Nichtverantwortung auf.

Unvermittelt raffte sie ihre Röcke und rannte mit einem schwachen Schrei zur Tür, als wäre das Tröpfeln das erste Anzeichen einer zerstörerischen Flut. Der Tisch stand ihr im Wege, und sie versetzte ihm mit beiden Händen, als wäre er lebendig gewesen, einen Stoß von solcher Gewalt, daß er auf seinen vier Beinen eine erhebliche Strecke zurücklegte und dabei ein lautes, scharrendes Getöse veranstaltete, während der große Teller mit dem Braten schwer zu Boden krachte.

Dann wurde alles still. Mrs. Verloc war bei Erreichen der Tür stehengeblieben. Ein runder Hut mitten auf dem Fußboden, von der Fahrt des Tisches ihrem Blick offenbart, wackelte im Wind ihrer Flucht leicht auf dem Kopf.

Zwölftes Kapitel

WINNIE Verloc, die Witwe Mr. Verlocs, die Schwester des seligen treuen Stevie (in Unschuld und in der Überzeugung, im Dienste eines humanitären Unternehmens zu stehen, in Stücke gerissen) rannte nicht weiter als bis zur Stubentür. So weit war sie tatsächlich vor einem bloßen Bluttröpfeln davongerannt, doch das war eine Bewegung instinktiver Abscheu gewesen. Und dort war sie stehengeblieben, mit starrem Blick und gesenktem Kopf. Als wäre sie auf ihrer Flucht durch die kleine Stube lange Jahre gerannt, war die Mrs. Verloc an der Tür ein ganz anderer Mensch als die Frau, welche über dem Sofa gebeugt war, ein wenig schwummrig im Kopf, ansonsten jedoch frei, um die tiefe Ruhe der Muße und Nichtverantwortung zu genießen. Mrs. Verloc war nicht mehr benommen. Ihr Kopf war klar. Andererseits war sie auch nicht mehr ruhig. Sie hatte Angst.

Wenn sie es vermied, zu ihrem ruhenden Mann hinüberzublicken, dann geschah dies nicht, weil sie Angst vor ihm hatte. Mr. Verloc war kein furchterregender Anblick. Er wirkte wohlauf. Überdies war er tot. Mrs. Verloc hegte keine törichten Illusionen hinsichtlich der Toten. Nichts bringt sie zurück, weder Liebe noch Haß. Sie können einem nichts tun. Sie sind gleich nichts. Ihre geistige Verfassung war von einer Art strenger Verachtung für den Mann gefärbt, welcher sich so leicht hatte töten lassen. Er war der Herr des Hauses gewesen, der Ehemann einer Frau und der Mörder ihres Stevie. Und nun war er in jeder Hinsicht ohne Belang. Er war von weniger praktischem Belang als die Kleidung auf seinem Körper, als sein Überrock, als seine Stiefel – als der Hut, welcher da auf dem Boden lag. Er war nichts. Er war es nicht wert, angeschaut zu werden. Er war nicht mehr der Mörder des armen Stevie. Der einzige Mörder, den man im Zimmer finden würde, wenn man käme, um nach Mr. Verloc zu sehen, wäre – sie selbst!

Ihre Hände zitterten so sehr, daß sie zweimal an der Aufgabe scheiterte, ihren Schleier wieder festzubinden. Mrs. Verloc war kein Mensch mit Muße und Nichtverantwortung mehr. Sie hatte Angst. Mr. Verloc zu erstechen war nur ein Stoß gewesen. Er hatte den qualvollen Stau der in ihrem Hals erstickten Schreie gelöst, der Tränen, welche in ihren heißen Augen vertrocknet waren, der unerträglichen und empörten Wut ob der grauenvollen Rolle, die jener Mann, welcher nun weniger als nichts war, dabei gespielt hatte, ihr den Jungen zu rauben. Es war wie ein aus dem Nichts erfolgter Stoß gewesen. Das Blut, welches vom Griff des Messers auf den Boden tropfte, hatte ihn in einen sonnenklaren Fall von Mord verwandelt. Mrs. Verloc, welche sich stets enthielt, die Dinge zu genau anzuschauen, war nun gezwungen, dieser Sache bis auf den tiefen Grund zu schauen. Sie sah dort kein sie verfolgendes Gesicht, keinen vorwurfsvollen Schatten, keine Vision der Reue, keinerlei ideelle Vorstellung. Sie sah dort einen Gegenstand. Dieser Gegenstand war der Galgen. Mrs. Verloc hatte Angst vor dem Galgen.

Sie fürchtete sich ideell davor. Da sie jenes letzte Argument der Gerechtigkeit des Menschen nur auf illustrierenden Holzschnitten bei gewissen Erzählungen zu Gesicht bekommen hatte, sah sie ihn zunächst aufgerichtet vor einem schwarzen, stürmischen Hintergrund, geschmückt mit Ketten und menschlichen Knochen, umkreist von Vögeln, welche den Toten die Augen auspikken. Das war schon schrecklich genug, doch Mrs. Verloc, wenngleich keine gut informierte Frau, hatte genügend Kenntnis von den Einrichtungen ihres Landes, um zu wissen, daß Galgen nicht mehr romantisch an den Ufern trüber Flüsse oder auf windgepeitschten Vorgebirgen errichtet werden, sondern in Gefängnishöfen. Dorthin, zwischen vier hohe Wände, gleichsam in eine Grube, wurde der Mörder bei Tagesanbruch in schauerlicher Stille und, wie die Berichte in den Zeitungen stets besagten, »im Beisein der Behörden« zur Exekution hinausgebracht. Die Augen zu Boden gerichtet, die Nasenflügel bebend vor Angst und Scham, stellte sie sich ganz allein inmitten einer Gruppe fremder Herren in Seidenhüten vor, welche sich in aller Ruhe daranmachten, sie am Halse aufzuhängen. Das – niemals! Niemals! Und wie sollte das geschehen? Die Unmöglichkeit, sich die Einzelheiten einer solchen stillen Exekution vorzustellen, fügte ihrem abstrakten Entsetzen etwas Unerträgliches hinzu. Die Zeitungen teilten nie Einzelheiten mit, nur die eine, und die stand mit einiger Geziertheit stets am Ende eines dürren Berichtes. Mrs. Verloc erinnerte sich. Er kam ihr mit einem grausam brennenden Schmerz in den Kopf, als wären ihr die Worte »Der verabfolgte Sturz betrug vierzehn Fuß« mit heißer Nadel ins Gehirn geritzt worden. »Der verabfolgte Sturz betrug vierzehn Fuß.«

Diese Worte berührten sie auch körperlich. Ihr Hals zog sich in krampfhaften Wellen zusammen, um der

Strangulierung zu widerstehen; und die Wahrnehmung des Ruckes war so lebhaft, daß sie den Kopf in beide Hände nahm, wie um ihn davor zu bewahren, daß er ihr von den Schultern gerissen wurde. »Der verabreichte Sturz betrug vierzehn Fuß.« Nein! Das durfte nie geschehen. *Dem* war sie nicht gewachsen. Allein der Gedanke daran war unerträglich. Sie konnte es nicht ertragen, daran zu denken. Daher faßte Mrs. Verloc den Entschluß, auf der Stelle loszugehen und sich von einer der Brücken in den Fluß zu stürzen.

Diesmal schaffte sie es, ihren Schleier wieder zu befestigen. Das Gesicht wie maskiert, von Kopf bis Fuß schwarz, mit Ausnahme einiger Blumen am Hut, schaute sie mechanisch auf die Uhr. Sie dachte, sie müsse stehengeblieben sein. Sie konnte nicht glauben, daß nur zwei Minuten vergangen waren, seit sie das letzte Mal daraufgeblickt hatte. Natürlich nicht. Sie war die ganze Zeit gestanden. Tatsächlich waren seit dem Moment, als sie erstmals wieder tief und ruhig Atem geholt hatte, bis zu dem Moment, als Mrs. Verloc den Entschluß gefaßt hatte, sich in der Themse zu ertränken, nur drei Minuten vergangen. Doch das konnte Mrs. Verloc nicht glauben. Sie hatte wohl gehört oder gelesen, daß Wand- und Taschenuhren immer im Augenblick des Mordes stehenbleiben, um den Mörder zu entlarven. Es war ihr gleich. »Zur Brücke – und weg bin ich.« . . . Doch ihre Bewegungen waren langsam.

Sie schleppte sich voller Schmerzen durch den Laden und mußte sich am Türgriff festhalten, bevor sie die nötige Kraft fand, die Tür zu öffnen. Die Straße machte ihr angst, da sie entweder zum Galgen oder zum Fluß führte. Den Kopf voraus, die Arme von sich gestreckt gleich einem Menschen, der über das Geländer einer Brücke fällt, quälte sie sich über die Schwelle. Dieser Eintritt in die frische Luft hatte einen Vorgeschmack auf das Ertrinken; eine schmierige Feuchtigkeit hüllte sie ein, drang ihr in die Nase, klammerte sich an ihre Haare. Es regnete nicht richtig, aber jede Gaslampe hatte einen rostigen kleinen Nebelring um sich. Der Lieferwagen und die Pferde waren weg, und das verhangene Fenster des Gasthauses der Fuhrleute bildete auf der schwarzen Straße einen viereckigen Flecken beschmutzten blutroten Lichtes, welches dicht über der Ebene des Pflasters schwächlich glomm. Mrs. Verloc dachte, während sie sich langsam daraufzu schleppte, sie sei eine Frau ohne jede Freunde. Das war wahr. Es war so wahr, daß ihr in der plötzlichen Sehnsucht, ein freundliches Gesicht zu sehen, niemand anderes als Mrs. Neale, die Putzfrau, einfiel. Sie hatte keine eigenen Bekannten. Niemand würde sie in gesellschaftlicher Hinsicht vermissen. Man darf nicht meinen, daß die Witwe Verloc ihre Mutter vergessen hatte. Dem war nicht so. Winnie war eine gute Tochter gewesen, weil sie eine hingebungsvolle Schwester gewesen war. Ihre Mutter hatte sich immer auf sie stützen können. Von dort konnte kein Trost, kein Rat erwartet werden. Nun da Stevie tot war, schien das Band zerrissen. Sie konnte der alten Frau mit der schrecklichen Geschichte nicht gegenübertreten. Überdies war es zu weit. Der Fluß war jetzt ihr Ziel. Mrs. Verloc versuchte, ihre Mutter zu vergessen.

Jeder Schritt kostete sie eine Willensanstrengung, welche ihr als die letztmögliche erschien. Mrs. Verloc hatte sich an dem roten Schimmer der Fenster des Gasthauses vorbeigeschleppt. »Zur Brücke – und weg bin ich«, wiederholte sie mit grimmiger Entschlossenheit. Gerade noch rechtzeitig streckte sie die Hand aus, um sich an einem Laternenpfahl abzustützen. »Vor Morgen komme ich da nie hin«, dachte sie. Die Furcht vor dem Tod lähmte ihre Anstrengungen, dem Galgen zu entrinnen. Es war ihr, als sei sie schon stundenlang durch diese Straße gestolpert. »Da komme ich nie hin«, dachte sie. »Die finden mich, wie ich mich auf der Straße herumtreibe. Es ist zu weit.« Sie hielt sich fest, keuchend unter ihrem schwarzen Schleier.

»Der verabfolgte Sturz betrug vierzehn Fuß.«

Heftig stieß sie den Laternenpfahl von sich und schritt weiter. Doch eine weitere Schwächewelle überrollte sie gleich einer großen See und spülte ihr das Herz aus der Brust. »Da komme ich nie hin«, murmelte sie, plötzlich anhaltend und schwankend, wo sie stand. »Niemals.«

Und im Erkennen der völligen Unmöglichkeit, auch nur bis zur nächsten Brücke zu gelangen, erwog Mrs. Verloc eine Flucht ins Ausland.

Es kam ihr ganz plötzlich. Mörder flohen. Sie flohen ins Ausland. Spanien oder Kalifornien. Bloße Namen. Die weite Welt, zum Ruhme des Menschen erschaffen, war für Mrs. Verloc nur eine weite Leere. Sie wußte nicht, wohin. Mörder hatten Freunde, Verwandte, Helfer – sie hatten Wissen. Sie hatte nichts. Sie war die einsamste aller Mörder, welche je tödlich zugestoßen hatten. Sie war allein in London; und die ganze Stadt der Mysterien und des Matsches mit ihrem Labyrinth von Straßen und ihrer Masse von Lichtern war in einer hoffnungslosen Nacht versunken, ruhte am Grunde einer schwarzen Tiefe, aus der sich freizukämpfen keine Frau ohne Hilfe hoffen konnte.

Sie wankte vorwärts und unternahm in der schrecklichen Furcht vor einem Sturz blindlings einen neuen Anfang; doch nach einigen Schritten hatte sie unerwartet ein Gefühl der Stützung, der Sicherheit. Als sie den Kopf hob, sah sie einen Mann von nah auf ihren Schleier starren. Der Genosse Ossipon fürchtete sich nicht vor fremden Frauen, und keine falsche Empfindlichkeit konnte ihn daran hindern, Bekanntschaft mit einer Frau zu machen, die offenbar sehr berauscht war. Der Genosse Ossipon war an Frauen interessiert. Diese da hielt er zwischen seinen großen Handtellern aufrecht, wobei er sie anstarrte, bis er sie matt »Mr. Ossipon« sagen hörte, worauf er sie beinahe zu Boden fallen ließ.

»Mrs. Verloc!« rief er aus. »Sie hier!«

Es erschien ihm unmöglich, daß sie getrunken haben sollte. Aber man weiß ja nie. Er ging nicht weiter auf die Frage ein, doch in dem Bemühen, das freundliche Schicksal, welches ihm die Witwe des Genossen Verloc in die Hand gegeben hatte, nicht abzuschrecken, versuchte er, sie an die Brust zu ziehen. Zu seiner Verblüffung kam sie ihm ganz zwanglos entgegen und stützte sich sogar einen Augenblick lang auf seinen Arm, bevor sie versuchte, sich von ihm zu lösen. Der Genosse Ossipon wollte das freundliche Schicksal nicht brüskieren. Wie natürlich zog er den Arm zurück.

»Sie haben mich erkannt«, stammelte sie, wie sie einigermaßen fest auf den Beinen vor ihm stand.

»Ja selbstverständlich«, sagte Ossipon mit vollendeter Gewandtheit. »Ich hatte Angst, Sie würden stürzen. Ich habe in letzter Zeit zu oft an Sie gedacht, um Sie nicht überall, zu jeder Zeit zu erkennen. Ich habe immer an Sie gedacht – seit ich Sie zum ersten Mal sah.«

Mrs. Verloc schien das nicht zu hören. »Sie waren unterwegs zum Laden?« sagte sie nervös.

»Ja; sofort«, antwortete Ossipon. »Gleich, nachdem ich die Zeitung gelesen hatte.«

In Wirklichkeit war Genosse Ossipon gut zwei Stunden in der Umgebung der Brett Street herumgeschlichen, unfähig, sich zu einem kühnen Schritt zu entschließen. Der robuste Anarchist war nicht gerade ein kühner Eroberer. Er erinnerte sich, daß Mrs. Verloc auf seine Blicke hin nie auch nur mit dem leisesten Zeichen der Ermutigung geantwortet hatte. Zudem dachte er, der Laden könne von der Polizei überwacht sein, und der Genosse Ossipon wollte nicht, daß sich die Polizei ein übertriebenes Bild von seinen revolutionären Sympathien machte. Noch jetzt wußte er nicht recht, was er tun sollte. Im Vergleich mit seinen üblichen Liebesspekulationen war dies ein großes und ernstes Unternehmen. Er ignorierte, wieviel darin lag und wie weit er zu gehen hätte, um zu bekommen, was da zu holen war – vorausgesetzt, es bestand überhaupt eine Chance. Diese Wirrnisse, welche seine gehobene Stimmung in Grenzen hielten, verliehen seinem Ton eine Nüchternheit, welcher der Situation durchaus angemessen war.

»Darf ich fragen, wohin Sie gehen wollten?« erkundigte er sich mit gedämpfter Stimme.

»Fragen Sie mich nicht!« rief Mrs. Verloc mit erschauernder, unterdrückter Heftigkeit aus. Ihr ganzer kraftvoller Lebenswille schreckte vor der Vorstellung des Todes zurück. »Hat nichts zu sagen, wo ich hinwollte. . . .«

Ossipon schloß, daß sie sehr erregt war, aber vollkommen nüchtern. Sie verharrte schweigend an seiner Seite und tat dann unvermittelt etwas, was er nicht erwartet hatte. Sie schob ihm die Hand unter den Arm. Der Vorgang allein verblüffte ihn, ebensosehr jedoch die fühlbar resolute Art dieser Bewegung. Doch da dies eine delikate Angelegenheit war, verhielt sich der Genosse Ossipon mit Feingefühl. Er gab sich damit zufrieden, die Hand leicht gegen seine robusten Rippen zu drücken. Gleichzeitig fühlte er sich vorangedrängt, und er gab der Regung nach. Am Ende der Brett Street merkte er, daß er nach links geleitet wurde. Er fügte sich.

Der Obsthändler an der Ecke hatte die flammende Pracht seiner Orangen und Zitronen hinausgestellt, und der Brett Place lag in völliger Dunkelheit, dazwischen die Nebelringe um die wenigen Lampen, welche seine dreieckige Form definierten, sowie eine Gruppe dreier Lampen an einer Stelle in der Mitte. Die dunklen Formen des Mannes und der Frau glitten langsam Arm in Arm die Wände entlang; in der schauerlichen Nacht wirkten sie wie ein heimatloses Liebespaar.

»Was würden Sie sagen, wenn ich Ihnen erzählte, daß ich Sie suchen wollte?« fragte Mrs. Verloc und faßte ihn fest am Arm.

»Ich würde sagen, daß Sie niemanden finden könnten, der eher bereit wäre, Ihnen bei Ihren Schwierigkeiten zu helfen«, antwortete Ossipon mit der Ahnung, ungeheure Fortschritte zu machen. Tatsächlich nahm ihm der Verlauf dieser delikaten Angelegenheit fast den Atem.

»Bei meinen Schwierigkeiten!« wiederholte Mrs. Verloc langsam.

»Ja.«

»Und Sie wissen, was meine Schwierigkeiten sind?« flüsterte sie mit seltsamer Betonung.

»Zehn Minuten, nachdem ich die Abendzeitung gelesen hatte«, erklärte Ossipon mit Inbrunst, »traf ich einen Burschen, den Sie vielleicht schon ein-, zweimal im Laden gesehen haben, und das Gespräch, das ich mit ihm führte, ließ keinerlei Zweifel bei mir zurück. Dann machte ich mich nach hierher auf und überlegte, ob Sie – seit ich Ihr Gesicht das erste Mal gesehen habe, bin ich Ihnen über alle Maßen zugetan«, rief er aus, als könnte er seine Gefühle nicht beherrschen.

Der Genosse Ossipon vermutete zurecht, daß keine Frau fähig war, eine solche Erklärung gänzlich in Zweifel zu ziehen. Doch er wußte nicht, daß Mrs. Verloc sie mit all dem Ungestüm annahm, welches der Selbsterhaltungstrieb dem Griff eines Ertrinkenden verleiht. Für die Witwe Mr. Verlocs war der robuste Anarchist wie ein strahlender Bote des Lebens.

Langsam gingen sie im Gleichschritt. »Das habe ich mir gedacht«, murmelte Mrs. Verloc schwach.

»Sie haben es von meinen Augen abgelesen«, meinte Ossipon mit großem Selbstvertrauen.

»Ja«, hauchte sie ihm in das geneigte Ohr.

»Eine Liebe wie die meine konnte einer Frau wie Ihnen nicht verborgen bleiben«, fuhr er fort, wobei er versuchte, seine Gedanken von materiellen Erwägungen wie dem Geschäftswert des Ladens und dem Geldbetrag freizuhalten, welchen Mr. Verloc vielleicht auf der Bank hinterlassen hatte. Er widmete sich der sentimentalen Seite der Angelegenheit. Tief im Innersten seines Herzens war er über seinen Erfolg ein wenig schockiert. Verloc war ein guter Kerl gewesen, und so weit man sehen konnte, gewiß ein anständiger Ehemann. Doch der Genosse Ossipon hatte nicht vor, um eines toten Mannes willen mit seinem Glück zu hadern. Resolut unterdrückte er seine Sympathie für den Geist des Genossen Verloc und fuhr fort:

»Ich konnte sie nicht verbergen. Ich war zu erfüllt von Ihnen. Sie konnten wohl doch nicht umhin, sie in meinen Augen zu erblicken. Doch das konnte ich nicht erraten. Sie waren immer so distanziert. . . .«

»Was hatten Sie denn erwartet?« platzte Mrs. Verloc hervor. »Ich war eine ehrbare Frau –«

Sie machte eine Pause und fügte dann, wie zu sich selbst, in finsterem Groll hinzu: »Bis er aus mir gemacht hat, was ich jetzt bin.«

Ossipon überhörte das und ging wieder in die Offensive.

»Ich habe immer gefunden, daß er Sie nicht recht verdient«, fing er an und warf die Loyalität über Bord. »Sie hatten ein besseres Schicksal verdient.«

Mrs. Verloc unterbrach ihn bitter:

»Besseres Schicksal! Er hat mich um sieben Jahre meines Lebens betrogen.«

»Sie machten so einen glücklichen Eindruck mit ihm.« Ossipon versuchte, die Lauheit seines vergangenen Verhaltens zu entschuldigen. »Und das hat mich furchtsam gemacht. Sie schienen ihn zu lieben. Ich war überrascht – und eifersüchtig«, setzte er hinzu.

»Ihn lieben!« rief Mrs. Verloc voller Zorn und Wut aus. »Ihn lieben! Ich war ihm eine gute Ehefrau. Ich bin eine ehrbare Frau. Sie dachten, ich liebte ihn! Wirklich! Sehen Sie, Tom –«

Der Klang dieses Namens ließ den Genossen Ossipon vor Stolz erzittern. Denn sein Name war Alexander, und Tom wurde er nach Absprache nur von den Vertrautesten seiner engsten Freunde genannt. Es war ein Name der Freundschaft – in Augenblicken des Überschwangs. Er hatte keine Ahnung, daß sie ihn je einmal benutzt gehört hatte. Offenbar hatte sie ihn nicht nur mitbekommen, sondern auch noch in der Erinnerung bewahrt – vielleicht in ihrem Herzen.

»Schau, Tom! Ich war ein junges Mädchen. Ich war erledigt. Ich war müde. Ich hatte zwei Menschen, die davon abhingen, was ich tun konnte, und es sah ganz so aus, als könnte ich nicht mehr. Zwei Menschen – Mutter und der Junge. Er war viel mehr mein als Mutters. Nächtelang saß ich wach mit ihm auf dem Schoß, ganz allein oben, da war ich selber noch keine acht Jahre alt. Und dann – er war mein, sage ich dir.... Das kannst du nicht verstehen. Niemand kann das. Was sollte ich tun? Da kam dieser junge Bursche –«

Die Erinnerung an die frühe Romanze mit dem jungen Fleischer lebte weiter, hartnäckig, gleich dem Bild eines flüchtig erhaschten Ideals in jenem Herzen, welches vor Furcht vor dem Galgen bebte und voller Aufruhr gegen den Tod war.

»Das war der Mann, den ich damals geliebt habe«, fuhr die Witwe Mr. Verlocs fort. »Wahrscheinlich konnte er es auch in meinen Augen sehen. Fünfundzwanzig Shilling die Woche, und sein Vater drohte, ihn aus dem Geschäft zu werfen, wenn er sich so zum Narren machte, ein Mädchen mit einer verkrüppelten Mutter und einem Idioten von einem Jungen am Hals zu heiraten. Doch er trieb sich weiter bei mir herum, bis ich eines Abends den Mut aufbrachte, ihm die Tür vor der Nase zuzuschlagen. Es mußte sein. Ich liebte ihn sehr. Fünfundzwanzig Shilling die Woche! Da war noch ein anderer Mann – ein guter Logiergast. Was kann man als Mädchen da machen? Hätte ich auf die Straße gehen sollen? Er schien freundlich. Und er wollte mich auch. Was sollte ich mit Mutter und dem armen Jungen machen? Was? Ich sagte ja. Er schien gutmütig zu sein, er war freigebig, er hatte Geld, er sagte nie etwas. Sieben Jahre – sieben Jahre war ich ihm eine gute Ehefrau, dem freundlichen, dem guten, dem großzügigen, dem – und er liebte mich. O ja. Er liebte mich, bis ich manchmal selber wünschte – Sieben Jahre. Sieben Jahre war ich ihm eine Frau. Und weißt du, was er war, dein lieber Freund da? Weißt du, was er war? ... Er war ein Teufel!«

Die übermenschliche Leidenschaftlichkeit jenes geflüsterten Berichtes überwältigte den Genossen Ossipon vollends. Winnie Verloc drehte sich zu ihm hin und hielt ihn an beiden Armen fest, blickte ihn an unter dem herabsinkenden Nebel in der Dunkelheit und Einsamkeit des Brett Place, in welchem alle Geräusche des Lebens wie in einem dreieckigen Brunnen aus Asphalt und Ziegeln, aus blinden Häusern und fühllosen Steinen verloren schienen.

»Nein; das wußte ich nicht«, erklärte er mit einer Art lascher Einfalt, für deren komische Seite eine Frau, welche die Angst vor dem Galgen verfolgte, keinen Sinn hatte. »Doch ich weiß. Ich – ich verstehe«, haspelte er weiter, während er insgeheim Spekulationen darüber anstellte, was für Abscheulichkeiten Mr. Verloc unter der verschlafenen, gelassenen Oberfläche seines Ehestandes wohl praktiziert haben mochte. Es war wirklich schrecklich. »Ich verstehe«, wiederholte er und stieß sodann auf eine plötzliche Eingebung hin statt des vertrauteren »Armer Schatz!«, wie er es gewöhnlich tat, ein »Unglückliche Frau!« von hehrem Bedauern hervor. Das war kein gewöhnlicher Fall. Ihm war bewußt, daß hier etwas Anormales vor sich ging, wobei er die Höhe des Preises nicht aus den Augen verlor. »Unglückliche, tapfere Frau!«

Er war froh, auf diese Variante gekommen zu sein; doch auf etwas anderes kam er nicht. »Ach, aber jetzt ist er tot«, war das beste, was ihm einfiel. Und er legte in seinen verhaltenen Ausruf beachtlich viel Feindseligkeit. Mrs. Verloc packte ihn wie rasend am Arm. »Dann hast du also erraten, daß er tot war«, murmelte sie wie außer sich. »Du! Du hast erraten, was ich tun mußte. Mußte!«

In dem unbestimmbaren Ton dieser Worte lagen Andeutungen von Triumph, Erleichterung, Dankbarkeit. Es nahm die gesamte Aufmerksamkeit Ossipons zum Schaden der bloßen eigentlichen Bedeutung gefangen. Er fragte sich, was mit ihr los sei, warum sie sich in diese wilde Erregung hineingesteigert hatte. Er fragte sich sogar, ob die verborgenen Ursachen der Affäre vom Greenwich Park nicht tief in den unglücklichen Umständen von Verlocs Eheleben lagen. Er ging so weit, Mr. Verloc zu verdächtigen, jene außerordentliche Art des Selbstmordes gewählt zu haben. Wahrhaftig! Das würde die absolute Sinnlosigkeit und Verschrobenheit der Geschichte erklären. Die Verhältnisse hier erforderten keine anarchistische Manifestation. Ganz im Gegenteil; und Verloc war sich dessen so gut wie jeder andere Revolutionär seines Ranges bewußt. Welch ein ungeheurer Witz, wenn Verloc ganz Europa, die Polizei, die Presse und auch den selbstsicheren Professor zum Narren gehalten hätte. Ja, dachte Ossipon erstaunt, es schien fast gewiß, daß er es getan hatte! Er fand es durchaus möglich, daß in diesem Zweierhaushalt nicht unbedingt der Mann der Teufel war.

Alexander Ossipon war geneigt, über seine Freunde mit Nachsicht zu denken. Er beäugte Mrs. Verloc, die an seinem Arm hing. Über seine Freundinnen dachte er in einer besonders praktischen Weise. Warum Mrs. Verloc sich darüber so ereiferte, daß er vom Tode Mr. Verlocs wußte, was überhaupt keine Mutmaßung war, verwirrte ihn nicht übermäßig. Frauen redeten oft wie Irre. Doch er war neugierig, woher sie ihre Informationen hatte. Die Zeitungen hätten ihr über die bloße Tatsache hinaus, daß der Mann, welcher im Greenwich Park in Stücke gerissen wurde, nicht identifiziert worden war, nichts sagen können. Es war nach jeglicher Theorie unvorstellbar, daß Verloc ihr auch nur eine leise Andeutung seiner Absicht – was immer sie auch war – gemacht hatte. Dieses Problem interessierte den Genossen Ossipon ungeheuer. Er blieb unvermittelt stehen. Bis dahin waren sie die drei Seiten des Brett Place entlanggegangen und standen nun wieder kurz vor dem Ende der Brett Street.

»Wie hast du überhaupt davon erfahren?« fragte er in einem Ton, welchen er der Art der Enthüllungen anzupassen suchte, die von der Frau an seiner Seite gemacht worden waren.

Sie zitterte eine Weile heftig, bis sie dann mit teilnahmsloser Stimme sagte:

»Durch die Polizei. Da kam ein Chefinspektor. Chefinspektor Heat sei er, sagte er. Er zeigte mir –«

Mrs. Verloc würgte. »Ach, Tom, sie mußten ihn mit der Schaufel aufsammeln.«

Ihre Brust hob und senkte sich von trockenen Schluchzern. Sogleich fand Ossipon Worte.

»Die Polizei! Willst du damit sagen, daß die Polizei schon da war? Daß Chefinspektor Heat sogar selber kam, um es dir zu sagen?«

»Ja«, bestätigte sie im gleichen teilnahmslosen Ton. »Er kam. Einfach so. Er kam. Ich wußte nichts. Er zeigte mir ein Stück von seinem Überrock, und – einfach so. ›Kennen Sie das?‹ sagt er.«

»Heat! Heat! Und was hat er gemacht?«

Mrs. Verloc ließ den Kopf sinken. »Nichts. Er hat nichts gemacht. Er ging wieder weg. Die Polizei war auf der Seite dieses Mannes«, murmelte sie tragisch. »Und dann ist noch einer gekommen.«

»Noch einer – noch ein Inspektor, meinst du?« fragte Ossipon in heller Aufregung und ganz wie ein verängstigtes Kind.

»Ich weiß nicht. Er kam einfach. Er sah aus wie ein Ausländer. Vielleicht war er auch einer von den Botschaftsleuten.«

Genosse Ossipon brach unter diesem neuerlichen Schock fast zusammen.«

»Botschaft! Ist dir klar, was du da sagst? Welche Botschaft? Was um alles in der Welt meinst du mit Botschaft?«

»Die am Chesham Square. Die Leute, die er so verflucht hat. Ich weiß nicht. Was macht das schon!«

»Und dieser Kerl, was hat der gemacht oder gesagt?«

»Ich erinnere mich nicht. . . . Nichts. . . . Ist mir gleich. Frag mich nicht«, flehte sie mit müder Stimme.

»Schon gut, ich frage nicht«, willigte Ossipon zartfühlend ein, nicht weil er von dem Pathos der flehenden Stimme berührt gewesen wäre, sondern weil er spürte, wie er selbst den Halt in den Tiefen dieser finsteren

Affäre verlor. Polizei! Botschaft! Uff! Aus Furcht, seine Intelligenz in Bahnen vorstoßen zu lassen, wo ihr natürliches Leuchten ihn womöglich nicht sicher leiten konnte, verbannte er alle Vermutungen, Mutmaßungen und Theorien entschlossen aus seinen Gedanken. Da war die Frau, welche sich ihm geradezu an den Hals warf, und das war das Wichtigste. Doch nach allem, was er gehört hatte, konnte ihn nichts mehr erstaunen. Und als Mrs. Verloc, als sei sie unvermittelt aus einem Traum der Sicherheit aufgeschreckt, anfing, ihn wild mit der Notwendigkeit zu bedrängen, sofort auf den Kontinent zu fliehen, tat er nicht den leisesten Ausruf. Er sagte nur mit ungespieltem Bedauern, daß erst am Morgen wieder ein Zug fahre, und stand da, gedankenverloren ihr in ein schwarzes Netz gehülltes Gesicht im Schein einer in eine Nebelgaze gehüllten Gaslaterne betrachtend.

Ihre schwarze Gestalt dicht neben ihm verschmolz mit der Nacht wie eine halb aus einem schwarzen Steinblock gemeißelte Figur. Es war unmöglich zu sagen, was sie wußte, wie tief sie mit Polizisten und Botschaften verstrickt war. Doch wenn sie weg wollte, dann hatte er nichts dagegen einzuwenden. Er wollte selbst dringend weg. Er fand, daß der Laden, welcher Chefinspektoren und Angehörigen ausländischer Botschaften so sonderbar vertraut war, nicht das Richtige für ihn war. Das mußte er sich aus dem Kopf schlagen. Aber da war ja noch etwas anderes. Diese Ersparnisse. Das Geld!

»Du mußt mich irgendwo bis zum Morgen verstecken«, sagte sie mit bestürzter Stimme.

»Meine Liebe, ich kann dich leider nicht mit zu mir nehmen. Ich teile das Zimmer mit einem Freund.«

Er war selber etwas bestürzt. Am Morgen sind die

vermaledeiten Kriminaler bestimmt auf allen Bahnhöfen. Und wenn die sie erst einmal hatten, dann würde sie aus dem einen oder anderen Grund gewiß für ihn verloren sein.

»Aber du mußt. Hast du denn gar nichts für mich übrig – gar nichts? Woran denkst du?«

Sie sagte dies heftig, ließ jedoch die klammernden Hände mutlos sinken. Eine Stille trat ein, während der Nebel fiel, und die Dunkelheit herrschte ungestört über dem Brett Place. Keine Menschenseele, nicht einmal die vagabundierende, gesetzlose, liebessüchtige Seele einer Katze kam dem Mann und der Frau nahe, welche einander gegenüberstanden.

»Vielleicht wäre es möglich, irgendwo eine sichere Unterkunft zu finden«, sagte Ossipon endlich. »Aber die Wahrheit ist, meine Liebe, ich habe nicht genug Geld, um es damit zu versuchen – bloß ein paar Pennies. Wir Revolutionäre sind nicht reich.«

Er hatte fünfzehn Shilling in der Tasche. Er setzte hinzu:

»Und dann haben wir auch noch die Reise vor uns – dazu noch gleich morgen früh.«

Sie rührte sich nicht, gab keinen Laut von sich, und dem Genossen Ossipon sank das Herz ein wenig. Anscheinend hatte sie keinen Vorschlag anzubieten. Plötzlich faßte sie sich an die Brust, als habe sie dort einen scharfen Schmerz verspürt.

»Aber ich«, ächzte sie. »Ich habe das Geld. Ich habe genug Geld. Tom! Gehen wir von hier weg.«

»Wieviel hast du?« erkundigte er sich, ohne ihrem Zerren nachzugeben; denn er war ein vorsichtiger Mann.

»Ich habe das Geld, sage ich doch. Das ganze Geld.«

»Was meinst du damit? Das ganze Geld, das auf der Bank war, oder was?« fragte er ungläubig, jedoch bereit, sich von nichts, was Glück bedeuten konnte, überraschen zu lassen.

»Ja, ja«, sagte sie nervös. »Alles, was da war. Ich hab's alles.«

»Wie in aller Welt hast du es geschafft, jetzt schon daranzukommen?« wunderte er sich.

»Er hat es mir gegeben«, murmelte sie, plötzlich gedrückt und zitternd. Genosse Ossipon schlug seine aufkeimende Überraschung mit fester Hand nieder.

»Ja, dann – sind wir gerettet«, sagte er langsam.

Sie beugte sich vor und sank an seine Brust. Er hieß sie willkommen. Sie hatte das ganze Geld. Ihr Hut war sehr starken Überschwenglichkeiten im Wege; ihr Schleier auch. Er war in seinen Bezeigungen zureichend, mehr jedoch nicht. Sie nahm sie ohne Widerstand und ohne Hingabe auf, passiv, als wäre sie nur halb bei Sinnen. Ohne Schwierigkeit befreite sie sich aus seiner laschen Umarmung.

»Du wirst mich retten, Tom«, platzte sie hervor; sie schnellte zurück, hielt sich jedoch noch immer an den beiden Aufschlägen seines feuchten Rockes fest. »Rette mich. Verstecke mich. Laß nicht zu, daß sie mich kriegen. Du mußt mich zuerst töten. Ich könnte es nicht selber tun – ich könnte es nicht, ich könnte es nicht – nicht einmal darum, wovor ich Angst habe.«

Sie ist verdammt bizarr, dachte er. Allmählich erfüllte sie ihn mit einem unbestimmten Unbehagen. Mürrisch sagte er, denn er war mit wichtigen Gedanken beschäftigt:

»Wovor zum Teufel hast du denn Angst?«

»Hast du denn nicht erraten, wozu es mich getrieben hat!« schrie die Frau. Von der Lebhaftigkeit ihrer schrecklichen Befürchtungen abgelenkt, den Kopf voller eindringlicher Worte, welche das Entsetzen ihrer Lage ihr vor Augen führten, hatte sie ihre Zusammenhanglosigkeit als die Klarheit selbst betrachtet. Ihr war nicht bewußt, wie wenig sie mit den zusammenhanglosen Wendungen, welche sie lediglich in Gedanken vollendet hatte, vernehmbar gesagt hatte. Sie hatte die Erleichterung eines vollen Geständnisses empfunden, und sie gab jedem der Sätze des Genossen Ossipon, dessen Wissen dem ihren nicht im geringsten ähnelte, eine besondere Bedeutung. »Hast du denn nicht erraten, wozu es mich getrieben hat!« Ihre Stimme senkte sich. »Dann brauchst du nicht lange zu raten, wovor ich Angst habe«, fuhr sie verbittert und düster murmelnd fort. »Ich will das nicht. Nein, nein, nein. Du mußt mir versprechen, mich zuerst zu töten!« Sie rüttelte an den Aufschlägen seines Rockes. »Es darf niemals geschehen!«

Er versicherte ihr knapp, daß keine Versprechen seinerseits notwendig seien, doch achtete er sehr darauf, ihr nicht in eindeutigen Worten zu widersprechen, weil er schon viel mit erregten Frauen zu tun gehabt hatte, und er neigte im allgemeinen dazu, sich in seinem Verhalten lieber von seiner Erfahrung leiten zu lassen, als seine Weisheit auf jeden Fall wieder aufs neue anzuwenden. Seine Weisheit war in diesem Fall in einer anderen Richtung beschäftigt. Frauenworte verwehte der Wind, doch die Unzulänglichkeiten von Fahrplänen blieben. Die Insellage Großbritanniens drängte sich seiner Aufmerksamkeit in widerlicher Form auf. »Könnten genauso gut auch jede Nacht hinter Schloß und Riegel kommen«, dachte er gereizt und so desperat, als hätte er, die Frau auf dem Rücken, eine Mauer zu erstürmen. Plötzlich schlug er sich an die Stirn. Indem er sich den Kopf zermartert hatte, war ihm gerade der Liniendienst Southampton – St. Malo eingefallen. Das Schiff fuhr um Mitternacht ab. Um 22.30 Uhr ging ein Zug. Er wurde wieder munter und unternehmungslustig.

»Von Waterloo. Noch viel Zeit. Nun wird doch noch alles gut. ... Was ist denn jetzt? Da geht's aber nicht lang«, protestierte er.

Mrs. Verloc hatte seinen Arm untergehakt und versuchte, ihn wieder in die Brett Street zu zerren.

»Ich habe vergessen, beim Hinausgehen die Tür abzuschließen«, flüsterte sie in höchster Erregung.

Der Laden und alles, was darinnen war, war für den Genossen Ossipon nicht mehr von Interesse. Er wußte, wie er sein Verlangen zu zügeln hatte. Er wollte gerade sagen: »Na und? Laß doch«, doch er hielt sich zurück. Streitereien um Kleinigkeiten mißfielen ihm. Bei dem Gedanken, sie hätte das Geld womöglich in der Schublade liegenlassen, beschleunigte er seine Schritte sogar beträchtlich. Doch seine Bereitschaft blieb hinter ihrer fiebernden Ungeduld zurück.

Der Laden wirkte zunächst ganz dunkel. Die Tür stand angelehnt. Mrs. Verloc lehnte sich ans Schaufenster und ächzte:

»Keiner war da. Sieh doch! Das Licht – das Licht im Wohnzimmer.«

Ossipon reckte den Kopf und sah in der Dunkelheit des Ladens einen schwachen Schimmer.

»Richtig«, sagte er.

»Ich hab's vergessen.« Mrs. Verlocs Stimme drang

schwach hinter ihrem Schleier hervor. Und als er darauf wartete, daß sie als erste eintrat, sagte sie lauter: »Geh du hinein und mach's aus – sonst werde ich verrückt.«

Er erhob keinen unmittelbaren Einwand gegen dieses so seltsam begründete Ansinnen. »Wo ist das ganze Geld?« fragte er.

»Bei mir! Los, Tom. Schnell! Mach's aus. ... Geh rein!« schrie sie und packte ihn von hinten an beiden Schultern.

Auf eine Demonstration körperlicher Gewalt nicht gefaßt, stolperte der Genosse Ossipon von ihrem Stoß tief in den Laden hinein. Er war erstaunt über die Kraft der Frau und empört über ihr Vorgehen. Doch er ging den Weg nicht zurück, um ihr auf der Straße schwere Vorwürfe zu machen. Allmählich wurde er von ihrem phantastischen Verhalten unangenehm berührt. Zudem war jetzt oder nie die Zeit, den Launen der Frau nachzugeben. Der Genosse Ossipon wich mühelos dem Ende des Ladentisches aus und näherte sich ruhig der Glastür zur Stube. Da der Vorhang vor den Glasscheiben ein wenig zurückgezogen war, schaute er auf einen ganz natürlichen Impuls hin hinein, gerade als er sich anschickte, den Türknopf zu drehen. Ohne einen Gedanken, ohne Absicht, ohne jedwede Neugier schaute er hinein. Er schaute hinein, weil er nicht umhin konnte hineinzuschauen. Er schaute hinein und entdeckte den still auf dem Sofa ruhenden Mr. Verloc.

Ein Schrei aus den tiefsten Tiefen seiner Brust erstarb ungehört auf seinen Lippen und verwandelte sich dort in einen fettigen, ekligen Geschmack. Gleichzeitig vollführte die geistige Persönlichkeit des Genossen Ossipon einen wilden Satz rückwärts. Sein Körper jedoch, derart ohne intellektuelle Führung, hielt mit der gedankenlosen Kraft eines Instinktes weiterhin den Türknopf fest. Der robuste Anarchist wankte nicht einmal. Und er starrte hin, das Gesicht dicht am Glas, und die Augen traten ihm aus den Höhlen. Er hätte alles dafür gegeben, wegzukommen, doch sein wiederkehrender Verstand informierte ihn, daß es nicht gut wäre, den Türknopf loszulassen. Was war das – Wahnsinn, ein Albtraum oder eine Falle, in welche er mit teuflischer List gelockt worden war? Warum – wozu? Er wußte es nicht. Ohne jegliches Schuldgefühl in der Brust, im reinen Frieden seines Gewissens, was diese Leute betraf, ging ihm der Gedanke, daß er aus rätselhaften Gründen von dem Verloc-Paar ermordet würde, weniger durch den Sinn als vielmehr durch die Magengrube, und verging wieder, eine Spur ekliger Schwäche zurücklassend – eine Unpäßlichkeit. Der Genosse Ossipon fühlte sich einen Augenblick lang – einen langen Augenblick – auf ganz besondere Weise nicht ganz wohl. Und er starrte hin. Unterdessen lag Mr. Verloc sehr still da, simulierte Schlaf aus Gründen, die nur er kannte, während seine wilde Frau die Tür bewachte – unsichtbar und stumm auf der dunklen und verlassenen Straße. War dies alles irgendein entsetzliches Arrangement, welches von der Polizei zu seinem besonderen Frommen ersonnen war? Seine Bescheidenheit schreckte vor dieser Erklärung zurück.

Doch die wahre Bedeutung der Szene, welche er erblickte, kam Ossipon durch die Betrachtung des Hutes. Er schien ihm etwas Ungewöhnliches, ein ominöser Gegenstand, ein Zeichen zu sein. Schwarz, die Krempe nach oben, lag er auf dem Boden vor der Couch, als wollte er die Penny-Gaben von Leuten aufnehmen, welche gleich kommen würden, um Mr. Verloc in der Fülle seiner häuslichen Entspannung auf dem Sofa ruhen zu sehen. Von dem Hut wanderten die Augen des robusten Anarchisten zu dem verschobenen Tisch, blickten eine Zeitlang auf den zerbrochenen Teller, erhielten eine Art optischen Schock, als sie unter den unvollkommen geschlossenen Lidern des Mannes auf der Couch einen weißen Schimmer gewahrten. Mr. Verloc schien nun weniger zu schlafen als vielmehr mit geneigtem Kopf und beharrlich auf seine linke Brust schauend dazuliegen. Und als der Genosse Ossipon den Griff des Messers entdeckt hatte, wandte er sich von der Glastür ab und würgte heftig.

Unter dem Knall der zugeschlagenen Haustür vollführte seine Seele einen panikartigen Satz. Das Haus mit seinem harmlosen Bewohner konnte nach wie vor eine Falle sein. Genosse Ossipon hatte noch keine festgefügte Vorstellung, was da mit ihm geschah. Den Schenkel an die Kante des Ladentisches stoßend, wirbelte er herum, mit einem Schmerzensschrei taumelnd, spürte, wie ihm unter dem ablenkenden Gerassel der Türglocke die Arme in krampfhafter Umklammerung an die Seiten gepreßt wurden, während die kalten Lippen einer Frau ihm schauerlich bis ans Ohr krochen, um die Worte zu formen:

»Polizei! Er hat mich gesehen!«

Er hörte auf, sich zu sträuben; sie ließ ihn einfach nicht los. Ihre Hände hatten sich in einem unlösbaren Fingergeflecht auf seinem robusten Rücken geschlossen. Während die Schritte näher kamen, atmeten sie schnell, Brust an Brust, mit harten, gequälten Zügen, als wäre ihre Haltung die eines Kampfes auf Leben und Tod, während es in Wirklichkeit die Haltung von Todesangst war. Und die Zeit war lang.

Der Konstabler auf seiner Runde hatte tatsächlich etwas von Mrs. Verloc gesehen; nur da er von der erleuchteten Verkehrsader am Ende der Brett Street gekommen war, war sie für ihn nicht mehr als ein Flattern im Dunkeln gewesen. Und er war sich nicht einmal sicher, ob es denn ein Flattern gegeben hatte. Er hatte keinen Grund, sich zu beeilen. Als er auf Höhe des Ladens kam, bemerkte er, daß er früh geschlossen worden war. Darin lag nichts besonders Ungewöhnliches. Die diensttuenden Männer hatten bezüglich des Ladens besondere Anweisungen: Was dort vor sich ging, sollte nicht gestört werden, es sei denn, es war völlig wider die Ordnung, doch jedwede Beobachtungen sollten gemeldet werden. Es gab keine Beobachtungen zu machen; doch aus einem Pflichtgefühl heraus und um seines Seelenfriedens willen, auch wegen des zweifelhaften Flatterns im Dunkeln überquerte der Konstabler die Straße und versuchte die Tür zu öffnen. Das Federschloß, dessen Schlüssel auf immer außer Diensten in der Westentasche des seligen Mr. Verloc ruhte, hielt so gut wie gewöhnlich. Während der gewissenhafte Beamte an der Klinke rüttelte, spürte Ossipon erneut, wie die kalten Lippen der Frau an seinem Ohr sich schauerlich regten:

»Wenn er reinkommt, bring mich um – bring mich um, Tom.«

Der Konstabler ging weiter, wobei er lediglich der Form halber den Schein seiner Blendlaterne auf das Schaufenster richtete. Einen weiteren Augenblick lang standen der Mann und die Frau drinnen reglos da, keuchend, Brust an Brust; dann lösten sich ihre Finger, und ihre Arme fielen langsam an den Seiten herab. Ossipon lehnte sich an den Ladentisch. Der robuste Anarchist bedurfte dringend eines Haltes. Es war schrecklich. Fast war er zu angeekelt, um zu reden. Doch er schaffte es, einen klagenden Gedanken zu äußern, wodurch er immerhin zeigte, daß er seine Lage erkannt hatte.

»Bloß ein paar Minuten später, und ich wäre wegen dir gegen den Kerl gerannt, der da mit seiner verdammten Blendlaterne herumschnüffelt.«

Die Witwe Mr. Verlocs stand reglos mitten im Laden und sagte hartnäckig:

»Geh rein und mach das Licht aus, Tom. Es macht mich noch wahnsinnig.«

Undeutlich sah sie seine vehemente Geste der Ablehnung. Nichts auf der Welt hätte Ossipon dazu bringen können, in die Stube zu gehen. Er war nicht abergläubisch, doch es war zu viel Blut auf dem Boden; eine scheußliche Lache um den Hut herum. Er schätzte, daß er der Leiche schon zu nahe gekommen war für seinen Seelenfrieden – vielleicht gar für die Sicherheit seines Halses!

»Dann also am Gashahn! Da. Schau. Da in der Ecke.«

Die robuste Gestalt des Genossen Ossipon schritt forsch und schattenhaft durch den Laden und kauerte sich gehorsam in eine Ecke; doch dieser Gehorsam war ohne Liebenswürdigkeit. Er tappte nervös herum – und plötzlich erlosch mit dem Geräusch eines gemurmelten Fluches das Licht hinter der Glastür zum ächzenden, hysterischen Seufzen einer Frau. Nacht, der unausweichliche Lohn des ehrlichen Strebens des Menschen auf Erden, Nacht war auf Mr. Verloc gefallen, den erprobten Revolutionär – »einer vom altene Schlag« –, den bescheidenen Hüter der Gesellschaft; das unschätzbare Geheimwerkzeug △ von Baron Stott-Wartenheims Depeschen;

ein Diener von Recht und Gesetz, treu, zuverlässig, akkurat, vortrefflich, mit vielleicht einer liebenswerten Schwäche: dem idealistischen Glauben, um seiner selbst geliebt zu werden.

Ossipon tastete sich durch die stickige Atmosphäre, welche nun schwarz wie Tinte war, zurück zum Ladentisch. Die Stimme Mrs. Verlocs, welche mitten im Laden stand, vibrierte in der Schwärze mit verzweifeltem Protest hinter ihm her:

»Ich will nicht hängen, Tom. Ich werde nicht –«

Sie brach ab. Ossipon sagte vom Ladentisch aus warnend: »Brüll nicht so«, und schien in tiefem Nachdenken versunken. »Du hast das ganz allein getan?« erkundigte er sich mit hohler Stimme, doch mit dem Anschein überlegener Ruhe, was Mrs. Verlocs Herz mit dankbarem Vertrauen in seine schützende Kraft erfüllte.

»Ja«, flüsterte sie unsichtbar.

»Das hätte ich nicht für möglich gehalten«, murmelte er. »Keiner würde das.« Sie hörte, wie er umherging und wie das Schloß der Stubentür einschnappte. Der Genosse Ossipon hatte die Tür vor Mr. Verlocs Ruhe geschlossen; und er hatte dies nicht aus Respekt vor seiner Ewigkeit oder aus einer anderen obskuren sentimentalen Erwägung heraus getan, sondern aus dem präzisen Grund, daß er sich keineswegs sicher war, daß sich nicht doch noch jemand irgendwo im Haus versteckt hielt. Er glaubte der Frau nicht, vielmehr, er war inzwischen nicht mehr in der Lage zu beurteilen, was in diesem erstaunlichen Universum wahr, möglich oder auch nur wahrscheinlich sein mochte. Er hatte schreckliche Angst, daß er jede Fähigkeit zum Glauben oder Unglauben bezüglich dieser außerordentlichen Affäre, welche mit Polizeiinspektoren und Botschaften begonnen hatte und weiß der Himmel wo enden würde – für jemanden auf dem Schafott –, verloren hatte. Er hatte schreckliche Angst bei dem Gedanken, daß er nicht nachweisen konnte, was er in der Zeit seit sieben Uhr gemacht hatte, denn er war ja um die Brett Street herumgeschlichen. Er hatte schreckliche Angst vor dieser wilden Frau, welche ihn hierherein gebracht hatte und die ihm womöglich eine Komplizenschaft anhängen würde, zumindest, wenn er sich nicht vorsah. Er hatte schreckliche Angst vor der Geschwindigkeit, mit der er in eine solche Gefahr verwickelt – hineingelockt – worden war. Es waren gerade zwanzig Minuten gewesen, seit er ihr begegnet war – mehr nicht.

Die Stimme Mrs. Verlocs erhob sich gedämpft, jammervoll flehend: »Mach, daß sie mich nicht hängen, Tom! Bring mich außer Landes! Ich arbeite für dich. Ich schinde mich für dich. Ich werde dich lieben. Ich habe niemanden auf der Welt. ... Wer soll sich denn meiner annehmen, wenn du es nicht tust!« Sie verstummte einen Augenblick; dann hatte sie in den Tiefen der Einsamkeit, welche ein geringfügiger Faden Blut, der vom Griff eines Messers tropfte, um sie herum geschlossen hatte, eine für sie furchtbare Eingebung – für sie, die sie das ehrbare Mädchen des Hauses in Belgravia gewesen war, die loyale, ehrbare Frau Mr. Verlocs. »Ich werde dich nicht bitten, mich zu heiraten«, hauchte sie betreten hervor.

Sie trat in dem Dunkel einen Schritt vor. Er hatte schreckliche Angst vor ihr. Er wäre nicht überrascht gewesen, hätte sie plötzlich ein weiteres, für seine Brust bestimmtes Messer hervorgezogen. Gewiß hätte er keinen Widerstand geleistet. Nicht einmal jetzt verfügte er über genügend Kraft, um ihr zu sagen, sie solle stehenbleiben. Doch fragte er in einem hohlen, seltsamen Ton: »Hat er geschlafen?«

»Nein«, rief sie und fuhr rasch fort: »Nein. O nein. Er hatte mir gesagt, daß nichts ihn berühren könne. Nachdem er mir den Jungen unter den Augen weggenommen hatte, um ihn zu töten – den lieben, unschuldigen, harmlosen Kerl. Mein ein und alles, sage ich dir. Er lag ganz gemütlich auf der Couch – nachdem er den Jungen getötet hatte – meinen Jungen. Ich wäre auf die Straße gegangen, um ihm aus den Augen zu kommen. Und er sagt zu mir: ›Komm her‹, nachdem er mir erzählt hat, ich hätte ihm geholfen, den Jungen zu töten. Hörst du, Tom? Er sagt also: ›Komm her‹, nachdem er mir mit dem Jungen das Herz herausgerissen hat, um es in den Schmutz zu schleudern.«

Sie verstummte und wiederholte dann zweimal träumerisch: »Blut und Schmutz. Blut und Schmutz.« Da ging dem Genossen ein großes Licht auf. Es war also der schwachsinnige Junge gewesen, der im Park umgekommen war. Und daß sie allesamt getäuscht worden waren, erschien ihm nun klarer denn je – kolossal. In äußerstem Erstaunen rief er wissenschaftlich aus: »Der Degenerierte – mein Gott!«

»Komm her.« Die Stimme Mrs. Verlocs erhob sich wieder. »Was glaubte er wohl, aus was ich bin? Sag's mir, Tom. Komm her! Ich! Einfach so! Ich hatte das Messer angeschaut, und ich dachte, wenn er es so sehr will, dann komme ich eben. O ja! Ich kam – zum letzten Mal. . . . Mit dem Messer.«

Er hatte fürchterliche Angst vor ihr – der Schwester des Degenerierten – sie selbst eine Degenerierte, der Typ der Mörderin ... oder der der Lügnerin. Man hätte von dem Genossen Ossipon sagen können, daß er zusätzlich zu allen anderen Arten der Angst auch noch wissenschaftlich entsetzt war. Es war ein unermeßliches und zusammengesetztes Grauen, welches ihm im Dunkeln durch sein schieres Übermaß den falschen Anschein ruhiger Bedachtsamkeit verlieh. Denn er bewegte sich und sprach unter Schwierigkeiten, als wäre er in seinem Willen und seinem Geist halb erstarrt – und niemand konnte sein totenbleiches Gesicht sehen. Er fühlte sich halb tot.

Er sprang einen Fuß hoch in die Luft. Mrs. Verloc hatte die ungebrochene, zurückhaltende Schicklichkeit ihres Hauses unerwartet mit einem schrillen, schrecklichen Schrei entweiht.

»Hilfe, Tom! Rette mich. Ich will nicht hängen!«

Er eilte hin, tastete mit einer dämpfenden Hand nach ihrem Mund, und der Schrei erstarb. Doch in der Eile hatte er sie umgestoßen. Nun spürte er, wie etwas seine Beine umklammerte, und seine Angst erreichte ihren Gipfelpunkt, wurde zu einer Art Rausch, gebar Trugbilder, nahm die Kennzeichen des Delirium tremens an. Er sah nun wahrhaftig Schlangen. Er sah die Frau, wie sie sich gleich einer Schlange um ihn gewunden hatte und sich nicht abschütteln ließ. Sie war der Tod selbst – der Begleiter des Lebens.

Mrs. Verloc, wie erleichtert durch ihren Ausbruch, war nun weit entfernt, sich geräuschvoll zu verhalten. Sie war bedauernswert.

»Tom, du kannst mich jetzt nicht von dir stoßen«, murmelte sie vom Fußboden herauf. »Nur wenn du meinen Kopf unter dem Absatz zerquetschst. Ich werde dich nicht verlassen.«

»Steh auf«, sagte Ossipon.

Sein Gesicht war so bleich, daß es in der tiefschwarzen Dunkelheit des Ladens durchaus sichtbar war; während Mrs. Verloc, verschleiert, kein Gesicht hatte, fast keine erkennbare Form. Das Beben von etwas Kleinem, Weißem, einer Blume an ihrem Hut, bezeichnete ihren Ort, ihre Bewegungen.

Es erhob sich in der Schwärze. Sie war vom Boden aufgestanden, und Ossipon bedauerte, nicht sofort auf die Straße hinausgerannt zu sein. Doch er erkannte schnell, daß dies nicht gut wäre. Es wäre nicht gut. Sie würde hinter ihm herrennen. Kreischend würde sie ihn verfolgen, bis sie jeden Polizisten in Hörweite in Marsch setzen würde. Und dann wüßte allein der große Gott, was sie über ihn sagen würde. Er fürchtete sich so sehr, daß ihm für einen Augenblick die irrsinnige Vorstellung durch den Kopf ging, sie zu erwürgen. Und er fürchtete sich mehr denn je! Sie hatte ihn. Er sah sich in blankem Entsetzen in einem obskuren Weiler in Spanien oder Italien leben; bis man eines schönen Morgens auch ihn mit einem Messer in der Brust auffand – wie Mr. Verloc. Er wagte keine Bewegung. Und Mrs. Verloc wartete schweigend ab, was ihr Retter zu tun beabsichtigte, schöpfte Trost aus seinem nachdenklichen Schweigen.

Plötzlich fing er mit einer fast natürlichen Stimme an zu reden. Sein Nachdenken hatte ein Ende gefunden.

»Gehen wir los, sonst verpassen wir noch den Zug.«

»Wo gehen wir hin, Tom?« fragte sie verzagt. Mrs. Verloc war nun keine freie Frau mehr.

»Wir gehen zunächst nach Paris, auf dem bestmöglichen Weg.... Geh du zuerst raus und sieh nach, ob die Luft rein ist.«

Sie gehorchte. Ihre Stimme kam gedämpft durch die vorsichtig geöffnete Tür.

»Alles in Ordnung.«

Ossipon kam heraus. Ungeachtet seiner Bemühungen, sanft zu sein, rasselte die gesprungene Glocke hinter der geschlossenen Tür im Laden, als versuchte sie vergeblich, den ruhenden Mr. Verloc vor der endgültigen Abreise seiner Frau – in Begleitung seines Freundes – zu warnen.

In dem Hansom, welchen sie dann anhielten, erklärte sich der robuste Anarchist. Er war noch immer schrecklich bleich, und seine Augen schienen einen ganzen halben Zoll in sein angespanntes Gesicht gesunken zu sein. Doch offenbar hatte er an alles gedacht.

»Wenn wir ankommen«, dozierte er in einem eigentümlichen, monotonen Ton, »mußt du vor mir in den Bahnhof gehen, als würden wir einander nicht kennen. Ich hole die Fahrkarten und stecke dir die deine im Vorbeigehen zu. Dann gehst du in den Warteraum Erster Klasse für Damen und bleibst dort bis zehn Minuten vor Abfahrt des Zuges sitzen. Dann kommst du heraus. Ich werde draußen sein. Du gehst zuerst auf den Bahnsteig, als würdest du mich nicht kennen. Möglicherweise halten dort Augen Ausschau, die wissen, worum es geht. Allein bist du nur eine Frau, die mit dem Zug abfährt. Mich kennt man. Wenn du bei mir wärst, würde man dich als Mrs. Verloc erkennen, die wegläuft. Verstehst du das, Liebes?« setzte er mit Mühe hinzu.

»Ja«, sagte Mrs. Verloc, wie sie da in dem Hansom, eng an ihn gepreßt, ganz starr vor Angst vor dem Galgen und Furcht vor dem Tode saß. »Ja, Tom.« Und bei sich setzte sie gleich einem schrecklichen Refrain hinzu: »Der verabfolgte Sturz betrug vierzehn Fuß.«

Ossipon sagte, ohne sie anzuschauen und mit einem Gesicht gleich einem frischen Gipsabdruck seiner selbst nach einer auszehrenden Krankheit: »Übrigens, ich bräuchte jetzt das Geld für die Fahrkarten.«

Mrs. Verloc löste einige Haken ihres Mieders, wobei sie geradeaus über das Spritzbrett hinwegstarrte, und reichte ihm die neue schweinslederne Brieftasche. Er nahm sie ohne ein Wort entgegen und schien sie irgendwo tief in seiner Brust zu versenken. Dann schlug er sich außen auf den Rock.

All dies war ohne den Austausch eines einzigen kurzen Blickes geschehen; sie waren wie zwei Menschen, welche nach dem ersten Anzeichen eines ersehnten Zieles Ausschau halten. Erst als der Hansom um eine Ecke schwang und auf die Brücke zu, öffnete Ossipon wieder den Mund.

»Weißt du, wieviel Geld in dem Ding da ist?« fragte er, als redete er langsam einen Kobold an, welcher zwischen den Ohren des Pferdes hockte.

»Nein«, sagte Mrs. Verloc. »Er hat es mir gegeben. Ich hab's nicht gezählt. Zu der Zeit dachte ich nicht daran. Später –«

Sie bewegte ein wenig die rechte Hand. Sie war so ausdrucksstark, diese kleine Bewegung jener rechten Hand, welche keine Stunde zuvor den tödlichen Stoß in das Herz eines Mannes ausgeführt hatte, daß Ossipon einen Schauder nicht unterdrücken konnte. Er übertrieb ihn bewußt und murmelte:

»Mir ist kalt. Ich bin ganz durchgefroren.«

Mrs. Verloc schaute geradeaus auf die Perspektive ihrer Flucht. Hin und wieder gerieten, gleich einem dunklen Banner, welches über die Straße weht, die Worte

»Der verabfolgte Sturz betrug vierzehn Fuß« ihrem angespannten Starren in den Weg. Durch den schwarzen Schleier leuchtete das Weiß ihrer Augen strahlend wie die Augen einer maskierten Frau.

Ossipons Starrheit hatte etwas Pragmatisches, komisch Offizielles. Ganz unvermittelt hörte sie ihn wieder, als hätte er einen Riegel gelöst, um zu sprechen.

»Hör mal. Weißt du, ob dein – ob er sein Konto bei der Bank auf seinen oder einen anderen Namen geführt hat?«

Mrs. Verloc wandte ihm ihr maskiertes Gesicht und das große weiße Leuchten ihrer Augen zu.

»Anderen Namen?« sagte sie nachdenklich.

»Sei genau in dem, was du sagst«, belehrte Ossipon sie in der raschen Fahrt des Hansoms. »Das ist von äußerster Wichtigkeit. Ich werde es dir erklären. Die Bank hat die Nummern dieser Noten. Wären sie ihm unter seinem eigenen Namen ausbezahlt worden, dann kann man uns, wenn sein – sein Tod bekannt wird, mit Hilfe der Noten aufspüren, da wir kein anderes Geld haben. Anderes Geld hast du nicht dabei?«

Verneinend schüttelte sie den Kopf.

»Überhaupt kein anderes?« beharrte er.

»Ein bißchen Kleingeld.«

»In dem Falle wäre es gefährlich. Dann müßte mit dem Geld besonders verfahren werden. Ganz besonders. Vielleicht müßten wir über die Hälfte verlieren, um diese Noten an einem gewissen sicheren Ort in Paris, von dem ich weiß, umtauschen zu lassen. Im anderen Falle – ich meine, wenn er sein Konto unter einem anderen Namen hatte, von dem er ebenfalls ausbezahlt wurde – sagen wir, Smith, beispielsweise –, dann können wir das Geld vollkommen sicher verwenden. Verstehst du? Die Bank hat keine Möglichkeit zu erfahren, daß Mr. Verloc und, sagen wir, Smith, ein und dieselbe Person sind. Siehst du nun, wie wichtig es ist, daß du keinen Fehler machen darfst, wenn du mir antwortest? Kannst du die Frage überhaupt beantworten? Vielleicht nicht. Wie?«

Sie sagte gefaßt:

»Jetzt erinnere ich mich! Er machte seine Bankgeschäfte nicht unter eigenem Namen. Er sagte mir einmal, daß es unter dem Namen Prozor auf der Bank liege.«

»Bist du sicher?«

»Ganz sicher.«

»Du glaubst nicht, daß die Bank von seinem richtigen Namen wußte? Oder irgendwer in der Bank oder –«

Sie zuckte die Schultern.

»Wie kann ich das wissen? Ist es denn wahrscheinlich?«

»Nein. Wahrscheinlich nicht. Es wäre nur angenehmer gewesen, es zu wissen. ... Da wären wir. Steig du zuerst aus und geh direkt hinein. Geh rasch.«

Er blieb zurück und bezahlte den Kutscher mit seinem eigenen Silbergeld. Das von seiner minutiösen Voraussicht umrissene Programm wurde ausgeführt. Als Mrs. Verloc, die Fahrkarte nach St. Malo in der Hand, den Warteraum für Damen betrat, ging der Genosse Ossipon in eine Schenke, wo er sich binnen sieben Minuten drei Glas heißen Brandy mit Wasser einverleibte.

»Muß 'ne Erkältung loswerden«, erklärte er dem Schankmädchen mit freundlichem Nicken und einem grimassierenden Lächeln. Dann kam er heraus und brachte von diesem heiteren Intermezzo das Gesicht eines Mannes mit, welcher vom Brunnen des Leidens selbst getrunken hatte. Er hob den Blick zur Uhr. Es war Zeit. Er wartete.

Pünktlich kam Mrs. Verloc heraus, den Schleier herabgelassen und ganz in Schwarz – schwarz wie der gewöhnliche Tod, von ein paar billigen und blassen Blumen gekrönt. Sie ging dicht an einer kleinen lachenden Männergruppe vorbei, deren Gelächter jedoch mit einem einzigen Wort zum Schweigen gebracht werden konnte. Ihr Gang war schleppend, doch ihr Rücken war gerade, und der Genosse Ossipon schaute ihm entsetzt nach, bevor er sich in Bewegung setzte.

Der Zug stand bereit, an seiner Reihe offener Türen war kaum jemand zu sehen. Aufgrund der Jahreszeit und des scheußlichen Wetters gab es nur wenige Fahrgäste. Mrs. Verloc ging langsam die Flucht leerer Abteile entlang, bis Ossipon sie von hinten am Ellbogen berührte.

»Hier hinein.«

Sie stieg ein, während er auf dem Bahnsteig blieb und sich umschaute. Sie beugte sich vor und fragte flüsternd:

»Was ist los, Tom? Besteht eine Gefahr?«

»Einen Augenblick. Da ist der Schaffner.«

Sie sah, wie er den Mann in Uniform ansprach. Sie redeten eine Weile. Sie hörte, wie der Schaffner sagte: »Jawohl, Sir«, und sah, wie er sich an die Mütze tippte. Dann kam Ossipon zurück und sagte: »Ich habe ihm gesagt, er solle niemanden in unser Abteil lassen.«

Sie beugte sich auf ihrem Platz vor. »Du denkst aber auch an alles.... Bringst du mich weg, Tom?« fragte sie in einem Ausbruch von Angst, wobei sie hastig den Schleier hob, um ihn anzuschauen.

Sie hatte ein Gesicht wie Stein entblößt. Und aus diesem Gesicht schauten die Augen, groß, trocken, geweitet, glanzlos, ausgebrannt wie zwei schwarze Löcher in den weißen, leuchtenden Kugeln.

»Keine Gefahr«, sagte er und starrte mit fast entrückter Ernsthaftigkeit, welche Mrs. Verloc auf ihrer Flucht vor dem Galgen voller Kraft und Zärtlichkeit erschien, in sie hinein. Diese Hingabe bewegte sie tief – und das steinerne Gesicht verlor die strenge Steifheit ihres Entsetzens. Der Genosse starrte darauf, wie noch kein Liebender in das Gesicht seiner Geliebten gestarrt hatte. Alexander Ossipon, Anarchist, Spitzname ›der Doktor‹, Autor eines medizinischen (und unlauteren) Pamphletes, vormals Dozent in Arbeitervereinen über die sozialen Aspekte der Hygiene, war frei von den Fesseln konventioneller Moral – den Regeln der Wissenschaft dagegen unterwarf er sich. Er war wissenschaftlich, und wissenschaftlich starrte er auf die Frau, die Schwester eines Degenerierten, sie selbst degeneriert – der Typ der Mörderin. Er starrte sie an und rief Lombroso an, wie ein italienischer Bauer sich seinem Lieblingsheiligen empfiehlt. Er starrte wissenschaftlich. Er starrte auf ihre Wangen, ihre Nase, ihre Augen, ihre Ohren. . . . Schlecht! . . . Unheilvoll! Als sich Mrs. Verlocs Mund öffnete, unter seinem leidenschaftlich aufmerksamen Blick etwas entspannt, starrte er auch auf ihre Zähne. . . . Es blieb kein Zweifel . . . der Typ der Mörderin. . . . Wenn der Genosse Ossipon seine angstvolle Seele nicht Lombroso empfahl, dann nur, weil er aus wissenschaftlichen Gründen nicht glaubte, daß er so etwas wie eine Seele in sich trage. Den wissenschaftlichen Geist aber trug er in sich, und dieser bewog ihn, auf dem Bahnsteig eines Bahnhofes in nervösen, ruckartigen Sätzen sein Urteil abzugeben.

»Er war ein außergewöhnlicher Junge, dein Bruder. Höchst interessante Studie. Auf seine Art der perfekte Typus. Perfekt!«

In seiner heimlichen Furcht redete er wissenschaftlich. Und Mrs. Verloc wiegte sich, als sie diese Lobesworte hörte, mit denen ihr geliebter Toter bedacht wurde, nach vorn mit einem Aufblitzen in ihren düsteren Augen gleich einem Sonnenstrahl, welcher ein Unwetter ankündigt.

»Das war er wirklich«, flüsterte sie leise mit bebenden Lippen. »Du hast ihm viel Beachtung geschenkt, Tom. Dafür habe ich dich geliebt.«

»Die Ähnlichkeit, die zwischen euch bestand, ist fast unglaublich«, fuhr Ossipon fort, womit er seiner anhaltenden Angst Ausdruck verlieh und versuchte, seine nervöse, widerliche Ungeduld, daß der Zug endlich losführe, zu verbergen. »Ja, er sah dir ähnlich.«

Diese Worte waren nicht besonders bewegend oder mitfühlend. Doch allein daß diese Ähnlichkeit immer wieder betont wurde, genügte, um ihre Gefühle aufzuwühlen. Mit einem kleinen schwachen Ausruf und die Arme ausbreitend, brach Mrs. Verloc endlich in Tränen aus.

Ossipon betrat den Waggon, schloß hastig die Tür und schaute hinaus, um auf der Bahnhofsuhr nach der Zeit zu sehen. Noch acht Minuten. Während der ersten drei weinte Mrs. Verloc heftig und hilflos ohne Pause oder Unterbrechung. Dann erholte sie sich etwas und schluchzte leise, wobei die Tränen reichlich flossen. Sie versuchte, etwas zu ihrem Retter zu sagen, zu dem Mann, welcher der Bote des Lebens war.

»Ach, Tom! Wie konnte ich fürchten, ich müsse sterben, nachdem er so grausam von mir genommen war! Wie konnte ich nur! Wie konnte ich ein solcher Feigling sein!«

Sie lamentierte über ihre Liebe zum Leben, jenem Leben ohne Anmut oder Reiz und fast ohne Anstand, aber von übersteigerter Zielstrebigkeit bis hin zum Mord. Und, wie es oft geschieht im Klagelied der armen Menschheit, welche reich an Leiden ist, aber bedürftig an Worten, fand sich die Wahrheit – ja, der Schrei der Wahrheit – in abgedroschener und künstlicher Gestalt, aufgelesen irgendwo unter den Phrasen falscher Gefühle.

»Wie konnte ich mich so vor dem Tod fürchten! Tom, ich hab's versucht. Aber ich fürchte mich. Ich habe versucht, mir etwas anzutun. Und konnte es nicht. Bin ich hart? Wahrscheinlich war der Becher des Schreckens für eine wie mich nicht voll genug. Und als du dann kamst . . .«

Sie machte eine Pause. Und fuhr fort in einem Ausbruch des Vertrauens und der Dankbarkeit: »Ich werde alle meine Tage für dich leben, Tom!« schluchzte sie hervor.

»Geh hinüber in die andere Ecke des Abteils, weg vom Bahnsteig«, sagte Ossipon besorgt. Sie ließ es sich von ihrem Retter bequem machen, und er beobachtete das Nahen eines weiteren Weinkrampfes, noch heftiger als der erste. Er beobachtete die Symptome mit gewissermaßen medizinischem Blick, als zählte er dabei die Sekunden. Endlich hörte er die Pfeife des Schaffners. Als er spürte, wie der Zug sich in Bewegung setzte, entblößte eine unfreiwillige Kontraktion der Oberlippe seine Zähne mit allem Anschein wilder Entschlossenheit. Mrs. Verloc hörte und spürte nichts, und Ossipon, ihr Retter, stand still da. Er spürte, wie der Zug schneller rollte, zu dem Geräusch der lauten Schluchzer der Frau schwerfällig rumpelte. Sodann durchmaß er den Waggon mit zwei langen Schritten, öffnete vorsichtig die Tür und sprang hinaus.

Er war ganz am Ende des Bahnsteiges hinausgesprungen, und seine Entschlossenheit, sich an seinen verzweifelten Plan zu halten, war so groß, daß er es wie durch ein Wunder, nahezu in der Luft ausgeführt, schaffte, die Waggontür zuzuschlagen. Erst danach merkte er, wie er Hals über Kopf gleich einem geschossenen Kaninchen dahinrollte. Er war zerschunden, durchgeschüttelt, bleich wie der Tod und außer Atem, als er aufstand. Doch er war ruhig und vollkommen in der Lage, der erregten Menge der Bahnleute zu begegnen, welche sich sogleich um ihn geschart hatten. In einnehmendem und überzeugendem Ton erklärte er ihnen, daß seine Frau völlig überraschend zu ihrer sterbenden Mutter in die Bretagne aufgebrochen sei; daß sie natürlich äußerst beunruhigt und er erheblich besorgt um ihren Zustand sei; daß er versucht habe, sie aufzuheitern und zunächst völlig überhört habe, daß der Zug abfuhr. Der Frage: »Warum sind Sie dann nicht weiter bis Southampton gefahren, Sir?« hielt er die Unerfahrenheit einer jungen Schwägerin entgegen, welche allein mit drei kleinen Kindern zurückgeblieben sei, und ihre Sorge um seine Abwesenheit, zumal die Telegraphenämter geschlossen seien. Er habe auf einen Impuls hin gehandelt. »Aber ich glaube nicht, daß ich das noch einmal versuchen werde«, schloß er, lächelte um sich herum, verteilte etwas Kleingeld und marschierte ohne zu hinken aus dem Bahnhof.

Draußen lehnte der Genosse Ossipon, mit sicheren Banknoten wohl versehen wie noch nie, das Angebot einer Droschke ab.

»Ich kann zu Fuß gehen«, sagte er mit einem kleinen freundlichen Lachen zu dem höflichen Fahrer.

Er konnte zu Fuß gehen. Er ging zu Fuß. Er überquerte die Brücke. Etwas später sahen die Türme der Abtei in ihrer massigen Unbeweglichkeit seinen gelben Haarbusch unter den Lampen vorübergehen. Auch die Lichter von Victoria sahen ihn, und der Sloane Square und das Gitter des Parks. Und wiederum fand sich der Genosse Ossipon auf einer Brücke wieder. Der Fluß, ein düsteres Wunder aus stillen Schatten und fließenden Schimmern, welche sich unter ihm in schwarzem Schweigen mischten, erregten seine Aufmerksamkeit. Lange Zeit stand er da und schaute über das Geländer. Die Turmuhr über seinem hängenden Kopf ertönte mit ehernem Schall. Er schaute hinauf auf das Zifferblatt. . . . Halb ein Uhr in einer wilden Nacht auf dem Kanal.

Und weiter ging der Genosse Ossipon zu Fuß. Seine robuste Gestalt wurde in jener Nacht in entlegenen Teilen der riesigen Stadt gesehen, welche auf einem Schmutzteppich unter einem rauhen Nebelschleier in monströsem Schlummer lag. Sie wurde gesehen, wie sie Straßen ohne Leben und Geräusch überquerte oder in den endlosen geraden Fluchten schattenhafter Häuser, leere, von Gaslampenketten begrenzte Fahrwege säumend, kleiner wurde. Er ging über eckige Plätze, runde Plätze, Ovale, Grasflächen, durch monotone Straßen mit unbekannten Namen, wo sich der Staub der Menschheit träge und ohne Hoffnung aus dem Strom des Lebens niederläßt. Er ging zu Fuß. Und unvermittelt bog er in einen Vorgartenstreifen mit einem dürren Rasen ab und ließ sich in ein kleines rußiges Haus mit einem Schlüssel ein, welchen er aus der Tasche gezogen hatte.

In voller Kleidung warf er sich aufs Bett und lag eine volle Viertelstunde still da. Dann setzte er sich plötzlich auf, zog die Knie an und umfaßte die Beine. Das erste Morgenlicht fand ihn mit offenen Augen und unveränderter Haltung. Dieser Mann, welcher so lange, so weit, so ziellos, ohne ein Zeichen der Ermüdung zu Fuß gehen konnte, konnte auch stundenlang stillsitzen, ohne ein Glied oder ein Lid zu rühren. Doch als die späte Sonne ihre Strahlen ins Zimmer sandte, löste er die Hände und fiel aufs Kissen zurück. Seine Augen starrten an die Decke. Und schlossen sich plötzlich. Der Genosse Ossipon schlief im Sonnenschein.

Dreizehntes Kapitel

DAS riesige eiserne Vorhängeschloß an den Türen des Wandschrankes war der einzige Gegenstand im Zimmer, auf welchem das Auge ruhen konnte, ohne von der erbärmlichen Lieblosigkeit der Formen oder der Minderwertigkeit der Materialien gequält zu werden. Aufgrund seiner stattlichen Maße im gewöhnlichen Geschäftsbereich unverkäuflich, war es dem Professor für ein paar Pennies von einem Schiffshändler im Osten Londons überlassen worden. Das Zimmer war groß, sauber, ordentlich und arm mit jener Ärmlichkeit, welche auf die Entbehrung jedes menschlichen Bedürfnisses außer bloßem Brot hindeutet. An den Wänden war nichts als die Tapete, eine Weite arsenischen Grüns, hier und da mit untilgbaren Schmierern beschmutzt und Flekken, welche ausgeblichenen Landkarten von unbewohnten Kontinenten ähnelten.

An einem Kieferntisch vor einem Fenster saß der Genosse Ossipon, den Kopf zwischen die Fäuste gestützt. Der Professor, angetan mit seinem einzigen Anzug aus Shoddytweed, doch auf den bloßen Dielen mit einem Paar unglaublich zerfallener Pantoffeln auf und ab schlurfend, hatte die Hände tief in die ausgebeulten Taschen seines Jacketts gesteckt. Er berichtete seinem robusten Gast gerade von einem Besuch, welchen er jüngst dem Apostel Michaelis abgestattet hatte. Der Perfekte Anarchist hatte sogar ein wenig ausgespannt.

»Der Kerl wußte nichts von Verlocs Tod. Natürlich!

Er liest ja nie Zeitung. Es mache ihn zu traurig, sagt er. Aber egal. Ich ging zu ihm in sein Häuschen. Nirgendwo eine Menschenseele. Ich dachte, er schliefe noch fest, sei noch im Bett. Doch weit gefehlt. Schon seit vier Stunden hatte er an seinem Buch geschrieben. Er saß in diesem winzigen Käfig in einem Wust von Manuskripten. Auf dem Tisch bei ihm lag eine halb gegessene rohe Möhre. Sein Frühstück. Er lebt jetzt von einer Diät aus rohen Möhren und ein wenig Milch.«

»Wie sieht er dabei aus?« fragte der Genosse Ossipon gleichgültig.

»Engelhaft . . . Ich hob eine Handvoll seiner Blätter vom Boden auf. Die Armseligkeit der Urteilskraft ist verblüffend. Er hat keine Logik. Er kann nicht folgerichtig denken. Doch das ist mir gleich. Er hat seine Biographie in drei Teile geteilt, die Titel: ›Glaube, Liebe, Barmherzigkeit‹. Er entwickelt gerade die Vorstellung einer Welt, die wie ein riesiges und nettes Krankenhaus geplant ist, mit Gärten und Blumen, in welchen die Starken sich der Pflege der Schwachen widmen sollen.«

Der Professor machte eine Pause.

»Ist diese Torheit zu fassen, Ossipon? Die Schwachen! Der Ursprung allen Übels auf der Welt!« fuhr er mit grimmiger Selbstsicherheit fort. »Ich sagte ihm, ich träumte von der Welt als einem Schlachthaus, wohin die Schwachen zur endgültigen Extermination übernommen würden.

Verstehen Sie, Ossipon? Der Ursprung allen Übels! Sie sind unsere finsteren Herren – die Schwachen, die Schlaffen, die Dummen, die Feigen, die schwachen Herzens und die Sklavischen im Geiste. Sie haben Macht. Sie sind die Mehrheit. Ihres ist das Königreich der Erde. Exterminieren, exterminieren! Das ist der einzige Weg zum Fortschritt. Folgen Sie mir, Ossipon. Erst muß die große Mehrheit der Schwachen weg, danach die nur relativ Starken. Sehen Sie? Erst die Blinden, dann die Tauben und die Stummen, dann die Hinkenden und die Lahmen – und so weiter. Jeder Makel, jedes Laster, jedes Vorurteil, jede Konvention, alle muß das Schicksal ereilen.«

»Und was bleibt dann noch übrig?« fragte Ossipon mit unterdrückter Stimme.

»Ich bleibe übrig – wenn ich stark genug bin«, versicherte der blasse kleine Professor, dessen große Ohren, wie Membranen dünn und von den Seiten seines zerbrechlichen Schädels weit abstehend, plötzlich eine tiefrote Färbung annahmen.

»Habe ich nicht schon genug unter dieser Tyrannei durch die Schwachen gelitten?« fuhr er heftig fort. Dann klopfte er sich auf die Brusttasche seines Jacketts: »Und dennoch bin *ich* die Kraft«, fuhr er fort. »Aber Zeit! Zeit! Gebt mir Zeit! Ah! die Mehrheit, zu dumm, Mitleid oder Furcht zu empfinden. Manchmal denke ich, alles steht auf ihrer Seite. Alles – selbst der Tod – meine Waffe.«

»Kommen Sie, gehen wir auf ein Bier zu Silenus«, sagte der robuste Ossipon nach einer Pause des Schweigens, welches durch das Schlapp-schlapp der Pantoffeln an den Füßen des Perfekten Anarchisten unterbrochen wurde. Letzterer willigte ein. An dem Tag war er auf seine ganz eigene Weise jovial. Er schlug Ossipon auf die Schulter.

»Bier! So sei es! Wir wollen trinken und lustig sein, denn wir sind stark, und morgen kommt der Tod.«

Während er sich geschäftig die Stiefel anzog, redete er in seinem knappen, resoluten Ton.

»Was ist los mit Ihnen, Ossipon? Sie sehen trübsinnig aus, suchen sogar meine Gesellschaft. Wie ich höre, sieht man Sie ständig an Orten, wo Männer über Gläsern Schnaps törichte Dinge sagen. Warum? Haben Sie Ihre Frauensammlung verlassen? Jene sind die Schwachen, welche die Starken füttern – wie?«

Er stampfte mit dem einen Fuß auf und nahm sich den anderen Schnürstiefel, schwer, mit dicker Sohle, ungewichst. Grimmig lächelte er in sich hinein.

»Sagen Sie, Ossipon, Sie schrecklicher Mann, hat sich denn einmal eines Ihrer Opfer für Sie umgebracht – oder sind Ihre Triumphe dahingehend unvollständig – denn nur Blut allein besiegelt Größe? Blut. Tod. Schauen Sie sich die Geschichte an.«

»Verdammt sollen Sie sein«, sagte Ossipon, ohne den Kopf zu drehen.

»Warum? Das soll die Hoffnung der Schwachen sein, deren Theologie die Hölle für die Starken erfunden hat. Ossipon, mein Gefühl für Sie ist freundschaftliche Verachtung. Sie könnten keiner Fliege etwas zuleide tun.«

Doch als sie im Obergeschoß des Omnibusses zu ihrem Trinkgelage fuhren, verging dem Professor die gute Laune. Die Betrachtung der Mengen, welche das Pflaster bevölkerten, erdrückte seine Selbstsicherheit unter einer Masse von Zweifeln und Unbehagen, welche er nach einer Periode der Abgeschiedenheit in dem Zimmer mit dem von einem riesigen Vorhängeschloß versperrten großen Schrank abschütteln konnte.

»Und Michaelis«, sagte der Genosse Ossipon, welcher auf dem Platz dahinter saß, über seine Schulter, »Michaelis träumt also von einer Welt als schönem und heiterem Krankenhaus.«

»Genau. Eine ungeheure Wohlfahrt zur Heilung der Schwachen«, stimmte der Professor sardonisch zu.

»Das ist doch albern«, räumte Ossipon ein. »Schwäche kann man nicht heilen. Aber vielleicht hat Michaelis doch nicht so unrecht. In zweihundert Jahren werden die Ärzte die Welt beherrschen. Die Wissenschaft regiert sie schon. Sie mag im Schatten regieren – doch sie regiert. Und alle Wissenschaft muß schließlich in der Wissenschaft des Heilens kulminieren – nicht der Schwachen, sondern der Starken. Die Menschheit will leben – leben.«

»Die Menschheit«, erklärte der Professor mit einem selbstbewußten Leuchten seiner eisengerahmten Brille, »weiß nicht, was sie will.«

»Aber Sie«, knurrte Ossipon. »Gerade eben haben Sie nach Zeit gerufen – Zeit. Nun, die Ärzte werden Ihnen Ihre Zeit zuweisen – wenn Sie gut sind. Sie behaupten, Sie seien einer der Starken – weil Sie genug in der Tasche haben, um Sie und, sagen wir, zwanzig andere in die Ewigkeit zu schicken. Aber die Ewigkeit ist ein verdammtes Loch. Sie brauchen Zeit. Sie – wenn Sie einem begegneten, der Ihnen mit Gewißheit zehn Jahre Zeit geben könnte, dann würden Sie ihn Ihren Herrn nennen.«

»Meine Devise ist: Kein Gott! Kein Herr«, sagte der Professor bündig, als er aufstand, um aus dem Bus zu steigen.

Ossipon folgte. »Warten Sie nur, bis Sie am Ende Ihrer Zeit auf dem Rücken liegen«, entgegnete er, als er nach dem andern vom Trittbrett sprang. »Ihr schändliches, schäbiges, dreckiges bißchen Zeit«, redete er weiter, als sie über die Straße gingen und auf den Bordstein sprangen.

»Ossipon, ich glaube, Sie sind ein Schaumschläger«, sagte der Professor, während er die Türen des berühmten Silenus herrisch öffnete. Und als sie sich an einem kleinen Tisch niedergelassen hatten, entwickelte er diesen liebenswürdigen Gedanken weiter. »Sie sind nicht einmal ein Arzt. Aber Sie sind komisch. Ihre Vorstellung einer Menschheit, die von Pol zu Pol die Zunge herausstreckt und auf Geheiß einiger Spaßvögel die Pille einnimmt, ist eines Propheten wert. Prophetie! Welchen Sinn hat es zu überlegen, was einmal sein wird!« Er hob das Glas. »Auf die Zerstörung dessen, was ist«, sagte er ruhig.

Er trank und fiel wieder in sein eigenartig verschlossenes Schweigen. Die Vorstellung einer Menschheit, zahlreich wie der Sand am Meer, so unzerstörbar, so schwierig zu handhaben, bedrückte ihn. Der Klang explodierender Bomben verhallte in der Unermeßlichkeit dieser passiven Körnchen ohne Echo. Diese Verloc-Affäre beispielsweise. Wer dachte noch daran?

Ossipon zog plötzlich, wie von einer mysteriösen Kraft gelenkt, eine mehrfach gefaltete Zeitung aus der Tasche. Der Professor hob auf das Rascheln hin den Kopf. »Was ist das für eine Zeitung? Steht etwas drin?« fragte er.

Ossipon schreckte wie ein verängstigter Schlafwandler hoch.

»Nichts. Gar nichts. Das Blatt ist zehn Tage alt. Hab's wahrscheinlich in der Tasche vergessen.«

Doch er warf das alte Blatt nicht weg. Bevor er es wieder in die Tasche steckte, schaute er verstohlen auf die letzten Zeilen eines Absatzes. Sie lauteten wie folgt: *»Ein undurchdringliches Rätsel scheint dazu bestimmt, für immer über dieser Tat des Wahnsinns oder der Verzweiflung zu schweben.«*

Dieses waren die letzten Worte einer Nachricht mit der Überschrift:

»Selbstmord einer Reisenden auf Kanalfähre.« Der Genosse Ossipon war mit den Schönheiten ihres journalistischen Stiles vertraut. *»Ein undurchdringliches Rätsel scheint dazu bestimmt ...«* Er kannte jedes Wort auswendig. *»Ein undurchdringliches Rätsel ...«* Und der robuste Anarchist ließ den Kopf auf die Brust sinken und versank in eine lange Träumerei.

Durch diese Sache war er bis in die Wurzeln seiner Existenz bedroht. Er konnte nicht losziehen und seine diversen Eroberungen aufsuchen, jene, welchen er auf Bänken in den Kensington Gardens den Hof machte, oder jene, mit denen er sich an Hausgeländern traf, ohne zu fürchten, mit ihnen über ein undurchdringliches Rätsel scheint dazu bestimmt ... zu reden. Allmählich bekam er wissenschaftlich Angst davor, daß in diesen Zeilen der Wahnsinn auf ihn lauerte. *»Für immer über der Tat.«* Es war eine Obsession, eine Folter. In letzter Zeit hatte er einige dieser Verabredungen, welche stets von einem grenzenlosen Vertrauen in die Sprache des Gefühls und männlicher Zärtlichkeit erfüllt waren, nicht einhalten können. Die Disposition verschiedener Klassen von Frauen, sich ihm anzuvertrauen, befriedigte die Bedürfnisse seiner Eigenliebe und gab ihm einige Sachmittel in die Hand. Er brauchte sie zum Leben. Sie war da. Doch wenn er sie nicht mehr nutzen konnte, lief er Gefahr, seine Ideale und seinen Körper verkümmern zu lassen.

... *»Diese Tat des Wahnsinns oder der Verzweiflung.«*

»Ein undurchdringliches Rätsel« sollte gewiß »für immer schweben«, was die ganze Menschheit betraf. Doch was wäre, wenn er allein von allen Menschen dieses verfluchte Wissen niemals loswürde? Und das Wissen des Genossen Ossipon war so präzise, wie der Zeitungsmann es nur machen konnte – genau bis zur Schwelle des »*Rätsels, welches dazu bestimmt ist, für immer . . .*«.

Der Genosse Ossipon war gut informiert. Er wußte, was der Mann an der Gangway des Dampfers gesehen hatte: »Eine Dame in schwarzem Kleid und einem schwarzen Schleier, die um Mitternacht am Kai entlangging. ›Fahren Sie mit dem Schiff, Ma'am‹, hatte er sie aufmunternd gefragt. ›Hier lang.‹ Offenbar wußte sie nicht, was sie tun sollte. Er half ihr an Bord. Sie wirkte schwach.«

Und Ossipon wußte auch, was die Stewardeß gesehen hatte: Eine Dame in Schwarz mit weißem Gesicht, die mitten in der leeren Damenkajüte stand. Die Stewardeß bewegte sie, sich dort niederzulegen. Die Dame schien nicht gewillt zu reden und wirkte, als wäre sie in schlimmen Schwierigkeiten. Als nächstes hörte die Stewardeß, daß sie aus der Damenkajüte verschwunden war. Die Stewardeß ging an Deck, um nach ihr zu suchen, und dem Genossen Ossipon wurde berichtet, daß die gute Frau die unglückliche Dame auf einem der überdeckten Sitze liegend vorfand. Sie hatte die Augen offen, wollte jedoch auf nichts antworten, was man zu ihr sagte. Sie wirkte sehr krank. Die Stewardeß holte den Chefsteward, und die beiden standen bei dem überdeckten Sitz und berieten sich über ihren ungewöhnlichen und tragischen Passagier. Sie flüsterten hörbar (denn sie schien nichts mehr zu hören) über St. Malo und den dortigen Konsul, darüber, mit ihrer Familie in England Kontakt aufzunehmen. Dann gingen sie weg, um ihre Verbringung nach unten vorzubereiten, denn nach dem, was sie von ihrem

Gesicht sehen konnten, schien sie ihnen im Sterben begriffen. Doch der Genosse Ossipon wußte, daß hinter der weißen Maske der Verzweiflung ein Lebensmut gegen Entsetzen und Verzweiflung kämpfte, eine Liebe zum Leben, welche der rasenden Angst, die zum Mord treibt, und der Furcht, der blinden, irrsinnigen Furcht vor dem Galgen widerstehen konnte. Er wußte es. Doch die Stewardeß und der Chefsteward wußten nichts, nur daß die Dame in Schwarz, als sie kaum fünf Minuten später zu ihr zurückkamen, nicht mehr auf dem überdeckten Sitz war. Sie war nirgendwo. Sie war weg. Es war fünf Uhr morgens, und es war auch kein Unfall. Eine Stunde später fand einer der Matrosen des Dampfers einen Ehering auf dem Sitz liegen. Er war auf dem Holz an einem Fleckchen Nässe hängengeblieben, und sein Glitzern war dem Mann aufgefallen. Innen war ein Datum, der 24. Juni 1879, eingraviert. *»Ein undurchdringliches Rätsel scheint dazu bestimmt, für immer . . .«*

Und der Genosse Ossipon hob den gesenkten Kopf, geliebt von diversen einfachen Frauen dieser Inseln, apollogleich in der Sonnigkeit seines Haarbusches.

Unterdessen war der Professor unruhig geworden. Er erhob sich.

»Bleiben Sie«, sagte Ossipon hastig. »Was wissen Sie schon von Wahnsinn und Verzweiflung?«

Der Professor fuhr mit der Zungenspitze über seine trockenen, dünnen Lippen und sagte doktorhaft:

»So etwas gibt es nicht. Jegliche Leidenschaft ist doch dahin. Die Welt ist mittelmäßig, lahm, ohne Kraft. Und Wahnsinn und Verzweiflung sind eine Kraft. Und in den Augen der Narren, der Schwachen und Dummen, die das große Wort führen, ist Kraft ein Verbrechen. Sie sind mittelmäßig. Verloc, dessen Affäre so hübsch zu ersticken die Polizei geschafft hat, war mittelmäßig. Jeder ist mittelmäßig. Wahnsinn und Verzweiflung! Man gebe mir das als festen Punkt, und ich hebe die Welt aus den Angeln. Ossipon, Ihnen gilt mein herzlicher Spott. Sie sind sogar unfähig, sich vorzustellen, was der vollgefressene Bürger ein Verbrechen nennen würde. Sie haben keine Kraft.« Er machte eine Pause und lächelte sardonisch hinter dem heftigen Schimmern seiner dicken Brillengläser.

»Und das kann ich Ihnen sagen, die kleine Erbschaft, die Sie da wohl gemacht haben, hat Ihre Intelligenz auch nicht gerade befördert. Sie sitzen da vor Ihrem Bier wie eine Schaufensterpuppe. Auf Wiedersehen.«

»Wollen Sie sie?« sagte Ossipon und schaute mit einem idiotischen Grinsen auf.

»Was?«

»Die Erbschaft. Alles.«

Der unkorrumpierbare Professor lächelte nur. Seine Kleidung war kurz davor, von ihm abzufallen, seine Stiefel, von Reparaturen formlos, schwer wie Blei, ließen bei jedem Schritt Wasser ein. Er sagte:

»Ich werde Ihnen irgendwann eine kleine Rechnung für gewisse Chemikalien schicken, die ich morgen bestelle. Ich brauche sie dringend. Verstanden – ja?«

Ossipon senkte den Kopf. Er war allein. »*Ein undurchdringliches Rätsel . . .*« Ihm war, als sähe er vor sich in der Luft schwebend sein Gehirn, wie es zum Rhythmus eines undurchdringlichen Rätsels pulsierte. Es war krank. ». . . *Diese Tat des Wahnsinns und der Verzweiflung.*«

Das mechanische Klavier an der Tür spielte frech einen Walzer herunter und verstummte dann abrupt, als sei es grantig geworden.

Der Genosse Ossipon, Spitzname ›der Doktor‹, verließ die Bierhalle Silenus'. An der Tür zögerte er, blinzelte in eine nicht allzu strahlende Sonne – und er hatte die Zeitung mit dem Bericht vom Selbstmord einer Dame in der Tasche. Sein Herz schlug dagegen. Der Selbstmord einer Dame – »*diese Tat des Wahnsinns und der Verzweiflung*«. Er ging die Straße entlang, ohne darauf zu achten, wohin er seine Schritte lenkte; und er ging in eine Richtung, welche ihn nicht zum Ort der Verabredung mit einer anderen Dame bringen würde (eine ältere Kindergouvernante, welche ihr Vertrauen in einen apollogleichen ambrosischen Kopf setzte). Er entfernte sich davon. Er konnte keiner Frau gegenübertreten. Es war das Ende. Auch konnte er weder denken, arbeiten, schlafen noch essen. Doch begann er zu trinken, aus Lust, aus Vorfreude, aus Hoffnung. Es war das Ende. Seine Laufbahn als Revolutionär, aufrechterhalten von den Gefühlen und dem Vertrauen vieler Frauen, war von einem undurchdringlichen Rätsel bedroht – dem Rätsel eines menschlichen Gehirns, welches falsch zum Rhythmus journalistischer Phrasen pulsierte. ». . . *Wird für immer über dieser Tat . . .*« – es neigte sich der Gosse zu – ». . . *des Wahnsinns und der Verzweiflung schweben.*«

»Ich bin ernstlich krank«, murmelte er bei sich mit wissenschaftlicher Erkenntnis. Schon marschierte seine robuste Gestalt, in der Tasche das Geheimdienstgeld einer Botschaft (von Mr. Verloc geerbt), in der Gosse, als bereitete er sich auf eine unausweichliche Zukunft vor. Schon senkte er die breiten Schultern, den Kopf mit den ambrosischen Locken, wie bereit, die Last von Plakattafeln auf sich zu nehmen. Wie in jener Nacht vor über einer Woche ging der Genosse Ossipon zu Fuß, ohne darauf zu achten, wohin er seine Schritte lenkte, ohne Müdigkeit zu verspüren, er fühlte nichts, er sah nichts, er hörte keinen Laut. »*Ein undurchdringliches Rätsel* . . .« Unbeachtet ging er dahin. »*. . . Diese Tat des Wahnsinns und der Verzweiflung.*«

Und der unkorrumpierbare Professor ging ebenfalls zu Fuß, den Blick von der widerlichen Mehrheit der Menschheit abwendend. Er hatte keine Zukunft. Er verachtete sie. Er war eine Kraft. Seine Gedanken hätschelten die Bilder von Ruin und Zerstörung. Er ging schwach, unbedeutend, schäbig, elend – und schrecklich in der Schlichtheit seiner Idee, welche Wahnsinn und Verzweiflung zur Erneuerung der Welt rief. Niemand sah ihn an. Unverdächtig und todbringend ging er weiter, gleich einer Pest auf der Straße voller Menschen.

Nachbemerkung des Übersetzers

»Denn offensichtlich revoltiert man nicht gegen die Vorteile und Möglichkeiten eines bestimmten Gesellschaftszustandes, sondern gegen den Preis, welcher für dieselben in der Münze akzeptierter Moral gezahlt werden muß, nämlich Mäßigung und Mühsal. Die Revolutionäre sind in ihrer Mehrzahl Feinde von Disziplin und harter Arbeit. Auch gibt es Naturen, für deren Gerechtigkeitssinn der abverlangte Preis sich ungeheuer abscheulich, bedrückend, besorgniserregend, erniedrigend, übermäßig, unerträglich auftürmt. Das sind die Fanatiker. Der verbleibende Anteil sozialer Rebellen ist gekennzeichnet durch die Eitelkeit, die Mutter aller edlen und schlimmen Illusionen, die Gefährtin der Dichter, Reformer, Scharlatane, Propheten und Brandstifter.«
Joseph Conrad, *Der Geheimagent*

Zwölf Jahre nach Erscheinen des Romans *Der Geheimagent* sah Joseph Conrad sich anläßlich einer Neuauflage dazu aufgerufen, denjenigen seiner Leser, die an der »elenden Szenerie und der moralischen Verkommenheit« des Werkes Anstoß genommen hatten, die Gründe zu erklären, aus denen er es verfaßt hatte. So hatte er von einem anarchistischen Anschlag auf das Observatorium in Greenwich gehört, der bis auf den Tod des Attentäters von ergreifender Sinn- und Folgenlosigkeit war – für Conrad ein Indiz für »das brennende Elend und die leidenschaftliche Leichtgläubigkeit einer Menschheit (...), die stets auf so tragische Weise der Selbstzerstörung entgegenstrebt«. Seinem Menschheitspessimismus hatte er schon in seinen vorangegangenen Romanen *Herz der Finsternis* (1902) *Nostromo* (1904) Ausdruck gegeben. In *Der Geheimagent* (1907) war der Schauplatz nun nicht mehr der Kongo oder ein fiktives Land in

Südamerika, sondern London, das Herz jenes Landes, das zu seiner Zeit als das zivilisierteste der Welt galt. Vor diesem Hintergrund konnte er neben den psychischen auch die politischen Defekte des Menschen mit um so größerer Schärfe inszenieren. Dabei hatte der Terrorismus der Anarchisten mit dem Zynismus des Großbürgers Conrad viel gemein.

Der Geheimagent, der zweite seiner drei politischen Romane neben *Nostromo* und *Mit den Augen des Westens* (1911) ist ein Kammerspiel. Anders als sonst bei Conrad, sucht man hier vergeblich die »Weite des Salzwassers«, die fernen Kontinente, die fremdartigen Handlungsorte. Es ist ein Roman der geographischen und psychologischen Innenräume. Von wenigen Ausnahmen abgesehen, spielt sich das Geschehen in geschlossenen Räumen ab. In Botschaftsräumen, im Laden und in der Wohnung der Verlocs, im Restaurant, im Zugabteil. Selbst die Droschke, in der Mrs. Verlocs Mutter, begleitet von ihren beiden Kindern, die letzte Fahrt zu ihrem Alterswohnsitz unternimmt, wirkt wie ein feststehendes Häuschen, vor dem die spärlich beleuchtete Stadtlandschaft wie auf einer sich abspulenden Folie vorüberzieht. Der Moloch London ist die kraß abgegrenzte Außenwelt; man betritt sie auf eigene Gefahr. »[Verloc] lehnte sich mit der Stirn gegen die kalte Fensterscheibe – ein zerbrechlicher Glasfilm, welcher sich zwischen ihm und der ungeheuerlichen Weite einer kalten, nassen, schmutzigen, ungastlichen Ansammlung von Ziegeln, Schindeln und Steinen erstreckte, Dinge, welche dem Menschen schon als solche abstoßend und feindselig waren.« Von Verlocs ausgedehnten, geheimnisvollen Spaziergängen erfahren wir nur vom Hörensagen, erst recht von seinen Reisen nach Kent oder auf den Kontinent; sein – erzwungener – morgendlicher Gang zur Botschaft ist ebenso unheildrohend wie Winnie Verlocs panischer Ausbruch auf die Straße, nachdem sie ihren Mann erstochen hat. Conrads dramaturgische Selbstbeschränkung auf den Innenraum ist bewußt gewählt und ihm nicht leicht gefallen, wie im Vorwort zu lesen ist: »Ich mußte hart kämpfen, um die Erinnerungen an meine einsamen und nächtlichen Gänge durch ganz London in jüngeren Tagen auf Distanz zu halten, damit sie nicht herbeistürmten und jede Seite der Geschichte überfluteten.«

Abgeschlossene Innenräume. So abgeschlossen wie Conrad den Menschen sah: als vereinzeltes, romantisches Wesen, das der Welt seinen Sinn aufdrückt, sich selbst in den Mittelpunkt dieser Welt stellt. Der Mensch bleibt in seinem Eigeninteresse gefangen, dem politischen wie dem privaten. Entsprechend handelt der kleine Reigen der Hauptpersonen im Roman, entgegen Conrads Begriff von »wahrer Weisheit, welche sich in dieser Welt der Widersprüche keiner Sache sicher ist«. Die Anarchisten in ihren diversen absurden Wahnvorstellungen von einer besseren Welt, Heat in seiner beruflichen Eitelkeit, der Geheime Kriminalrat in der Sorge um seine gesellschaftlichen Beziehungen, Winnie Verloc in ihrem fatalistischen Credo, »daß die Dinge einer näheren Betrachtung nicht standhalten«. Verloc dagegen, der sich in seiner Verzweiflung gegen seinen Egoismus kehrt, verursacht – ungewollt – Stevies wie auch seinen eigenen Tod. Dieser Eigen-Sinn, jenes »geheime Agens«, das seine Gattung, so Conrads Befürchtung, ins Verderben stürzt, ist schon in dem mehrdeutigen Originaltitel des Romans, *The Secret Agent,* abzulesen.

Entsprechend seiner Konzentration auf den Innenraum erzählt Conrad die eigentliche Story – den Anschlag auf das Observatorium in Greenwich, seine Vorbereitung und sein letztliches Scheitern – nicht »selbst«, sondern *läßt* sie erzählen. Damit erreicht er, was bei einem rein auktorialen Stil nicht möglich wäre, daß sie sich weitgehend im psychologischen Innenraum der wenigen Hauptpersonen entwickelt, durch ihr bruchstückhaftes Wissen um das Geschehen, ihre eingebildeten Überzeugungen, beschränkten Mutmaßungen, vagen Ahnungen. Der Blick des Lesers wird von der »action« (immerhin handelt es sich auch um einen Kriminalroman) auf ihre Interpretation durch die berichtenden, schwadronierenden, rätselnden Personen und ihr jeweiliges Eigeninteresse hingelenkt. Der Anschlag wird so zur Folie für ihre Gesinnung.

Die Aufforderung Mr. Vladimirs an Verloc, seiner jahrelangen Trägheit endlich Taten folgen zu lassen, sowie seine konkreten Anweisungen hinsichtlich des Attentats, erleben wir hingegen unmittelbar mit. Allerdings benutzt der Autor diesen langen Dialog zur weiteren Charakterisierung Verlocs und um das ebenso abstruse wie gemeingefährliche Gedankengut jenes Lieblings der gehobenen (Damen-)Gesellschaft vorzuführen. Vor allem aber wird Verloc hier von seinem Gleis gestoßen und gezwungen, gegen sein Interesse zu handeln, und das Unglück nimmt seinen Lauf.

Aber nicht nur Verloc wird aus seinem wohligen Leben gerissen, sondern auch Winnie, seine Frau. Der Tod Stevies, den Winnie den Bruchstücken des Dialogs zwischen Verloc und Heat entnimmt, zerschlägt ihre Philosophie des Festhaltens an der Oberfläche der Dinge. Ihre Lebensklugheit, im Lot gehalten durch die Scheuklappen ihrer Wahrnehmung, zerplatzt ebenso wie der Leib des bedauernswerten Stevie, des Objekts ihrer Helferbegierde, in tausend Fetzen. Mit Akribie und Distanz beschreibt Conrad Winnies Wandlung vom bewußtlos funktionierenden Hausengel zum bewußtlos funktionierenden Todesengel. Winnies letzte, absolute Symbiose mit ihrem Schutzbefohlenen lenkt ihre Hand mit dem Bratenmesser auf ungehindertem Weg in das kraftlose Herz ihres Ehemannes. Doch schon ihr jämmerliches Ende auf der Kanalfähre erfahren wir nur wieder aus den mulmigen Überlegungen des Genossen Ossipon, der wiederum auch nur aus der Zeitung davon erfahren hat.

Bewältigt hat Conrad dieses Menschheitsdrama, in dem politische und private Triebkräfte zusammenwirken, mit einer alle und alles erfassenden Ironie. Sie erlaubt ihm eine nachgerade aristokratische Distanz zum Geschehen und seinen Akteuren, an die er seine auktorialen Ohrfeigen mit gottgleicher Ausgewogenheit verteilt, eine hohe Stilisierung der Charaktere – die

Namen des Geheimen Kriminalrates und des Innenministers erfahren wir erst gar nicht –, aber auch eine strenge Erzählstruktur, mit der er die Entwicklung der Ereignisse auf eine eigentümlich statistische Weise vorantreibt. Conrad, der allwissende Erzähler, beschränkt sich weitgehend darauf, Hintergründe bereitzustellen, sarkastische Wertungen zu treffen, die kollidierenden Interessen der Personen aufeinanderprallen zu lassen, gelegentlich Kommentare zu Grundbefindlichkeiten von Mensch und Gesellschaft abzugeben, oft aus dem Mund einer Romanfigur.

Den psychologischen Aspekt des Kriminalromans verzahnt Conrad eng mit dem politischen. Seine Abscheu vor jeder Form von politischer Radikalität bewahrt ihn nicht vor einem ebensolchen Mißtrauen dem geordneten bürgerlichen Staat gegenüber, wie er sich ihm in dem englischen, dem liberalsten seiner Zeit darbot. Immerhin fällt die Ironie, mit der er die Vertreter der Politik, vom Geheimen Kriminalrat über den skurrilen Toodles bis zum gewichtigen Innenminister, karikiert, deutlich freundlicher aus als der Sarkasmus, den er für die Anarchisten und Sprengstoffapostel übrig hat. Grundsätzlich jedoch genügt seiner Überzeugung nach die psychische Konstitution des Menschen nicht, um ein allseits befriedigendes Gemeinwesen zu errichten. Die dazu notwendigen moralischen und gemeinsinnigen Triebkräfte treten vor dem Eigeninteresse des Einzelnen notwendig immer in den Hintergrund. So findet auf dem sozialen und politischen Feld das freie Spiel der Kräfte statt, bei dem alle – unter denselben Spielregeln – mitmachen dürfen – der Terrorist, der Polizist, der Dieb und normale Arbeiter. Der ›Professor‹, der die Höllenmaschine gebaut hat, darf beispielsweise höhnen: »Der Terrorist und der Polizist kommen beide aus demselben Topf. Revolution, Gesetzmäßigkeit – Gegenbewegungen im selben Spiel; Formen der Nichtigkeit, die im Grunde identisch sind.« Das entspricht auf verblüffende Weise dem Denken von Chefinspektor Heat, wenn er über die Gemeinsamkeiten von gewöhnlichen Dieben und Einbrechern und dem konventionell arbeitenden Zeitgenossen sinniert: »Diebstahl ... war eine Form menschlichen Gewerbes, das in einer fleißigen Welt ausgeübt wurde.... Es war eine Arbeit, deren praktischer Unterschied im Wesen ihres Risikos bestand, welches nicht in Gelenksteife ... lag, sondern [in] ›Sieben Jahre Bau‹.« Überdies ist für Heat »Denken und Instinkt eines Einbrechers von derselben Art wie Denken und Instinkt eines Polizeibeamten. Beide erkennen dieselben Konventionen an«.

Wer sich eines ironischen, also uneigentlichen Stils bedient, schreibt von einer eigentlichen, in der Regel sehr moralischen Position aus. Diese Position ist im Text oft nicht vorhanden, sie steckt zwischen den Zeilen, ergibt sich aus der bekannten Gesinnung des Autors, usw. (wenn nicht, kann das zu bösen Mißverständnissen führen). Im *Geheimagent* dagegen ist die Position da, allerdings ebenfalls in übersteigerter Form. Eine Figur nämlich kommt nicht in diesen großen bitteren Eintopf: Stevie. Er bleibt von jeder Ironie verschont, ihn bedenkt der Autor mit einer geradezu barmherzigen Wärme. Mit Ausnahme Winnies, die ihn liebt, wenn auch aus selbstsüchtigen Motiven, wird er von seiner Umgebung bestenfalls geduldet. Er fällt aus dem Gegensatz der konstatierten egozentrischen Innenwelt einerseits und der projizierten gemeinsinnigen Außenwelt heraus, obwohl er als geistig Zurückgebliebener als der Innenraum schlechthin gezeichnet werden könnte. Dennoch wird Stevie zum einzigen Gegenpol der einander bekämpfenden Egoismen, weil er den Blick nach außen gerichtet hat. Stevie ist »empfindlich ehrlich« und daher »kein Skeptiker, sondern ein moralischer Mensch, [der] seinen rechtschaffenen Leidenschaften gewissermaßen ausgeliefert« ist. Seine Leidenschaften sind die »Entrüstung, des Mutes, des Mitleids und sogar der Selbstaufopferung«. Soziales Leid, und sei es noch so gering, löst bei ihm »Qualen unmäßiger Anteilnahme« aus, gefolgt vom »Schmerz einer unschuldigen, aber erbarmungslosen Wut«. Er teilt die Menschen ein in gute und schlechte. Egoismus ist ihm fremd. Fatalerweise hat er »seine Augenblicke tröstlichen Vertrauens in die organisierten Mächte der Erde«. Die Polizei etwa ist seiner Meinung nach zur Unterdrückung des Schlechten da, was seine Schwester ihm mit dem ihr eigenen Realitätssinn ausreden kann: »Weißt du denn nicht, wozu die Polizei da ist, Stevie? Sie ist dazu da, damit diejenigen, die nichts haben, denjenigen, die alles haben, nichts wegnehmen.«

Stevie kann das so sehen, weil er geistesschwach ist. Folgerichtig wird er, der nichts versteht von den wahren Widersprüchen und Triebkräften der menschlichen Natur, zu deren Opfer. Stevie ist so weit entfernt von den realen Bedingungen um ihn herum, daß er nicht einmal daran scheitern kann. Insofern ist er auch keine tragische Figur. In einer Welt, die seinen menschenfreundlichen Empfindungen eine Chance lassen könnte, wäre er ein Ideal.